神罪人赦三部曲
III

玫瑰湖畔

张苏楠 著

Rose Lake

山东文艺出版社

序

陈文东

逝者如斯,倥偬不暇。曾经许多科幻作品笔下的"新世纪",也已走过第二个十年。20世纪末人们对信息高速公路的憧憬和对数据爆炸的忧思,在今时看来,显得既迷离,又真实;既幼稚,又富有远见。

移动智能设备的普及和互联网络的广泛应用,改变了人们的社交和消费习惯,尤为重要的是,改变了人们注意力的分配结构。资讯的轰炸、一刻不停的喧嚣躁动不断刺激、调动起人们日益疲乏的感知,迫使人们像计算机多核处理器一样进行"多线程工作""多任务处理"。世界正从机器时代朝着数字时代加速过渡,技术上我们只能拥抱这一趋势,可从文学或审美上,我们依然呼唤一份坚持。

因而当我读罢这部名为《玫瑰湖畔》的长篇,我感到了一种难能可贵的沉着,一种跳脱出"多任务处理"的专注,一种对须臾刺激的自觉拒斥,一种对破碎幻象的冷酷戳穿。

距离同系列上一部作品《雾暝之所》的出版,已经过去五年。作为"神罪人赦三部曲"的最终卷,《玫瑰湖畔》就像书中创造的贪婪的魔怪,恣意纵情地吸吮吞噬着作者的灵与肉,将之咀嚼、分解又聚合、增进。这本书能迸发出如此不可遏止的能量，也正在于此——作者没有吝惜他一丝一缕的思虑与气力。他不愿让自己的文字空洞、空乏，他不愿让理应沉甸甸"载道"的文学轻纵、轻浮。他清醒地自悟，在这样一个写作字数井喷的时代，对于原创能力的要求不是趋低而是向高。只有顶住粗制滥造的冲击，锤炼打造一柄"精品"之斧，才能劈散这幢幢的鬼影、媚俗的幽灵。

我想，苏楠做到了。我揭页之前所担心的妥协、退却，在这部书里一概不见。他的一以贯之，他的不轻易、不盲行，让我们虽然等待这本续作等得久了些，却能在读罢最后一行的那刻情有所慰，心称意足。

苏楠对把他的小说如何归类并不在意。对于严肃文学、通俗文学及纯文学的分野，他也并不看重。他乐于承认，自己完成了一部科幻作品，尽管这出全新的"太空歌剧"，跟绝大多数的类型化科幻小说，都不一样。我们能从这部作品中感受到久违的"完整性"带来的惬意，而非过度的信息冲击引发的飘忽刺激。我们终又能找回掩卷扶额而思的澄净，而非碎镜般折射出的繁杂。我们回避不了这部书的严肃性，尽管这异想的界域如此迷人。

2011年加入省作协，2017年成为中国作协会员，苏楠很早就与作协结缘。初识苏楠时，他还是名在校学生，有着年轻人一往无前的干劲，要在创作之路上披荆斩棘。那时候，我另从苏楠身上发现了一种异质——沉潜、耐性，对落笔成文的东西慎之又慎。从大学时代出版个人第一本长篇，到读研时期连获两项全国、省部级小说奖项，再到如今，已踏上法律工作岗位多时的他仍笔耕不辍。他的作品不是太多，但没有一本敷衍儿戏之作。唯因此，他的书既得名家与评论界的赏识，也深得读者的欢心。

科幻文学的殿堂里，早已不乏卡尔维诺、戈尔丁、品钦、多丽丝·莱辛、石黑一雄、伊恩·麦克尤恩这样重要的严肃作家的名字。无论他们眼中的科幻是一种文学体裁，还是类型文学的一个子类，抑或只是一种虚构方式、一种叙事策略、一种文化元素，他们都已自觉或不自觉地创作出最引人深思的科幻作品，并发掘出最幽微、又最无可回避的人类困题。又有如斯坦尼斯拉夫·莱姆这种深耕科幻创作的大师，更让人们看到了科幻文学的无限可能，人们有理由相信，科幻文学能够探讨的母题，以及所能触及的深度、广度，都会随着科幻文学的创作实践，不断增加。

毕竟，文学的社会价值与审美价值，从来不在于它属于哪种文学（这种界定自始充满争议与不确定性），而在于它具不具备悦人悦己、同时又遗世独立的文学品格，具不具备站得住、行得稳的文化基因，具不具备时代精神，以及对时代精神的审美化抽象与人文反驳。

也许，在通俗文学、类型文学内部，不同体裁的界垒有所强化，但在整个文学的场域里，这种分界正在逐渐消失。对以奇幻、科幻为主要代表的幻想文学，仅仅拿通俗读物这一种眼光去审视、去看待，早就已经远远不够，落后于时代。阅读这部小说的一个前提，就是抛开所有局限，用一种更自由开放的视野，去体验这动人的科幻诗篇。诚然，你能够从这部小说里获得密集叙事带来的阅读快感，但只要你稍加留意，你就能得到更多意想不到的妙趣"彩蛋"。

当人们在真实世界中艰难跋涉，我们这位尚还年轻的作者，力图执笔描摹一个永不凋零的苍遒之城；当目睹娱乐至死的幽灵缠绕住赤子的心魂，便意欲自发微光，照见现实中勇气缺失的迷雾深处。

孤独尽头，原来还有一位可亲的侣人，陪伴你起舞。

2021 年 1 月 27 日

陈文东，山东省作家协会副主席，创联部主任，《山东作家》主编，《百家评论》杂志社社长。

目 录

玫瑰湖畔

序 …………………………… 1

战后疑云

序 章　生与不死 …………………… 5
Chapter 1　瞭望塔上 …………………… 7
Chapter 2　疯癫前夜 …………………… 11
Chapter 3　雨打信笺 …………………… 13
Chapter 4　乔伊自述（一） ……………… 17
Chapter 5　千桥之城 …………………… 19
Chapter 6　天涯两端 …………………… 22
Chapter 7　乔伊自述（二） ……………… 26
Chapter 8　危险人物 …………………… 28
Chapter 9　去日苦多 …………………… 33
Chapter 10　残梦余影 …………………… 35
Chapter 11　陋室困情 …………………… 37
Chapter 12　牛斗列星哀歌（一） ………… 39

Chapter 13 牛斗列星哀歌（二） ……42
Chapter 14 初识夫人 ……45
Chapter 15 风情摇曳 ……49
Chapter 16 顾望苍凉 ……52
Chapter 17 旧日迷思 ……56
Chapter 18 魂断月途 ……60
Chapter 19 偶得归路 ……63
Chapter 20 勠力寻友 ……66
Chapter 21 孤雁飘零 ……69
Chapter 22 无名之辈 ……72
Chapter 23 惊鸿照影 ……75
Chapter 24 美的消亡 ……79
Chapter 25 恶魔来袭 ……81
Chapter 26 牛斗列星哀歌（三）……84
Chapter 27 邂逅之谜 ……87
Chapter 28 城寨醉话 ……94
Chapter 29 人的延伸 ……97
Chapter 30 霸星工业 ……100
Chapter 31 爱的焦渴 ……103

湖畔往事

序　章　三界概略 ……107

Chapter 1 塞上黜子 ……………109
Chapter 2 秘洞死战 ……………112
Chapter 3 病马虎臣 ……………117
Chapter 4 谵语妄言 ……………119
Chapter 5 苍生为大 ……………124
Chapter 6 金兰之义 ……………129
Chapter 7 沙暴之王 ……………134
Chapter 8 青狼妖瞳 ……………138
Chapter 9 不速之客 ……………141
Chapter 10 酒肆烈战 ……………144
Chapter 11 刺客与剑 ……………147
Chapter 12 时光之牢 ……………150
Chapter 13 冰酒热鱼 ……………152
Chapter 14 英豪辈出 ……………155
Chapter 15 沉默守望 ……………158
Chapter 16 诱情碧魇 ……………161
Chapter 17 老王遗恨 ……………163
Chapter 18 将死之念 ……………166
Chapter 19 百族会盟 ……………169
Chapter 20 红甲剑士 ……………171
Chapter 21 圣统难继 ……………174
Chapter 22 斩草除根 ……………177
Chapter 23 香魂永续 ……………180
Chapter 24 玉牒之托 ……………185
Chapter 25 热血淌洒 ……………189

Chapter 26　灵魏大王 …………… 193
Chapter 27　两不相欠 …………… 197
Chapter 28　弥天大谎 …………… 201
Chapter 29　其仲为辅 …………… 204
Chapter 30　时空暗漩 …………… 206

星海浩荡

序　章　　人的尺度 …………… 213
Chapter 1　皆为幻光 …………… 215
Chapter 2　乔伊自述（三）…… 220
Chapter 3　诡异老屋 …………… 225
Chapter 4　一张船票 …………… 230
Chapter 5　锈了的剑 …………… 234
Chapter 6　纸短情长 …………… 237
Chapter 7　才思钝化 …………… 240
Chapter 8　星逆秽种 …………… 242
Chapter 9　绝命奔逃 …………… 246
Chapter 10　妒中暴行 …………… 249
Chapter 11　卑污人生 …………… 255
Chapter 12　无心之失 …………… 258
Chapter 13　时代宠儿 …………… 261

Chapter 14　最后问候 …………264

Chapter 15　地精营地 …………267

Chapter 16　稳赚不赔 …………271

Chapter 17　兑现承诺 …………274

Chapter 18　致命玩笑 …………278

Chapter 19　达乎终结 …………281

Chapter 20　自由意志 …………284

Chapter 21　超越善恶 …………288

Chapter 22　火星骗局 …………292

Chapter 23　始源文明 …………296

Chapter 24　异星女友 …………299

Chapter 25　只影望月 …………302

Chapter 26　星际弃儿 …………306

Chapter 27　洗刷记忆 …………309

Chapter 28　牛斗列星哀歌（四）………312

Chapter 29　乔伊自述（四）………316

Chapter 30　乔伊自述（五）………319

终章
伟大航路

Chapter 1　乔伊自述（六）………325

Chapter 2　乔伊自述（七）………329

尾　声　　乔伊之死⋯⋯⋯⋯⋯335

猎杀闪灵

楔　子⋯⋯⋯⋯⋯⋯⋯⋯343
迷　局⋯⋯⋯⋯⋯⋯⋯⋯346
危　局⋯⋯⋯⋯⋯⋯⋯⋯353
对　局⋯⋯⋯⋯⋯⋯⋯⋯361
破　局⋯⋯⋯⋯⋯⋯⋯⋯370
尾　声⋯⋯⋯⋯⋯⋯⋯⋯383

玫瑰湖畔

卷 一

战后疑云

序章
生与不死

他已经很老了,许多年前他就这样老。他是被死神遗忘的孤魂,生死簿上早已不见他的姓氏名号。在万千宫室的一隅,他守着一张四角供桌,眼见黄漆剥落的牌位执拗地挺立中央,带着不朽的倨傲神色,却又在青烟袅袅中隐没了面容。天井中寂寞的光依循着固定的时点暗淡,只由着四季的更替而发生些许的改变。他为死者守灵,自己却不得死。他似乎永驻在将死的那刻,他的脸贴在死神冰冷又模糊的面目之前,任凭饱含深情的沉默渐渐变得呆滞。起初,他尚能嗅到腐朽的气息在他体内蔓延,如今的他反倒越发清明。在漫漫孤旅的尽头,等候他的,却是不死。

多少次,他在深渊般的寂夜里睁开双眼,仰望欲倾的穹窿,黑暗的心底几多绝望的叹息,翻滚着硫黄的火焰。在痛苦中自苦,是一个虔信者的笃定,但他又是一个流连忘返的人,一个试图挽留的人,可是一再的错失已将那剩余的温情消耗殆尽,使之化为雾沫。生活本身的真容是骇人的,那层希望织就的面纱又太容易飘落,当它露出残酷与狰狞的一面时,会用千百种毒计陷害你,毁伤你,而你所拥有的,只有自己的勇气而已。所有幸与不幸,在这虚空之谜里,化为晨霭,融入那无动于衷的呼吸。

他的夜晚比任何人都要漫长,既然暮色女神已经降临终日喧嚣的大地,黑缎的被衾已经蒙上热闹嘈杂的街头,为何还要用一星磷火延续白昼?他圆睁着双眼,直到眼前的世界由漆黑一团变得物什可辨,棱界分明,释弥无踪的万象复归欲界,他终于还是念起了她,以及那个仿若使他身处阿鼻地狱的"永恒的秘密"。他在明灭的冀望中饱受煎熬,有那么几个片刻,他以为自己已经死去。

门开了,雾气濡湿了门前八尺见方的青砖地,一个人背倚清辉,伫立门前。

"你来了。"他笑着,舒出一口气,那鲜活澄澈的笑令他与方才僵卧硬榻的垂死老者截然分离，他一成不变的期许和缓慢的衰老随着那声短促的叹息飞逝，白云苍狗，数不尽的时日在这一刻才终于成为过去。那人披着隐约透明的面纱，子夜的凉风撩动薄翼般轻盈的纱角，他知道对方也正报以一笑。

风，把整个夜，吹得更静了。

Chapter 1
瞭望塔上

洛克从帆布包里掏出碳素笔，又从封套里取出早已卷边、外皮破旧的笔记本。这两样东西在今时今日，已经可以算是古董。"脑波输入法"曾经一度风靡，那时候人们只需要套上一个"紧箍咒"似的传感器，就能将想要记录成文的话语传入电脑磁盘。不过自从机械联盟和光荣欧亚爆发全面冲突，这一类技术有了新的用武之地，民用生产也随之停止。机械联盟研发的"通感机甲"，曾令光荣欧亚在战场上吃尽苦头，其所应用的技术，正是源自这种精神感应装置。

笔记本一多半的页码都已写满了文字，洛克饶有兴致地翻看着里面的内容。他花费了近两年的心血，坚信自己就快找到真相了。当他看到"简报摘抄：机械联盟再度拒绝公开高清视频资料，欧陆浩劫真相仍未有定论"一段时，不禁锁紧了眉头，然后就像是要躲避灾星一般，匆匆跳过剩余的、密密麻麻的文字，直到空白的一页。

他试图在白纸上留下墨迹，可是他突然有些沮丧。

"就算发现真相又能怎么样呢？没有人会相信一个瞭望塔工人的话。"洛克喃喃自语道。

洛克的父亲摩挲着圆鼓鼓的肚皮，正坐在门厅的躺椅上看电视。他们爷儿俩是这处荒僻瞭望塔里仅剩的看守。荧幕里播放着死气沉沉的比赛，但解说员却很聒噪。这样的场景让人迷惑，好像时间倒退了两百年，又来到了20世纪末。那时候的人们也关心能源危机、气候变化，但终归只是把它们当成遥不可及的未来之事，带着杞人忧天的自嘲。百年之后，当历史的车轮抵达2099年，又一个世纪的转折点，人们才终于意识到，过往的告诫不是危言耸听，种种关于末世惨况的预言也并非夸大其词。现如今，浩劫已过，人们彷徨无措，但终将反思过往，眺望将来。不知到了2199年的年尾，站在又一个世纪的终点回望，幸存的众人，是郁愤盈怀，还是期许更多。

2099年，一支中国月球勘探队首次发现了晶虚石。这项成就让陷于困厄的人类看到了缓解能源危机的曙光，而其闪耀的光芒笼罩世界，让同年发生的另一件大事没有引发足够的关注——美洲国家成立了机械联盟，并以月球和平发展集团的名义，率先展开了对晶虚石的商业开发。占得先机的机械联盟控制了晶虚石的精炼和出产，由此掌握着世界经济的命门。

仅仅过了两年，机械联盟便制定出一套所谓的全球资源调配方案，提出八种战略资源由其把控的联盟决议大会负责统一经营、分配，这种公然的掠夺性提议自然遭到其他国家的激烈反对。

面对机械联盟咄咄逼人的姿态，亚欧大陆的一体化议题终于提上日程。由于各方争执不休，进程却是相当缓慢。经历了十余年的磋商谈判，才于2112年成立了一个松散的同盟，名作"光荣欧亚"。这一同盟不包含奉行不结盟政策的中国，实力勉强能与机械联盟抗衡。

然而，内耗严重的光荣欧亚错过了晶虚石产业发展的黄金期，机械联盟的资源优势愈加明显。从月球返回的货运商船将这一矿藏源源不断地运抵机械联盟。光荣欧亚自主开发晶虚石的步伐，却被无休止的论证、扯皮牵绊，多数立项的研发计划都半途而废，不了了之。在与机械联盟的对垒中，光荣欧亚渐感力不从心。

洛克在笔记本上画出三条平行的直线……

"这是什么意思？"一个孩子的疑问把正在沉思的洛克吓了一跳。

他抬起头看了一眼面前的幼童，认出她来自附近的渔村。瞭望塔下经常有成群的孩子嬉戏打闹，这也算是战事结束的标志性场景吧。不过他们从来不敢到塔上来，因为不知从何处流传出一则谣言，说是瞭望塔里住着一个半截身子连着机器的怪人，他会把小孩装进玻璃器皿做一些恐怖的实验。

"你不害怕半机器丧尸吗？"洛克戏谑道。

"要害怕也是你害怕才对。"女孩不屑地回答。

"嗯？"洛克不解。

"你可是要在这里睡觉的。半机器丧尸就算要抓人，也要先抓睡着的你，"女孩用拇指指了指门外，又道，"还有外头那个胖子。"

"我听说丧尸只对小朋友感兴趣……"

"好了好了，"女孩打断道，"你吓不到我的，快告诉我，你画这三条线是什么意思？"

洛克想不到第一个倾听他私密研究的外人会是一个小孩，但无所谓了，就算换作大人，也不一定选择相信他，至少这个孩子抱有一探究竟的好奇心。

"这是三条看似平行的直线，可是如果我的本子足够大的话，它们总会在某一个点上交会，如果你有想象力，就不难看出这一点。"

女孩皱了皱眉，说道："那这张纸大概要很大很大，比你这张床还要大，不，应该比你这间屋还大，也许，要有整个海滩那么大。"

洛克笑了，他开始喜欢上这个女孩。"如果我的手不抖的话，也许它们能越过大西洋，直到直布罗陀附近才能相遇也说不定！总之，它们是乍一看去，没有交点的三条直线。当年，机械联盟靠着对晶虚石的垄断，疯狂掠夺世界财富，直到光荣欧亚发现了满月油，这才打破依赖，不再受制于人。机械联盟决定诉诸武力，维持霸权，他们手中的王牌就是'通感机甲'，这种战争机器让光荣欧亚最精锐的两支集团军都毫无还手之力。战争的天平落向机械联盟一侧。可是，双方爆发的两次全面冲突，都被一道蓝光极影化解。人们看到的是一条华夏神话里的神龙，它将一台台坚不可摧的机甲化为熔沸的铁水。这样奇幻的场景，我们父辈中的许多人都亲眼所见。只不过当人们以为救世主真的存在，绝望的祈祷终于得到反馈之时，龙再也没有出现。Wide-CIA是机械联盟最重要的情报机构，其中有一个代号乔伊的高级职员，制造了机械联盟史上最大的叛逃案。乔伊的一生受到落魄学者雷杰明和他的"受难人"研究的深刻影响。也许雷杰明就快发现真相了，但是乔伊的野心更大，他想获得前所未有的力量，以站上权力之巅。可惜他失败了，他试图在埃及运用那种神秘力量，结果只造成了一场惨烈事故，他自己却消失不见了。一个人怎么会凭空消失呢？他一定去了某个地点，只不过这个地点尚不为人所知罢了。我时常站在瞭望塔的顶层远眺海面的尽头，我知道西南方向藏有秘密。那里游弋着巡逻的舰只，无人侦察机的监视从未间断。我能够断定，那片海域之下就是传说中的核弹之墓。机械联盟发射的目标欧陆的洲际导弹就沉睡在那片海底，没有一枚击中光荣欧亚。可是欧陆的沦陷却是无法回避的事实，是人们关于两方大战最惨痛的记忆。有人说，是高耸入云的巨人将那片大陆夷为平地，让幸存的人不得不躲进地下城邦。所以你看，现在有三个未知之谜摆在面前：被时人称作'静龙'的传奇生物两次帮助光荣欧亚摆脱厄难，为何在欧陆沦陷的时刻没有现身？机械联盟动用全部技术手段都找寻不到乔伊，乔伊去往的神秘之所究竟在哪儿？既然机械联盟发射的核弹并未在欧陆爆炸，那么欧陆浩劫的祸首又是谁？"

"所以这三条直线，就代表着三个谜团？那你找到它们之间的关联了？"女孩的脸上有一点期待，更多的则是怀疑。

洛克的双眼放射出兴奋的光彩，他没看错这个小孩，她内心的求知欲与他不谋而合，他觉得自己从来没有用如此欢悦的语气说过话："我找到了！我们所能见闻的世界之外，一定还存在不为人知的空间，本应只存在于传奇中的生物就来自那儿，乔伊意外地打通了前往那里的路，也迷失在那儿！而要想知道是谁制造了欧陆浩劫，也只有在那个地方才能找到答案。"

"你知道那个地方在哪儿？"

"知道方位是没有用的，那个空间是不能够用我们所知的地理坐标加以定位。要想去那儿，必须经由特定的通路，再不然，就只能指望自己如你一样，是个'神裔族人'。"

女孩的脸上露出惊诧之色，须臾又恢复了平静："你是什么时候发现的？"

"从第一眼看到你，我就知道了。"

"圣所已经陨落，玫瑰湖畔也燃起了烽火，我们的家园……回不去了……"女孩的眼神渐渐空洞，"真是个荒原般的世界啊！"她走到洛克居室的窗前，眼望黑色的海面，有一张古井不波的脸。

Chapter 2
疯癫前夜

奥特加发疯前最后一个夜晚,九月最后一个星期天。透过早春的茫茫雨雾,他没有看到任何厄运的征兆。但或许疯狂并非什么厄运,人间的一切都颠倒错乱了。无论如何,温柔的细雨照旧无声坠入硬实的土地,这一夜终将过去,什么都没能挽回。

若不是那只从毯子里伸出的细致白滑的脚掌,奥特加几乎已经忘记他的妻子正睡在床上。人们都说一个人的衰老会从手脚开始,但蕾莎却有一双少女般的嫩脚。她蜷在毯中的轮廓像一把小提琴。奥特加心怀愧疚,因为那条裹在妻子身上的破旧军毯,还是他们初来新加特兰避难时获得的救济。八百年前,新加特兰的雏形即已绘就。而今,这个南半球岛国只是不断地生出皱纹,增添伤疤,毕竟,大海与命运,从不仁慈。文明的边界一如从前,无法进取,也难以退让,能够固守既有的藩篱已属不易。被箍在央心的人们是漂泊者的后代,他们在这个世界无所依附,至今仍同时势保持疏离。

同一个雨夜,麦心待在黑暗里,嘴里叼着被雨打湿的烟卷,坐在油桶上,雨丝早已打湿身披的橡胶雨衣,雨水连串滴到麦心裸露的长腿上,沿着散发微光的皮肤流淌。她的脚底有些发冷,可心思全在颂生身上,她没有意识到土里的寒气正像一只幽灵试图侵入她的肉身。新书一波三折的出版过程令颂生心力交瘁,他觉得自己随时可能病倒,因而对接续的写作计划能否最终完成忧心忡忡。

颂生曾给奥特加写过一封字斟句酌的自荐信,奥特加回复了他,字里行间尽是同情,却没看到赏识。奥特加在信中说:"战争不是弱者的讨价还价,而是强者的你争我夺。很遗憾你落入目今年轻人缺乏实干精神的怪圈,对新近发生的大事件保持敏感倒算不上什么缺点,但历史研究归根到底不是创造传奇,而是发掘故纸堆里的幽微冷光,这固然很枯燥,其性质就像废品回收,可你若决心投身这一行当，就不得不要求自己的讲述多些对话，少些旁白。"看到最后这一句，颂生确信奥特加根本没有细看他随附在后的书稿，甚至连扉页都未揭开。奥特加只是不假思索地向颂生宣读了自己对年轻人的偏见。诚然奥特加批判的虚浮文风正在战后世界大行其道，但他的草率很可能令他错失一位同舟共济的可靠伙伴。他毕竟是奥特加，不是随便哪个爱发牢骚的流亡学者，这个名字在战中最严酷的时分曾带给人温煦，而今他自己却掉入灰暗，任谁也无力将他解放出来。

"卑以自牧与顾影自怜是人类最基本的两种状态，二者又常在自惭形秽与自命不凡这两个极端间摇摆不定。"八个月前一个死寂的午后，颂生写下这句话作为新书一个章节的开头。与此同时，奥特加泡在浴缸里，听妻子蕾莎念叨上午家里来过的无聊访客和月球共治体的选情。

"司芬娜劝你返回机械联盟，她说五巨头的势力已被根除了，现在主政的人物都是我们的老朋友。新政府看重有名望和真才实学的人，而不像过去，让窃贼和伪君子横行文化圈。跟她一道来的还有法瑞尔，记得吗？他说曾参加过你的'雷杰明与受难人'研究项目，现在供职于联盟文艺振兴部，他保证你会受到联盟的最高礼遇，他还带了一封议长的亲笔信。"

"说点别的吧，蕾莎。"奥特加呼吸着水里蒸出的热气，感觉有些腻烦。他相貌平凡，细看之下不乏缺点，肩膀很宽，胸围很阔，腰部因此显得纤细。他的喘息加重了一下，蕾莎以为他对她的话表示肯定。虽然距离彻底癫狂还有八个月的时光，但他从腾起的水汽中闻到了自己的气味。锈蚀的气味！这或许是唯一的噩兆，可是没有人在意。

"光荣欧亚看来铁了心要力推卫胥离担任月球各方总协调员，他们认为欧福斯就是个蠢货，虽然他曾是月球开发集团最成功的说客，长期游走在联盟与欧亚之间，但似乎仍有不少人对'晶虚石限供事件'耿耿于怀。"

"月亮……"奥特加沉吟着，蕾莎又谈起了机械联盟和神圣非洲推举的候选人，但他没有听到。当浴室里只剩天花板上凝结的水珠掉落的声音时，他才回过神来，仿佛刚做了一场只有沙漠与跋涉的没有尽头的荒凉噩梦，他望着已打起盹儿的妻子说道："月亮，月亮已如空贝。"

Chapter 3
雨打信笺

"能帮你父亲修好右腿的关节吗?还有动脉滤芯,他自己总是调节不好。"杨太太正削着某种薯类的糙皮,顾不上抬眼去瞧麦心。

"他不是我父亲,而且我是机械师,不是义肢修理工。"麦心嘟囔着,手里摆弄着一把剪钳。天色正临近黄昏,雨丝飘洒天际,屋内浑然未觉。

杨先生刚刚退伍返乡,他全身四分之三都是义体,许多部位不是通用零件,这带给他不小的麻烦。卷入那场混战的新加特兰人不多,而志愿入伍者更是寥寥,没人理解平日里兴味寡淡的杨为什么突然决定加入光荣欧亚的空降部队,在此之前他是镇上唯一的气象预报员。

"你真的要离开新加特兰?"母亲还是开口问道。

麦心回想起两个月前自己刚刚踏入家门时母亲的喜悦神情,那时的她决心不再去找颂生。"生活不会只有一种可能",她对自己说。然而很快她便发现,远离恋人只会让她调动更多气力用于挂牵,负气的结果只是加重了不安。

"颂生觉得留在欧洲有助于他的研究,毕竟那里是战争的核心。"麦心捡起一只萝卜,学母亲的样子搓掉上面的泥点,她很感激母亲率先开口,讲出哽在喉头的话令她如释重负。

杨太太见有了帮手,便转而去处理那盆红额角对虾。她用刀沿着虾的脊背划开虾壳,挑出肠线,动作娴熟。杨太太是耐心的主妇,不似麦心,只在检修涡轮和加工扇叶方面还算老练,至于其他活计,一概毛手毛脚。"他要是真打算弄清楚一点真相,就该来新加特兰,问问你父亲,战场到底什么样子。"

"现在你觉得他去参战是值得称道的英勇行为了?"

"曾经的固执当然不可原谅,可是每个人都会有拼命想去完成的心愿,虽然在旁人看来简直荒谬绝伦,但就此不再接受他的为人也不合情理。这些话你可别说给你父亲听。"

"我从来不跟他单独交谈。"麦心实话实说。

"一起定居新加特兰吧。不管是慕尼黑、圣彼得堡、敦刻尔克、伊斯坦布尔,还是布达佩斯、安特卫普、华沙、巴塞罗那,这些城市都不应该是你们久居的地方,包括伦敦、巴黎和罗马。虽然我不懂颂生到底在写什么样的书,但只有新加特兰,尤其是咱们榕树镇,才是安安静静做学问的地方。"

"但是这里缺乏想象,一成不变,而他这个年纪的作者,还很指望灵感。"

"灵感?他不是研究历史吗?难怪人们会说史书比小说还荒唐!"

"诗比历史更普遍,更可靠,但颂生自己说他还不算个诗人。"

"他经常这么讲话吗?"

"前面一句是亚里士多德说的。"

杨太太决定不再谈论这个话题,她不喜欢女儿重复男人的言论,每当麦心这么做,她就仿佛找到了女儿的精神领地被男人入侵的明证,她会不由自主地提起戒备之心,连自己都难以察觉。"他有多久没联系你了?即使身在轨道速降舱或者俯冲炮艇内,你父亲也都会找机会同我联络。"杨太太问。

"求你了,别再称他'你父亲',他没有名字吗?"

"你真无礼,麦心!无论从哪个层面,杨仲思——这就是他的名字——都是你父亲!如果你自以为可以不认他,也大可以不认我!你跟那个装腔作势的男人学会了自以为是!"

场面终究还是失控了,麦心抿了抿嘴,不知该烦恼还是愤怒。为了不让争执继续,她丢下手里的萝卜,拍拍指间的尘泥,从上衣口袋掏出一支烟,离开了厨房。当她打开屋门,湿润的风从逼仄的门廊吹入,擅长沉默的雨终于暴露了自己。麦心不及多想,抓起挂钩上的橡胶雨衣,走入那片正恣情宣泄却缄默的雨。她喜欢坐在车库前的乌雕褐色的油桶上,那里面原本盛有三分之二容量的满月油,曾是麦心全家最值钱的财产。

"俯冲炮艇,轨道速降舱,这些名词多半是从杨仲思的吹嘘里听来的。他在军中或许只是个勤务兵,却摆出一副身经百战的样子。"麦心嘟囔着,努力点燃那支受潮的烟。她漫无目标地扫视她的家乡,觉得这里安宁得近乎诡秘,一切景致都如童年所见,因此,当她无意间发现远处黑影耸峙时,自然倍感惊异。难道那不是她所熟悉的方位?她自记忆里搜寻,想弄清那里是山丘还是水塔。"他看上去真像个佝偻的孤独巨人。"麦心心想。有一道曳着光尾的红线划过地平线,在漆黑的天幕上留下一道半弧。麦心这才意识到那不是什么山峦的余脉,也不是镇上的供水设施,而是传闻中正在建设的卫星发射台。两天前那里还是牧场,如今却赫然竖起庞大的人造之物,它改变了地表的起伏,而让麦心觉得陌生。她从连绵的楼厦残骸中逃离,穿越一座又一座废弃的避难所,回到可以望断天涯的童年故乡,为的是见证真实的自然尚未消逝。她已经受够了人们穷极物力,竭思尽智,筑成堡垒,为的只是一炮轰掉它。她也从未能理解,为何人们拓治荒原,疏浚泥潭,只为倾倒新的垃圾和渣料。她心绪无主,索性翻出颂生的信来。

麦心:

你走得突然,甚至没告诉我去往哪里,所以我往每一处你可能抵达的目的地寄出此信,但求你见信回复。如今人们都在议论何时恢复全球网络通信,到处都在播放卫胥离的演说,他刚刚当选月球各方总协调员。他承诺会尽快从月球派遣舰队清运太空垃圾,并且已责成他任执行董事的弦月重工负责战后临时网络搭建。

战争似乎真的远去了,但诡异的气氛却叫我透不过气。人们是如何看待这场彻底改变地球格局的旷世之战呢?无人回应!回望一眼这段尚不能称之为历史的岁月,仿佛触犯了某种禁忌,上自当权派,下至平民百姓,全都用一种蹩脚的演技在竭力回避。世间的人仿佛被下了魔咒,他们睁大双眸沉睡!这太离奇了,除非他们有所隐瞒,意欲保守一个就剩你我尚未知晓的秘密!

奥特加错怪了我,事实上生活中的每一个人都错怪了我。我并非追求特立独行之人,更不喜欢痴心妄想,我相信我正在进行的工作是务实的,也是必要的。还记得我跟你提过,旧镇古籍所里有两本书很叫我着迷吗?没错,就是《牛斗列星哀歌》与一个自称乔伊的人的《自述》。这两本书之间一定存在关联,不单单因为里头用了许多相似的名词,更由于有条隐含的逻辑线共存于二者之中。我想把它们译成通用语,但我的汉语快忘光了,偏偏它们都是用汉语写成的。我当然应该怀疑我所读到的也并非原版,因为好多语句蹩脚得很,读来不通畅,似有缺失遗漏,这恐怕不能仅仅归咎于我不佳的汉语水平。我现在还解释不清它们令我醉心沉迷的原因，但我能够确定它们异乎寻常，并且……最重要的是，它们似乎与当下情势的吊诡颇有干系，可是目今，我只能找出一个线索——这两本书的借阅栏都只记有一个名字：若玫。

颂生

捏着手中的信笺，油桶上的麦心喃喃自语道："或许真该叫颂生来新加特兰，至少这里有人大谈战争。"她不理会信笺被雨水打湿，一来信中内容她已能倒背，二来她已决定同颂生重逢。

Chapter 4
乔伊自述
（一）

你可曾伏地观察过鳄鱼？那傲慢稳健的步伐，不怒而威的气度，它们步步为营，阴鸷狡诈，是我见过的最安静沉着的野兽。我认识一班人马，他们面容忧郁，目光狠恶，潜行无踪，像极了鳄鱼。

那天，我在一家全日酒吧吃早午餐。我开始吃煎蛋的时候，酒吧进来一群西装革履、自诩高贵的恶人。没错，他们不必开口，不必打什么手势甚或露出什么表情，单凭他们的眼神就知道他们所行非善。

他们交谈着，时而表露出虚伪的赞许之情，嘴角藏着诡谲的笑，仿佛有什么隐秘的笑料，是低微如我之人所不能领悟的。我了解这类人，他们的欢愉褪去只需要一个喷嚏的时间，但他们转念就开始思念那速逝的欢愉。正因如此，他们几乎每时每刻都感到失落。

我坐在那里，感受到世界的枯燥。那时候，高级舞会，装满珍馐的餐碟，年轻光滑的女人，离我还相当遥远。我甚至不知道谁属于那样的圈子——由官职与军衔决定同一个人交往的必要性，由可靠的中间人决定两方建立信赖的可能性。当然，尽管那时候我的脑袋还不甚灵光，但我至少也明白，这种信赖会随着利益的变化削弱或者增强，他们很少真正考虑建树的取得与罪过的铸就。我几近悲哀地意识到，我将挤入那个圈子，并且最终厌倦。

成群的角马看上去无所畏惧，目标坚定。它们奔跑起来能撼动大地，扬起漫天的尘埃，它们的队伍穿过旷野，横渡河道，仿佛巨神挥出的鞭影。那嗒嗒有致的蹄声，配合它们生命的律动，让它们获得群体中的安全感，但它们终归是角马，看上去阵势浩荡，如有神力，可一遇鳄鱼，这有序而雄壮的场面就将破碎为哀鸿遍野的可怜片段，集体的纽带，前行的信心，都将被那孤独凶残的撕咬瓦解。那群恶人就是角马，没有人，包括我，发现酒吧内潜藏着鳄鱼。一个惊鸟般的小角色冲入酒吧，像是昭示噩兆的乌鸦。他对一个大人物耳语，呼出的粗气吹乱大人物的鬓角，但那群看上去傲慢无礼、横行无忌的人显然已无暇顾及冒犯或者尊卑。他们慌乱起来，就像受惊的角马，而鳄鱼早有计谋在身，他是那么自制，明白如何运用力量才能让杀伤力达到最大。他忍耐着，忍耐着嗜血的欲念，闭紧嘴巴，咬紧牙关，等待自己被发觉，等待他们自乱阵脚，跌入罗网。现在猎物慌了，他们需要时间平复，但鳄鱼出击了，这正是他盘算的时机。不能说发生过交火，简直就是屠杀，精准、实际。这一切结束太快，却令我永志不忘。比起那日复一日的教导与劝诫，这偶然闯入我生活的不朽片段，带给我更多的教益，以及折磨。

　　人们对社会产生了普遍的误解，每当感受到缺失和遗憾，第一反应竟是法网不够严密，规则不够健全，仿若我们只要有一本通天厚度的法典，就能过好这一生。

　　人们谋求更多的占有和被爱，这似乎已成了颠扑不破的真理。可是有没有人认真从反面考虑过呢？假使一个人并不需要某些爱呢？难道施加爱的一方就天然获得了某种特权，不但可以对被施予爱的一方发号施令，在他拒绝被爱的时候还能对他进行道德审判吗？听起来似乎荒谬绝伦，但是现实中的例子不是比比皆是吗？比如，与其说每个家长都觉得没人比得上自家的孩子，不如说每个家长都认为自己做得最好，这难道不是再普遍不过的现实吗？

　　有一天我在睡梦中被叫门声惊醒，当我透过猫眼想要看看外头究竟发生了什么事时，我被一片黑漆漆的东西遮住了视野，我的心脏突然被一股力量攥紧了，一只透明的手从门缝里挤了进来，我想我大概还没有完全清醒，这还是余梦的一部分。我再次望向那失了作用的猫眼时，我看到了瞳孔和睫毛，我知道，那黑漆漆的东西是一只眼睛，它正透过猫眼向内观察。魔鬼，找上了门。

Chapter 5
千桥之城

颂生坐在一辆摇来晃去的厢式货车里，司机是个戴着便帽、昏昏欲睡的瘦小老头儿。颂生怀抱三个梨子、一串葡萄，还有一块用油纸包住的羊角面包，行经半座城市，前往朵蕊丝太太城郊的老宅。他为了这趟远行做了许多准备，主要是心理上的，但一路惨淡的光景又唤醒了他对爱的畏惧与渴望。人们占据月球已近百年，在议定的联合开发区内修建起考究的仿古建筑，奢华程度不亚于地球任何一处府邸，可是地球上的饥荒与贫寒依旧无人在意。几乎每个战后幸存者都患有至少一种慢性病，药厂因此大发横财，资本蜂拥而至，成为财务回报最稳固的投资。他们助人苟延生命，以便持续榨取患者的积蓄，终至死去，无人能够摆脱依赖。

朵蕊丝太太是颂生的养母，从阿根廷回到欧陆，颂生与麦心从一个城市迁往另一个城市，当他们终于厌倦居无定所的日子，想要找个地方安顿下来时，颂生提出不如到他长大的地方瞧瞧，他已很久没有回去，那里有他唯一的亲人。他们就这样来到了千桥之城布瑞奇。

麦心已经离他而去许久了，他寄出的信杳无音讯。这段时日他一边继续研究世界大战，一边筹划为《部分真理，部分玩笑》周刊撰写连载，毕竟他还要维持生计。从倒霉新郎那里骗来的蜜月专款早已花得一个子儿不剩。他拟定了采访计划，想要写一系列有关参战官兵战场经历的短篇故事，但编辑毫不留情地回绝了他，指出这类文章在当前没有市场，他们正全力以赴地准备重振他们的长篇栏目，急需的是《孤圣演义》这般的力作。颂生看过《孤圣演义》，那确实是部好书，虽然书的作者从未公开露面，但丝毫没有影响这本书获得评论界和大众读者出奇一致的好评。颂生还是做出了妥协，他借用《孤圣演义》的设定，构思了发生在雾暝之所的全新冒险故事，但笔法和叙事结构完全不同。颂生把新拟好的大纲交给编辑，单从编辑轻微地颔首，他便知道自己成功得到这份工作了，而这在当下可谓头等大事。最初听到这本周刊的名号时，颂生觉得好笑，"真理"和"玩笑"靠什么来区分呢？为这刊物起名的人犯了分类错误。有哪条真理不算玩笑？又有哪则玩笑不包含真理呢？而如今，颂生觉得这本周刊的一切，包括刊名在内，都无比合理，"若不是他们颇具慧眼，我又如何能摆脱目下的窘遇呢？"他马上就要连邮费都付不起了，而他还有一封重要的信没有寄出，他必须赶在事态恶化之前，让麦心收到他的信。

公路坑洼，人车混行，越是远离城心，人流不减反增。前面的巴士挂满补丁，行驶缓慢，车尾的机枪摇摇欲坠。官方一直宣称，把民用单位改造成作战装备区是结束先前那场战争的关键步骤。"真是歇斯底里的行为！"颂生在心底骂道。司机终于开口说了句："前面一定有个临时检查站，这趟活儿真是不顺！"颂生没有接过话茬儿，只是探头望了望前面的情况，但巴士太宽，几乎挤占了整个路面，他看不见到底出了什么状况，人们的喧哗在颂生听来只是破碎的字词，根本找不出完整的意义。正沮丧时，一个被黑胡子遮住大半张脸的男人猛地趴在颂生旁边的侧窗上，颂生定睛一看，却是西诺。西诺住在城市另一头的大沼泽地，他热情地同颂生打着招呼，示意颂生摇下车窗。颂生索性付了司机车费，下车与西诺同行。

"你还住在河沿的公寓？"西诺一副欢喜的神情，胡子随着咧开的大嘴一颤一颤。

"麦心在跟我闹分手，我已从那里搬走了。"颂生难掩落寞。

"女孩子个个都是心理变态的考官，若不给男人出几道解不开的难题，她们会找不到自己的魂儿！要是你在找住处，我建议你真该到我那儿去，我们可以一起钓小虾。虽然蚊蚁着实不少，可哪里没有恼人的东西滋扰呢？瞧这市镇街景，好似中了毒雾般死气沉沉，尽管到处都是噪音！想要找出一个唇色不苍白、眼底不浑浊的健全人，简直比从月亮上再挖出一块晶虚石原矿还难！你该来山里泡泡温泉，让你僵挺着的腰板舒缓一下。你很高大，但我还从没见过你这么虚弱的躯体，说难听点，简直像皮囊里包裹着的亡灵！你的生气，大概全被这破败城市的孔隙吸走了！"西诺一旦打开话匣子，总会喋喋不休，不过这些唠叨被西诺的快活情绪包围着，颂生觉得这个幼时的邻居，并不怎么惹人讨厌。

与西诺分别后，活泼的劲头没能延续太久。颂生决定乘船赶路。
　　对于即将到来的会面，颂生感觉有些无措，要是麦心在身边的话一定会好上许多。这是一段短暂而忧郁的旅途，颂生在脑海中慢慢还原对朵蕊丝太太的印象，这个过程不像一个孩子在回忆母亲，倒更像是在揣摩一个略感兴趣的陌生人。朵蕊丝太太对世界没有太多恶意，但寂寞令她有些神经质。她对摆脱孤单状态有一种上瘾般的偏执。她在年轻的时候，跟许多那个年代的同龄人一样，喜欢背诵奥特加的语录。"我知道，在我行将就木之时，我只会记起爱情，因为爱情正是夺取我生念的那场病。""明明是尔等在用变换的标准活在时空之中，随境遇变迁幻化出不同姿态，恒常如我，在这天地之间固守唯一的信念，却被尔等诬为分裂。"这两句是朵蕊丝熟记心田的话语。她时常跟人谈起她前三任丈夫和数个男友，沉浸在言说中能带给她满足。她说他们以蠢货居多，尽管他们之中不乏老实人，但共同的特点是艺术品位很差。明眼人都知道她最爱最后一任丈夫，她却谎称跟他纠缠在一起不过是为了毫无耻感的快乐。她说人们最不该抱怨的就是没时间阅读和欣赏音乐，没有这两样东西，生命就欠缺目的，而没有目的的生命简直不能成活。
　　按响门铃的一刻，颂生有些退缩，他怪自己没有事前考虑一下突然的到访是否冒昧。开门的是帕森，颂生一直称呼他为表哥，实际上他是朵蕊丝太太的亲儿子。在帕森还是孩子的时候，全身上下简直找不出一个地方像他母亲，这让颂生一度认为帕森跟自己一样，同为领养而来。可随着年纪的增长，这位步入中年的表哥，样貌神态净是朵蕊丝太太的影子，仿佛母亲的基因才刚刚遗传到他身上。帕森把颂生让进门来，眼中电光般闪过一丝惊恐。

Chapter 6
天涯两端

门被掩上的刹那，颂生发现门前的老树死掉了。他已经记不起房中的陈设是否如故，当然也不能明白为何曾经过度修饰的装潢现在看起来不仅陈旧，而且无华。世道变了，过去故弄玄虚的是巫婆神棍，现在是大学教授，这种变化过程同房屋的腐朽一样，是不易察觉却正在发生的。

"嘿！别东瞧西望了！我知道你来这儿的目的，听着，我只搞到一架'渊火'穿梭机，别打什么鬼主意，我可不会再上你的当，除非开个好价钱，否则你还是免开尊口为妙！"帕森简直像是事前排练过一样，连珠炮似的吐出这一串话。

"我不懂你在说什么，帕森，我只是来探望朵蕊丝太太。"颂生努力想要嗅出这座飞舞着尘埃的宅子里残留的童年味道，可是他什么也感受不到。屋子并不宽敞，甚至可说是拥挤，但颂生像是踏入了一个透明的气泡，周围凝结着空无。朵蕊丝太太总是很孤独。可谁又不是呢？徒劳地想要摆脱无聊，难道不是每个人的心魔吗？谁不在忍受各自的苦痛？喋喋不休地抱怨人生，虚耗本已衰微的精神，在自怨自艾中消沉颓唐，将人们共同的孤绝宿命认作自己的个别体验，习惯性地放大苦恼，对他人的忧郁反倒视而不见。朵蕊丝太太的性格包含很多人们难以克服的弱点，也正因如此，颂生对朵蕊丝太太的印象就像一张拍摄于暴雨中的老照片，那张阴沉模糊的脸，笼罩着经年不散的愁云惨雾。

"我警告过你了！别耍花样！这种时候你会来看我妈？小子，这次你打算怎么愚弄我？"帕森很容易气急败坏。

"我不关心你为什么急着逃离，也不知道你要开着'渊火'去哪儿！月球？还是更遥远的殖民点？我真的劝你别这么干！'渊火'虽是中立军械厂出产的穿梭机，可现在风声正紧，到处都在清查搜捕战时潜伏下来的间谍，你这时候驾驶军机出逃,也太冒失!"在颂生眼中,帕森简直就是个愣头青。

"荒唐!没想到这么久不见,你还是那么傻里傻气!我会笨到被军情局抓到?现在的军情局可不比以往!不过要是你胆敢把我的计划透露出去,你跟你那个摆弄扳手的小娘儿们就等着倒霉吧!如果你能学会本分,把你的盘算从实招来,我或许还考虑在弹仓卖你一个位置,只要别吐得到处都是,还要我再去清理就行!"帕森扯着脖子,额角的青筋像是要爆开一样。

颂生知道怎么对付这位"表哥",不咸不淡地说道:"你并不是什么恶人,为什么总要扮演混蛋呢?我想念朵蕊丝太太,我只是来探望她。"

面对颂生的冷静,帕森脑门的热度似乎也退了几分。"你突然跑来这里,动机实在可疑。是不是那笔诈骗款已经被你挥霍一空,这会儿又来低眉顺目地讨钱?"

被白蚁蛀蚀的地板发出怪声,颂生意识到那声音其实一直都在暗中嗡响,只不过这会儿被弯音轮调了音高,刺入耳膜。走廊尽头传来一个老妇的骂声:"混账东西,狗嘴吐不出象牙!"接着,朵蕊丝太太出现在暗红色的阴影里,让颂生产生了她正站在舞台幕布前的错觉。

"我是担心他来骗咱们钱。"帕森的音调变得像是孩子在赌气。颂生不禁同情起这位表哥,跟朵蕊丝太太一起生活并不容易,一位很难取悦的母亲对于她的孩子来讲可谓灾难。假使母亲正在抱怨生活之路举步维艰,任何轻松的反应都将被视作背叛,而这种压力帕森应该经常会感受到。

朵蕊丝太太说:"是我的钱。"她穿着尖头拖鞋,乍一看比实际年龄要小上几岁,可是当她一停止讲话,面容沉寂下来之后,成瘾般的忧虑造就的无数皱褶细纹,便暴露了她的年龄。

"您好,太太。"也许是经历了方才波折的缘故,见到朵蕊丝太太令颂生品尝到久违的亲人重逢的滋味。

"麦心怎么没来?你何必跟那浑小子纠缠无谓的谣言呢?说说那个让你着魔的女人吧,我看她才是你到这儿来的真正原因。"

朵蕊丝太太躺到摇椅上,示意颂生坐下。

"我们之间闹了点误会,她搬走两个月了……暂时……我想是暂时的……您有她的消息吗?"

"我看你真是走入绝境了,没有你在,那姑娘是不会跟我有什么来往的。

你为什么不早点去追回她呢？"朵蕊丝太太问道。

"是呀，你不去找她跑来这里做什么？"帕森依旧不死心，朵蕊丝太太瞪他一眼，叫他去烧水泡茶，帕森只好悻悻地走向厨房，茶具被他弄得叮当直响。

"我不知道她去了哪里，我真希望她一切都好。"

朵蕊丝太太冷笑道："男人总喜欢这么安慰自己，可事实上她连你都指望不上，又能指望自己交到什么好运呢？"

颂生垂下头，他知道朵蕊丝太太说的没错，可他现在的确无能为力，通信中断，信件连送达回证都没收到……不过这些都不算是理由，毕竟此等糟糕状况麦心走时就已经存在，而他没有留住她，放任她离开。

"你没有兑现你的承诺，给她可靠的保障，现在又费尽心机要去补救，反倒显得你为感情付出了很多似的，可你这么做的目的也仅仅是自己心里好过。"

颂生感觉头皮像有一把火烧过，他无力反驳养母，只得转移话题："当前的局势的确不容乐观，但私驾'渊火'出逃并非明智之举。"

"这你不必担心，浑小子一准儿又被人蒙了，只要我活着，我不会让他再干一件蠢事，尽管他干的蠢事比这城里的桥墩还多。那小子从工人俱乐部听到些传言，说是天下又要大乱了。几位战时地下城邦德高望重的将领准备让西欧大国脱离'光荣欧亚'，向'机械联盟'复仇的情绪也被煽动得愈加炽烈，热钱涌入'避难'行业云云。瞧，这话只消听上几回，任谁都能当顺口溜说个利落！许多人担心过不多久他们又将回到地底居住，不知从哪里冒出来一批骗子，说能搞到小型穿梭机或者俄罗斯'空天客车'的机票，还说有渠道能帮忙移居中国，既然人们有这种忧虑和需求，想必总有蠢货会上钩吧！"这时帕森正巧回到客厅，听到母亲的话脸色一阵青一阵红，颂生能感觉到帕森端着茶盘的手气得发抖。

"你对此有什么看法吗？"朵蕊丝太太没理睬儿子，又朝颂生问道。

"虽然现在还下不了定论，但帕森听到的并非无稽之谈，现在银行家和外交官的做法叫我胆战心惊，他们拼命粉饰太平，给出的理由无非是世界不可能在这么短的时间内承受第二次重击。这个逻辑毫无根据，'第一次冲击'过后，人们还笃信世界大战不会爆发呢，可接下来怎么样，战争不是一直持续到新世纪过半吗？能听到有人谈论战争简直太好了，要知道不是我们避而不谈战争或者干脆闭上眼不去想它，战争就不会爆发。"帕森听到这番肯定，脸色终于好看一些。

"你也觉得又要打仗？"朵蕊丝太太的后背离开躺椅，弓着身子坐起来。

"没错，最快可能明年春天就会开战。"

"那我们该怎么办？"朵蕊丝太太惊慌起来，"真的要指望那些倒爷或者蛇头？"帕森看到母亲的神情备受打击，他早就向她谈起过战争危机，可母亲全然不加理睬，现下颂生只轻描淡写地重复了一遍他的言论，母亲便百分百重视起来，一股妒恨之情简直令他发狂。

"那倒不用，我们没必要逃离欧陆，因为这一次的战场，会在机械联盟本土。"颂生无意叫他们母子关系紧张，于是起身告辞，临别时，他悄声对帕森道："不知道你能不能为我安排一次访谈，对象就是你那些俱乐部朋友。"帕森因为可以背着母亲与他人达成约定而兴奋，他打了一个颂生没看懂的手势，告诉颂生明天在胜利日纪念碑等他。

离开朵蕊丝太太的住处，颂生不想回家过夜，去旧镇古籍所通宵看书或许能令他稍感心安，他受够了夜里醒来误以为麦心仍在身边。

Chapter 7
乔伊自述
（二）

　　长久以来，我只有死死抱头才能入睡，仿佛怕有什么魔怪从脑袋里蹿出一般。我也曾想与心爱的姑娘相拥而眠，满足于平静而持久的情感供给。让一条胳膊压在胸口的重量变成舒适的怀抱，这种事唯有爱情可以办到。说来奇怪，尽管爱情的绵延可以长达一生，但它的发生却往往在那不经意的对视瞬间。这虽是老生常谈，但怦然心动的经历就是如此令人难以忘怀。由于缺乏必要的准备，这样的爱情多数会在手足无措的慌乱里无疾而终，留下怅然若失的孤独个体，沉默地生存在世间。无可否认，存在神的宠儿，他们足够好运，能让这朵初生的娇蕾向阳绽放。我从来是被命运遗弃的，早已闭心绝念，只爱在尘泥里搅弄朽骨与"未完成的死亡"。

　　我走上特工之路，除了可以归因于目睹了全日酒吧里那场杀戮，还有一个更内在、更深沉的原因——我对自己才能的不自信。在做出职业选择之前，我曾以为自己能当个导演或者小说家，我不敢想象自己能成为诗人或者作曲家，尽管那或许更接近我青年时的热望与童年时的耳濡目染，但我太过压抑自己的激情。有一天破晓之前，我从浅梦中惊醒，感到身上有一层凉湿的汗。我感到生活的沉重和寂寥，不知道将被命运推往哪里，不知道能否找到一位伴侣终结剩下的孤单岁月，不知道自己的志趣还能坚持多久。我想要成为艺术家的愿想破灭了，在那样一个难以揣度的时刻，没有人声，没有星光，只有夜莺的啼鸣和黑暗，我意识到自己的短片和画幅从来没有得到过肯定，也没有任何理由能使自己相信将会出现得到肯定的可能。我当然更不敢写下一行诗或者谱出一段错失于街头的旋律。在艺术上我越是受挫，我就越想要狠狠抛却它，远离它，因为我害怕自己背叛它，亵渎它。我触摸到床头的一个物件，那是一只蓝色的鲸鱼，它的乳白色肚子原本可以发光，现在已经失灵，因而它成了无甚功用的陈设。想到我死以后，它还要存在相当漫长的时光，我感到可悲和好笑。

说到底，我希望自己成为一个法外之徒，因此我当上了特工。我又不具备真正超然物外的勇气，因此我当不成艺术家。

雷杰明在他的《考古笔记》中曾说："主体性会渐趋消亡，人生体验的家畜化将成为现代人精神困途最显著的特征。在满足了生存需求之后，人的渴望转为爱与被爱，人会被生活中细枝末节的感动左右，进而做出改变一生的决定。永远不要高估人在个人选择上的理智程度。人可是会为一段虚无缥缈的感情断送自己性命的生物！"

这段话时常钻进我的脑海，像一只困死在地狱的怪兽的幽灵，从我的梦里时进时出。雷杰明代表了一类人，他们把僵化的道德观念奉为圭臬，为心中微细的期许做尽蠢事，胆怯地躲进帷幕之后，不敢直视正在上演的欲望，因为畏惧打破聊以自慰的金科玉律而错失良机。

焦虑仍在继续，永逝的时光形成一种隐性的存在，却总是蓄意露出破绽，让可怜的人们观察到它愈发叫人悲哀的本体。

雷杰明抱怨这个世界充斥着尔虞我诈，那又如何呢？"我对此满心失望。"他的口吻多么狂妄，散发着酸腐和醉醺醺的气味。每一个星球都需要一批最诡谲的人描绘出一个善良世界的假象，然后循循善诱，使愚弱的大众愿意相信它真实存在，为此那些骗子花费了几百年的时间。雷杰明同许多过分思虑的人一样，一生懂得过许多道理，到头来却全部抛诸脑后，他们忘记了不破不立的铁则，不知他们会抱残守缺到何时？

人总是对自己诞生的世界满心眷恋，而这又成为羁绊，使人难敌摆脱母亲怀抱的诱惑，处于掣肘的窘境。每个人都在灵魂深处构建自己独立的宙域，谁又甘心永远身居已被设计完成的世界呢？谁不幻想自己也可以是个创造者？每个人都在幽微的角落里做着创世的主宰，并被外化的企图撩拨。绝大多数人的命运便休止于此，他们无法将自己的内心呈现，做着能够与外界沟通的迷梦。他们个个都是意志与四肢一样脆弱的可怜虫，被造就，被抛弃，被碾压，被遗忘。人生的每分每秒，都在迫使你接受这不公的现实，我给出的回应，仅仅是庄重的拒绝，否则，我只好枪决我自己。

Chapter 8
危险人物

你无药可救地爱上的这个女孩,或许只是个蠢人,满脑子都是如何压榨你的宽容和同情。她也许只是把感情视作另一场必须胜出的竞技,如果技不如人,就要承受失败的厄运。人们总是错误地认为胜利意味着一往无前,可现实是,胜利仅仅是克服一个又一个致命的错误而已。人们只看到了胜利者迈出的步伐,却无视他们越过的障碍。这就是我们无法从中有所长进的原因。

颂生醒来,无意识地复读梦中的呓语。旧镇古籍所没能容许颂生留宿,一个脸色青黄相接的女管理员说,孤男寡女深夜独处不成体统。颂生只得回到家中,心中隐然生出对麦心任性离去的怨恨。他没睡多久,便又起身,无意识地刷牙,无意识地冲泡清咖啡,无意识地锁门,无意识地照着既定的路线换乘地铁,无意识地站定,而后猛然清醒,原来他只是在无意识地苟活,并且搞错了要去的方向。颂生难过极了,他胃里空空,只剩那杯清咖啡。

颂生感到一阵倦乏。他的手不听使唤,系不紧松开的鞋带,胸口仿佛堵着一座冰山,他只能微闭双目站着,像丢了魂儿的丧尸,不过他依然坚信他的状况正在好转,他那一贯的、带着悲哀的乐观,就是他不可动摇的根。

帕森神气十足,到达工人俱乐部后,更是努力显出熟门熟路的样子,打出更多颂生看不懂的手势。来到俱乐部二层礼堂,一个声音撞进颂生的耳朵:"……他们无法理解别的言语,只有大兵压境才能使他们明白,和平到底意味着什么,除此之外,他们只会蔑视你的意愿!要用拳头,让他们信服!用铁和血,让他们悔悟!用眼泪,让他们复明!我听到一种说法,说什么现在欧陆根本组织不起跨洋作战,亚区更不会同意在这个时点挑起战争,如果光荣欧亚肯两面夹击机械联盟,战争该在八十年前就彻底终结了。说的没错!战争是该在八十年前就终结,但说这话的人搞错了前提,我们不需要看亚区的眼色行事,八十年前,我们还处在四分五裂的状态之时,就有能力凭借自身打垮机械联盟,遑论今时今刻,我们已成铁板一块,利矛不透,万箭不穿!"

　　台下响起吼叫声和经久不息的掌声。颂生吓了一跳,他没想到有这么多听众在聆听这个战争狂人的演讲,因为就在这惊雷般的轰鸣炸响之前,除了那个满心仇恨的嘶哑声音外,礼堂内是那么安静。

　　这位叫作孙正浩的头面人物在人们的簇拥中走出会堂,他的周身像是装了透明护罩,人群恰到好处地为他留出行走空间。颂生被挤到通道的墙边,他看到孙正浩五官扁平,唯独颧骨奇高,下巴短糙,一口坏牙,眼睛细狭,在厚厚的镜片后面显得尤为渺小。他的装扮简直像20世纪初的俄军士兵,他却又是那么矮胖。他走起路来架着膀子,又像是蹩脚的柔道选手。不知为何,颂生从孙正浩身上看到了乔伊的幽灵。

　　孙正浩转进门上贴着"非请勿入"字样的副厅,几个追随者想要跟着进去,他们的脸蛋因为兴奋而涨得通红,可门前已站着两个大个儿瑞士守卫,追随者们磨蹭了一会儿,也便随着散场的人群离开了。帕森等到过道清静下来,方上前道:"我们有约。"他故意使用一种高深的语气,有意让对方明白他跟孙正浩交情匪浅,但守卫属于那种不通情理的佣兵,他们大概被刚才的嘈杂弄得有些倦怠,烦躁地说道:"现在不是会客时间。"帕森吃了闭门羹,想要发作却又对这些尖桩般的守卫无计可施。颂生从怀里摸出一盒四支装的雪茄,递给其中一个守卫,守卫瞅了一眼同伴,得到了肯定的回应,于是他接过颂生的雪茄,凑在鼻尖上闻了闻,朝同伴点了点头。"这可不是替代烟草那种冒牌货!"帕森多嘴道。守卫白了帕森一眼,用那只比帕森的脚还要大的手敲了三下门。门开了,守卫让在一旁,帕森和颂生便踏进门去。

　　屋内除了孙正浩,还有一位穿着雪白军队礼服的中年人,他的脸上没几条皱纹,但是胡子已经花白,旁边坐着一个女人,比孙正浩还要肥胖许多,脖子上堆着一圈圈肉,她正在吃着某种多汁的水果。开门的是一个干练的小伙子,显然他对自己能够待在这间屋子里倍感自豪。

　　坐着的三个大人物没有停止交谈,只有胖女人瞥了一眼门口,颂生尴尬地站在原地,而帕森与开门的青年却投入地聆听起他们的对话,眼角流露出珍视的感激。

　　军人说道:"复仇,追索血债,这也是官方的调子,如果不能善加利用,我们会反受其害,给人当枪使!"

"要不了多久，复仇之战，就会变成军阀争权夺利的闹剧！"孙正浩探身够了一只果子，囫囵塞进嘴里，紫色的汁液从嘴角流了出来。"不过你说的没错，我们绝不能让自己的弟兄牺牲在无谓的权力乱战中，他们的每一滴血都应该为更伟大的事业而流！"

颂生很吃惊，他本以为这些激烈的用语是为集会专门准备的，没想到孙正浩在此等私人的场合，依然嚷得响亮。

胖女人终于开口提醒道："我们有客人在等。"她尽管肥胖，但有着深具魅力的五官。

孙正浩像是刚刚发现门口站着人一般，阔步走向帕森，他短而有力的胳膊挥动着，露出责怨的表情，说道："你怎么也不作声呢？对不起，我跟厄提诺将军一聊起来，就会忘乎所以。"

帕森连连摆手，脸上堆满真诚却怪异的笑容，他一把将颂生推到身前，说道："这就是我家弟弟，他一直渴望见到您。"孙正浩把手递向颂生，颂生觉得自己也被一种难以言述的魔力感染到了，他握着孙正浩干燥的手，看着这个狂热分子鼻翼泛黄的阴影，觉得眼前这个似乎每说一句话都竭尽气力的人有着冷漠甚至残暴的本性，但那个丑陋的核心笼罩在平易近人的光芒里，使得这个其貌不扬的男人更加危险。孙正浩把他们引向厄提诺将军和他的太太，一路没有放开颂生的手，这种做法容易使人不快，但他却让一切那么自然而然。

五个人重新坐定，只有开门青年依旧站着。孙正浩说道："你是个作家，历史学者，那篇关于日内瓦城防战的论文写得棒极了。你现在就职何处？"

颂生没想到孙正浩会提起那篇文章，他原本打算用之申请一份教职，因而花费了大量精力审慎地撰写它，他相信正是那一段时间的冷落，令自己与麦心的关系开始出现裂隙。可这篇他自以为体例工整、论据充分、论点鲜明的文章差点让他失去继续研究历史的信心，多数院校没有给他任何答复，而收到的几封回信充满了奚落和贬斥，他们说他缺乏基本的史学素养，是在编造低俗小说，甚至有一家大学声称要起诉他，因为他"恶作剧般地浪费了他们的宝贵时间"。孙正浩竟然读过自己的《日内瓦之围》？颂生愈发觉得这个看上去是在强撑精神的危险人物就像在残卷里成活的乔伊。

"那篇东西不值一提，我现在《部分真理，部分玩笑》周刊谋事。"颂生答道。

"喔,那会是事业的起点,有机会我会把你引荐给洛里斯,你的明面老板手里绝大多数股份都是代持他的。你怎么看现在的形势?战争打得起来吗?"

"情况糟透了,但我认为明智的人都不该在此刻挑起战争。"帕森听到颂生这么回答,大觉困窘,真想当场掐死这个弟弟。

厄提诺将军说道:"战争不是谁挑起的,你没有打过仗,以为战争就是拿着致命的工具厮杀。我曾经连续两天趴在雪坑里值哨,棉衣棉裤不知被冰水浸湿了多少次,为此我丢了两根脚趾和小腿上一大块肉。我不会忘记在战斗的间隙我的战友把我拖回指挥所,我被火烘烤着,在接受手术前吃到了一份早餐,喝着滚烫的咖啡听新上任的尉官吹嘘他的空降经历。那一刻我明白什么叫作生活,我们应该珍视什么,而在那之前我对此一无所知。战争从来都是不可避免的,没有人真的想让局势失控,可是一旦让战争这艘巨轮离港,除非抵达目的地或者撞上冰山,人是无力让它停止运转的。反攻阶段,我的连队要拿下一个村落,尽管那群村民处死了一百个壮年士兵,献出了四十个年轻女儿,我们还是要攻占那里,把那里改造成废油精炼厂,把所有人征召为炼油工人。我们非此不可,否则供给线就会中断,成千上万的战友将因此丧生,我们必须完成任务。那群村民想要阻止作战的愚蠢做法只是降低了我们进攻的难度,鼓舞了我们低落的士气。这就是战争的真相,孩子,你必须亲身经历,才能窥见一二。"

颂生知道厄提诺将军说的反攻阶段是哪个时期,那时候对机械联盟的作战因为"大异变"而近乎完结,欧洲战场的混乱状态变成新崛起的军阀划定势力范围的绝好契机。颂生厌恶那个时期,任何对那一系列荒唐战事的辩白他都觉得恶心。颂生觉得厄提诺将军是那类身背最深层次邪恶的人,他们习惯将暴行视作为善。

谈话结束得不很愉快,厄提诺将军明显意识到颂生对他心怀不敬,因此伺机直斥颂生见识浅薄、孤陋寡闻。颂生坐在这群人中间,觉得自己像个站在角落里的杂耍艺人,舞台中央属于衣冠楚楚、用机关和障眼法逗弄观众的魔术师,他在聚光灯以外的淡蓝色阴影里,卖力地丢着彩瓶,踩着独轮车,却不被世界察觉,不为世人看到。恍惚间,颂生看到了麦心的澈眸,他发现那汪水波里藏着一滴泪，以及生命中唯一的同情。他心碎了。

"'渊火'……有一架穿梭机的话，我就能去新加特兰，我就能打听到麦心的下落……"颂生这么想着，紧紧握住帕森的手，眼泪夺眶而出，吓蒙了他的表哥。

Chapter 9
去日苦多

"爱让一个人更糟糕,利己主义的眼光,偏执的判断,极端的仇视、贪婪,还有疲倦。"这些字句在麦心的心中激荡,她发抖的双手按在玻璃桌面上,红茶溢出杯盏的边缘,像是雨天里流淌的血水,冲刷掉生命的温度。

这的确是一个冰冷的早晨。晦暗的季节,晦暗的月份,晦暗的时辰。易于沉湎的隆冬,难以割舍的寒夜,灰色如素描阴影的一月,注定失于明媚的早晨。

颂生站在窗前,看到昨天傍晚那一小滩污水,如今冻成了大地上的一块疮疤。麦心怒气未消,而他沉吟不决。就像奥特加对他的妻子一样,颂生对麦心抱有歉意,房间里充斥着宿醉的气息,胃里塞满速食,饥渴于新鲜的餐饮,头发上有烟草的臭味,脸上有凝滞的泪痕,他对这一切抱有歉意。

颂生记得自己初见麦心时,她穿着薄透的纯棉罩衫和灰色的亚麻短裤,额头上架着橘色的滤光镜,看上去邋里邋遢。可是她有一双灵巧的手和专注的眼睛,膝盖和脚踝也很漂亮,长直的小腿充盈着少女的活力。她在摆弄机械元件时绷紧的嘴唇展露出兴趣使然的干劲。颂生无助地默念,眼中麦心的影像渐渐扁平,静止,成为一幅蚀刻版画,终将在记忆中锈迹斑驳。他感觉到熟悉的心痛。

这个世界没有纯粹的东西,恶毒之中也潜藏着美德,再强烈的肉欲也能被理智克服,无所不在的争斗煎熬着每个人的内心。颂生明白这一点,并为此而愤懑,因而他拒绝拥抱他的恋人,尽管除了她,这世界一片空无。

这是一个稍纵即逝的早晨,别离令人无从防备,突如其来。许多年后,一个同样稍纵即逝的黄昏,颂生会记起这场没有告别的别离,而那时的他,心已如暴雨浇过的茅草堆,再也蓄不下任何伤感的水滴。

颂生走在街头,目睹整个世界也被同样精妙的心思和繁复的物力包裹妥当。楼宇、路牌、遮雨棚、街灯、电线、信号塔、太阳能电池板、荧屏、垃圾桶、电话亭，秩序井然，令人畏惧，生怕喘息的音量，脚下的步履，触犯到未知又确在的规矩。旗帜投下象征权柄和财富的阴森的暗影，卑微的幸存者小心翼翼地捧起纪念亡灵的蜡烛，生活隐没在罗织禁忌的仪式之后。

这是六十八年来最冷的早晨，军方发言人承诺会尽快拆除遍布城市的碉堡和路障。模糊的目的，不能说破的心事，梦游般的脚步，感恩的负累，虚构的美德，颂生跟这一切贴面而行。一张张不见愁容却隐忍僵硬的脸在他的眼前划过，就好似雾中的幽灵，轻盈又迅捷，他仍期待有一天从中碰到一张饱含热泪的脸。

街角有一株龙爪柳，那是来自战前的宝贵遗物，凋零的枝蔓好似老人手背细密的褐色血管，可它却成为这座城市恢复生机的图腾。颂生感觉自己的脊柱缩成一团，像那些被他丢进纸篓、不堪一用的书稿般紧皱，他曾以为自己可以做一名随心所欲的历史作家，到头来发现自己只是一个可悲的颈椎病患者。颂生意识到自己身处一座迷宫，最复杂的迷宫，每条进路、每处拐角、每个邮筒、每幅标线，都与自己最熟稔的毫无二致，自以为走在心目中确信的正途上，却猛然发觉已偏入陌生的道路。

在遇到那三个怪人之前，颂生全然无法理解麦心早晨发火的原因。"那只是梦而已，不管感觉如何真实，都跟现实无涉，你为什么总爱制造虚无的困境，而让自己无所适从呢？"这句问话一定刺痛了一颗方苏的柔心，在噩梦乍醒的时分，如此的诘问好似野蛮的贼盗，袭掠了麦心未设防的心门。这个压抑的早晨，充满叹息和焦躁。颂生现在愈发知道，那时他对她说的每一句话，都可能成为这一生他与她的倒数几句话，是因为不舍吧，他变得迂回又延宕。只是在那个尚未从昏夜里完全挣脱的早晨，他是否意识到这一点呢？或许他意识到了，可连他自己都没有发觉。

Chapter 10
残梦余影

　　重复进入相同的梦境是可怕的。风中传来云雀的颤鸣，麦心想弄清其中的预兆和逻辑联系，但唯一能让她依赖的男人告诉她，此等尝试尽为徒劳。童年的旧宅时常在梦中出现，这又是怎样的心结造就？麦心漫无目的地思索着，颂生的离开令这种思索更加孤独。

　　能回想起的只是几个不可靠的片段，或许掺杂了醒后的意识，但梦潮退去的残痕不容回避，真相就散落在卵石、空贝壳、寄居蟹杂陈的记忆海滩。视角是第一人称的。三个人遮住了海鸥，并立于我的眼前。他们身着没有领章肩衔的海军制服，流苏和银扣摇摇欲坠，滚边和袖口肮脏破旧，但他们的神情却忧郁肃然，透露着毋庸置疑的坚定勇气。他们在请我离开，麦心心想，那时我就想要醒来。视野变得蒙眬，我能感觉自己躺在卧房的床上动弹不得，颂生不在身边。一个黑影在离我很近的地方如慢动作般调配着一杯液体，我情知那是一种威胁的手段，内心充满惶恐，不想被那杯可怖的液体摧毁。他转向我，我无法辨认他的脸，他将液体端到我的嘴边，却没有给我灌下，而是倒进了我睡衣的领口，液体沿着我的脖子流淌到胸前，我能清晰地感觉到水流过皮肤的凉滑，我确信那一刻我已醒来，但我仍旧听到了那个声音，他说，你不该来这儿。有几个瞬间，我觉得那个黑影有几分像颂生，麦心悲哀地想到，这大约就是我早晨感到莫名难过的原因，我无法接受颂生那么做，他认为我闯入了某个只有他可以占据的秘密领域，他要赶我离开。如果终有一天他会走向陌生，而我必须接受他并没有那么爱我，我无望的求助和衰老都不能再令他动容，他再也无法对我此时的战栗感同身受，那么，我为自己编造的滴水不漏的意义就好似一圈悲凉的光晕，同聚变的内核天衣无缝地虚接一处。麦心有点想念颂生，她并非冥顽，只是习惯了得而复失。

　　正午前军方进行广播的传统依然延续，虽然内容由发布前线战况转为许下种种重振国家的宏愿，但同样地不足为信。瓦解人们生活愿景的从来不是战争，而是洗碗池里的残羹和烟灰，是玄关生满裂纹的毛玻璃，以及门廊剥落的墙皮和厨房瓷砖的油污。"大沉陷"和"天命之战"并没有过去多久，人们对它们的回忆却分化得如此不同，就像对待一个背弃自己的男人或女人，有的人在激烈的爱火中蚀骨灼心，有的人在惰怠的遗忘里髀肉复生。窗外的玉树琼花为何散发金属的光泽，零星的落雪为何夹杂机油的味道？麦心发觉，世界远比她想象中冰冷，而且那冰冷并非来自空气、月亮或海洋，而是来自每一个人深邃的心。

颂生再度想去旧镇的古籍所，那里堆放着来不及电子化的纸质图书，每次踩上那条布满尘埃的地毯，他都感觉自己像是服下一味致幻剂，这里好比昔日河畔的咖啡馆，总带有一种可爱迷醉的女孩子的香气。他还想念古籍所内的一男一女，虽然他们三人各自无言，甚至彼此没有打过招呼，但有无数条隐秘的连线已将他们勾扯在一起。

寒霜漫天，颂生抄起手缩进大衣里。朵蕊丝太太曾给过他一副羊皮手套，她说那是颂生生父留下的遗物，但在战时的捐赠热潮中，颂生毫不犹豫地交出了它们。那时候他无法想象目下的怅然若失，曾为换取到微薄的荣誉而激动得整夜难眠。

一栋被战火烧得只剩钢筋骨架的建筑屹立在斜街和主路的交会处，像一个囚禁巨兽的笼子，无声而怪异地停放于此。弯折变形、几近坍塌的轻钢龙骨勾勒出楼厦大厅昔日的堂皇。楼前的小片废墟重砌了石路，辟出了花坛，又整葺出一块圆形的空场，吊车正试图竖起一座纪念碑。不远处，已经有穿着黑衣的男女手捧鲜花默默等待。噪音很大，但场景呈现在颂生眼前的时候，好像滤除了音效，仅仅保有黑白的画面，一帧一帧在颂生眼前浮现。如同在翻阅《全息日报》副刊的讽喻漫画，同样地无关痛痒，不伦不类。战事结束三年了，尸体点检完毕，部分被冠以英雄之名，部分获拥一座纪念碑的铭刻，死难的大多数，只不过成为亟待核销的成堆的档案文件和留在名册里的密密麻麻、挤挤挨挨的黑色姓名。

他们渴望被尊重，他们生前没被公正对待，颂生这么想着，没有意识到自己越走越快。

Chapter 11
陋室困情

透过起雾的镜片，颂生看到楼道尽头的灯光闪现七彩的光轮，他磕磕绊绊地穿过堆满杂物的窄路，哈气不断形成新的障碍，他像个白内障病人般前行。颂生没钱治疗他的眼疾，尽管一枚小小的植入物就能解决一切难题，但看似能轻易解决的麻烦还有很多，而它们一直嵌在生活里，像一根根埋入皮下的肉色的刺。"搞一架'渊火'"的计划搁浅了，恰如颂生最初所想，这是一个鲁莽荒唐的决定，可是对麦心的思念让他不忍放过任何可能的机会。即时通信仍没有恢复，人们早已习惯将情思直接传递，他们已经很难掌握感情沉淀的技巧，他们的记忆衰退，他们只会运用现在进行时来表达，颂生必须克服这些困难。他想念麦心，这就是他生活圆周所围绕的中心点，他不知道除此以外的人生还与他有何相干。

已经到了不得不擦一下眼镜的地步，颂生用衣角把镜片上的水雾拭去，模糊视线中，有一个身影在前方徘徊，他的鼻头一酸，慌忙戴好眼镜快步向那人走去——她回来了！回转过来的却是一张疑惑、戒备的脸，她的眼神灵动，跟麦心那秋潭般的眸子截然不同，她显然被这个急匆匆移近的人吓到了，穿着细跟皮鞋的脚倒退一步，靠在了颂生的家门上，微卷的、飞扬的长发重又披落肩上，有几缕秀丝却拂在嘴角。即使在激动、讶异又失望的复合情绪中，颂生还是感到他的腹中涌起一股情欲，他几乎同时感到，跟眼前这个女人在一起的男人能够获得怎样的欢愉，而他将不能自已。

两人都僵住了，颂生正欲开口，女孩却像是被撞破了什么秘事，微红着脸跑开了。颂生望着女孩窈窕的腰身在晦暗的走道里消失，方吐出憋了许久的一口气，眼镜便又蒙上白雾。

颂生躺在床上不得成眠，回顾乏善可陈的一天令他更加烦闷，索性起身坐在楔在墙上充当工作台的隔板前。他想要完成周刊布置的选题计划，可是却只写出一段絮语:"星疏月皎,古道漫漫,斜碑荒冢,寒草萋萋。本欲遣情抒怀,遇着这悼史伤时之景,难免意绪酸恻。忽又一阵惊风落雨,雾影如漆,月笼乌纱,愈添懊丧。"

颂生躺回床上,他想起今天在街上遇到的一个青年。他坚称"月球改造计划"是人类正被外星奴役的开端,地球上现存的政权和官僚体系已完全听命于他们的外星主子,老百姓将像当年被贩奴船运往美洲的黑奴一样遭受未知的厄运。他反复哀求路人停下脚步,看一眼他手上的"确凿证据",带着哭腔,因为旁人的冷漠气得发抖。至少他有自认为必须完成的工作要做,颂生心想,从这一点来看,他比自己幸福得多,不管他的脑海被怎样愚蠢的观点占据,但至少他找到了缓解孤独的方剂,而自己却觅不可得。

颂生不禁想到乔伊,那是个对生活有坚定目标的人物,他笨拙但韧劲十足地把控着生活,虽然最终仍不免被生活摧毁,可乔伊始终在用力回击孤独。颂生缺乏这种天赋。他几乎能背过乔伊残卷里那段童年自述:"我躲在昏暗的厨房,悄悄吃早餐,想象着贵妇在阔床中间熟睡的样子,意识到有一天我将把那女人和床同时占有,胃和精神都在渐渐满足。光从厨房尽头满是油污的小圆窗里洒入。这间厨房很大,摆放碗碟的架子很高,层数很多,把我衬得卑微渺小。窗外风在呜咽,似乎哭诉着想要进门避难。有条狗,或者其他兽类,被长长的锁链拴着,正在门前巡弋。地板下面是空的,一定有个同样大小的地窖,堆放食物和酒酿。我啃着手中的干粮,吞咽着生命的不公。"

颂生又想起奥特加的一段话:"世界离大同完满还相距甚远,假如你较少地感到生活的为难,你该格外庆幸,因为一定有心疼你的人替你面对了你所逃避的险阻,为你完成了你亲力不及的梦愿。"走运的人都在哪里呢?他们此刻正睡得香甜吧!剩下的可怜虫,为什么不能抱团取暖呢?颂生心想,现在自己的的确确需要一个怀抱,一双温柔手,他需要被抚慰,被安慰,可是愿意同他共眠的人在哪里呢?他不能将麦心遗忘,因为他们的感情尚没有了结,是种种客观的障碍令他们暂时失联,如果局势没有那么糟糕,或许他们早已重逢相聚。直到此刻颂生尚能条理清晰地思考,可门口遇到的女孩闯入思绪,开始令他躁动不安。她为什么出现在自己门前呢?这个令他遐想的女孩成为他今夜的拯救。

Chapter 12
牛斗列星哀歌
（一）

哨兵从空无中醒来，跟其他困意未消的青年一样，怀着糟糕的心情开启感知，以便尽快投入这个世界。只不过他睡得比较久长，已经长达几百年。"醒来第一件事，去找吃的。"教官的话声犹在耳。没有食物能在联盟边陲的废星保存几百年，哨兵必须看看"后院"里的田地是否已经荒芜，还有什么作物能够供他生存。如果"播种"系统已经停止工作，他就不得不选择再次入睡，以期下一次醒来有人能够悄然解决他的饥荒。也许这次他可以睡得短一些，五十年就把自己唤醒。但如果五十年内没发生什么改变（这实属常态），那么他就是在空耗生命，这意味着当他再度睡死，可能将不复醒来。

哨兵爬出冬眠舱，看着他理应熟悉的一切，发了会儿呆。他感到气管隐隐发痒，虽然不至于咳出声来，但也足够让他呼吸不畅。当然，在他沉睡的日子里，会有军医穿越危险的"断崖"宙域为他体检，这算是他作为哨兵的殊遇，可显然医生没有在意他气管的隐疾。哨兵发现信函系统没出问题，这是个好兆头，尽管几百年过去了，他只收到一封邮件，由此他得知联盟面临一场可怕的分裂。他无从更新这一事端的最新进展，即使尚未平息，战火也不会延烧到他身处的文明边缘。"无可饶恕！"教官义正词严的声音又在耳畔响起。是的，不可饶恕。哨兵跟着默念。不管怎样，先弄吃的。

牛斗列星，前军元帅府。

报送大捷的文书堆满了桌面，我们的元帅还没从镇静剂中醒来。距离早春还有七年零五个月，供暖设施却停用于九年前。元帅最初的追随者提议弃守牛斗列星，将军团中枢迁往温暖的万花星系。元帅拒绝了，他不能再失去一个"免疫星系"。星逆秽种曾到达过万花星系临近的航路，但他们没有留意那里的文明，未加停歇，很快离开，促使他们掉头回去的可能性很小，前方还有充足的猎物任其享用。万花星系躲过了灭顶之灾，没有理由再让那里陷入危机边缘。不能再冒险了，元帅说道，过分的勇气曾令我们承受了太多失去的痛苦，我们必须克制欲望，不要再新拓据点，开辟疆土，将这里视作我们一生的终点，或者仅仅是埋尸的墓地。

我们当然不会获得安息，元帅最信赖的幕僚图兰将军说道，我们的魂魄会被毫无悲悯之心的恶灵吞噬，他们吸走我们的感知就像吸走骨头里的髓质，我们会成为星逆秽种血口中的垂涎，成为行星残骸上灼烫的浅痕，那就是我们唯一的遗迹。

元帅摇着头，捷报的纸片不断送入，信息传递手段已退回无线电发明之前，没有任何大功率电力设备能够在牛斗列星运行。切断电力供应是星逆秽种新萌生的诡计，他们久立于文明之巅，在茫茫星海中专事杀戮，因遇不到一个可靠的敌人而倍感孤绝，因而只能将同族甚至自己视作仇雠。

我们会活很久，我们负责生产供他们消遣的痛苦，在元帅尚清醒的时候，他总爱重复这些话，如果有一天我们也放弃抵抗，他们就只剩纯粹的无聊了。副官邱昱望着喃喃自语的元帅，突然发现元帅又睡着了，他又一次疏忽了自己的职责——在元帅冻僵之前，他应该把元帅从昏睡中叫醒。

胜利还在延续吗？元帅睁着惺忪的睡眼问道。是的，项楚战团甚至收复了百年之战时失去的故土。副官将最近的几封战报推向元帅。然而战局没有改变，永远不会改变，我们会在持续胜利中最终战败，该死！为什么我们心爱的一切都已死寂，而我们却还在苟延生命。基因改造和器官补强的后遗症正在显现，那些被从"修炼溶液"中拖出来的无畏战士身患无法治愈的抑郁。医疗体系早已废除，是元帅亲自颁发的谕令。产生疾病的基因缺陷已皆被修补订正，然而疯医们创造出的病痛比之自然生发的疾患还要煎熬百倍，并且无药可解。坚不可摧无法带来幸福美满，人们明白得太晚，早已无力回天。

宇宙中能征善战、好勇尚武的作战精英悉数在此。昔日旷日持久的闭门会议，争得撕心裂肺的秘密磋商，明里暗里的让渡与交易，只是让现今的境况显得尤为讽刺。

"亿星联盟"统合的文明星球不止亿颗，并且还在不断扩增，但数目的叠加无碍星逆秽种的进化征途。从某个时点开始,星逆秽种展开了似乎没有止境的文明升级,相比之下,其他文明却在步步退化。尽管异种文明之间仍徒劳地因循此消彼长的生存逻辑,为此缠斗不休,但内部的惨烈竞争无法改变宏观大势的衰颓。生活的唯一目的便是在母星遭遇灭顶之灾前,将自己的文明火种迁移到一个"免疫星系"。

第一场会战打了二十三年,除了暴露了软弱,灭绝了希望,只留下恐惧。到百年之战的时候,连恐惧也不剩了,走私和贩卖人口猖獗,除了妓院百业萧条。战争已持续了四百年,战场的范围逐渐缩小,八十年前的灯塔战役,把战斗局限于牛斗列星之内。星逆秽种的大部早已撤离此地,留下的弃民无奈地以折磨最后的抵抗者为乐。三十七年前,牛斗列星的电力中断了,生产重回蒸汽时代,并且似乎永无进入电气时代的可能。寒冷和营养不良令妓院也倒闭关张,只有类罂粟奶酒和嚼烟生意尚能维持,前者是一种用化工废料制成的"饮料",后者的原料为何至今没人弄清。后来军团的总工程师研发出一种耐寒的转基因茶叶,可在低光照条件下生长,并且不怕暴露在核辐射之内,由此,这位工程师发了一笔横财,随即销声匿迹。有人说他已经叛离牛斗列星,此刻正前往万花星系。有人说他已经被元帅秘密处决,理由是他用作实验的茶叶原体乃是牛斗列星绝无仅有的来自故星的样本存留,他造成的损失远大于带来的收益。也有人说"冻茶"的上市搅黄了不少嚼烟和类罂粟奶酒的生意,有人为此倾家荡产,不惜以血报复。至于真相如何,或许没人猜中。

不断有人试图出逃,元帅担忧频繁的人口迁徙会引起星逆秽种的注意,从而暴露免疫星系的星际坐标,于是下令禁止跨星系旅行。牛斗列星成为宇宙中的孤岛,偌大的星系只有六颗宜居星球,至于开拓新殖民星的能力,早在一百多年前已丧失。最后一位逃亡者据说正是南瞻星的执政官比托·瓦尔,他抵达星系的边缘,发现星逆秽种已将航路封锁。他来到主星贺文,乞求元帅的宽恕,但还是被送上了军事法庭。传闻联盟的反秽裁判所授意对比托执行死刑。

Chapter 13
牛斗列星哀歌
（二）

周末的黄昏，总带着难言的惆怅，但每个人对此光景都能表示同情，于是造就出一个难得的哀伤而和谐的时分。老瓦尔浑身散发着人工草药的气味，无所事事的医生把手头一切可用的材料碾成粉末，制作安慰剂，那些不会病亡但总是受苦的改造人需要有所依赖。他裹着残破的军用毛毯，坐在露台上，像一株古怪的蕨类植物，胡子冻得僵硬滑稽，下巴和脖根附着着雪花，但他浑然不觉，连眼皮都要过很久，才轻眨一下，嘴里的嚼烟快要化掉才抬一下牙齿，仿佛他的全部动作都只是肌肉无意识地抽搐。比托·瓦尔——他的儿子，将在下午被处死，原本这会是一个被史官大书特书的事件，但历史就是如此不公平，充满了偶然性。另一个事件同时发生，吸引了人们全部的关切目光，死亡表演变得无足轻重。

"元帅，'马尔克斯号'回来了。"副官不知道该用怎样的腔调，打怎样的手势，好将这个讯息充分说明。然而并不需要，从副官发出第一个颤抖的音节，元帅就已明晓何事，他只是因愕然而显得犹豫。

三百多年过去了，经年不休的烈风带走的不仅是水分、温度、色彩和记忆，还有对母星及家乡恋人最后的怀恋。

元帅自黑暗中点燃一根蜡烛，他早已习惯对着墨影谈话，但这样的时刻，看到对方的神情显得尤为重要。元帅有充足的理由惶疑踟躇，一艘古老得已被埋入记忆虚冢的星舰，在目下这般万念俱灰的日子回港，是将送达逆转危局的惊异妙计，还是彻底泯灭业已微不足道的生命奥义？每个人都像站在最终审判的庭审席前，不安、骚动。

元帅破天荒地在他的铁壶中加了一小撮实实在在的茶叶。这东西被狂妄的希利斯浪费了大半，跟其他自然作物一样，茶叶同样极度稀缺，是牛斗列星价值序列靠前的等价物，仅次于重要作物的种子。纽扣电池则排在更靠后的序列，毕竟这是牛斗列星唯一能够实现的"电力供应"，任何高于此的输出功率，都会被星逆秽种精准定位，加以摧毁。机械元件也被作为等价物使用，因为绝大多数元件在电力供应不足的情况下无法量产再造，于是具备了等价物的稀有性，它们一般排在最末层级。这就是牛斗列星四大类硬通货。

"马尔克斯号"降落不久，火控与导航系统便依次报废了，整船操纵系统和子模块桥联跟着失灵。接着，中央数据处理系统崩溃，通讯、探测、采集设备宣告瘫痪，生命维持系统亦未能幸免，仅仅陪同动力系统多坚持了半个标准沙漏时。这艘标志着三百五十年前"亿星联盟"科技顶峰的巨型战舰，像一头被捕鲸船猎住的蓝鲸，被悬吊屠戮，空余灰冷的硬壳，又好似战死的披甲海怪。航行灯熄灭的刹那，几乎所有人都冷却了微燃的期冀。

全舰七百名舰员，除去轮值当班的军官和三十六名驾舱机务人员，只有四十名陆战队员和十一名随舰科学家赶在生命维持系统停转前及时苏醒，其余全部阵亡。他们躲过了星逆秽种的追袭，穿越了走私犯与星际海盗都不敢踏足的险恶宙域。出发之时队伍本有三万之众，历经磨难锐减至现今一个独立战团都无法满额的规模，战斗减员、疫情、集体自残与舰员哗变令他们元气大伤，但终究回归原点。可恰是在这归乡重逢时分，共度三百五十载的同伴又死去大部，留给少数幸存者失亲丧友之痛，在哀悼的气氛与复仇的呐喊中，难料己身尚能残喘几时——这正是星逆秽种乐见的情状吧！

尽管尚不确定远道而回的盟友意欲传捷还是报丧，但是元帅仍决定在要塞的神堂中举办欢迎仪式。"死神弃儿"普什列诺娃和一众参加过九轮要塞保卫战的老兵悉数到场。他们的面容经历战火洗礼，变得出奇的相似，他们在修罗场中互称兄弟，仿佛在生理上也因之改变。大部分人都无暇掩饰等待的焦灼，只有普什列诺娃和老瓦尔眼含忧郁。不同的是，普什列诺娃的忧郁似随风缓移的薄雾，而老瓦尔的更像是倒地的巨象的背影。

舰员们步入堂中，为首的是轮机长哈罗德·威尔逊上校，他是幸存者中军衔最高的，他的身后是穿着橙白舰服的星船研究员，其余皆为陆战队员。从他们的眉宇、双颊和嘴角，依然可以看到旧日的坚毅与威凛。

元帅见众将毕集，便自阴影处走上台去，他觉得自己像是站在巨大的神庙门口，齐山高的巍峨巨像镇守着静谧的空谷，他同时体会到辽远跟寂寥，仿若置身神话时代法老的墓地。"循军中旧制，凡驭星舰凯旋者，晋升军衔一级。"元帅开口说道，声音埋入远古的风口，但依旧清厉。

副官已将舰员名录奉上。元帅用指肚划过一个又一个亡故者的名字，终于在哈罗德·威尔逊这一栏停住，他望着面前这个看起来还很年轻的威武军人，心想他至少已比自己多在世二百余年。

"哈罗德·威尔逊上校，即刻起晋升为准将，旧舰军章不宜佩戴于现役军服，特颁金刚杵领章一枚，以示已入将列。"

哈罗德敬以军礼，其余舰员依次获得晋升，而后入座，整个过程沉默简洁，军人们心中百味杂陈，但未发一言。

元帅依例发表训话："诸位同仁，失败从来不是来自敌人凶残的打击，而是我们自己抛弃了向死而生的信条。走私猖獗，税制崩坏，黑市泛滥，男盗女娼。军方已无资力组织成规模的会战，散兵游击的零星攻势只是反复挫伤了我军斗志，再也没有一个真诚的青年加入我们的战团。一个只有老兵的连队是悲哀的。人们只求暂时忘却，因为反正强敌是战胜不了的。城市中满是暴雨和洪水也冲刷不掉的顽固污渍，工厂和农田里站满了可悲的自恋狂和瘾君子。曾有一个时代，人们因爱情而烦恼，为了保住一份供养家人的工作谨小慎微，喜欢抱怨交通和天气，会被礼物和拥抱打动，可现今，没有什么良善行当能够使人们正常过活，能让大众甘心纳税的唯一手段是让他们染上恶习。我们的经济竟要依赖嚼烟商人和老鸨！这一切终于，也必须要在今时今刻结束！把这终结当作命运的铁律，就像看待死一般看待它！哈罗德将军，不管接下来你将如何为我们释解疑窦，是时候做出了断了！"

Chapter 14
初识夫人

颂生拉开抽屉，里面有一把瑞士军刀和一小瓶剃须泡沫。这正是他所需要的。他翻折出刀刃，从窄窄的金属光面上看到了自己的鼻尖和严肃的嘴唇。他把铁杯子里隔夜的一点水倒在手心，将剃须泡沫挤在一只手掌上，他看着捧在手里的洁白泡沫，感到生活还没有彻底垮塌，总还能找到微许的意义，否则他现在正做的事情将十足可笑。他把泡沫涂在唇围、两腮和下巴，用刀子小心翼翼地刮着，听着刀刃与胡须相擦而过的沙沙声，心里获得一阵满足。颂生相信这是一种复杂高级的心理活动，需要几百万年的进化外加上万年文明的沉积。这个时候，他明白人终究是人，尽管每条大街小巷、每座楼宇馆舍都喷吐着，散发着，传播着兽的气息，可人终究是人，人还是会遇见美好，兽类一无所知的美好。

颂生瞪着通红的眼珠，不得不上街觅食，像一条饥肠辘辘的斑鬣狗，要依靠预谋、观察、狡猾和撕咬赢得一块充饥的肉块。对陌生女孩的欲火和对麦心的挂牵，都只好暂且按捺住，尽管在出门之前，他还是回顾了一遍昨夜的邂逅。她的脖颈细嫩，还像个孩子，但她的眼神，她的秀发，又明白无误地表明，她已具备成熟的风韵。颂生不知道留给她怎样的印象，如果是鬼鬼祟祟、心怀不轨就太糟糕了。他意识到自己正在越轨，愧疚中和了怨恨，但这种平衡却关涉道德的隐忧，迟早带给他新的困扰。屋内寥寥无几的家具上全都落着灰尘，颂生仿佛并不在这儿居住。颂生看了看时间，知道自己已不能再拖延，只好出门前往周刊编辑部。

编辑部的上空悬浮着压抑的气团，像有一条黑龙盘踞在低矮的室内。员工们看上去都在埋头苦干，每个人都因需要强迫自己谨慎而或多或少地展露出憎恶之情。有几个年轻助手不时瞟向总编办公室，想要彼此交谈又怕打破安静。颂生刚坐上工位，电话便响了："到温斯顿先生这儿来。"颂生听出那是运营主管的声音。

总编办公室内的气氛要比外面轻松不少,总编温斯顿、运营主管朗吉斯和一个看上去非常眼熟的潇洒男人围坐在一张小圆桌前,喝掺了苦酒的加冰威士忌。大股东费希特歪靠在长沙发上,无精打采。总编阔大的办公桌后坐着一位女士,她有保养得当的漂亮面庞和一双不事劳作的纤手,尽管已上了年纪,但出于对自己风姿的信心,她仍流露出年轻女孩那种精心装饰过的冷漠,目光清冷,眼底却跳动着温柔的火焰,她胸前的皮肤还很平滑,泛着暖玉般的光。她见颂生进来,同主编一道立起身来,颂生看到她的腰身没有丝毫赘余的地方,一双长腿令她通体的曲线玲珑毕现。

"这位是洛里斯夫人,咱们周刊花的每一个子儿都是夫人给的。"温斯顿朝颂生介绍道。

洛里斯这个姓氏,孙正浩也曾提到过,可是主编为什么要把周刊的幕后金主介绍给自己呢?无论如何,颂生打心眼儿里对能够结识这位光彩照人的女士感到荣幸。"我叫颂生,颂生·朵蕊丝,呃……朵蕊丝是我养母的姓氏。"虽然只是轻轻握了一下手,颂生已大感羞惭,他自觉失态,只好退后一步不再多语。

洛里斯夫人笑了,扭头对仍翘腿坐着的潇洒男人说道:"你也没见过颂生吧,过来认识一下!"那男人闻言便丢下酒杯,利索地起身,露出假意却不失礼数的微笑:"我是莫比乌斯,你是打南美来吗?"

"您是那位音乐鉴赏节目主持人?您怎么知道我去过南美呢?"颂生惊奇。

"莫比乌斯现在改做时政节目了。"洛里斯夫人瞧了一眼莫比乌斯,颂生觉察出这两人之间的关系非同一般,他竟隐隐有些妒意。

"南美的阳光在你的眼窝藏下标记。"莫比乌斯开心地笑起来,露出洁白精致的牙齿。颂生觉得自己完全像个异类,他讨厌这种卑微的、如被阴影笼罩的感觉,同时又觉得这种虚浮的善意、诱人向往的美好装扮带有十足的吸引力,让他为之动容。

"喝一杯怎么样?这酒真不坏!"莫比乌斯娴熟地拿过一只新杯子,为颂生调了杯酒。颂生不知如何推让,接过酒呷了一小口,微苦的凉凉液体穿喉而过,他的心中萌生出一股醉意。

"你怎么看《部分真理，部分玩笑》？"洛里斯夫人突然问道。

颂生用食指擦拭着杯口的边缘，回答道："说真的，我们发表的大部分文章都值得一读，至少读完不会让你觉得自己受到了羞辱或者侵犯，这在目今已算是难得。"

"你说的一点不差！'我们应该坚决避免制造不适，把那些用语蹩脚、文风别扭的垃圾剔除干净！'洛里斯先生接手周刊的时候，就是这么告诫我跟朗吉斯的。"温斯顿坐进松软的沙发，费希特依旧动也不动，傻乎乎地待在那儿，这叫颂生有些纳闷。

"我们的法人代表又陷入冥思了，他每天服用这么大剂量的抗抑郁药是稳妥的吗？"莫比乌斯将费希特耷拉下来的一缕头发捋进发丛，像是在关爱一个发愣的孩子，这个举动令颂生感到微微吃惊。

"我和洛里斯准备为周刊开辟一个新栏目，我想让你做负责人，"洛里斯夫人打开窗户，开始吸烟，她没有等颂生回复，接着说道，"有谁数过这座城市有多少条小巷吗？有谁数过罗马、纽约或者伊斯兰堡有多少条小巷吗？我去过布宜诺斯艾利斯，我知道你也去过那儿，瞧，我对你的了解已经远远胜过你对我的，我现在对你来说还只是一个名字，一张还不能在脑海中闭目描摹的脸，可是当你活生生地站在我的面前，我还是感到出乎意料。我在那座城市听到一种说法，他们认为城市里每条大路的分岔，也就是这数不清的小巷中，都住着一个魔鬼。当你站在岔口犹豫不决时，他们就会用尽招数潜入你的灵魂，让你走向他们的巢穴，他们就在那里静候。你将踏足在魔鬼的身上，一点一点丢失耐心，变得迟钝、衰老，如果你不想年纪轻轻就健忘、残疾，你就丢几个钢镚儿在地上。据说自打这个说法流传开以后，当地环卫工的收入连翻数倍……"周围的人都朗声大笑起来，莫比乌斯甚至笑弯了腰，他把手搭在洛里斯夫人裸露一半的肩膀上，说："你当我们都没去过阿根廷吗？我可从来没听过这个说法！"颂生也跟着笑了，可偏偏这时，洛里斯夫人转头望向了他，颂生的笑容僵住了，他为那双眼睛而着迷。

"所以你愿意接下这份活儿吗？"洛里斯夫人问道。

颂生很想知道选择自己的理由，但他不确定该不该在此时间出口，温斯顿见颂生没有答话，说道："你一个月就能拿到之前一整年的薪水，什么时候年轻人也开始学着优柔寡断了。"

"也许爱情会让他不敢决断,你的心上人能够忍受与你分别之苦吗?我们可能会经常出差。"洛里斯夫人轻抚脖子左下方的肌肤,莫比乌斯马上会心,将搭在椅背上的披肩披到洛里斯夫人身上。"这年月没几个人乐意出远门,但不去实地探访又怎么能获取第一手素材呢?洛里斯不想让周刊乏味无聊,但要想让文字言之有物,有那么一点趣味,就得亲身体验才行,你说呢?"

　　颂生点点头,他还没开口,洛里斯夫人又说:"也许第一站我们可以去新加特兰,你能见上奥特加一面,"她看着颂生脸上露出既兴奋又惊讶的表情,笑道,"我说过,我对你的了解远胜过你对我的。"

Chapter 15
风情摇曳

颂生躺在床上辗转难眠，他还能记起白日里冰镇美酒的香气，他怀念走入总编办公室的那一刻，和煦宜人的光取代了阴云，惯于悲观的压抑人群被隔绝在门外。颂生盯着墙上摇曳的树影，想起洛里斯夫人讲的故事，暗自笑道："魔鬼不住在小巷里，他就住在我的陋室里。"颂生发觉自己有点爱上了黑夜来临前的那个自己，那时候他渐入佳境，从最初的窘困过渡到从容不迫，阐释了许多令人叹服的议题，他有能力叫人刮目相看。颂生尤其关注洛里斯夫人的反应，他相信即使那位似乎令所有人都肃然起敬的洛里斯先生也在场的话，也不会提出更为高妙的观点，分享更加深邃的道理。但他与这等人物闲谈的机会太少了，实际上他平时都很少与人对话。平日里那些把自己摆在高不可攀位置的人，他从不谋求与之交往。可是现在，他觉得单单只为了争取多有几次这种言说的机会，也该答应接下这门差事，更何况他将有机会去往新加特兰，那里不仅可以拜访到他敬重的奥特加大师，还有可能同麦心重逢，想到这一切，他觉得人真不应该背弃希望，他虔敬地祈祷，不再惧惮任何魔鬼。

颂生很快与洛里斯夫人有了一次单独会面。洛里斯夫人很懂得如何款待客人，他们也自然聊起了始终没有露面的洛里斯先生。

"洛里斯一心一意经营他的克隆兽生意，"洛里斯夫人说道，"哥本哈根、曼彻斯特、里昂，这些快被战火熔化的城市利诱着洛里斯的雄心。他想把那些被洞穿的政府大楼改造成驯兽所和胚胎实验室，在焦土之上建设牧场和兽舍，他还准备把生意拓展到那不勒斯和波尔图。他逢人便说，不久之后家家都会请一个猩猩管家，智能骆驼将成为出行首选，战蜥和侍犬的订单会翻倍。他尤其钟爱一种骡子，他认为将来的邮政系统全靠它们了。他还加大了器官工厂的投资，收购了一家全部资产只是几页草图的'怪兽公司'。我想他准是疯了……"洛里斯夫人笑了笑，接着说，"他异想天开的性格曾经吸引了我，可我的家族为此赔了不少钱，爱情一直是笔赔钱的买卖，不是吗？爱情不仅消耗你的财产，还有你对情感世界的好奇，以及你来不及证实的幻念。三十岁能开始摆脱记忆的痛苦吗？恐怕不能。四十岁能原谅初恋的过失吗？希望渺茫。可是假使你二十岁结婚，那么至多到二十三岁，你的生活就会被这种倦人的情感肢解。最让你心碎的不是噩梦，而是没能等到个好结局就骤然醒来的那些梦。我相信你还怀抱着爱情，像怀抱着你疼爱的婴儿，像怀抱着无瑕的美玉，但你要明白，爱情是一种接近病态的激情，越是克制，越是存心压抑，日后越是会猛烈地反扑，恨意绵绵地回击。于是，我们虚构了太多关于爱的故事，把生命中一切难以释解又难以回避的问题都归结于爱。可是但凡你曾真切地经历一段因爱促成的婚姻，你真正地把生活的筹码全都押注在你自以为是的爱情上，你就终究会发现，那些早年里急切想要实现的意愿，那付出爱和得到爱的渴望，那在家庭中消解这个世界全部矛盾的宏伟蓝图，都像消失于黑洞的光，你再也无法确切地识别。而当你意识到这种徒劳，意识到付出爱的需求已经大于得到爱的需求时，你就会生出一种迷幻感来，以为注定失败的人的失败，是爱情的失败。"

  颂生知道洛里斯夫人在等待他的回应，他慌乱了，他感到有一股狂风卷挟着万千词汇从脑中刮过，可他不能从其中摘取一二说出口。洛里斯夫人走近他，瞧着他已经微露惊恐的脸，以一种决绝的态度抓起颂生的手："感受你尚能感受到的。"颂生屈服了，他照她的话做了，他明白自己在抚摸一具完全不同的肉体，他想从里面找到这么做的意义，对麦心离去的报复？对惨淡人生的补偿？对知遇之恩的报答？什么都没有。颂生没有发现值得铭记的东西，他渐渐投入，像一座将要没入海面的小岛，坠入深不见底的海沟。他听到分崩离析的喧哗，像是有人在欢庆，他山野似的身体终于淹失于巨浪，他不再找寻意义，只是单纯地感受一种欢愉。他完全被鼓舞起来，像一个挣开链条的角斗士，敲打着盾牌，低吼着向那些狡猾残忍的猛兽扑去。洛里斯夫人终于放心了，她原本担忧这个敏感的年轻人缺乏暂别生活的爆发力，现在她望了一眼颂生被欲望浸湿的脸，满意地闭上了眼睛。

  在欢爱的终了阶段，快感远未消退，可颂生已掉入一种迷思之中，他几乎脸贴脸地与洛里斯夫人四目相对，他从洛里斯夫人的眼睛里发现了厌倦，也发现了新知。这时候传来敲门声,一个温和的男中音说道:"太太,您约的裁缝到了。"颂生一惊,洛里斯夫人却淡然说道:"瞧,又到了订制夏季猎装的日子了,本来我还想跟你聊聊新栏目的事情,今天只能到此为止了。"

颂生点点头,洛里斯夫人已经光着身子站到床下,开始穿衣打扮。颂生不敢独卧床上,忙要寻他的衣物蔽体,洛里斯夫人笑道:"你又急些什么,你可以小睡一会儿,等我离开后,你再走便是。要不要我安排米凯送你?"

颂生会意,却觉得床间有无数细密针钩,让他不能安歇,虽然他的确有些困疲,但却深觉戚戚。"洛里斯先生一丁点儿都不关心周刊吗?"他问。

"我有时候怀疑他还记不记得自己控股这份周刊,也许他已经认不出费希特来!但是预算和投入你不必担忧,我会保证这份产业不致荒废,并且创造出意想不到的收益。"洛里斯夫人在梳理她的长发,绸缎般的秀发散发出香味,令颂生有些晕眩。

颂生还没能从迷思中脱离出来,他一度以为自己没有遇到一个称心之人的幸运,可是他遇到了麦心。他不仅遇到了麦心,还得到了她,他得到了她的爱,得到了她的友善和秘密,得到了她的承诺与妒忌,他不能更加如意顺遂了,眼前的女人却在试图推翻这个认知。颂生看到贵妃榻上搭着一条幼童穿的连衣裙,他之前没有考虑过洛里斯夫人是否已有孩子,她看上去无牵无挂,完全占据着爱情的自由,但以她的年龄来看,作为髫年孩童的母亲也实属正常。颂生却又想起了麦心,他有种怪异的感觉,认为那件连衣裙是属于麦心小时候的。他不能抑制胸口翻搅的一阵痛意,麦心用构成她生命的一分一秒长大成熟,这段旅程中有多少次心碎?她无法告诉他,自己是凭了多大的勇气,越过怎样的险障,才最终来到他的面前。她一定受够了孤独,她一定快要绝望了,那张动人的脸已经烙下了闷闷不乐的伤痕。

颂生觉得自己可耻又荒诞,他为什么偏要在此刻想到这些呢?是因为愧怍吗?他的灵魂轻飘飘的,一只镰刀般的钩子刺入喉咙,不远的尽头,是一片雾霭朦胧的、浮游着邪魅的、荒凉的海。

Chapter 16
顾望苍凉

夜里十点钟,杨仲思从镇议事厅回到家里,手里拎着一个礼盒、一小捆香葱和一瓶当地产的灰皮诺。

作为镇上的"风云人物",杨仲思从窄小的事务所搬进议事厅敞亮的办公室,镇议员们把财政大权交给他,还有人提议让他协管治安和消防,他一下成为这个偏僻小镇的政要。尽管如此,他依然难以支付维护义体的高昂费用,因此他总显得意兴阑珊。

战事结束后,军队许诺会将补贴打入他们的个人账户,不过时至今日杨仲思也没发现户头多出一分钱。他已回到妻子身边,周围没有可以问询之人,他不相信自己服役的部队会欺骗他,抛弃战友是最可耻的行径。

镇长表示会向光荣欧亚的外交领事提出抗议,他写了一封措辞强硬的信函,认为杨仲思怀着匡扶正义的信念参加了一场本不属于自己的战争,并光荣负伤,这正是新加特兰人牺牲精神的体现,作为民选代表他不能容许这样的奉献遭受无理的无视。领事给镇长发来一封谦卑的回信,可是除了通篇的外交辞令,对于如何解决杨仲思的补贴只字未提。但镇长却极郑重地来到杨家,转达了领事对杨仲思的慰问,并着重强调他的抗议受到了前所未有的重视,问题一定能完美解决。接下来便是拍照,扶着肩膀表示亲切,假装享受地品尝主妇端上的茶点,夸赞杨太太的手艺与持家有方。镇长用"智慧跟勇气并举"来形容他的外交行动,还说这是"小人物的大胜利"。

杨仲思感到不悦,他原本的确穷极无聊,在小镇中无所事事,恰逢战事进入白热化,他料想这必定是他一生中难得一遇的大事件,若再不由着兴之所至,恐怕只好辜负余生。他不想再被视作小人物,回乡后,《仙踪报》的报道和四邻的态度让他产生了心愿达成的错觉,坐进议事厅那间视野开阔的办公室更加强化了这种认识,可是镇长的无心之言令他再度陷入自我怀疑的迷局，一度摆脱的焦虑又卷土重来。面对镇长的作态，杨仲思觉得不可思议，他看到一只怪兽，身体的每个部位都很刺眼，做出的每个动作都很别扭，他明知那是谁，却认不出对方。他当然知道追逐权力是人的本能，但昔日熟悉的朋友为此面目全非，还是令他感到恐慌。这只是一个拥有不足百户居民的小镇，镇长的特权着实微末并且极其有限，但哪怕能在这个世界处于一人之上，都会让居高者发生惊人的改变。

杨仲思举了举手上的礼盒，招呼麦心回屋，麦心歪着脑袋不理睬他。

面对麦心的傲慢，杨仲思还是挤出几分宽容的笑意，兀自闪身进门去了。麦心刚点燃一支烟，却有一只手从她身后伸出，把烟掐灭了。麦心没想到杨仲思会返身回来，对他擅作主张的行为更是大为不满，但她只是瞪着他，暂时不想让冲突升级。

"你回家这么久了，我们都没有机会聊天。有些话我早就想跟你谈谈，是我在部队听到的一些让人不快的传闻。尽管是传闻，但说这话的是值得信任之人，他是受人尊敬的少校，不会发表无端的诋毁言论。"杨仲思直截了当，生怕他的女儿失去耐性。

"你若想贩卖你的无聊故事，镇上酒鬼聚会的酒馆会比较有市场。"麦心并不买账。

"是关于颂生的……"杨仲思沉吟片刻，这令麦心不禁有些紧张，"你知道，在战壕里等待黎明到来格外难挨，这时候我们就会彼此交谈，无论军官还是士兵，战友之间是无话不谈的。我们也会聊起故乡，聊起家人。我谈到了你，也说起了你的那位恋人，凑巧的是，我刚才提到的那位少校军官的一位朋友，曾经跟颂生在布达佩斯同一家报社供职，他向少校很详细地讲过颂生的过往，个中情由主要在于颂生骗走了他数年的积蓄，而他是准备用那笔钱跟新婚妻子蜜月旅行的。颂生的那位同事向少校求助，希望他的这位朋友能够帮他查出颂生的下落，少校听完朋友的陈诉自然怒不可遏，大骂你的心上人是十足的恶棍，并很快查明颂生带着那笔钱去了南美，那是机械联盟的势力范围，少校没办法缉捕他，但一直把这事记在他的随身电脑里。刚好听我念到这个名字，少校只是顺理成章地讲起他朋友的遭遇，可你跟颂生正好是在阿根廷相遇，就难免使我产生怀疑……当然，我并没有当场道出我的疑虑。我只是跟少校继续攀谈，趁机要求看了'恶棍颂生'的照片，我希望少校没有发觉我看到那张照片时脸上的震惊，我相信他没有，那时天还没有一点要亮的意思。"

麦心跟杨仲思向来缺乏交流，此刻的情状更令麦心不知如何作答。她赌气离开欧陆，怀着对颂生微微的恨意，但听完杨仲思的讲述，她又起了为恋人辩驳的意念，但那只是出于维护自身所爱的本能。她非常清楚，尽管这段有关颂生的往事几经转述，或许已同事实有所出入，但杨仲思尚不致如此曲折地编造一段谎言来令她的恋人蒙羞。颂生确实有过她并不知晓的劣迹，这让麦心一时难以承受。

杨仲思显然也对当下的尴尬局面毫无准备，他只是认为自己有义务告知麦心这则听闻，未顾及之后该如何向女儿提供指点或者安慰，他一贯不擅长于此。夜还很漫长，僵持的残局在等待一个转机。此时一只灰鸟自彤云中闪现，他们都如释重负地望向天空，不约而同地仰起脑袋，出人意料的是，那灰鸟迎着他们的注视，径自俯冲下来，直到看到"鸟头"在夜色里暗淡地闪光，他们才发现那原来是一架小型无人快递机。

送达的是一封信，颂生的信：

麦心：

你在哪里？我被骗了！我被世人避而不谈战争的假象欺蒙了！无论你现在哪里，到新加特兰去！如果你恰好已回到那里，留下，哪儿都别去！相信我，世界正在酝酿一场新的大战，这个事实尽管难以置信，却已成定局。上一场战争的废墟还没有清理完毕，更酷烈的祸端已经开启。

我会去新加特兰找你。

颂生

星星正从紫蓝穹隆中隐去，色调开始转暖，稀疏的云朵自浓稠的夜色中现形。恬适的梦敌不过日常的惦念，蕾莎匆匆醒来，要为丈夫煮好一天中第一杯咖啡。她从糖果罐里倒出一颗巧克力豆，放进嘴里慢慢咀嚼。奥特加没在卧室，起居室的收音机里传来乐声，蕾莎听出那是肖邦的《E大调练习曲》。或许丈夫又在躺椅上听着音乐睡着了。蕾莎放轻脚步，生怕弄出不和谐的响动，破坏了那哀婉的乐律。卧室角桌上的台灯亮着，蕾莎看到上面摊着几页稿纸，奥特加时常趁夜写作，这是熟悉的情景。蕾莎想象着丈夫伏案疾书的背影，心底生出一阵怜爱。她上前把稿纸码齐，瞥见奥特加潦草却深见功底的字迹，细读一行，却令蕾莎心生困惑。上面写着："当权者固然要套上极具威仪的华服，长久地停留在高处，营造一圈神明般的光晕，使人不易看清他们的面目。把自己同凡夫俗子隔绝开是必要的，因为就连当权者自己也万分清楚，自己与他人是不存在那种虚设的根本差别的。在被他们的敌人摧毁之前，他们首先要面对自己意志的消沉和精神的颓唐。要知道欺骗自己并非群体中的一员，命运的一分子，对于任何人来说，都是无比沉重的负担，他们只是更为麻木，更加厚颜无耻罢了。"

　　这是奥特加早年出版的小册子《顾望苍凉》中的一段，他为什么要摘抄一段自己写过的话呢？这不符合奥特加的写作习惯。而且从文稿的涂写痕迹来看，奥特加显然对这段话进行了一番修改，可是最终的定文却与先前发表的内容没有两样。为此蕾莎特意从书架上拿出《顾望苍凉》，跟稿纸上的词句一一对照，果然一字不差。难道这本就是《顾望苍凉》先前的书稿？蕾莎回头又望了一眼书架，《顾望苍凉》的底稿包在塑料皮里，陈放在原处，她不放心地拆开去看，很快找到那段话。大概他只是想再修订一下旧稿。蕾莎这样安慰自己，但她心里清楚，一定发生了什么不同寻常的事。她忽然很想见到丈夫，投入他的怀里，收音机传出的乐曲变成了小施特劳斯的《埃及进行曲》，蕾莎吞了口唾沫，打了一个寒战。

Chapter 17
旧日迷思

失速的"魔杵"小型军用运输机一头栽入乱流里,同乘的旅客尖叫着,氧气面罩里挂满口水。蕾莎攥紧衣角,她经历过更可怕的险境,因而没有表现出直面死神的疯狂。客舱是由货舱临时改成的,舱壁上凸凹不平,这让蕾莎想起赫尔辛基大桥上白军炮弹留下的弹痕。三十年的时光仿佛并非线性前进,有些记忆如同来自昨日,有些则只在最深邃的梦里闪现。那时蕾莎同奥特加住在赫尔辛基市集广场旁的老旧公寓里,那些成排的砖混结构的公寓楼落成不久,却已经显出破败的迹象,更与广场对街的总统府格格不入。"女王之石"被夹在两栋新楼之间,五彩的床单和衣裤在上方飘扬。楼内住满了失意者,大部分是没能进入"地下城邦"避难的难民,也有乱世中漂泊的闯荡者。

"住在这里是一种耻辱"。奥特加用笔划掉一行新写的句子,又拿起红笔圈了几个词出来,后来他索性摊开手,说道:"我简直像是在算账!看到了吗,也许我写不成什么值得留存的东西了,这些字比厨房的油烟还容易消散!"

蕾莎哼着《那不勒斯舞曲》,站在像个船头一般伸延出去的尖角阳台上,熨着奥特加唯一像样的礼服。她听到奥特加的抱怨,便停下手中的活儿,来到他们吃饭与奥特加创作共用的小方桌子旁,心里有种没有根由的伤心。

"当局承诺会在难民散去后拆掉这些房子,而后恢复市集,最终重现赫尔辛基的原貌。这在当下也是没办法的事。到处都乱作一团了,腾不出警力维护更多地方的秩序。"她说。

"原貌?我们永远看不到这座城市的原貌了。在某个时刻,我们把几幅经典的图景放在明信片或者旅游宣传册里,于是就宣称这就是这座城市的原貌吗?17 世纪的村舍被 18 世纪的别苑取代,到了 19 世纪又加盖成妃子的花园，到了 20 世纪后半段才变成市民公园，进入 21 世纪它已经什么都不是，听说有个船商曾想在那里堆放集装箱。你可以在旁边竖一块牌子，说这是某某遗迹，然后告诉游客直到一百五十年前，这里还能找到历史的踪影，可是现在只能依靠想象了！"

蕾莎没再理他，她知道奥特加必须自己平复心绪，而且她自己也已经够多烦恼了。她在愁下顿饭拿什么下锅，并且不知道还要在这间气味难闻的屋里住上多久。奥特加继续写着他的东西，他的腹中只有一把焦糖花生，而蕾莎肚里只有两片干硬的面包。奥特加不经意抬起头，看到蕾莎站在阳台望着夕阳发呆，几丝银发在将逝的白日里闪着光，她动人的五官在消瘦的脸上将满心的勇气和生活的折磨组成一个表情，那表情里有让他自尊受损的东西，因为那张他钟情不移的脸上展露着一个不可回避的事实——他没有能力养活她。

奥特加似乎听到了钟声，但他不记得这座城市有定点敲钟的传统。他以为有什么重大事件发生，难道是危及他们生存的战事终于在港口爆发了？可是蕾莎说她什么也没听到，而且感到有些头疼。她说要是有几粒安眠药就好了，她在夜里常常以为自己睡着了，实际上那只是因忍受疼痛而产生了幻觉与倦怠而已。

"我们多久没吃炖菜了？不然我们去临港区喝杯咖啡怎么样？"奥特加丢开手头的稿子，靠近蕾莎，环抱着她。"我们还可以看一场电影，你还记得吗？上次我们看电影的时候，你说你在黑暗中看到一个微驼的老头，你说那是从未来而来的我，我们应该再去会一会他，也许他可以告诉我们，到底还应不应该坚持这样一种生活。"

"说得好像我们是什么阔佬一样。"蕾莎苦笑着，把身体靠在奥特加的胸膛上，给了他一个吻。

"我们可以当掉这套礼服，我看它还能值几个钱，闲置在这里不如让它物尽其用。"奥特加说道。

"我不会容许这种事情发生，"蕾莎坚决地回道，"你要穿着他参加研讨会，接受礼遇，当然还有颁奖典礼，你要知道，将来的应酬可多着呢！"

"也许那个微驼的老头是来告诉我放弃写作的。"奥特加摸着礼服的毛料，好像在同衣服里包裹的灵魂道别。

"我不会做那个叫你放弃的恶人。你知道你能行，我也知道，可是运气让我们生错了阶层，我多希望自己是钱宝思的女儿，那老家伙光靠给避难所供电就发了大财。"蕾莎看到光芒就要在地平线彻底褪去，城市像被吸入了太空，半透明的半圆银环在放射出幽紫的、细小的火苗似的光，很快也消隐在海的彼端。

奥特加摇着头，说道："人类社会有个特点，就是擅长虚构神话来阐释世界。很多人都有这样的错觉，以为神话仅仅属于古老文明，早已是过时的东西。可到今天为止，我们仍在不断地臆造概念，编织神话。只不过这些新的神话还没被我们充分地认知和梳理。它们生龙活虎，但比我们从故事书里听到的久远神话要隐晦、抽象，自身的结构也更牢固，体系更绵密冗杂，更加沉重。阶层就是这种存在，我们对它深信无疑，并且试图把阶层同每个人建立对应关系，这就是一则现代人的神话。我们困于这则神话，因而自然而然，每天焦灼于自己身处什么阶层，并将其与个人的成就和幸福挂钩。人们既在向他人宣扬，也在向自己强调，阶层是切实存在的，是客观明确地横陈在眼前的，就像过去的人们坚信奥林匹斯山上住满众神，只有婆罗门才有资格祭祀神灵、释读经文一样。"

"可是不相信阶层的存在又能怎样呢？难道我们没被划分成三六九等吗？"

"每个人先天的优势，占有资源和扩大占有资源的能力的确无一相同。把人生本来的痛苦，视为身处这个阶层带来的痛苦，欺骗自己只要离开这个阶层，上升到另一个阶层，就能够让这痛苦消失。天真地认为具有相似地位、权力、声望、财富的人会彼此体恤，互助友善，由此可以不费吹灰之力地让自己找到同类，获得依靠。分秒必争地宣扬在阶层固化的时期要努力维持自己的阶层，并应该伺机而动进入上一阶层，以求得更稳固的安宁；不厌其烦地鼓吹在阶层动荡的时期要把握时运，赌上身家性命实现阶层的跃升，来赢得世界的朝拜。阶层，恰恰证实了人们喜欢泛泛而谈的缺点，把每个人同每个人的斗争视作一个人同整个阶层高耸着的壁垒的斗争，从而弱化这种个人之间你争我夺的残酷观感。毕竟，那些渺小与宏大的战争最能打动人心！我们现在就虚设了这样一个宏大的形象，让人们以为人生体验会因阶层的不同存在根本的差别。可是生活的样貌不可能具备不可思议的差异，个人的疑惑与烦忧、维护自身利益的决心、扩大幸福的渴望,这是为人类所共有的,那些以为进入哪个'阶层'就能解决人生困惑与难解之谜的人,在他们自以为进入到那个'阶层'后,迷陷得更深了!"

"也许你该学着在某些无关原则的事上跟随大家,就算它只是神话,是对世界构成的荒唐阐释,是可怜人给自己编造的安慰话,也自有它存在的意义。"蕾莎说着,试图转过身来,奥特加起伏的胸膛撞在蕾莎的后脊,那是一股生命的活力,创作非凡作品的热情,不合作的信心,求知的欲念,以及伶俜之人的叹息。

"我将至中年,然而一事未竟,万事皆哀……"奥特加重将蕾莎搂在怀里,现在她同他面对面贴在一起。突然之间,他们意识到,他们憔悴的生命,在琐屑中消磨腐烂的时光,都没把这两个倔强无畏的人彻底打倒。他们意识到自己的归宿不在别处,不在任何崇高或者卑微里。为了这一刻,他们不知等待了彼此多久,他们没有什么富余可给予对方,各自的眼中闪烁着拒绝俗媚的自由的光亮,那些须臾而过的情事,再也不能使他们动摇。

几个月后,境况稍有好转,粮食供应不再那么紧张,奥特加用喝过咖啡的杯子喝着蕾莎自酿的桑葚酒。这酒在最苦涩的时日里酿成,方有今刻的清甜甘洌。

"魔杵"排除了故障,便恢复了正常飞行。人虽然素日里过得仿若机械,但毕竟不是机械。乘客们还没能从失魂丢智中缓过神来,蕾莎被这插曲般的事故中断了回想,待到心绪稍宁,她就更迫不及待地续思起三十年前的往事。于是,她本已绝望得好似失去归巢的暴雨中的惊鸟,此刻却决定用她无多的余生,换回奥特加过度消耗的心智。

Chapter 18
魂断月途

赫尔辛基的风光和几位新结识的朋友让陷于穷困的奥特加没被压力摧垮。一场注定使人无望的战争不知何时打响,人人都在备战,实际多数人只是找到了及时行乐的理由罢了。求职无门,蕾莎不得不做些粗笨的活计维持基本开销。奥特加曾说服蕾莎前往雪谷过隐士的生活。他们干得不赖,猎到过驯鹿和狐狸,可蕾莎患上了流感,有一天她裹在熊皮里说自己就要死了。奥特加意识到自己犯下了何等严重的罪过,他差点成为杀害爱人的凶手。他们回到市集广场突兀碍眼的难民楼,当掉那套礼服换得两张飞往莫斯科的机票,必须离开北欧再碰最后一回运气了。蕾莎说她从没去过莫斯科,奥特加说陀思妥耶夫斯基出生在那儿。

奥特加谋得一份为剧团撰写幽默短剧的工作,蕾莎为此高兴,感觉身体也开始好转康复。奥特加开始供养家庭,微薄的薪水让他不得不去餐厅兼职弹琴补贴家用。那时候奥特加时常在地铁里写作,如果去往不熟悉的地点,他十之八九会坐过站点。而如果在他每日往返的路线设下陷阱,他铁定会掉落其中。他穿着那件皮磨得发亮的破旧夹克,带着软皮本和碳素钢笔,像个食蚁兽般在城市的荒漠中寻觅隐秘王国。他不得不强迫自己在不同的生命体验里反复切换,有时候不得不中断创作的思绪。各种念头、闪现的灵思、一两句俏皮话、新故事的开头在他脑中交错,千变万化。俗务、命令、期限、优先级别在他醉心创作的心头碰来撞去,令他敏感的心灵时刻暴露在锋锐的感受之下。有一天他刚要把自己新写的故事交给剧院老板,无意中从信封里滑出的几行字令他觉得不可接受,他拒绝让这样的文字给他的文学清誉蒙羞。于是奥特加当即撕毁了它,接着他吃上了官司,剧团声称奥特加延迟交稿的行为造成了不可挽回的重大损失,他不但赔光了刚刚存下的一点积蓄,又背上了新的债务。他把希望全都寄托在新书出版上,但没有出版社愿意预支稿酬。他夜夜惊惶，害怕自己变成厌世者，害怕蕾莎同样脆弱的心弦跟着他一道崩断。他不忍看着蕾莎方有起色的病情再度急转直下，只得硬着头皮请求餐厅老板允许他捎回家一份晚餐。他每天吃一个土豆，把剩下的餐饮带给蕾莎。他第一次觉得命运戏弄了他，但他不准备放弃。

莫斯科是一座雄浑的古都，但也蕴含着百转千回的柔情。奥特加在这里认识了钢琴家斯塔科夫。斯塔科夫天生一双小手，单手覆在脸上，甚至无法同时触碰自己两侧的太阳穴。先天不足令他的演奏水准难达无人匹及的境界，但依凭超凡的乐思和磐石般的毅力，他还是有所成就。有了斯塔科夫的指点与示范，奥特加的琴艺增进很快。斯塔科夫把奥特加介绍给一个婚礼乐团，所获的酬劳能更好地为蕾莎治病。为此奥特加欠斯塔科夫一个人情，他总想为这位年届半百尚还单身的演奏家做些什么。

一个无风的午后，色调清朗，斯塔科夫一脸愁容地来到奥特加的租室。蕾莎正靠在床头涂写着什么，看到有客人来访，忙把纸笔藏在枕下。她为斯塔科夫倒了咖啡，并坚持要为他烤制一些黄油饼干。斯塔科夫只是焦虑地在房中踱步，劝说蕾莎还是回到床上好好休养。蕾莎看出斯塔科夫心神不宁，他眼含爱情受挫的幽怨。

"长途旅行真快要了我的命！我只能感到一条腿还连接在我身上，另一条腿就像已经不在了似的！每喘三口气必定要深吸一回才不觉得胸闷，最扰人的是颈椎的毛病……"斯塔科夫叹息着，一连喝了三口咖啡。

蕾莎知道斯塔科夫这辈子还没离开过莫斯科，除了爱情，没有什么能让一个已经惯于独居的男人踏上远行之路。

"她不能来莫斯科吗？现在的局势还是待在大城市安全些。"

斯塔科夫苦笑着，冲蕾莎举了举咖啡杯，对她的善解人意表示感激。"她就要去月球了……她是名预备役军官，正是现在的局势，叫她不得不到那该死的惹人发疯的地方去！"

"她总归会回来的。"蕾莎宽慰道。

"没错，她也这么对我说，可是她要去的是月球，不是圣彼得堡，哪怕她要去西伯利亚，也不会让我感到如此灰心！没有伴侣，没人能熬过困在月球的时光。人一旦踏上那轻飘飘的地界，就像抵达了堕落乐园，没有人还会记起爱情的承诺，除了无节制的欢爱，他们无心完成任何目标，比如守候一份爱情……"

那名橘红色头发、神采奕奕的空军中尉还是得去月球。奥特加陪伴斯塔科夫前往东方港航天发射场为她送行。斯塔科夫望着他今生第一次动心的恋人站在起降平台上冲自己递送飞吻，一股难言的悲伤化成八条蛇将他缠绕，他不顾军警的阻拦想进入预备发射区，为此他被打破了脑袋。中尉目睹了这一幕，呆愕、慌乱，她趴在栏杆上似乎在忍受胃痉挛。斯塔科夫眉毛上滴着血，军警压住他的双肩令他屈服，但斯塔科夫拼命抬头想要多看恋人一眼，结果一个远比自己年轻挺拔的男军官正把中尉搡进速升电梯。银色的舱门闭合了，斯塔科夫感到他的心也像被人狠劲儿扎上一个死结。他浑身发抖，苍白的嘴唇使他像是刚从坟堆里爬出的死人一般。奥特加把那件旧夹克披在斯塔科夫身上，抱住这个可怜的艺术家。斯塔科夫的小手死死抓着奥特加胸前的衬衫，但能感觉出他的力量正一点一点耗尽。

"她会回到我身边，对吗？"斯塔科夫像第一次尝到苦味药剂的孩子，哭了起来。

"会的，只是我们各自都有必须完成的任务而已。"奥特加悄悄悲叹着，看到气液管路、电缆和登舰通道已经同舰体脱离。飞舰采用垂直发射方式升空，此刻已经完全断开与脐带塔的连接。斯塔科夫将头埋在旧夹克与奥特加之间，就在这时，一枚空对地导弹曳着明亮的火尾击中了舰体的燃料舱，飞舰瞬间化作巨大火球，发射场立马响起了尖锐的防空警报。奥特加明白，这场似乎人人都在逃避的战事，终是打响了。

Chapter 19

偶得归路

　　麦心抓过马克杯,发现里面只有污渍,她摇了摇锡罐,茶叶不剩多少。水已烧开好久,她不得不再次加热。近来她总是忘事,但对早前的记忆却愈发清楚明晰。

　　"在战场上,每个人看起来都很有目的性,他们当中有的负责制定战术,有的负责执行,井井有条,军纪严明。"杨仲思正在会客室接受采访,这些话他大约已说过八十遍。"新加特兰是片净土,没有流血,没有逃亡,没有欺骗,没有反抗。我们都活得棒极了,对不对,乔尼?我好像已经接受过你的采访了。"

　　"没错,但现在的情形又大有不同了,战争随时可能再度爆发,还记得东方港发射场遇袭事件吗?真不敢想象,已经过去将近三十年了!我们都老成什么样了!当前的局势真如往日重现,谁也说不好哪天一枚飞弹会击中哪里,然后局势就突然雪崩一般失控了。"乔尼的声音比杨仲思的听起来顺耳多了,可麦心知道这仅仅是专业训练的结果。

　　"说起来,我有位……朋友,他对战争史很感兴趣,他也认为战争会不日爆发呢!"

　　麦心在心里恨道:"你可没拿颂生当朋友!"

　　"所以你也同意你这位朋友的看法喽?您是否愿意跟我们分享一个新的好故事呢?"

　　"我厌恶战争!不要因为我参加过一场好像事不关己的战争,就把我看作好战分子!战争的恶臭到今天都挥之不去,战争是人类发明的最糟糕的东西,那句话怎么说的来着……总要有人站出来结束它!你想听个新故事吗,乔尼?这个故事我应该还从没跟人讲过,那天我的连队在执行速降任务,有个战友的氧气瓶泄露了,高空速降没有氧气会要他命的,我试着从空中接近他，解下我的备用瓶给他换上，要知道这一系列动作都是在万米高空完成的⋯⋯"

"又是那套鬼扯！"麦心骂道。

"我们对您的钦佩与日俱增，"乔尼恭维道，但显然他没有听到他想要的"好故事"，"那么您究竟怎么看现在的局势呢？光荣欧亚会率先向机械联盟宣战，还是像三十年前那样，机械联盟搞个突然袭击？"

"我说不好，我在军中只是下级军官，我并不太需要考虑战略层面的问题。百年来光荣欧亚和机械联盟都在对峙，他们可曾有谁谋求过和解？他们每天都在加紧备战，一旦他们觉得准备好了，战争就会爆发，谁先打响第一枪又有什么分别呢？关键你要明白，每一场战役都是士兵打下来的，将军们说服政客，政客影响民意，战士们完成使命！"

乔尼知道问不出他想要的东西，便借口有其他工作行程，起身告辞。麦心趁杨仲思去厨房刷洗杯子的空档，溜出家门，为了不跟她的父亲照面，她只好消耗着耐心听他讲完废话。

"我已经足够冷静了。"麦心在街上闲逛，她讨厌这种无所事事的感觉。她有点搞不清楚自己当初为什么执意离开。"你用力过猛了，"麦心对自己说，"你过分珍视一样东西，就会把原本无关紧要的事情视作威胁，你总担心没能发现感情出现裂隙的预兆，到最后你自己都无法忍受这种神经质，不得不逃离了。为什么担心他仅仅是假意爱你呢？一个人为什么要假装自己爱并关心一个人呢？这毫无意义。你一定让他心烦意乱了，而他始终保持着忍让。"麦心没想到自己会在新加特兰耽搁这么久，以至于现在已经没有一架飞行器可以飞往欧洲。"关闭边境，拒绝修复通讯光缆，我们回到'航海热'之前的隔绝时代了吗？"

麦心热爱修理机械，把看似损坏的东西恢复原状，这比直接生产它们更能带给她成就感。她记起来她需要买些茶叶，可是她不认得路。天色忽明忽暗，好像有个天神躲在云后跟她开着玩笑。她想她该去市区转转，自归家以来，她还没到过任何繁华的地方。她的母亲鼓励她多出门走走，可是她在此地没什么朋友，连认识的人都已没有几个。

她觉得劳顿，想找个地方歇脚，但没有合适的去处。她想起过往，她被征召到利马修理巨型航天战舰。她之前从没见过这么庞大的机械产品，那已如残骸一般的巨舰把她迷坏了。她不知道那些找上门来的官方人士是怎么得知她是名机械师的,不过她很庆幸自己处于被征召之列。没人向技师们透露战舰被摧毁的原因,麦心也完全判断不出缘由。舰体显然被一股势不可当的能量贯穿了,那股能量击中了反应堆,反应堆护罩看上去没起任何作用,因为它理应保护的设施被轰成了碎末,那场景就像有一只魔爪深入到那里,把反应堆掏走了。那是段辛劳的岁月,每天的工作都很繁重,但麦心觉得这正是她设想中的生活:一份有难度又合她口味的工作,不知哪刻就能激发出她的潜能;肌肉的酸痛恰是对生活重量的感受,休憩的时光心安理得。

麦心走进一间小茶室,店老板正在仰着脑袋看球,唯一的顾客是位五十多岁的秃顶男人,他一手端着茶杯,一手快速翻阅着店家提供的电子时报。"哈瑞是个和平主义者!"老板冲秃顶男人努了努嘴,对麦心说道。

麦心接过老板递来的茶杯,不知自己是应该加入秃顶男人,头也不抬、无言无语地喝茶,还是跟老板一起观看比赛。她突然有点明白杨仲思方才面临怎样的窘境了。

"您这里还有另外一台时报阅读器吗?"麦心问。

"没了,哈瑞正拿着看呢,他来这儿就是为了看报的。"老板重又看起了比赛。

麦心端着茶杯来到哈瑞面前,问道:"有什么要闻发生吗?说没说飞往欧洲的航班何时才能复航?哪怕轮船也成。"

"没指望了,"哈瑞说道,"现在能飞赴的离欧洲最近的目的地是贝鲁特,其他航线都关闭了。"

"全球网络呢?何时才能恢复?"

"天知道!要是网络恢复了,我还会在这儿花钱读报吗?"哈瑞故意提高了调门,以示对刚才老板揶揄的回击。

"贝鲁特……"麦心把茶杯里的茶喝干,留下零钱匆匆离开了。

Chapter 20
勠力寻友

飞机降落在贝鲁特国际机场,机舱里响起轻快的《收获舞蹈圆舞曲》。乘客中有一多半是前往费卢杰参加和平集会的反战人士,他们想就接下来的行程交换一下看法,但旅途的颠簸让他们个个抿紧嘴唇。坐上悬浮快轨,乘客们很快抵达入境大厅,蕾莎感觉自己好像迈入另一个空间。人声鼎沸,熙来攘往,几千人齐聚一堂,这样的场面蕾莎已经多年未见了。她看到了使劲冲她挥手的穆青釉,还有拄着拐杖站在一旁瑟瑟发抖的斯塔科夫。

"你能来光荣欧亚真的太好了,我们生怕错过了日期!"穆青釉提着一个沉甸甸的公文包,但这没影响他拥抱蕾莎的热情。

"我担心入境会有麻烦,所幸一切顺利,见到你们真好,我担心你们来不了呢!"自从奥特加失踪以来,蕾莎第一次稍觉宽心。

"我还准备了复议申请和供法庭最终裁决的陈情状。"穆青釉举了举公文包,里面塞满了各类手续的文书。他四处张望了一下,觉得似乎有人在盯梢。

"你不必来机场的,"蕾莎对斯塔科夫说道,"咱们找个不这么吵闹的地方吧!"

斯塔科夫抖得更厉害了,他跟老朋友握了手,因为过于激动而语无伦次:"有地方,咱们有地方!老天,我真的没想到,咱们还能见面,我以为咱们只能死后重逢了……对不起,蕾莎,从莫斯科到这里不容易,你知道,在现在的情势下,我没抱什么希望,但我想管他呢,待在莫斯科也只是等死而已!对不起……让青釉多说两句吧!咱们有地方去,现在就去!"

"一收到你的信得知你要来,我们立马决定动身来贝鲁特。整个世界好像都被奥匈帝国统治着,到处都是关卡,你不知道走到哪儿就被告知此路不通。还好我们赶上了,不过你为什么没乘民航客机来呢?"穆青釉一边引着蕾莎走向停车场,一边问道。

"有些无事生非的记者会拿到民航的乘客名单,奥特加决定退隐在公众视线之外,所以我跟他躲去了新加特兰,有些我们不想应付的人很关心奥特加的去向,我不想在找到奥特加之前生出风波!而且……钱要花在刀刃上,要去的地方或许还很多,贝鲁特只是中转站,现在民航机票贵得吓人!"在老朋友面前,蕾莎不必掩饰经济的窘困,"咱们去吃份酱油煎蛋吧,我请客。"她说。

三个人都笑了,他们都想到了一些幸福的日子,那样的时刻太过稀少,但令人永志不忘。

"要是奥特加也在就好了……"斯塔科夫已经老态龙钟,他叫蕾莎和穆青釉走在前面,自己颤巍巍跟在身后。

他们吃过煎蛋,又要了一壶咖啡,斯塔科夫只喝了一点,就打起盹来。穆青釉问道:"我们下一站去哪儿呢?"

"去冰岛。"蕾莎回答。

穆青釉表示不解。

"奥特加一直想完成《盲医与疯药》的第三卷,但他的身体状况越来越糟了。他总抱怨自己精力不济,还深受幻听的困扰,视力也差得厉害。他动过几回手术,虽都支撑过来,但往往旧疾未愈,又添新痛。可是他太想完成这部书了,每天都在为写成它做着准备。那天他唤我到书房,说有几本书当年只在冰岛的一间私人图书馆读过,然如今记忆力锐减,内中详文难以复述,他遍寻各处电子索引,皆无所获,所以动了亲去的念头。目今他不告而别,只留下自抄《顾望苍凉》中的一小段话,我曾听他讲过,那几本他一直想要重读的书,正是批驳他这本小册子的。因此根据我的直觉,他一定是去了冰岛。"蕾莎说道。

"你没有求助当地警方吗?"穆青釉问。

"是警探上门找的我,"蕾莎说,"他说如果不是发生了紧急情况,他们是不会来打搅我们生活的,他说对我们给予必要的关注是出于保护。"

"你是说警方在监视你们?"

"我现在倒真希望他们这么做了,那样我们现在就知道奥特加究竟在哪儿了。但是新加特兰没有多少警力,他们负担不起专程监视一个人的成本。现在唯一可以确定的是,奥特加已经离开新加特兰了,海关人员从离境名单中发现了奥特加的名字,于是通知了警署,但他们的反应速度太慢了,奥特加的船已经离开很久了。"

"你说乘船?"

"没错,奥特加乘一艘渡轮离开了。那艘渡轮驶往公海,一个叫作新维京人的小岛。为新加特兰所不容的营生,那个岛上的人都干,除了那些不道德、不合法的欢愉。在那里还能得到未经批准的药品,缺乏临床试验的治疗。"

"难道奥特加是去寻求医疗帮助?"

"我想并非如此,警探也证实了我的猜测……他只是想离开新加特兰,"蕾莎心怀感激和歉疚,接着说道:"要是没有你们,我会无路可走。警探说奥特加应该搭上了一架贩卖月球产的水果的水上飞机,那架飞机会返回印度洋的沙拉巴欣人工岛,那里是走私犯和偷渡客的聚集地,我想奥特加应该会从那里前往欧洲。"

"他为什么会不告而别呢?这么多年,他从来没离开过你身边。"穆青釉觉得发生的一切都与奥特加的行事风格完全不符,他想象不出奥特加这么做的动机。

"他大概是疯了。这是警探的原话。他本来答应给我看几段监控录像,但直到我成行前,都没兑现,"蕾莎蒙住了双眼,她没办法不落泪,"但他即使疯了,也不会忘记目标。我们这就去冰岛,好吗?他或许已经在那儿等我,他一个人没办法回家。"

穆青釉想无限延长这分秒足珍的安宁时刻,他还想让蕾莎再喝一杯咖啡,让斯塔科夫再休憩一小会儿,但他无法达成这个心愿了,因为他发现,有人正拨开人群,冲他们走来。

Chapter 21
孤雁飘零

"我会被困在里斯本。"麦心靠在军舰的栏杆上,无助地想到。她周围全都是同样无助的人。一个妇女紧紧裹在开了线的毛披风里,尽管天气并不寒冷,但她却兀自打着寒战。一个病人歪倒在通道中央,不断有水手从他身上迈来跨去。几个孩子瞪着大眼望着河岸上已成废墟的五彩房子,年纪大些的那一个似乎认出有座屋舍应该属于他的姨妈。

从地理位置上看,麦心离颂生更近了,她从南太平洋跨过赤道来到南欧,但距离的拉近却让她愈加灰心,她未曾料到,昔日一别,今欲重逢竟会如此曲折。自从那天打听到返回欧洲的路线,与颂生重聚的念头就像一只蛊虫钻进她的脑子,而且越钻越深,折磨到她难以忍受,她旋即踏上航程。这注定是愚蠢的安排,但爱情管不了那么多。

机组人员曾询问乘客是选择降落在贝鲁特还是原道返回新加特兰,乘客中的绝大部分要求降落,几个反对者也只好服从,他们多是抱有特别的目的,才会在这时局动荡的日子里远行。贝鲁特机场戒严了,光荣欧亚派遣了大批军警把周边围得水泄不通。麦心跟其他乘客一样,后悔自己做了错误的决断,没能坚持己见的少数派尤为懊恼。麦心从人们的窃窃私语中了解到事情的起因。奥特加的夫人和她的两位朋友,在贝鲁特机场被机械联盟的特工劫走了。本该在机场迎接蕾莎女士的光荣欧亚特派员没有出现,光荣欧亚的情报人员甚至没有留意蕾莎已经抵达贝鲁特。在自己的地盘上被敌方势力抢占先机,军情局该感到万分耻辱。处置这起"事故"的帕多瓦将军不许任何人擅自离开贝鲁特,在经过一系列看上去作用寥寥的盘查后,麦心跟其他五十余人被安排前往里斯本。开始的时候,每人都在争辩,控诉自己遭受到无理蛮横的对待,指责他们非法限制人身自由;再到后来,又强调自己来历清白,没有任何蓄意破坏的动机,请求让自己能够去往本来的目的地。没有人听取这些意见，当差的水手只是木然地完成工作，至于船长，人们只能仰头通过舰桥高处的玻璃，看到他老鹰般的身影。

军舰入港后，他们几乎是被驱赶着离开甲板，下到码头。一队士兵要求他们集中到一处，逐一搜身后又把他们分别塞进两辆军用运兵车。运兵车内空间有限，他们又多日没能洗澡，可为了活命，不得不大口呼吸着彼此身上的臭味。麦心能感到不止一人趁机在她身上抓捏搓揉，她想挪开位置看清谁在动手，但前后左右都是人的四肢、汗津津的脸、后背、屁股，她根本不能活动。她恶狠狠地咆哮了一声，无耻的动作暂停了，但很快她就遭受到更用力的猥亵。她不想让泪水弄脏脸庞，但泪珠还是滚落下来。

车门终于被打开了，一抹光照射进车舱，麦心第一次切身懂得光明与黑暗的寓意。麦心看了看身处的地方，灰绿色的营帐，昏鸣的发电机，列队的军人，警戒的哨卫，她是被送进了一处兵营。

一个军官模样的女人冲她的下级打了个不太自然的手势，而后对着已经排成三列的众人喊道："这里是恩多比诺军营，在军事法庭做出最终判决之前，你们要暂住在营区内。我们会给你们提供床铺和饮食，相应地，你们需要参加训练和劳动。在这里你们首先要学会守纪律。等到宣判日，你们或许能够拿回护照，去你们想去的地方，但现在，安安分分地待在恩多比诺，是你们唯一的出路。"

"别把我们当罪犯一般看待！我们只是返乡的守法公民！"一个中年妇女叫嚷了一句。两名士兵立马上前用胶布封上她的嘴，把她押出队列。

"纪律的第一条就是，未经允许，不得发言！"那个一脸凶相的女军官吼道。她走到中年妇女面前，结结实实给了她两耳光，中年妇女腿一软，从架着她的士兵中间滑跪倒地，晕了过去。

他们当晚就开始劳动，需要抢食才有饭吃。往后的日子，有几个人被先后带离了军营。有人说某某是被释放了，因为他那有权有势的亲戚给予了他关照。又有人说他被投进了真正的大牢，因为他参与了劫持奥特加夫人的行动。还有人干脆断定某某是被执行枪决了，因为他秘密筹划逃离恩多比诺。

先前的流氓一度还想骚扰麦心，麦心用扳手夹断了其中一个的手指，那个人渣的哀号响彻军营。麦心被关进黑不见影的禁闭室，饿了三天才有人送进半碗米汤和一块咸酥饼。

判决迟迟没有做出，一帮麦心完全不认识的人在法庭上吵得面红耳赤。她不相信有人会出于正义感，为她及其他无辜的人陈情辩护。"他们各有算盘。"麦心心想。她没有任何过错，却被囚禁在军营强制劳动，还得指望麻木不仁的政客为她的自由尽心尽力。她觉得自己像是头朝下被悬吊在下水道，恶臭和她不愿看到的污秽离她垂下的头发仅有一寸之遥。她不敢闭上眼，害怕危险临近时她缺乏防备。她想她的母亲了，她恨颂生，是这个男人让她陷入这样的境地。尽管她知道事实并非如此，但理智只是让她的痛苦更加清晰明确而已，她一点也不需要脑海中那个冷静分析的声音，她想自沉于咒骂与仇恨之中，以便将自己与这强梁世界隔绝。

Chapter 22
无名之辈

最近天气晴朗,总能在白天看到半边月亮,喷气机曳着云彩飞过,好像要奔向隐藏的另一半月亮。

不知从哪天开始,麦心意识到所谓的开庭、上诉、复核、再审,都只是一则谎言的组成部分,为的只是哄骗被带来恩多比诺的人能够安分服役——至少两年。当然,如果你不安分,这里的各色长官也有足够多的办法对你施以整治,你要么打消抵触的念头,要么在这八面埋伏的军营掉入危机。

在军营做完活后,他们有时会被带到海边,点上噼噼啪啪的篝火。教官让他们练习支帐篷和夜里在海边找吃的。他们活得像个牢犯,但海边的景色依然很美。麦心心想,她现在之所以感觉自己是不自由的,只是因为颂生不在身边,如果他们能够在此刻共享这虚设的美景,一切就有所不同了。

一天,麦心被叫入指挥部的牙帐,女军官通知她尽速离开这里,她要搭乘"灰栗兔"步战车去往别处。"赴任",女军官用的是这个词。麦心大感不解,她琢磨着"赴任"一词的含义,不明白自己为什么要听任这帮暴徒随意调动差遣。可她的手跟心中所想已不能协调,等到她想要去控制手上的动作时,她已经冲那位女军官敬了一个标准的军礼。

新的服役地点要自由许多,但是她依然不被允许离开市镇,她找寻各种机会想同颂生取得联系,但门路都被堵死了。她意识到在新加特兰原地等候,竟然是同颂生取得联络的最后的、唯一的方式。她当时为什么不给颂生回封信呢?她无法解释,就像她没法解释,现在她跟这个叫作闻爵的、父亲般的男人生活在一起。

麦心跟闻爵经常争吵,当她一个人安静下来时,她想竭力忘掉这些不快。她难免想起颂生,奇怪的是,她最经常想起的,却是跟颂生的争吵。

"咱们这个月过得可真拮据,不止这个月,恐怕下个月,再下个月,也没什么起色吧！或者明年也还是如此。你还记得佩德罗·阿德里安吗？他在战后发了家，可咱们刚认识他那会儿，他连字都不认识几个。他是出生在地下城邦，有些偏僻的城邦，教育很差。"麦心一边梳头，一边对颂生说道。

"这不算什么新闻，不值得专门提说。"颂生没好气地回应。

"老话总说，你得适应时代，别让时代适应你。"

"我只是相信世界会有所改变。"

"一成不变也自有一成不变的道理。那些觉得自己怀才不遇的，都觉得自己才该是世上最负才名的人，可他们绝大多数都只是些自大狂罢了。我是说，我们每个人都觉得自己应该获得更多，但没一个承认自己是既得利益者。"

"大众的视野里不该只有跳梁之徒，我们不应该视之为平常，更不该用是否出现在大众的视野里，作为评价一个人价值有无的标准。"

"那些默默无闻者没能为人所知，只能怪他们自己出了问题。"

"我说了，不是每个人都想、都需要出名！"

"可你同情的人，或许也包括你自己，你必须正视这一点，你同他们大概都缺乏那些有名者身上的优秀特质。"

"那又怎样呢？难道应该迫使每个人都花精力在获得称谓、取得头衔上？"

"有名者可不仅仅是叫出来的。世界不会给予不被重视的人任何评价！这对你太残酷了吗？"

"我没能让我们过上好日子，这一点我没有借口。但你把一切都混淆了，我没法认同。其实在我的心里，我知道，我太过清楚，今天自己拼尽血气据守的一切，都将归于徒劳，归于无足轻重。我已经无所保留，可我将一无所得。我努力保持正常，正常地活在世上，正常地爱你，忍受所有漠视和羞辱，但我活着，一分一秒没有懈怠地活着，可你觉得这有意义吗？"颂生把双手举向空中，摇了摇。

"你应该这么活着，你也只能这么活着，每个人都只有这一种活法。熙来攘往，人们都只在维护自己的利益而已，要么所站的立场是自私的，要么干脆没有立场！"麦心觉得自己被激怒了，她在说着自己都不完全相信的话。

"你可真悲观！"

"我们活得如此艰辛，每当我遇到麻烦，你从来没有能力帮我化解，在这样的情境下你指望我如何笑逐颜开呢？你需要一个女人，接受你所有的自以为是，然后再大加鼓励，不假思索地崇拜？"

"我的问题到底出在哪呢？你告诉我！"

"这个问题是我该问你的。你应该给我答案，而你却以为一切都已经尽善尽美了。"

"我当然不是什么完美之人，我只是坚持自己的一点想法，并且期冀我坚守的东西能被你看重，毕竟，你是我唯一的爱人。"

"你说我不能理解你吗？"

"你的确不能理解！可惜的是直到今天我才认识到这一点。我花了十七年的时间，说服朵蕊丝太太不干涉我的写作，现在我不清楚还要再花多少时间说服你！"

"你不必说服我，你总在试图改变我的想法。这真的既疯狂又蠢透了，我不会改变的。何况，你改变了我，也改变不了你的东西只是平庸之作的事实！几个老学究赞赏几句你的文章，你就真的以为它们值得世人一读了？"

"你为什么要这么说？"悲哀掐着颂生的喉咙，让他的声音变细、变哑。

"事实就是如此，遗憾的是由我来告诉你，看看你现在的状况，你每天都在为写作发愁！你以为你是无人赏识，可你有没有想过，你也许不够格！总之，要么是命运在作弄你，要么你压根儿就是在生产垃圾！"

"所以说我不该抱有一点期许，让自己坚守的过程稍微好过一点？"

"我相信你若真的有那份天赋，我们不至于过得如此清贫！"

"这不是钱能够衡量的问题，从来不是，这你也很清楚！我们的世界，精神上的丑角赚了大把钞票，饱读诗书的人举步维艰。"

"我不愿再跟你争执这个无聊话题，你所说的爱，在我看来只是你自私的又一种外化。你把我当作感情的出口，每当你想要施加爱，便把我作为对象，我从来没觉得你我是一体的，我只是你想完成的作品，可我的人生不想由任何人写就。"

Chapter 23
惊鸿照影

　　有些人与生俱来的东西,另一些人要为之奋斗终身。而当生命逼近黑暗,有些人得到了他们的毕生所求,另一些人失去了他们的绝无仅有。颂生的兜里只剩二十块钱了,他原以为他新写的两篇时评至少能卖几百块呢。即使这二十块钱还够他生活一阵,但他依然觉得自己是个无用之人。现代人总会如此,只要没有收入进账,他们就会感到焦虑,就仿佛一下子失去了意义,原本活着的信心,都在失去。

　　颂生有野心,但他也清楚自己还无所依凭,他不想有一天像只猫一样舔着浅碟,脑海中只有一个祈求——安然度日。他必须忍耐,必须少言寡语地坚持等待,等待这个世界给他反馈,这其中磨难无数,包括他对麦心的爱。他给麦心写了许多封信,没等来一封回信。最开始的时候,他坚信麦心的出走不表明爱的完结,正好相反,那是爱的意志短暂的喘息,有益的中歇。而现今,他只能体验到无情的时间正击碎他的幻念。

　　正当颂生准备出门之时,洛里斯夫人的司机送来一个信封,他说洛里斯先生已经回到城里,太太忙于筹划慈善晚宴,周刊新栏目的事务需要延后处理了。颂生送走司机,坐回椅子,打开信封,里面有一张歌剧票,以及一沓现金。他翻找了半天,也没看到半字留言。他瞄了一眼票面,演出日期就在今天,剧目是威尔第的《奥瑟罗》。"从前的姑娘把手给人,同时把心也一起给了他;现在时世变了,得到一位姑娘的手,不一定能够得到她的心。"颂生念叨着莎士比亚的金句,想道有了这些钱,他或许能去喝上两杯真正的好酒,他的后背硬得像根犀牛角,他看够了资料,只想把它们跟世间发酸的劣酒一起点着。

　　颂生选了一间他从未踏足的高档酒吧,侍者训练有素,让人舒服。音乐和装潢恰到好处,相得益彰。酒当然也不差,即使在战争年月,好酒也从未停止供应。颂生看到有个女侍者连续给一位曼妙的女士端去三杯雪莉酒,每次她都特意朝那位女士示意,是哪一位先生送上的这些酒。她白玉般光洁的背同样吸引了颂生,还有她那如天鹅颈一般的臂弯。不知为何,颂生觉得这个女人他曾见过。他犹豫再三,唤来侍者,也要给她买杯酒。

侍者露出为难的表情,她低声对颂生说:"看上那位小姐的先生不喜欢有人竞争,我们总要顾念熟客。"

颂生冷笑着,他从怀里掏出一沓钞票放在桌上,说:"我请你也喝一杯,怎么样?"

侍者收好钱币,说道:"价高者得,到哪儿都是首条规矩。"

她冲这位执着的猎艳新手微微一笑,内中绝无讥诮与轻蔑,反倒有一丝珍视和喜爱。侍者把酒端给那位女士,自然也把颂生介绍给了她。女士瞟了颂生一眼,却好似吃了一惊,她端着颂生送的那杯酒,朝颂生款款而来。

"没想到会在这儿碰见你!"女士惊喜地说。

"你认识我吗?"颂生很是惊讶。

"我叫嘉米,你叫颂生,不是吗?"

"没错,你是怎么……"颂生记起在昏暗杂乱的过道上碰到的女孩,那时他把她错认成了麦心。他为自己竟然无法在脑海中清晰地勾勒出当日所见女孩的面容而深感意外,这迫使他仅可以凭借一个模糊的轮廓,辨别眼前的女孩是否正是当日所遇之人。

"说起来的确费了不少工夫才找到你的住处。最后还是靠姨妈帮忙。"

"姨妈?"

"那真是个冗长的故事,但相当乏味。简单说吧,我读过你的《败将英雄论》,我只想知道你为什么没把它写完?所以,我决定当面去问问你。"

"所以,那个晚上真的是你,在我家门口,对吗?"颂生能感到丹田涌出一阵快感,"那本书……是我硕士时期写的,断断续续,相当随性……不成体系,只在……校刊上登载过一阵,也并没打算写完它……当然,后来我也想把那些稿子重新整理,增添附录,再充实一些新到手的材料,但一直没能完成,你怎么会读过那个呢?啊……我想我聊那篇破烂儿聊过头了……"

"不,我喜欢听你讲它的成文过程,我访问过你的大学,我喜欢翻阅各所学校的校刊,如果发现一篇好文章,比矿产商人挖到晶虚石矿还要开心!"

我甚至远远见过你……如果我没认错人的话。跟那时候的我相比……现在的我也没什么长进……"嘉米吐了吐舌头。

"你也对历史和写作感兴趣吗？"

"是啊，但我父亲认为历史只是传奇故事，从中看不出兴亡成败的根由。用他的话说，那里只能看到一个怀有可疑动机的人用他的权力意志栽赃或者神化另一个人。"

"他很有见地，但过于想当然了，是个悲观主义者。"

"你评价得不错。他一心想让我成为生物学家，或者外科医生，我想我并不擅长那个，但还是尽力满足他。没办法，人总要克服一些原本不必出现的障碍。"

"是啊。你怎么会想到去找我呢……"

"只想求证一些看法，有些章节你写得过于隐晦，"嘉米的脸微微泛红，"我酒有些喝多了。"她用素手遮掩着。

"你知道我有女朋友？"颂生不知道自己为什么冒出这么一句问话。

嘉米怔了一下，含情的眼波掠过一丝不快，过了好一会儿，在滑入尴尬的冰窟前，她冷淡地嗯了一声。

"那天匆匆别过，我一直想再见你一次，但又觉得实在没什么可能了，你大概只是走错了路，认错了门。"颂生觉得自己在把两人推入难堪的境遇，但他想挽救当下的气氛，忍不住这么说。

"匆匆别过……我们还不能算相见过吧！"

"是，那不能算是相见。"

嘉米展颜说道，"我没打算跟你有多深的羁绊，今天的相遇只是偶然，不是吗？何况，我也有钟情的人呢。"

一时之间，颂生不知该失望还是宽心，他慌张的表情似乎逗乐了嘉米。他们又喝了整整一瓶酒，然后一起回到颂生的住处。颂生曾被嘉米激起过难以抑制的情欲，他与洛里斯夫人的风流韵事与那场缺少后续的楼道邂逅不无关系。他要为自己满溢的心找寻一个出口，而洛里斯夫人正好是干涸的容器。那夜邂逅留下的遗憾和未燃烧完全的情欲，在这一刻激荡了两个人。他们在门前就开始拥吻，颂生撕破了嘉米大腿上的丝袜，嘉米闭上眼，任颂生半抱半拖地把自己丢到床上……

黑夜结束得太快。颂生睁开眼，看到嘉米仍在他的身侧睡着，他轻轻地、极缓地舒出一口气，不敢作声。颂生看着光在一寸一寸地占领房间。他记起跟麦心分别那天的黎明。晨曦自窗帘底部溜进卧室，他望着她后背咖啡色的阴影亮起柔弱的光晕，轮廓的曲线不断伸延，颂生感到自己仿佛正瞭望远山尽头的地平线。他耳听她的鼻息，他的恋人触手可及，可他却僵在原处一动未动。他痛恨自己的退却，缩紧的手攥着他经年累月的焦虑。

Chapter 24
美的消亡

还有五小时零三十八分钟，麦心将被逮捕，她自己当然没法预见未来，这一秒与下一秒由永恒的神秘连接。她又梦到了阿提拉，这个短暂的、有点恐怖的梦是否包含某种善意的启示呢？传说阿提拉曾率军抵达一座火山脚下，他的眼角生有虎须般的皱纹，一直延伸到发际，那一刻他眯起苍鹰似的双眼，在妖云瘴雾里看到了卜卦里昭示的终结他尘世之躯的魔鬼。硫黄的恶臭充盈鼻腔，喷吐着地狱烈焰的山口让阿提拉分外思乡，他不属于这里，他心想，身后的大军第一次无法令他心安。匈奴王惶疑的神色正被随行的史官撞见，阿提拉带着阴郁的悲哀问道，你觉得我的故事会被千古传诵，永世长存吗？重要的不是故事本身，而是讲述故事的方式，史官回答。麦心的梦里混杂着这段场景，匈奴王进退维谷，她也随之左右为难，她同情他，为阿提拉不得不去征服与故土反向延绵的大地而黯然神伤。

麦心关于阿提拉的一切记忆来自颂生的讲述，她反复梦到这位冷血残暴又谦卑平和的匈奴君主，一定与颂生有关，可是这种关联到底想要向她透露怎样的讯息呢？"上帝之鞭"已经变成一个模糊不堪、与真实隔绝的符号，从中无法发现任何真相。麦心始终觉得阿提拉是一个厌战者，她记得阿提拉有宽阔的胸膛和漂亮的妻子，这些有关匈奴王的体验，同样如湖面上的轻烟薄雾，是一种不稳定的认知，是一系列无法校验真伪的判断。可是有什么关系呢？颂生是真切的存在，是一个与她命途交汇又长久羁绊的男人，这些有关阿提拉的梦与印象，都会因颂生而变得富有触感，变得无比真实。麦心梦着匈奴王，她看到那个过于宽宏的身影背后，躲藏着颂生佝偻的、奋笔疾书的灵魂。

麦心就要被逮捕了，对她采取强制措施的秘密警察没有告知她罪名，她仿佛也毫不关心，她只是意识到自己是一个内心充满愧怍的女人，一个在浮世之中寻求心安理得却始终失败的落寞者。惦念她，给予她同情的人都不在身边，她近些日子的伴侣在地底深处。她几乎记不起这个男人的脸，因为她根本没有正视过他，那是一张老人的脸，带着同命运搏斗的累累伤痕和久经孤寂的冷峻。她始终畏惧他，因为她从他身上找不到一丝熟悉的感觉，他跟颂生没有任何相似之处，就好似他们是不同的物种，一个是飞鱼，一个是雪豹。

"守住这条防线换不回安宁。你去过那里，到达过最深的标记点，你清楚那里有什么，坐以待毙不算是对策，你的小妞不是在地面做事吗？为什么不叫她帮咱们也在上头谋一份差事？"矿工多姆斜坐在墙边，他的气管对冷风过敏，咳不动时脸就会憋得紫红，现下他端着一碗菜圆粥，顺着碗边沿边吸边吹，腾起的白气在阴冷的坑道里像四散的野魂。

"别叫她小妞。她有名字。"闻爵是值得被人尊敬的采矿队长，二十九年的时光都待在地下城邦最危险的矿区。他本已届退休年纪，在恶名昭彰的鬼市一带当了一阵子义警，好似受了地底恶魔的引诱，又复职回矿，跟几个老伙计看守矿道尽头的检查站。闻爵足称得上老头儿了，原本巨人般的体格也显露出消瘦的痕迹，贴身的便服如今变得松垮，捋起的袖管总是往下掉，但那只是相对过去的他而言，在人群之中，闻爵依旧是最健硕强壮的一个。"不能逾矩。咱们都是有信誉的人。"

麦心给予闻爵的满足是普遍意义上的。一个渐老之人得以安卧于一具年轻的肉体身旁，陌生时代的气息令他既讶异又亢奋，超乎期许的体验令他重新珍视他的残年。他会不顾一切保护这种幸福，即使他是个懦夫——何况他不是——他也会以死之决心阻拦恶棍们将他的爱人带走。

麦心正被押往未知的地点，她没有想到颂生，也没有想起闻爵，在她脑海中挥之不去的仍是阿提拉。临别前她望了一眼她那像是正在腐败的房间，发臭的毛巾，积存的污水，锈蚀的墙体，从没令她得到休息的床铺……她终于明白，狼藉的生活，盘踞心头的谎言，无力消磨空虚的挫败，都是源于美的丧失和她对美的渴望。她错看了世界的多样性，以为总归能从这纷繁之中找到陌生、神秘与自然，可是找到的仅仅是千万种丑态，没有一丝美感！

Chapter 25
恶魔来袭

"为什么一到晚上孩子就该待在家里？明明夜晚要比白天可爱得多！游荡在街道的劣徒恶棍，还有传说中的猿妖和种种夜行生物，也许还能碰上一两个义警或者睡在屋檐之上的侠客！"男孩坐在游客寥寥的公园长椅上夸夸其谈，听他讲话的只有一株橡树和各自的影子。男孩练剑很苦，松开绑带就能看到一只因磨砺变丑陋的手。他浑不在意，他依赖这只手，梦想着用这只手使敌人臣服，梦想着用这只手解开心爱姑娘的衣带。

"你为什么要做一个剑客呢？"男孩想象着自己身处热闹的酒馆，酒馆老板漂亮的女儿这么问道。

"炎帝举兵来犯，赦王亲征临敌，两边各折了好些大将，而今赦王生死未明，公主殿下摄政听朝，蚩尤屯兵于外，内贼为祸萧墙，大丈夫理当仗剑守四方，以保天下太平。"

男孩去过卖酒的地方，而且那里也卖咖啡和叫他嘴馋的戚风蛋糕。他还记得那儿的老板名叫彭蒂克三世，只是不知道他有没有一个漂亮女儿。他希望在那里要一大杯白沫满溢的啤酒，等待一个骑着黑马的鬼盗闯进门来。

"我要去的地方很远，我要你的黑马。"男孩对鬼盗说。

鬼盗戴着青绿色的骷髅面具，黄沙色的束袍外罩着满是破洞的披风。他翘起拇指指了指门外，说："想要这匹马的，不止你一个，下场都一样。"

男孩提起佩剑纵出门外，地上倒着一具银晃晃的尸体。月光刺目，那人穿着内衬亚麻布的锁子甲，像是巡弋的骑兵。风吹过拴马的灌丛，黑马正啃食着沾血的青草。另一具尸首显露出来，比起身巨如牛的骑兵，他显然矮小多了，他只有一件捶打得相当粗糙的胸甲护体，外面裹套着熊皮束腰，铆钉将二者钉紧，一侧肩头高耸着尖锐的盔角，另一侧胳膊上，绑着硬木圆盾。

鬼盗也已走出酒馆，月光照耀他的骷髅面具，教人人鬼莫辨。"现在你还想要我的马吗？"他问男孩。

"要，我会骑着这匹黑马，找到雪豹隐士，"男孩说，"在我杀死你之前，我很想知道，你为什么连地精都不放过呢？"

"你想知道吗？那就在你临死前告诉你，那地精穿着我兄弟的皮呢！"鬼盗怪笑着，惊飞了一只夜枭。

颂生醒了，头痛依旧。他打开窗子，城市还处于昏迷之中。马路上有股怪味，像是垂死的狗身上散发的味道。他的记忆似乎不存在了，只留下一种感觉，他的向往，他获得声名的欲念，他创作的构思，他对自己的哀怜，他对女人永不满足的期待，还有他被浇冷的对麦心的思念，统统都钻进这种感觉里。

颂生靠着窗台又睡着了，这次他梦见自己昏睡到正午才醒来，麦心已回到他身边。夜还没结束，麦心对着灯火璀璨的世界说。正午的夜色令麦心看上去很朦胧，那已是一张遥不可及的脸了，但依旧温柔。

有人来到自家门前，即使尚在梦中，颂生也感觉得到。或许叫醒他的是自己的大脑，不是那梆梆的敲门声。

"你看起来有点魂不守舍。"来的人是西诺。

"我没想到你会来，不，我没想到任何人会找到这儿。"颂生掐着自己的眼窝，想尽快从混沌中理出头绪来。

"我给你带了酒。"

"我正在戒酒。我真的该戒酒了。戒除想要来一杯的欲念！"颂生把杂物清在一侧，腾出沙发让西诺坐下，这才发现除了西诺自带的那瓶酒，似乎没什么东西可以招待客人。"你不介意自己喝一杯吧！"

西诺闻言，也不推辞，嘭地把木塞拔了出来。"因为麦心吗？"他问。

"不全是。我给你拿个干净杯子，"颂生走进小厨房，意识到根本找不到其他杯子，只好硬着头皮返回，"咱们还是出去吃顿饭吧。"

两人来到街上，颂生依旧感觉怪味未消。西诺提着酒，说："你知道吗？大沼泽最近有恶魔爬出。"

颂生弄不清这话的含义，他有点受够荒诞故事了。

眼见颂生毫无反应，西诺接着说："我觉得这事跟麦心有关，所以才特意跑来找你。"

"你说什么？！"颂生火冒三丈，他今天心情低落，厌恶无聊的玩笑。

"千真万确。恶魔从大沼泽爬出，嘴里和身上都滴着泥浆，它们执着焰火，在夜空中画下图案，你看这段视频，就是一个目击者拍下的。"

西诺从怀里掏出掌中电脑，颂生被屏幕上的画面惊呆了——夜空被一条亮银的光带占据，就像在黑色绸缎上烫上了宽形条纹；光带之上鲜艳的焰火勾勒出麦心的头像，那张久不得见的脸正是颂生的魂之所系；火苗在眼角虚化跳闪，难道她正哭泣？颂生感到愤慨，恨欲发狂。接着，头像的下方出现了几个杏黄色的、跳动着的大字：交出她。

Chapter 26
牛斗列星哀歌
（三）

　　这一两年，普什列诺娃很少开口讲话，作为牛斗列星唯一存活至今的特级战斗英雄，她保持着击坠天舰三艘，龙舰六十八艘，夜叉舰一千零二十二艘，乾达婆舰五千九百七十一艘，阿修罗舰九万三千四百五十三艘的纪录。她还大有机会将纪录进一步提升。可她心里也清楚，这些统计表里填涂的数字标号毫无用处，就算她的战功能帮她将这张巨幅表格的空格全都涂黑，战局也不会扭转，他们能做的只是浪费另一张纸，再换一张新表而已。她觉得自己从戎三十七年来，每天的生活就像进入新兵连首日的翻版复刻，一如驿站的嚼烟广告，只有三幅固定的招贴轮番变换，了无新意。是运气好吗？或许吧。假使这个倒霉透顶的星系没被发现，她就能做一个钢琴教师，或者开一家积木店，甚至压根儿不必来到这个世上，因为她的父母不会被强制要求生育。她现在有些局促，元帅训话结束，就将由她带领战团齐呼"战，战战，战战战！大道未成，战死方归"的誓词，这亦是军中惯例。

　　普什列诺娃的发色很奇特，如同夜幕低垂时分红砂岩呈现的那种色调，这团颜色在烛火中明暗，像是鬼船上摇曳的孤灯。轮到她登台了，她的呐喊发自肺腑，真切但非狂热。每每坐入驾驶舱，个体被硬壳隔绝在群体之外，心底便升起孤独的气泡，还有战栗！击溃敌军的过程不外乎一场屠杀，但全都是圈套——胜利的虚荣，救赎的错觉，杀戮的心跳，弃俗的诱惑，都是狡诈的敌人布下的圈困心灵的迷宫。他们让你产生一次接一次的快感，可永不能满足。许多新兵因此抛却信条，错估形势，即使幸存，精神也往往扭曲，陷入失心疯的绝境。当他们再次踏上战场，便会被自己制造的梦魇吞没。想要不被撕碎，就要克制，尝试与周遭不能相容之事和解。这些情绪全被压缩在这寥寥数语的誓词里，又通过普什列诺娃的声音，放大为战吼。

刚刚晋升准将的哈罗德·威尔逊来到普什列诺娃身旁，普什列诺娃本能地递出手，她从小就不太擅长社交，她的父母曾经为此颇为头疼——那都是些多么美好的年月啊！两位军人的掌劲汇聚在一处，形成一股令五指不分你我的合力，他们都知道，往后的日子，要彼此依靠，才能活命。他们被压在地狱的最深层，但不能放任死神挥镰和疯神施咒，不能，不能死也不能疯。

　　哈罗德在台上站定。没有任何开场，他径直说道："老实说，在飞舰入港的时分，失望的情绪几乎将我压垮，盘踞在列星周围的星逆秽种，明白无误地昭示一件事——我们可憎的命运，即使过了三百五十年，仍旧遭受诅咒。尤其我们刚刚损失了许多最叫我们尊敬的人。他们是'马尔克斯'号的主体，是'马尔克斯'号的大脑，也是'马尔克斯'号的魂灵。跟离尘而去的伟大战士们相比，我们什么都不算。没有他们，我绝无机会在此大言不惭，说一些哀悼和追思的无用废话。卓越的人永去了，庸碌的人却活着，这叫人羞愧。他们更高尚，更纯粹，更了不起。然而命运，可憎的命运，却强迫我们承受失去他们的可鄙事实，以及其他耻辱。

　　"人终究不应被那些无聊的悲伤情绪击垮，让我们将炮弹填满炮匣，武装起我们装甲薄弱的双足机兽，把潮湿阴冷的锅炉烧得滚烫，用火，用这先民馈予我们的唯一遗物，燃灭那些碍眼的虫蛇吧！"

　　哈罗德稍一停顿，感觉空气混浊，头晕目眩，好像他也已经是个鬼魂了。他定了定神，接着说："敌人并非无懈可击，无数次惨烈的溃败没给我们留下丝毫有价值的经验，反倒令我们丢盔卸甲，更为不堪一击。这是因为，我们在接二连三的痛失与遭毁灭、遭亵渎、遭虐待的苦难里，很难保持基本的理性。我们从不去检讨反思，一来是因为那满目疮痍的过往令我们避之唯恐不及；二来是因为我们倾向用复杂的机制阐释简明的道理。我们一边忽视基本事实，一边空想对策，得出种种本末倒置的结论，指向无计可施的消极终途。"

　　"我们到底忽略了什么？！"一名老兵用质问的口气嚷道。

　　"我们忽略了敌人一直在变强，而我们却在衰弱。"

　　台下爆发出糟乱的嘘声，"马尔克斯"号的舰员怒目瞪向那群念念有词、宣泄不满的老兵，他们还很重视荣誉，不容许自己的长官遭到冒犯。元帅出面制止了骚动，但同样一脸疑惑地请哈罗德尽快做出解释，他打心眼儿里希望这不是哈罗德随口开出的玩笑,如今的牛斗列星,会用狂怒回应自以为是的幽默。

哈罗德用沉着的口吻继续说道:"姚恩济博士最初提出这一观点时,我也同你们一样不以为然,但姚博士很快证实了他的观点。概括说来,姚博士认为长久以来我们对星逆秽种的研究处于混沌状态,造成这一局面的根本原因在于我们没能重视解密星逆秽种的核心秘钥——进化。姚恩济博士相信我们错过了击败星逆秽种的最佳时点。在抵达那个时点之前的漫长岁月里,星逆秽种距离文明的顶端还很遥远,但可以断定,他们自诞生之初,就展开了无休止的征伐。与其他文明不同的是,他们的征伐缺乏明确的道德目的,也谈不上什么政治动机,甚至也不是出于资源短缺带来的生存压力或者谋求经济上的利益。他们做出了巨大的牺牲,以不移的意志始终贯彻对外侵袭的方针,每摧毁一个文明,自身都变得更加强大,更为稳固。他们似乎从未想要定居某个星系,可以想见他们的母星在很久之前即遭摧毁,而摧毁那个星球的恐怕正是星逆秽种自己。星逆秽种一定在某个时期,遇到过全方位领先他们的文明,但那个或那些文明,趋于保守,面对危机都过于软弱,不愿意为胜利付出高昂的代价,一心只想巩固既定的秩序,恶果终将不能承受。在尚有能力同星逆秽种倾力搏杀的时候,选择了保存实力,直至败亡临头,那些留待他时的谋略和力量,再也无处施展,这是宇宙文明史上最大的憾事。突破了那个如今看来弥足珍贵的抗衡阶段,星逆秽种的进化加速了,他们逐渐占据文明的前沿,压倒性的优势开始建立,自内而外一应强化,难以推翻。贯穿星逆秽种登上文明之巅的核心词,就是进化。进化是星逆秽种的基石,也是目的,他们生存的终极追寻和哲学原理只关乎进化。五百年前,那场轰动星际的实验,不知在场的各位谁还记得?"看到台下的听众目光迷离,哈罗德知道那个曾带给人们无限期冀后又留下沉重打击的事件,已无人愿意提及,甚或已被当下的众将士遗忘。跳动的火苗无法定格瞬间的记忆,就像时间从来不肯留下一张相片,供人凭吊。

Chapter 27
邂逅之谜

从《部分真理，部分玩笑》编辑部出来，颂生又恢复到无业状态。他庆幸没有碰到洛里斯夫人。麦心出事后，他与洛里斯夫人就断绝了来往，倒并非出于什么道德上的义务，只是突然觉得危险环生，危险的爱已让他不堪承受。想到洛里斯夫人，又不可避免地想起嘉米，她们两个在颂生的记忆中就像是连体婴儿一样，记起一个，总会一并看到另一人的存在。那次分手后，他跟嘉米再没见过面。现在看来，那天晚上嘉米为什么会出现在颂生家门口依旧是个谜团。她那想听颂生谈论创作的说辞更像是谎言，因为她再没提过这个话题，可是她又何必撒谎呢？况且，她的确提到了《败将英雄论》，这又该怎么解释呢？

颂生漫步在街道上，心想：这世界的城市景观太粗鄙陈旧了，这个时代的艺术品太俗艳中干了，而我却找不到超越平庸的路径，找寻麦心简直成了拯救我的无聊的法门，可是我的灵魂从根底上依旧猥琐。他觉得自己像条无家可归的狗，于是决定前往朵蕊丝太太家。

"两个人在一起，如果一方只是袖手旁观，拒绝做出决定，只会在对方勉强做出选择后横挑鼻子竖挑眼，那么他就是个彻头彻尾的混蛋……"朵蕊丝太太抚摸着跪在她膝侧的女孩的耳垂，拿眼睛狠狠瞪着帕森，没留意颂生进屋来了。

那个女孩站起身来，她看上去十八九岁，光腿穿着长靴和短裙，眼睛很大，警惕的眼神却很真实。她伸出手，想同颂生打招呼，颂生看到，她的手同她裸露的大腿一样白皙。

"我们是不是见过面，在什么地方？"颂生轻轻握了一下她的手，没来得及感觉她手上的温度，女孩就把手抽走了。

"怎么可能！？"开口的却是帕森，"我这是第一次带她回家，你们怎么可能认识呢！她才刚从阿根廷来到欧洲不久。"帕森急切地反驳着，更像是说给朵蕊丝太太听的。

颂生发现了女孩脸上的不自然，他决定不再深究而让事态难堪。

"有麦心的消息吗？"朵蕊丝太太知道这句问话是多余的，颂生就像被失望染缸浸泡过一般，满脸都是运气不佳的颜色。颂生果然摇了摇头。

朵蕊丝太太从她的樟木箱子里拿出一沓钱，塞给颂生，说道："带这可怜的姑娘去贺兰高地吃顿正经饭吧，你俩简直像是从地下城邦逃出来的难民。"

"我？"颂生不由看了眼帕森。

"我晚上是没空的，有个重要会议要参加。"帕森努力摆出举重若轻的样子，那女孩竟然笑出声来。

"看来她还不怎么了解我这位表哥。"颂生心想。

"你们快出发吧，这房子都要被你们传染上霉运了！"朵蕊丝太太命令道。

贺兰高地是本地知名的观景点，从那儿能够鸟瞰千桥之城的全貌。用餐的人并不多，餐品还算可口，女孩和颂生吃得都很快，这种默契让他们很快脱离餐厅，来到露台。

露台上的风光的确很美，千桥之城展布在眼前，有些河道干枯了，孔桥矗立其上，像是古罗马的高架引水渠。夜色依旧温柔，不管多少战乱和隔离都改变不了这一点。夜风欢畅，没人再记起同类的残虐。

"我们见过面，对吗？虽然我怎么样都想不起来什么时间，在什么地方，但我们的的确确是见过的。"颂生把胳膊架在观景台的栏杆上，觉得这样的柔情时分已离他远去很久了。

"我们见过，你记得没错，就在你家门口，我们遇到过一次，没有说话。我读过你几乎所有的书、文章，凡是能找到的，我都反复读过。我想我对你着迷了……呃……对你的书。这之间是有区别的，对吗？我也不清楚。我来到这里，多半是为了你，如果说全是因为你有些……过火的话。"女孩讲得很磕绊，但有一股颂生不具有的坚持己见的从容和认真。

颂生认定这是场恶作剧。她怎么可以拿嘉米说过的话来戏弄自己呢？颂生从女孩脸上看不出恶意，听她讲完那些有关他作品的话，他很想真诚地致谢，说一句"这可真难得"的自嘲，他始终扮演不出一副自己著作大卖的模样，可是这不是戏弄，又会是什么呢？

"你好像不打算讲完萨马利亚反击战的故事。不过有几个章节我印象很深，我喜欢你对海牙城中事的诗意再现，尽管那幅惨况搅乱了我半个多月的睡眠。我抵达欧洲的第一站就去了海牙。你知道吗，从你的书里我读到一种家乡的感觉，我经常被你置入战火中，却仿佛看到了阿根廷的残垣断壁，"女孩没等颂生回应，接着说道，"我记得在《长河报》的文艺副刊看到过你的一小段访谈，那真是太难得了。整版塞了五位作家的采访，你只占八分之一的篇幅。你在上面说：'我是历史的记叙者，我无权决定故事的完整性。破碎也好，没有结尾也好，细节缺失也好，都不是我能决定的。我的想象力不能用在这些方面。'我这样是不是显得很傻，在你面前背诵你自己讲过的话？"女孩发现颂生在强撑镇定，"我从你的书里读到了罕见的真实。"她又补充道。

颂生的确需要这样的聊天，他太久没跟读过他作品的人进行交流了，心里的疑惑总会解开，但错过这一刻，就没什么好挽救的了。"我需要坦白，我在阿根廷留有不光彩的回忆，但是更多时候，我觉得那是一个可爱、安乐、让我愿意为之忍受痛苦的地方。"他说，试着同这女孩聊下去。

"怀有愧疚让你看到了别的作家难以发觉的幽微之处，你拣选出它们，让我看到了沙滩上最珍贵、却最易被错过的纯净珍珠。"

"这是很高的评价，奥特加做到了这一点，我没有，我有良心，但少了才华。"

"你见过奥特加吗？"

"没有，我原本已做好准备，飞往新加特兰拜访他，可是接着'贝鲁特机场事件'就发生了。上天或许觉得我还不够资格同大师会面，总之没能见成。"

"你的文章里可没有这种克制和自谦，我看到的是卑劣和高尚的激情，还有真知灼见，但现在平和的你，也叫人……满意。"

"满意？"颂生玩味着这个词。

"没错，满意，你知道遇到一个心仪的人有多难吗？"

"你跟帕森……"

"光荣欧亚和机械联盟之间的互访禁令并没有取消,我要留在光荣欧亚的地盘,还不被满街的人贩子或者秘密警察抓走,就只好……出此下策。"女孩说得轻松自然,颂生心里很不好受。

"我虽然跟帕森……称不上多么亲近,但他是我在这世上为数不多可称之为亲人的人,他如果知情,并且心甘情愿,那我无话可说……可他如果……知道你在某种程度上是利用了他……"

"他当然知情,"女孩没等颂生说完,就抢白道,"事实上是他主动提出的,就在那儿……我们遇上的。"女孩指着远处的一片光晕,颂生知道那是明斯基城寨。

"所以你从帕森那里得到了什么便利?"颂生不想让女孩听出他的气恼,但好像很难做到。

"我可以留在布瑞奇,也可以去想去的地方,去贝尔法斯特,去都灵,甚至去安曼或费卢杰,凡是从你书中了解到的城市,我都想去看看,这样的自由,还不足够吗?"

"帕森怎么能保证你旅行的安全,他会一直跟着你吗?"

"尽管当下多地被军阀割据,但谁都不会率先挑起事端,帕森从厄提诺将军那里给我搞来了通行证,我试用过几次了,没人把我怎么样。"女孩甩了甩被夜风吹贴在脸上的头发,终于露出了一丝破绽——她的若无其事是假扮出来的。

"我是不是问得太多了……"颂生看到女孩的眼角已经泛红,他为自己的咄咄逼人感到内疚。

"我坐了两个月的船才抵达鹿特丹,没做停留就去了海牙,但那里的密探坏透了……我就像被抢劫一般失掉了所有行李,跟着还有两个礼拜的各式折磨,我不知道是什么原因让他们最终放了我,我的脚受伤了,全身都疼得厉害,他们只丢给我一瓶止痛药就赶走了我。我从黑市上把我身上的内衣卖掉了,那可能是当时我所拥有的唯一值钱的东西。我怕极了,不敢再在海牙停留,生怕又被那些恶棍抓回去,于是我就来到了布瑞奇,长途车票就花掉了大部分钱,剩下的钱不足以让我在明斯基城寨最简陋的客房住上一晚。我该感谢上苍让我遇到了帕森,不是吗?否则,我们大约不会有站在这里交谈的可能了。在最凄惨的日子里,我心里都在怨恨你,是你的鬼魂把我引来了这里，我心里一直痛骂你像个恶魔，迫使我跟地狱签下了契约，否则我无端遭受的一切，又能责怪谁呢？"

虽然有太多草率之处可以指摘，但颂生不打算这么做。"她还只是个孩子，她有太多逃离的理由。"他心想。

"帕森给了我毛毯和暖和的床铺，让我洗了热水澡，他很会做汤，我到今天都还没吃腻，起初我没有跟他交往的念头，只是为了活着才接受他的好意，我让他瞒着所有人，包括朵蕊丝太太在内，我们是最近才在一起的。在那天见过你之后……我想，我总归见到了心仪的人。神还是会给予凡人一些回应的，不是吗？让帕森救下我，难道不是神给我的礼物？除非直接遇到你，我想象不出在茫茫欧陆能够获知你下落更便捷的途径。有些磨难是值得的，但执念还是提早放弃比较好，放弃，是让我今天同你能像个老友般聊天的前提，"女孩接着说道，"我见过你，也见过麦心。"

"麦心？！什么时候？"颂生简直不敢相信自己的耳朵。

"当然不是最近，我如果知道她现在身处何处，怎么会不告诉你呢？"女孩眼望颂生激动得扭曲的脸，露出失望的微笑，"其实在去见你之前，我已见过麦心了。"

"怎么会？你……那天晚上……你就知道她在哪儿吗？为什么……你没告诉我？"

"因为那时她……跟别人在一起。我很想早点去看你，可是又觉得时机未到。后来孙正浩号召手下多去招募各地下层人士里有威望的人加入他们的组织。帕森很积极，他听说有个叫闻爵的采矿队长，在地下城邦保留区域内颇有些声名，就决定前往招募他。可是闻爵并没兴趣加入，帕森不死心，他又打听到闻爵有个在地面工作的女友，觉得说服她或许能让闻爵改变主意，可他说自己在应付女人方面不怎么拿手，不像他的弟弟……你……"说到这儿，女孩调皮地看了一眼颂生，颂生却没心思听她玩笑，女孩看出颂生的急切，撇撇嘴继续说道，"帕森叫我去拜访这位闻爵的女友，我便拿着厄提诺将军开的介绍信会见了她。没聊多久，她就开始提说你，你一定无法想象那一刻我的震惊，我面前的女人竟然跟你有那么多过往和未了的羁绊！我问她为什么不回去找你，她说她原本从新加特兰回到欧陆，就是要与你重聚的，她说即使恋情终结，她也想在有你的城市继续过活。可是事情并不顺利，她好不容易从新加特兰飞到贝鲁特,正赶上奥特加夫人被机械联盟特工劫持事件,她和其他从光荣欧亚区域以外入境的人一道,被送往里斯本审查,接着是恩多比诺,直到最后,到了地下城邦保留地卡厉索,她始终没有获得对外通信的自由,莫名其妙地服着劳役,不允许离开。她绝望了,认识了闻爵,在他身上感受到某种缺失的爱意。我问她如果她能重获自由,是否还会回来找你,她摇头拒绝了,她说经过那么多波折之后,已没有心力和勇气,再与你修复感情。她只想在地下城邦终老。我忍不住告诉她,我可以帮她联络到你,她用近乎哀求的口吻对我说,不要让你知道她在哪儿……"

"帕森知道这件事吗?"颂生觉得自己就是个被遗弃在广场的孩子,他眼巴巴地望着人来人往,期待当中会走出一个接走他的人。

"他不知道,麦心不让我告诉他,她说她不喜欢帕森,你也不喜欢。"

"为什么现在你愿意告诉我了呢?"

"我从朵蕊丝太太那里听说麦心出事了,我知道你在四处找她,我听说了那段影像的事。朵蕊丝太太是个大好人,她放心不下你,一直在念叨这件事。"

"你觉得她去了哪里?我托军情局的分析员看过那段影像,他们一口断定视频是伪造的,可是我总觉得这不是个玩笑,恶魔之类的,的确听起来有点离奇,可是总该有个说得通的解释。"

"老实说我猜不透发生了什么,我也希望能尽快找到麦心,我虽然只见过她一面,但我已经把她当作朋友看待。"

回到朵蕊丝太太家已临近子夜,进门之前女孩对颂生说:"今晚既叫人兴奋,也叫人悲伤,我们可能没法摆脱这种两面性吧!"她脚步轻盈,快走两步,冲到了颂生前面。

颂生叫住女孩:"你准备什么时候告诉我你的名字呢?"女孩回头的刹那,颂生拨开记忆的浓雾,看到一张脸从记忆之海里慢慢浮现,终于明晰。那天晚上楼道里所遇见的就是眼前的女孩无疑!那么,那个跟他有过一夜云雨的嘉米,又是谁呢……

"那天晚上,如果你把我拉住,应该早已知道我的名字了,"女孩顿了顿,又说:"我想那杯酒现在开始上头了。"

"告诉我吧!"颂生求道。

"你还会时常愿意见见我吗?"

"当然。"

"那好吧,我叫齐艾拉·阿尔瓦雷斯。"

进屋之后,他们发现朵蕊丝太太和帕森正坐在起居室玩着象棋等候。

"人们都说否极泰来,你的好运临门了!"帕森丢下棋子便朝颂生走来,一把按住颂生的双肩说道,"孙正浩先生要聘你做他的学术顾问,会后,先生特意把我留下商讨了此事。他说帝国军事学院历史系讲席正好有一空缺,他准备推荐你去。他还说他能帮你成为下一个奥特加,他要我一定代他转达他的约稿邀请。"刚刚度过了一个难得的充实夜晚,帕森很是亢奋。

"不久前我才刚辞掉了洛里斯……先生为我提供的好差事,现在若答应了孙先生,似乎有些不大妥当……毕竟……我本来是在洛里斯先生底下供事的。"颂生支吾着,洛里斯夫人夹住他两肋的双腿从他脑海中一闪而过。

"你总不能为了那个女人什么也不做吧,你真的指望我妈一直养活你?"帕森没想到颂生不经考虑就回绝了在他看来千载难逢的机会,既愤怒又吃惊地质问道。

"这不是你一直所期待的吗?"朵蕊丝太太也插话道,"不能放弃找寻麦心,但你也要明白,到头来可能会一直找不到她,一种可能是她真的出了状况,还有一种可能是她不想让你找到,别忘了,是她自己离开你的。况且,自己闷在家里就能找到她了吗?多接触一下外界倒有可能得到一些线索。"

"我不知道,今天太漫长了,现在我只想结束它。"

Chapter 28
城寨醉话

　　一座 20 世纪末落成的漆黑大厦正在进行危楼改造，穿梭其间的小型无人施工机器人就像漫天的蝠群乱舞。月光涣散，如同夜幕上锈银色的水渍留痕。穿过脚手架搭出的临时走道，爬上一溜水泥台阶，就拐入了一条依山而建的石质拱廊，拱廊尽头是一座铁索桥，从山的这头连通明斯基城寨一条公路的匝道入口。战战兢兢、等待转正的实习员工来这里喝酒，在地下城邦出生的孤儿和他们失去家园的寡母迁来这里，出售罐头和净水设备元件，那些罐头的味道不敢恭维，但至少产于大沉陷之前，有货真价实的肉和水果。这儿还是欧陆第二大机械义肢黑市，地下钱庄和非法诊所的生意也很火爆。贫病交加的走私犯和无所事事的失业人口租住在半地下，期待能在这里搞到一张去往月球的穿梭机机票。

　　颂生不知道帕森为什么要他来明斯基城寨会面，但这一定跟齐艾拉有关。这间门脸不太起眼的酒吧里塞满了顾客，颂生要被里面污浊的空气搞吐了。两杯杜松子酒下肚，他才觉得好受一些。他没法不去考虑齐艾拉的那番话。麦心有机会同自己联络，但她求齐艾拉不要那么做。麦心已经把自己排除在她的个人生活以外了吗？她想跟那个叫闻爵的度过余生？经过太多困苦，她开始觉得与自己重逢是个错误？她把那些磨难当作上天的启示，不要再拿出勇气回到自己身边了吗？颂生知道是酒精在让他胡思乱想，这些蠢问题可能只有一个答案——麦心已不再爱自己。他还爱麦心吗？颂生决定回避这个提问。找到麦心的下落才是最该关注的，他拿这个理由蒙混自己的内心。

　　舞台上一个歌手扭动腰肢唱着歌："我不需要特别的纪念品；我不需要睹物，思人；日常的物件要来场大清洗，谁不再忠诚谁就让我想起你……"这时，颂生看到帕森走进了酒吧。

　　"你又开始喝酒啦！"帕森朝杯垫上的酒杯努努嘴。

"这里太潮热聒噪了，若不喝上一杯，我真的坐不住。"颂生指了一下空杯子，酒保又为他添了酒。

"这里自然比不上你常去的高档地儿，但会有意想不到的惊喜。"帕森诡异地笑了下，叫了杯双份威士忌。

"你指什么呢？"颂生问。

"齐艾拉，你对她有意思，不是吗？我就是在这间酒吧的后门，发现的齐艾拉。"

"你胡说些什么？！"

"别这么坚决地否认嘛！这会伤了齐艾拉的心的，要知道，我发现她的时候，她全身上下只有一件罩衫，别的什么都没穿，光着脚，可她手里却有一本你的书。天哪，我都不知道你还出版过书呢！"

"她喜欢看我的书跟喜欢我是两码事！"

"谁又能拎得清呢？你们之前的确见过面，你小子差点在我妈那里给我说漏了嘴！是我告诉齐艾拉你的地址的，实话实说，那天我也一直跟着她呢。你们幸好没做什么出格的事，不然……"帕森拿手指搓转着杯沿，咧嘴又笑了笑。

"这可真卑鄙。"

"卑鄙？难道我要眼睁睁看着我的女人跟别的男人搞在一起吗？我知道她对你的心意，可是有什么用呢，你给不了她我能给她的东西。"帕森抬了抬手指，示意酒保续杯。如此一来二去，两人喝下许多酒，话自然多了起来。

"说真的，你还信任麦心吗？你觉得她希望你找到她吗？官方怎么说呢？"帕森改要了啤酒，"我过了能喝一晚上烈酒的年纪了。"他拍了拍自己的肚腩，颂生觉得有些醉意的帕森比平时要滑稽可爱。

"他们说没有麦心的入境记录。"按照齐艾拉所说，麦心已经回到了光荣欧亚，只是受到"奥特加事件"的影响，被扣押在卡厉索而已。

"你真的要拒绝孙先生吗？"借着酒劲，帕森打量那位女歌手的眼神更加肆无忌惮。

"这跟孙先生、王先生还是李先生无关，人没办法同时专注于两件事，我很感激他的赏识，对于不把我看轻的人我都报以尊敬，我向来是如此的，而对于我尊敬的人，我不希望用敷衍的态度辜负他们的期待。"

"从小你就跟我不一样，安静得像个哑巴，总揣着心事，逼迫自己把一天的时光填得满满当当。我没有你那好学的劲头，也没你有女人缘，但我懂得顺应时事，没有什么比牢记这一点更重要的了。你比我聪明，也比我蠢，你既然在这世道里活着，就该照着它提供的玩法来，你凭什么觉得自己能独创一套规则呢？谁能想到现在你成了彻底的输家，你爱的人离开了你，喜欢你的人不得不依附于我，这没能给你点启发吗？"

"那么你爱齐艾拉吗？"

"怎么会不爱呢？她那么漂亮，你不知道她能给男人带来多大的快乐。能跟她暧昧地聊上几句就让你觉得很受用了，对吗？我可以告诉你……"帕森把脸朝颂生贴了过来，接着说，"在床上，她能给你十倍的快活。"

颂生尽量压低声音说道："听着，帕森，她来自原机械联盟控制的区域，她在这儿很危险，你做了一件善事，你救了她，她会感恩你一辈子，为什么不把她送回阿根廷呢！她一旦又出了什么状况，你可就白救下她了。"

"你以为她愿意回去吗？她非要留在这儿不可。她是着了你的道儿了，不过就算她把我想象成你，我也不会放她跟你好的，在这儿，只有我能庇护她！"帕森愈发醉了，调门越来越高。颂生怕引起密探的注意，只好搂住在高脚凳上摇摇欲坠的帕森，帕森嘴角不断渗出白沫，嘴里仍旧嘟噜着，眼皮一个劲儿乱颤。

"我答应你再考虑一下，现在我送你回去吧！"颂生无奈地说道。

"最好不要被我逮到，如果你们胆敢做出无耻的事！"帕森咒骂着，被颂生搀下凳子，走出酒吧。一群小贩一拥而上，围拢过来，叫嚷着出售解酒丸、壮阳药和安全套，颂生拨开这些摊贩，叫停一辆计程车，把帕森塞了进去。

此刻，颂生孤身站在明斯基城寨肮脏的巷子里，真想把胸口的闷火吐个干净。他不想给这巷子再增添新的污秽，于是返回酒吧，挤过混合酒精和汗味的走道，进入洗手间。他捧起一掬冷水，狠狠泼在脸上，他觉得清醒了吗？并不。他醉眼蒙眬，不知道自己是否正流眼泪。镜前灯的上方有行黑字，颂生几乎把脸贴在镜子上，才看清字的内容，上面用歪斜、怪诞的字体写着：人们渴求的始终是爱，而非怜悯；人们想在时间尽头发现的也是爱，而非孤独依旧。

Chapter 29
人的延伸

公车进站,像撒开一张曳网,将人群罗困其中,牵引出刹车惯性滑动的距离。这个时分颂生本不该出现在街头,可是麦心失踪了,有人(或者恶魔)发来了恐吓,他短暂的工作生涯又将结束了。他缅怀起坐办公室的日子来,此刻他通常会弓着腰坐进小梨木桌前,发一小会儿呆,偷偷读一段他的隐秘之书。乔伊的《自述》里讲到自己遇到了险情,充能未足的飞船仓促起飞,落在一个十人之中有九个都是密探的行星,这颗行星被爬行动物统治着,他们沟通交谈思想的方式是朝对方的下颚吐口水。乔伊还说他曾见阿拉圣骑在一匹炭灰色的马上,那匹怪马一呼一吸都喷出火光,马鬃更是像一团血雾。里面还说若玫立于魂别塔顶,难以计数的巨熊和地精于其下混战,远方的长城轰然坍塌,强烈的金光自缺口上倾泻进来,刺亮没有星辰的夜空,犹如天堂之门在地狱冥府开启,却并非为了普照圣光,而是意欲降临更多灾变。

颂生望着渐渐密集的车流,感到这不是他的世界,他正身处别人的人生,所目睹、所试探、所亲近、所拒绝的都是与他全无关联的事情。这里人人都有点神经质,或者说是信心不足。满街尽是在爱情里饱受挫折的男女,为了克服无聊而显得没精打采。丑陋的招牌上写着当铺、避孕用品、义肢修理和联合银行,市容庸俗,民房像是临时建筑,这样的城市早已将它的历史彻底埋葬。颂生找不到一张讲故事的嘴,看不到一张面带波澜的脸。"人世犹如麦田,"他想到,"任你饱满抑或干瘪,在死神之镰挥舞的风里都得埋头听判,他们摇摆、屈从,渴望被爱,一季一季,等候,等候收割。"

"表针该指向下班的时点了。"这个想法很奇怪,他本已脱离蒙受规制的地点,却仍在期盼规约中的时刻到来,仿佛日子不被划分成若干片段,人生就毫无意义。这就好比一整个缀满果肉、遍浇奶油的慕斯蛋糕,假若不能将它分切成块，它便永远都是橱窗里诱人的摆设，无法咀嚼、品味，更无法使之变成气力及至血肉。

颂生为自己感到遗憾。从小他便渴盼最优的表现，沉静又野心勃勃。最优的成绩，悦目又索然无味；最优的选择，踯躅又理所应当；最优的答案，直白又含混不清。他也时常告诫寒夜中的自己，最深的依赖往往包含最深的劣根，难以拔除，合当远离。他珍视所剩无几的关怀，却无法承受昼夜轮转。他无法理解，心底的炽热怎会冷却，他为此痉挛，也为此遗憾。他的父辈没有给予他抚养和教导，他仅仅遗传到病痛。家族的容貌和精神，一切标志他家门一脉相承的特质仿佛都与他无关，因为他全无记忆。他变得异常孤独，一切映现出他身影的平面都提示他没有归依。现在他一事无成，亲手毁了自己的才华和进取心。他是个讨生活的小角色，一个饱读诗书却百无一用的书写者，甚至还是个诈骗犯。他关于最优的向往，或者说对于天才的执念，把他塑造成一个多余的旁观者，他想他大概永远都没法翻身了。

颂生悄悄注视着老人，看到他穿着机场保洁人员的淡青色制服，头戴一顶刚刚能够遮住自己几乎已经退无可退的发际线的便帽，正将人们溅到洗手盆周围的水污驱赶在一处，再将它们推回池中。随后，他取出干布，将残留的渍迹彻底抹除。没错，地板、墙砖、甚至天花板吊顶，都有专门的机器负责清洁，唯独留存了这样一项单调却频繁的劳作，带有些许仪式感，像是要展现人类来到尘世摆脱不掉的辛劳。

空气中混杂着非人工制品散发的气息，像是来自照波、绿萝和风信子。战争过后，人们对绿植有着狂热的喜爱。速食餐品的味道把颂生从身处花房的错觉中拽回。他看到老人倚靠在墙角，正吃一份杯面。腾起的热气中，是老人虚化的脸。

颂生意识到自己正通往魔物的巢穴，或许再无宁日。他觉得生活本身已经结构失衡了，自己大可以像一个壮士般在最终的失败前愁惨地死去。那么久了，他跟他的恋人丧失了交流，两心之间岑寂得可怕。他的生命没有间歇，麦心的也没有。他在心里不停地酝酿措辞，撰写情节，为的是再听一回她的温言软语。即便她吐露的每个字都是一桩弥天大谎，他也能感到自己正被甘之如饴的爱情再度搂紧，他服从，而后相信，相信一点可靠的记忆。如今种种情感已为陈迹，那些终究没能出口的话，将同自己一道老去。

光正迅速退却,自巨型弧面落地窗向外望去,装卸机器人舞动灵巧的吊臂,正将叉车上大小不一、花纹各异的旅行箱、密封纸盒及帆布包裹塞进货运飞船肥硕的肚腩。这场景令颂生想起小时候参观过的糖果厂,他爱看薄薄的巧克力片像折叠工整的信笺一样被塞入箔纸信封。几年后,那里被征用为太空食品加工厂,难辨食材的浆体脱水后被封装进金属灰的真空袋。

颂生将整个身子俯在冰凉的玻璃上,像个趴在水族箱外的孩子,饶有兴致地观看钢铁章鱼劳作,控制转盘上的群臂交替运行,抓取、转动、放置,有条不紊,毫无感情。人性确已沦丧太久,每个人都急于释放自己积蓄的善意与悲悯。它们太像人类了!这堆机器,都会淹没在人类意志的汪洋,成为人类欲望和缺陷的延伸,也终将背负人类的罪孽。颂生深信这一点,别过那位保洁老人后,最后一丝怀疑的罅隙,也被填实了。

浓雾迅速遮覆了航站楼漫射的幽幽冷光,像是静待多时的伏军,片刻占据了此地。玻璃上颂生的投影愈发模糊,鬼影幢幢,妖目明灭,好似正沉入静默之海的黑色巨轮,忽闪着令人窒息的寒芒。"交出她",那火焰写就的天空中的字迹,像咒语一般钻入颂生的梦境,又像是魔笛吹奏的音符令他难以从中醒来。他自认已是个病人了,拥有病人特有的灵魂,自己的丑态和缺陷暴露无遗。他需要一个人的疗救,一个愿意相信自己,也有能力提供帮助的人。"马怀特。"他默念他的名字。

Chapter 30
霸星工业

拈起手中墨迹未干、印刷精美的文稿纸，马怀特习惯性地搓了搓额角，而后把那叠纸塞进了活页夹。他摩挲着纸张的边缘，出神地盯了会儿加粗标题上方的空白，想象着半小时后的董事会上，阿尔瓦·宋等一干元老局促地低声交谈，语速渐快且漫无边际，这仅仅是回避同他目光交流的方式而已。他从心底发出冷笑，却依旧保持惯常的无争的疏离神态。他的睫毛轻微颤抖着，熟悉他的人知道这正是他内在狂喜的外化。

文稿最上面一页写道：

复星联合防御共同体宪章

光荣欧亚、机械联盟、神圣非洲并全球正义之秉承者、尊严之捍卫者、自由之追随者，欲免酷烈之战祸再临后世，吾辈同兹决心，以恒久弗懈之努力，促成良善社会之再造，疗救前战之创痛，弥补互信之裂痕，确保残酷武器永绝于任何合法，抑或非法之战争及一切武装冲突，此诚人类存亡续承之首要正务。与会诸公决意捐弃前嫌，以宽容为念，齐集奥克兰，均奉全权之证书，检视校阅，足堪妥善。谨代劫后余生之大众，议定本宪章，并解散原战中临时磋商机制之架构，以常设全球组织更替之，定名复星联合防御共同体，下设滥用武力审判庭。各方将以不移之信念、磐石之意志，戮力与共，消除普世间一切和平之威胁，制裁任何侵略、掠夺、暴政、恐怖等破坏和平之罪行。销毁包括但不限于热核武器、中子武器、轨道轰击武器、次声武器、激光武器、电磁武器、生物化学武器在内之大规模杀伤性武器。禁止使用足以导致人类容貌与肢体严重毁损后果之武器，如确属必要之情形，炸弹爆炸威力当以二百克TNT为最高限度，武器使用准则详见本宪章附录之交战规则……

马怀特走入霸星工业董事会的议事厅，看到他想象中的场景正连环上演。作为机械联盟财力最雄厚、规模最庞大、脉系最深广的军工集团，霸星工业在战时风光无限，研发了包括"通感机甲"在内的战争机器。它们在战场上的表现堪称一流，尽管获得如此亮眼业绩的代价是人类社会差点崩溃。战事终归是结束了，要知道结束一场战争比发动它还要困难得多。霸星工业必须在新纪元调整经营战略，虽然在这间早已习惯人员过载、全速运转的兵工厂中，还有相当一部分人没从狂热的战争梦中醒来。今日集团董事会的议题，当然少不了马怀特手中那份将要颁行的宪章。虽然只有二十六岁，但马怀特却一再用他的远见卓识证明，他占据这家全球顶尖科技公司的董事会席位，并非只靠他那官至机械联盟海军上将的父亲。

"假定战争仍将是人类社会永恒的历史现象，尽管这是不言自明的，日后的战争情境比之如今，也会大为改变。"数月前的一次临时董事会上，马怀特首次抛出了他的集团改革方案。"我们有最可靠的情报搜集人员，我们没有理由不相信他们。禁用大威力的武器已经是全球共识，我们不可能阻逆国际潮流，必须第一时间将研发与生产的中心转向民用安保设备和轻型自卫武器上，不要再盯着空军的那几笔订单了，我相信要不了多久，我们就会收到解除合同通知书。战争的强度会远低于加特林出现前的南北战争，坦克和轰炸机出现前的一战战场，甚至子弹的射程和击杀效果都被严格限制，民间火力恐怕都打不下一只高飞的鸽子。我们再也不能让'通感机甲'在欧洲大陆畅行无阻了，也许我们得像近卫军那般英勇作战，才能再次横扫欧洲。"在座的听众发出一阵笑声。

"你是叫我们不再生产轨道炸弹、重型机甲、空天轰炸机，而去造防盗警铃、左轮手枪和电棍？我们的确要转型，但难道我们要变成古装电影道具店或者赝品古董超市？"阿尔瓦·宋嘲弄道，作为集团的创始人之一，他一向没有太多顾忌。

"正是如此，"马怀特从不像他这个年纪的青年那样，强于争辩，他的父亲教导他，"耐心，保持耐心，那是唯一的美德。"

"我希望这也是你父亲的看法，海军的订单也会撤销？他们也不准备采购潜射导弹了？开诚布公吧，孩子，军方对政策动向向来把握精准，如果你告诉我你父亲也是这么看的，或许真能说服我们。"一贯谨慎的集团 CEO

昆汀·蒂莫西说道。

马怀特搓了搓额角，说道："我们的先贤告诉你我，勇者向更强者抽刀以平息怒火，而怯者向更弱者挥刀以宣泄愤恨。如今的人们，已经当够了懦夫，要么勇敢地面对面决斗，要么就坐回椅子喝完你的咖啡。当人们明白死只是生的一个部分，不可分割，那些高效的杀戮手段就会被大众厌弃。死将回归为一种过程，一种哲学思考，一种人生经验，不再是一个人人追求的结果，不再是让人们畏惧屈从的手段。我们必须接受人类的精神经历了重整，我们必须看重这一认知的改变，否则，霸星工业会迅速沦为二流企业。另外，蒂莫西先生，我在这里行使董事职责，唯一关注的是股东的权益，我要保证让每个投资人分到更多的红利，至于我的家庭成员的看法，从来不构成我决策的因素，尽管在必要的时候，我会理性地加以考量。如果您想了解家父对此事的态度，最好的方式是直接安排同他会面。"

一想到他的父亲，马怀特中断了对上次董事会会议的回顾。今天下午，有一场和平纪念碑落成典礼，昆汀·蒂莫西和他父亲都将出席，这个精明的商人一定会趁机向他的父亲大为夸耀一番自己，并借此指出集团的转型离不开军方尤其是海军方面的支持。作为交换，他的父亲也将确保他成为集团改革的领头人。

"必须尽快把阿尔瓦·宋踢出董事会，至于蒂莫西，他实在不适合CEO的职位，因为他只是个胸无大志的家仆罢了，找人取代他是早晚的事，眼下最紧要的，是让他配合改组董事会。"马怀特抛开《复星联合防御共同体宪章》，重又翻看起他颇费心血写成的计划书。"要不了多久，霸星工业就会落入我手中，"他暗自盘算，"那个时候，主宰一定对我相当满意！这个任务几成定局，倒不必过分思量，倒是那个麦心，须得小心谋划才行。"

Chapter 31
爱的焦渴

一个年轻女子会因什么缘故将自己的爱欲施加给我这把年纪的老头儿呢？闻爵不明白自己为何突然陷入这种疑虑，在他看来这是一种退却，令他羞惭。闻爵几乎快要到达生命的终点了，他每天服一粒橙色药丸，让他的肺维持张合，他不清楚这种药何时对他失效，总之时日无多了。"心魂、头脑、肉身，三者都在争相撕扯我，奴役我，让我整日无所事事却深陷疲惫！"闻爵失去了素日的沉稳，心中全是急如热火的骂喝。走在归家路上，穿过几乎同昨日没有区别的人流，闻爵无可奈何。

如果天堂和地狱之间存在一座城市的话，它的名字肯定是卡厉索。闻爵恨透了这座城，却离不开它。这座城三分之一的面积是墓园，三分之一是废弃厂矿和危旧住宅组成的无人区，余下的三分之一才是城中人的聚集地。在这里，楼群像速生林一般扩枝散叶，垂直猛长，横向拓建，直到无以接合，无可添附，变成魔堡妖窟的形貌，像一只只伸向天际的垂死的手。每天，风从墓园的方向吹来，死亡的寒霜冷却邪火中煎熬的众人。"难道他们所能实际拥有的仅仅是挫败和无路可走的困顿吗？你以为你在为你的城市而战，可实际上这座城市已经病入膏肓，甚至你已经不能确定它是否真的存在！"闻爵停下脚步，喘了口气，好把这黑色的念头从脑中剔走。"我是一个老人了，一个真正的老人了，却做着青年该做的梦。荒谬的是，在我不长的青春岁月里，却做不出这种梦。"闻爵醒悟到，他想要抱紧麦心，抱紧那还处于前段的生命，难道不正是出于对衰老的恐惧吗？

当你占有一样事物时，失去它的情状是不可想象的。每个人都利用各自神秘的方式谋求欢愉，获得快感的途径影响着人们日常的行为。如果笨拙的劳作能让他们获得满足，他们就会重复笨拙的劳作；如果痛苦能让他们获得满足，他们就习惯痛苦。每个人都在重复实践各自的快感获取模式，停留于自己偏爱的感触。闻爵腿上有块皮肤，总会伴随着他的焦虑瘙痒，他用尽手段对付这块皮肤，好叫他不再折磨他的心智，而当瘙痒消失，焦虑也跟着不见了。这是闻爵得到快意的模式之一，所以，当焦虑已经生成而他尚未有所感知时，他会首先萌生对瘙痒的渴望。简单的生活便在此处变得扑朔迷离，瘙痒到底是压力与烦恼的并发症，还是他灵魂传递的渴望呢？没有答案。

不管怎样，他回应了自己内心的隐忧，承诺保护这个女孩。他相信麦心已经获知他的这份承诺，尽管他和她都未发一言。麦心没有离开他，尽管闻爵明白麦心迟早会走。她的人生前路似乎有多个目的地，但她还在迟疑，她仍无法脱离庇护。

闻爵发现家门开着，许多电影都有相似的镜头，这预示着不幸的来临。闻爵已经对不幸有相当强的免疫力了，尤其当他想到自己保护麦心的承诺，果敢和贯彻意志的决心就都恢复了。

"你在浪费自己的天赋！"刚踏入门廊，闻爵就听到这么一句没来由的指责，他看到自己惯常坐的餐椅上有一个陌生人，那人背对着闻爵，手里攥着闻爵的餐刀，正冲着空气比画。

"晚上吃些什么好呢？味同嚼蜡的甜生菜拌面条？还是切点酸黄瓜丝儿，继续吃菜圆粥呢？卡厉索被看作地下城邦保留地的中心，我说过，你有才华，你比任何人都有希望成就伟业，在这个革命者、罪犯与投机分子聚集之地化身新贵，可你却习惯了低微地过活，成为富贾、将军对你没有吸引力。你的目标包含多重道德的重负，令你活像被压在五行山下的逆天神猴，只能在尘泥中残留一丝喘息。如此注重德行的你，瞧不起醉心权术的人物，却为何把这样一位娇女纳于你的屋檐之下，又不给她应得的安稳与自由呢？你瞧，这就是矛盾所在，你指望自己能置身事外，独善其身，你的行动和欲求却制约着你，不得不参与到人世的争夺之中。你想救回你的女人吗？她可真是个美人儿，即使配你这等的英雄，也是完全够格的。"那人终于转过了身子，闻爵看到他的两腮爬满卷曲的胡须，藏在皱纹里的双眼还很年轻。

"我叫马怀特，是一名说客，在魔鬼找上门之前，我愿意做你的代理人。"

卷 二
湖畔往事

序章
三界概略

　　自无始而生太初，自空无而成鸿蒙。道划清浊，遂有天地，玄黄既定，海沸渐息。万华各表，阴阳俱成。又历十纪，凡伦乃定。人境日喧，灯烛如流。神州锦绣，大象归宗。此为人间，又曰真界。芸芸众生，于焉蕃息。

　　昔有静女，姝美娉婷。临水照花，绝类离伦。时有天客，遨游至此。共女神会，妙缘暗结。遥相交合，不减其昵。欢辰已毕，竟诞一双龙凤，是为神裔人族先祖。降世孤血，如有神助。所行诸事，殊非常道。此中旷奇，愚笔难书。

　　根苗既植，新芽复萌。春风数度，枝叶扶疏。神裔人族部群益隆，并凡尘诸子，混居山海，遍及天下。其时，华夏六氏共主，各以蛇、鹿、鱼、鹰、鳄、蜥为图腾。征伐讨异，乱战不休。至炎黄二帝，终归于龙。龙驭九州，太平人间。然天衡失势，川陆倒错，风云色变，狮咆猿啼，炎黄两相酷战于野。毕功一役，炎帝败落，执盘古斧辟立新域，部众皆随之遁匿。炎帝于新域建黑白二城，是为异界。

　　异界不灭不生，无故无新，恒如残烬，不复燎燃。败将蒲牢、嘲风、霸下皆入异界自立，炎帝裔蚩尤、刑天、夸父累欲复仇于黄帝，俱遭溃亡。神州经年战祸，生无所息，老无所养，黄帝忧苍生无恤，遂开疆而立，引祸乱至新塑宇宙，以星能髓海为交通，与凡间真界同血同脉，号集天下神裔人族共往居之。立王权，称圣所，此为雾暝之所。自此，神裔人族同凡间俗子两分，尘世、圣所、异界并立。

　　话说那雾暝之所遁隐于真界，神裔人族可凭其遗世血脉出入两间，故时有圣所族人浪迹凡尘，罕有凡人得入圣所。再观异界，灵魂绝灭，人踪匿迹，依着绝地天通与圣所、人间勾连通达，传闻迷途误入异界者，皆永堕万劫，不复乡还。

圣所传至贞王主政，普天之下，共划四境七州，以南境天城为王都，并宛、若、临三城，雄踞四方。四大域王各领一方所辖，曰东宁王，曰南清王，曰西明王，曰北平王，共奉贞王为圣尊，共治圣所。北有幽州，东有蠃州、琴州，南有滇州，西有祁州、螭州，中为影州。影州有一大泽，曰玫瑰湖。星能髓海即谓此处。苍眉王首于玫瑰湖畔兴建王族行宫，后经几朝圣王添拓增茸，遂成今日御苑之观。

Chapter 1
塞上黜子

"秦王按剑怒，发卒戍龙沙。雄图尚未毕，海内已纷拏。黄尘暗天起，白日敛精华。唯见长城外，僵尸如乱麻。"

半页生宣展布于降香黄檀大案，一首徐晶的《阮公体》行草于上，翱契丢下手中的长锋羊毫，笔尖撞上案头的珊瑚笔格，饱满的墨汁抛洒其间，红色的孔隙仿若淌出黑泪。上角的牙雕镇纸亦未得幸免，笔杆于雕纹间晃了两晃，软毫将剩余残墨浸涂其面，倒似朝那死竹雕饰吹了一口仙气，凛然风过，簌簌有声。

翱契眯着眼，凭栏远眺，巨壁之下，关山阳侧，却是别样风物。酴醾花海，细茎圆苞，绽露粉绿层叠的嫩瓣，叶呈紫金，细察方见流布其上的朱红脉络。翱契初见这种奇异小花时，心头竟浮现出暗夜之中苏醒的火山岩浆四溢的图景。遥忆彼时，他瞧着那些在北疆蛮荒上瑟瑟堪怜的萌植，倒觉得她们正笑靥盈盈地睞望自己，登时立直了俯下的身子，羞赧、无措，涨红了脸颊，直朝关隘奔回。也正是在那一刻，他第一次感到长城的雄奇，万里龙蛇，游踪不定。

"凌巅犹未敢争天，猿啾隼唳会狼烟。松墅云顶圆月夜，鹤影泥踪跃银盘。飞将引弓石虎穿，斧钺望关胸胆寒。壮士挂剑金甲破，万夫百战一马还。"翱契一路狂奔，怒吼着恩师蒙坚留下的诗句，不免又是一阵痛悔。

待奔至隘口，热泪和热汗早淌了一脸，惹来守门的兵士一通讯消。翱契于此倒并无愠怨，回望来时坡岭，只如靴边一草叶，竟已似世外天地，融通今古，渺渺难求，想到方才孤身一人在那花间游逛，却油然生出一股难捱的寂寞。

此刻光景如旧，寂寞续延。翱契转身将方才所书扫卷至旁侧，欲将师父那首豪诗笔录下来，只写了两字，便又泪如雨下，跌坐于案旁。忽闻阁门外传来一阵铠甲交碰声，翱契知是大都督凌肃到访，忙拭净泪痕，端坐伏案，片刻间疾书了半篇《洛神赋》，虽是仓皇之作，看去却无潦草之样。正写到"仿佛兮若轻云之蔽月，飘飘兮若流风之回雪"，凌肃推门踏入，翱契腕劲一收，笔速锐缓，心思迅捷，可见一斑。

"殿下。"凌肃到底是十七连城边军统领，虽知翱契只是庶出的废子，礼数却照例恭敬周全，不似门兵杂役，城脚莽夫，入得军职但求糊口，只识得高骑马上的持节大将，哪里认得平地出入的王嗣幼子！倒也难怪，长城绵延万里，中道只凭十七座关隘勾连，规模最大的两座边城，一为银镜城，一为象元城，各处戍边的兵士各有称谓，统呼作外御。外御平日只以垛口障墙为伴，不问内事，未得王旨，不得擅入边关内城，轮值的间隙只得各回堡楼营帐，依乡近者，还可告假回镇短住，无异于村野民户。

翱契起身拜倒："将军待我忒厚，世人皆知我乃流徙之徒，实为王族之耻，断受不起殿下二字。"

凌肃心知这话是翱契愤懑之词，扶起翱契坐定，径直走向翱契方才所立的窗栏旁侧，叹道："莫看今时春晖美景，不出半月，落雁关下千里疆域，即为黄沙所埋，掩于这漫天飞沙中的鬼盗，势必再度出没于边城，着实为一桩大患！每隔二十年，沙暴肆虐，那鬼盗便自吹扬而现的沙坑里钻出，四处袭掠，他们皆脸覆白骨面具，身披兽裘短甲，隼爪鹰目，猿臂藤发，叫人忧惧。待到那鬼日子到了，还请殿下于落雁关城中安歇，切勿踏足外域。殿下年纪尚幼，未亲历过沙暴灾变，还道是末将故弄玄虚，有意吓唬，实则末将口拙舌笨，尚不能道出那骇异情象十之一二，望殿下三思。"

翱契展颜道："将军未免把我看得忒不知好歹，还请宽心，我翱契虽被视作顽劣末辈，沙暴鬼盗诸事亦早有听闻，都说那鬼盗神出鬼没，未等你于旋沙中觅得其踪影，已当胸中锤，脚绊索套，死得好生冤屈！将军今日亲来述明危况，小徒定遵教诲，当日只于阁中背书习帖便是。"

"末将知罪，是末将多虑了！末将今日拜见，还有一要事禀报，梵芸公主年内将回朝省亲，王上已降下旨来，由殿下率一队仪仗出关相迎，是日诸事礼官将细呈殿下。"

翱契闻之大喜，竟失言道："怎不早说！"梵芸公主乃翱契大姐，同为先王后惜茉所生。三年前为与摩鲛一族和亲，梵芸公主嫁于灵魏大王，其时翱契已流徙落雁关,大姐远嫁走的是海门关,未得相见,算至今日,姐弟二人已有七年未见。

凌肃笑道:"沙暴临近之日,末将再来拜见殿下。"一拜过后,凌肃退出阁外。见凌肃远去,翱契方长舒一口闷气,心道:"口中虽言忧我安危,实因怕我趁那鬼盗之乱逃离关隘,他便失了监察之责,我在这班人眼中,已如匪类,猜嫌我会与那鬼盗为伍也不稀奇!不过二十年一遇的奇景,决计不可枯守阁门,若蒙坚师父尚在,定会携我一番历练,到时须得想个法子出得这落雁关才好!"想到此处,不免又生怆然,幸好有阿姐回朝一事,方觉好受一些。

不出几日,果有礼官并一班侍女奉旨而来。翱契被众侍女围在央心,又是量体裁衣,试穿试戴仪仗所需的行头,又是理鬓束发,一向不修边幅的翱契经这一番打扮,却流露出一股少年英豪的气势。这也难怪,翱契自幼便跟蒙坚习武修身,又久居边关,极目之内,天远地辽,气象万千,满是萧萧风物,骨子里自内而外发出一股阳刚正气。侍女们早看惯了深宫王嗣,娇花弱草,细水柔情,今日乍见这朝堂之外的王子,初只觉形容粗放,细腰宽肩,有着不似他这般年纪的骨架身形,细察一番,却见眉眼之间,阔额之上,器宇轩昂,雄姿勃发,不禁暗结情网。侍女们多在碧玉之年,有这等心思,倒也不足称奇。

佳期既定,翱契一改往昔消沉处事的态度,每日除却食寝,皆在马背上操习仪仗,眼见良辰已至,翱契更不懈怠,马术亦大为精进。万事俱备,迎驾的仪堂,公主暂住的寝宫,均已布置停当,只待梵芸公主的鸾车自那塞外摩鲛国辚辚而来。

Chapter 2
秘洞死战

　　熙攘街市，车如流水，马若游龙，人潮如织，形色各异。
　　冷僻荒郊，又是另一番景致。秀木参天，古池潋滟，泉藏深窈，空谷传声。山虽不高，势极峻险，但见一条斜径穿林直上，修竹倒伏两侧。这条新辟的山道上，横七竖八躺着数十具尸体，绸布包缠的行囊亦散落当道。山道伸延进林谷，被一大石封住去路，石背上亦陈列几具新尸，血痕罗布，蛛网结张，煞是恐怖。同先前所遇无差，尸身皆着精缝皮甲，鲨头黑靴，整副官军打扮。厉鸟扑翅而过，落崖风息，四下再无声响，自那大石背阴处，赫然爬出一遍体剑伤的血人，他单手撑地，另一只手死死护住怀间银缎裹住的物什，通红的眼珠满是怨恨不解。此人为夜巫部落的使臣封丹吉，受部落长老委派，专为与圣所王族和亲之事入关。未料，甫一踏入象元城地界，即遭围杀，随行卫仆侍役皆罹屠戮，封丹吉一人拼死力战而脱。正思忖间，忽闻脚下晃动有声，引颈望去，但见脚下石屑沙砾正滑入一丛蕨草，封丹吉心知有异，俯身拨开草叶一瞧，见一破洞通入山体，深不见底，应是方才恶战之时，静力纵横，摧轰而出。正欲离去，隐隐听得那洞中竟有人语传来，尸暴空山，这蚊蝇细鸣直如鬼吟一般，令人毛骨悚然。
　　封丹吉毕竟是豪杰人物，夜巫一族更是通晓精怪禁术，此等怪异虽令他心生诧异，却也骇他不住。他自将洞口挖得大些，好让天光照入，向内窥望，但见寒芒一闪而过，洞中激射出一件铁器，定睛一看，却是一把镐头，木柄末端连有一段绳索，怎奈洞口石体松散，那镐头触及边缘，刮去一层碎岩，复又坠了回去。封丹吉知是有人落于洞底，正取法意欲脱困，遂向内中呼喊道："你且再抛一次，今回我拉你上来！"半响，洞中却全无应答。封丹吉心下正奇，双手扶于洞沿正欲观望，猛地自内扑出一对利爪，跟着一声震山虎啸，正抓住封丹吉手背，那猛兽撑不住身子跌落，同时将封丹吉连带拖入洞底。

洞中黑漆一片，猛兽已滚至旁侧，粗重的喘息跟浓烈的体味却犹在近前。封丹吉拈指念诀，一朵幽蓝火苗自他掌心缓缓升腾，到得半空，已大如伞盖，将周遭尽皆映亮，封丹吉方才看清咫尺之遥的原是一头黑虎，大约跌伤了后腿，正舔舐痛处。再观旁他，唯剩两堆朽骨和一根通顶石柱，先前低语求救之人，却未见着。

封丹吉本就伤重，如此一番折腾，顿觉力匮神乏，摸到胸口东西尚在，心中稍慰，强运静力，凌空刺出二指，点中黑虎额心。那黑虎晶亮的眼珠瞬间黯淡，虎头垂下，栽倒于地。封丹吉倚住虎躯坐定，扬声道："黑虎已死，快些出来吧！"果真有一人自洞壁阴影处现出身来。

"你怎知我尚在洞中？"那人问道。

"这洞室区区两丈见方，一眼便知壁中容有夹缝，你自然藏身其间，若你能自那夹缝逃脱，去往他处，又何必大费周章，冒被黑虎扑咬生吞之险，抛索求援？"封丹吉盘腿坐正，提起魂魄之力，暂时缓下伤情恶变。

那人朝封丹吉拜了一拜，说道："说得极是！此番多谢阁下救命之恩。在下乃神裔圣所西境域守明王伽摩达赫世子霍冬春，敢问阁下尊姓大名？既天不亡我，若今日得离此牢，必以重礼酬谢阁下！"

封丹吉闻言大惊，抢上前去，借着跳动的幽蓝微光，将那自称世子之人好生打量一番，方道："你当真是明王之后？"

"何故见疑？岂能有假？倒有哪里不像？"霍冬春虽未生怒，却抖了抖云袖，腰间玉佩随之显露出来，其上镂有明王鹰纹家徽。

封丹吉摇首道："在下位卑，于族中只一莽勇之徒，如何能跟明王府中人物有上交情？同霍冬春大人亦从未见过，如何得知像与不像？但见尊上腰悬之物，确属明王，当不会错。明王有恩于我族，凡我族人，遇明王脉系，是大为恭敬的。只是不知尊上缘何困于此僻洞之中，身旁竟无一随从，独陷险境！"

霍冬春惨然一笑，指了指那两堆枯骨，说道："三年来，我昼夜与他二人为伴，眼见皮肉腐烂化为尸水，露出嶙峋骨骼，残筋断肉终也消失，成了这森然骷髅。每日仅有两个时辰有光斜照于斯，所睹之物早已刀刻脑海，闭目都可于此间畅行无碍。渗泉霜露解我之渴，实在肚饿，便爬上那石柱，扯些钻入石壁的根蔓充饥，穿过夹缝确无去路，倒有片一人可立的坑洼，平日山洪自上取道，常将此处淹浸，却留下种实等少许口粮，亦生些杂菌岩菇之类，可堪果腹。"

封丹吉眼望霍冬春面容，确乎奇瘦萎黄，两颊塌凹，眼窝深陷，想来昔日翩翩公子沦落至此，受尽摧折，尚能幸存，委实可怜可叹，遂道："实不相瞒，在下乃夜巫部族遣往圣所王都的使臣，名叫封丹吉，一行人马遭歹人追杀入此空山，未料机缘凑巧，竟于此得见霍冬春大人。我们夜巫部，原欲将族中巫灵神娃嫁于圣所王族，两方和亲，永结秦晋之好，并愿让出喀孟泽盐湖营地，每年朝贡百草三千箱，良驹二百匹，自此议盟休兵，相安万代，却路遇截杀，在下贱命，去留在天，本无二话，然辱没使命，误了两方修好和亲大事，却无可赎悔抵偿。"言至此处，不禁垂泪。

霍冬春眼见封丹吉伤重如此，仍未忘所负重任，亦觉恻然，说道："阁下不必伤怀，现下恶虎既亡，咱们商量个法子，只要跳出这山中牢笼，在下回到王府，定可助你成此大事！"

封丹吉闻得此言，跪倒便是一叩首，泣声道："若得大人主持公道，我夜巫惨死部众亡灵可慰！"正当此时，头顶沙石俱落，壁顶的洞口传来一阵喧哗，但听一人道："姜爷，此处似有个秘洞！"另一人回道："我道怎么遍寻不获，原来化成老鼠，躲进洞里去了！"余众皆哄笑一处，听起来约略十八九人。那被呼作姜爷的又道："大伙儿抄稳了家伙，将这贼人枭首，替死去的弟兄报仇！速备火烛软索，下去拿人！"

封丹吉暗呼不妙，强撑直了身子，自怀间掏出玉牒，向霍冬春沉声道："部族为联姻所备珍宝彩礼皆遗落道侧，唯此物尚在，而此物价值，实比百箱珠器、亿两金银更为珍贵！目下凶徒又至，我当为大人辟出一条脱险之路，那群歹人不知大人你身在洞底，你仍藏于石缝，待我杀退敌寇，你便带上这包裹回往王府，将之交于尊父，大人请将我先前所述转告尊父，尊父定能懂得其中机要，上呈圣王陛下，切记切记，除了尊父，抑或凌肃大都督，万不可将此物转托他人，落入他手！"

霍冬春心知封丹吉欲以命死战，保全此物，苦劝道："承蒙阁下不嫌，我定促成此事，然此物非同小可，兄长须得面呈圣王，以表夜巫一部至诚心意，不可轻有赴死之心！"

封丹吉急道："敌兵已近，你我两人患难相逢，情缘难得，你既已呼我一声兄长，已视在下为莫逆之交，现今情势危急，无暇辞让，兄弟若能记下我的嘱托，为兄此生足慰，助贤弟脱厄，万死不辞！"

霍冬春心虽不忍，亦知无他良法，终难劝让，只得收好包裹，侧身退入石缝。封丹吉见霍冬春藏避妥当，扬手熄灭悬空蓝焰，按住黑虎脑袋，凝神一处，灌注静力于周身血脉，怒目而起，沉心吟唱祭咒。但见黑虎通体泛起靛青色光晕，须毛浮动，倒似往生复活一般，封丹吉加催静力，祭咒吟唱得愈发紧促，身子在光团里微微颤抖，忽地一声断喝，双眸闭合，恰在当刻，黑虎双眼瞬开，封丹吉仰面倒地，黑虎却抖晃着脑袋，矫健立起，如梦方醒般左右巡查，虎威复现。此乃夜巫一部镇族秘技——死灵换祭。封丹吉自知身负重创，难抗数敌轮攻，故出此险招。

黑虎较之寻常山虎身形要小，尤擅奔袭纵跃，猎艺不输草原狮豹。化灵入黑虎的封丹吉埋伏于暗影，第一波贼兵方垂降入洞，便听咔嚓断骨之声不绝，未及燃焰照亮，已各遭咬颈扑毙。为首的名叫姜昭贤的悍将听得洞内哀号连连，急召弓箭手密放火矢入洞，下面登时火雨骤落，尚有残喘的先卒亦被误射点燃，就地滚爬呼命，好不惨烈！姜昭贤冷笑道："我道是什么妖魔作祟，原来你自个儿做了孽畜，本爷这便打回你原形！"这姜昭贤使一对金刚杵，自高马上翻身一跃，正自洞口落下，身手确也不凡。

封丹吉心知来了强手，缓退几步，扎稳营阵。姜昭贤忖度，几路追兵相去不远，自己已折损不少好手，若教他人抢了头功，自己岂不大大吃亏，替旁人作嫁衣？于是舞杵连向封丹吉攻去。封丹吉借着黑虎矫捷身姿，左闪右避，躲过姜昭贤急攻，觅机反扑。然姜昭贤虽攻得大开大合，周身要害亦护得妥帖，未露破绽，封丹吉心力不济，招架愈久，愈无胜算，故而奋起腾跃，以猛虎之烈势砸向对手。

姜昭贤对这搏命招式猝不及防，架起双杵格挡，杵尖划瞎黑虎一眼，自己却也为封丹吉倾泻而出的静力所伤。姜昭贤大怒，吼叫道："大伙儿一齐上，将这小子斩成肉泥！"余众皆应，纷纷跳落洞中。本就不大的洞室，登时满员，白刃晃晃，将石壁映得雪亮。

封丹吉唯恐敌众瞧出石缝端倪，哀啸一声，向着敌群凶猛撕咬。姜昭贤亦被惊骇，手上招式亦凌乱起来，封丹吉瞅准时机，一扑中的，黑虎利齿透皮穿筋，没入姜昭贤脖子，嘶断了他的喉咙。余众见头领阵亡，慌欲逃窜，封丹吉却奋勇不休,直待穷寇尽亡,方力竭倒地。黑虎既死,封丹吉随之灵灭归天。

久无声息,霍冬春乃出。眼见伏地黑虎皮肉翻绽,已成血兽,肚皮之上更开裂一条触目伤口。尸陈遍地,几乎无处踏足,腥血熏鼻,直教人昏聩。霍冬春本欲收尸礼葬封丹吉,然念及他生前殷殷嘱托,而此地安危未卜,生怕再有恶人寻至,不敢再有耽搁,遂强忍胸中悲愤,自尸堆中寻出封丹吉尸首,立于其前,神色肃然道:"封兄,在下无能,今日无法叫你入土为安,他日回至王府,定亲返厚葬!"言毕,拜了三拜,将封丹吉尸身置入石缝后方,捡一腰刀以备开路,方顺沿追兵所悬垂索逃出生天。

Chapter 3
病马虎臣

庞云跨坐在一匹病弱的瘦马上。鞍头虽然已紧缚马背，但如柴皮骨撑着这副缝制精良的皮具，还是显得摇摇欲坠。庞云夹紧马肚，攥紧辔头，病马躁动起来，马首左摇右晃，一名随从忙上前牵住缰绳，马首终又低垂下去。

落雁关内人人面含饥色，但却步履匆忙，无一闲辈。庞云骑于马上，神情肃然，目光扫视着人群，作为辎重统领，他要保证屯粮工作万无一失，不出差池。

沙暴，在边民心中，是叫人闻风丧胆的字眼儿，凡历经一次者，便将永烙脑海。两番带头迎击沙暴的庞云，连自己都想象不出，该如何挺受第三回。十七岁那年，沙暴使庞云失去了右眼，还变成了瘸子。这反倒练就了他超凡的射术和骑艺。他成为长城上最出色的游骑兵，几番离关北上，巡弋冰荒的边缘，查探冻狼一族的动向。他甚至曾越过终年潮湿阴晦犹如幽穴的黑松林，远达北境海滨，目睹冰洋展露凶容，倾听夜巫在大洋深处诅咒自己。那一回，关内众人皆以为他已葬身荒原，成了熊族或者半血冻狼果腹的晚餐，未料半月之后，他竟浴血而归。当日扶他下马的人说，那模样比死尸还要骇怖——非但皮甲早已被淋漓血水浸透，连脚上的长靴内亦粘满血浆，跋涉回关，伤口已长出坏疽，医司只得为其截去伤腿，换上松木制成的简易假肢。因如落雁关这等远疆僻境，只有三坠医司甘心赴任，故而装在庞云身上的木腿，未受任何魄力加持，做工亦粗制简陋。

庞云还没有隐退的打算，彼时，他还只是个经验丰富的游骑兵而已，他绝不满足于取得这点光荣。他自打穿起戎装，就没想过解甲归田。他学会跛行，并再度爬上马背，坐于马鞍之上，这能让他忘掉自己的残废。他撑起残躯，迎接他一生中第二次沙暴之战。庞云纵马驰入沙窟，正落入翼蟒的陷阱，遭缠绕吞噬。但当庞云又一次从死灰般的阴影中现出血肉模糊的身躯时，人们怀疑他是否真是不死之身。这一奇迹的生还付出的代价也相当昂贵，他失去了赖以张弓搭箭的左臂。不过他的忠勇和如疯狼般的无畏已传至万里之遥的王城，庞云的名字成为民众街议巷颂的传奇。

他得以被王上召见。首席七坠医司为他接合了断臂，并给他更换了精钢的义肢，加持仁光的魂魄之力，以免他遭受更深的残疾。当王上问及这位战士心有何愿时，庞云跪拜，但求归守落雁关。王城的繁华比之沙暴中的鬼盗更令他惶恐无措，他骑行在棋盘一般的街市间不知所终，仿佛自己正是一颗或黑或白的棋子，在哪里落子停留，意味着将在哪里被移除吃掉，而他的犹疑踌躇对于那神秘的操纵他的棋手来说，根本算不得什么。他要的从来不是荣耀，荣耀只是达成目的的手段的一种，他唯一无法忍受的是命运无法由己掌控。回到落雁关，他将归复自由。尽管群臣于此事纷呈杂述，王上还是恩准了庞云的请求。

自此，庞云成为落雁关第一位非贵族出身的守将，他也获封最低的爵位，从而得以于官撰的史册留名，亦使得后代得享圣所的荫庇。对于多数平民出身的将领来说，这已可算作成功的终点，更大的成就只能寄望于儿孙达成。然而庞云既无发妻，更无子女，况且在他心底，始终梦忆着久已远去的传说中的疯狂年代。那时候，会有许多永不屈从的猛士同他并肩作战；那时候，祖训和禁忌还没被弃之不顾；那时候，熊族还未崛起，地精还在矿脉中酣然沉睡；那时候，神还在人心，自然还很慷慨，英雄皆为信条而战；那时候，雾暝之所，还只是一个谜，甚至还没有人意识到这个谜的存在，在玫瑰湖的柔波里，还看不到王族行宫的倒影，只有尘世的清影。

"眼睛、手臂、左脚，看起来我已经没有什么可失去的了。这一次我只需往我的心口插一柄长枪，戳一支毒箭，或者干脆朝我那时刻疼痛的脖颈砍上一刀，我便能终结这一切——保有传奇的英名，在黑色的土里安享缓慢的、不再壮怀激烈的平静。这副身躯纵然疮痕满布，但想让它被虫鼠啃食、被尘泥腐坏却不容易。我这具温热如旧的战躯，对于变得冰冷还无欲望，那或许是它的归宿，但至少此刻，它仍旧奋而避离！"庞云拍了拍马项，苦笑道，"老伙计，你也没那么走运，还不到入土的时辰呢！"

Chapter 4
谵语妄言

　　北地广袤，毗连冰洋，蝎尾湾伸延入内陆，同黑墙古林接壤一处。望龙海渡历经风雨洗礼，伫立湾头，已然连通大地血脉，共海天浑然一景。此处本为圣王御用旧港，昔时龙焰炽烈，海外应龙之息岛高炉矗矗，炉火熊旺，握有秘术的地精一族世代于焉生衍，为圣所炼造萤金。圣王常由望龙海渡出海登临岛上，巡察冶锻之事。后龙焰忽灭，应龙之息岛再无萤金出产，港口亦随之凋敝。冰洋之外，暴风之内，乃是极北苦寒之地，传闻海中有一陆桥隐没，能同关外地域勾连相通，每一甲子，洋面降低，水落桥出，陆桥因循此时浮露海面，到得今日，却未有几人目睹这一奇观，只字片语，止于笑谈。

　　关外诸族各部本混居一处，然心志各异，终图分野。熊族率先崛起，致使百族之盟崩坏。圣所于北地渐失霸势，虽有雄兵据关北望，远敌皆怀惧意，不敢轻犯，然枭狼之辈，铤而走险之心未绝，故边城常遭妄为狂徒侵扰，加之各部攻伐乱战，不曾有歇，战事殃及市坊商路，亦在所难免。是故，历朝圣王皆视北境为是非祸端之所，锁寒关、象元城这等险关重镇，自然成了要冲之地，控扼四海安危。遂世有"北境固，则天下无虞"之说。

　　春寒料峭，北境悲风依旧凛冽，霍冬春却不顾衣衫单薄，敞开胸襟大口吞吸混杂松草泥香的空气，纵享冷风穿腔而过的畅快，如获新生。当日他遭人构陷，被投入那山中深牢，遍试计法，未脱囹圄。幸得封丹吉相助，今终重见天日，积怨的精神而为之一爽。

　　此去西境宛城明王府可谓鞭长驾远，前有祁山、螭水，途经象元、若城方达。象元城既是北境屯兵要塞，亦为商贾云集之地，关里关外的行旅游侠多汇聚于此，颇为热闹繁华。若城更是北境王城，平王府与边城都督府皆驻地于斯。封丹吉所欲拜谒的十七连城边军统领凌肃，亦将都督府设于若城城中。

霍冬春不循旧径，自开一路下山，行至半道，闻得潺潺水声自林中传来，正感喉头焦渴，遂披荆斩棘向深丛中探去，果见一清莹山溪欢流石间。霍冬春大喜，方欲掬饮，猛见一张丑陋生脸浮映于水面。霍冬春骇然，满捧的溪水洒落，晕开影迹，那怪脸随水波荡开，更添可怖。四周静谧，风萧影动，气氛煞是诡异。此时远处天边隐有雷声，霍冬春仰观天际，见乌云欲合，山雨将至，遂急奔下山，再未敢回望。

行至山脚，一饭庄旗幡映入眼帘，霍冬春顿觉饥肠辘辘，口生津涎，摸向怀中，封丹吉所托包裹内竟有不少银两，现下虽凶手未明，敌友难分，若被人瞧出些端倪，不免麻烦，可是饿鬼胆壮，霍冬春早已心下一横，迈步向饭庄走去。

饭庄掌柜面相温厚，正兀自打着算盘，见有客人进店，忙笑脸迎前道："客官请上座，小二，奉茶！"霍冬春坐定，吩咐道："上两盘热饺子，切三斤黄牛肉，再烫一小壶竹叶青，随意端几道下酒菜！"掌柜笑吟吟地说道："客官一路风尘，定是饿了，是否约了朋友同聚？看客官形容衣着，当不是本地人，北关偏远，还须加添些衣物，免着风寒。"霍冬春不愿多言，只回一句"多谢"，将银两顺着桌面推给掌柜，掌柜久经世故，不讨没趣，收下银两道："我去沽酒催菜！"遂留霍冬春独坐。

店外北风呜咽，转眼落起雨来，但见出关的官道上，行来一队人马，为首的高坐马上，挥鞭指了指岔口饭庄，雨势渐大，听不清他呼喝些什么。酒菜已齐，霍冬春急欲大快朵颐，然肉到嘴边，顿觉腥恶难忍，竟做起呕来，想于洞中三年，吞叶嚼根，食些虫蚁草菇，今已难进油荤，眼望满桌佳肴，真如隔世一般。忽地饭庄板门轰然大敞，凄风冻雨挟带枯枝败叶扫荡店内，先前所见人马涌入店中。

掌柜先是一惊，眨眼便又堆满笑意，躬身招呼道："官爷这是要出关呐！里边请，里边请！里边有雅座！小二，烫壶陈酿，给官爷先暖暖身子！"那领头的将军却不理睬他，环视周遭，目光落在霍冬春身上，面露疑色。

霍冬春心中一凛，只得猛灌一口辣酒，以掩不安。那将军已步至近前，但见他铁面剑眉，阔额虬髯，气度威严，从容不迫，一双星目直敲得霍冬春心虚腿软。将军问道："这位小哥打从哪里来，又欲往何处？北境天寒地冻，你单衣一件，不怕冷吗？你备下这桌酒菜，在等什么人相会？"

霍冬春理顺衣襟，正色道："何敢无礼？我乃西域明王世子霍冬春，看你将服仪容，当为军中要员，现居何职，报上名来！"甫一言毕，一阵大笑便自将军身后传来，发笑之人面若桃花，锦帽貂裘，虽为军中副将，全不见沙场沧桑。但听他道："这乞儿失心疯了？！真可说是李鬼撞着了李逵！"转而亦来到霍冬春身前，调笑道，"咱们奉圣王谕旨，押送明王全府亲眷出关，流徙应龙之息岛，名册钦定，全府谳刑，多有逆徒，使尽浑身解数逸逃，咱们费了好大周章，方教贼党悉数归案，不想倒漏了你这条大鱼，你却自个儿寻上门来投网！左右听令，还不速速给我拿下！"

将军伸手制止，转向掌柜道："楼上雅座可有空闲？"

掌柜回道："有的，有的，将军上头请！"

将军微微颔首，吩咐众兵道："且将罪徒押入店内，也让看守的弟兄烤烤火，喝杯热茶暖和暖和。"跟着又冲霍冬春道，"公子，咱们楼上一叙。"口吻严正，不容分说，霍冬春只得硬了头皮相从。此时人犯已被带入门内，霍冬春见他们一个个神情委顿，缩着身子瑟瑟发抖，细观面相，却无一人相识。

楼上堂内暖烘如夏，好似两季骤然更替。两个隔间开列左右，当中一间微启窗扉，潇潇雨声传入耳中。桌脚放一铜火盆，木炭新添不久，火烧得噼啪正旺。桌上一盏热茶，白气氤氲，四顾却不见片许人影。将军暗疑，茶水温热，似应有人，这饭庄怕有古怪！此话暂放一边，先将霍冬春让于座中，方道："此层清静，叙话方便。林某乃圣王御下龙将林修年，今只一事相询，望公子据实以告，你这腰间玉佩，所从何来？"

霍冬春应道："家传所来。"

林修年愠怒道："公子莫再谈笑！看你衣着简陋，然谈吐举止，并不似痴人，怎如此枉顾法度！冒充域王世子，乃是重罪，何况明王秘通异界，触犯圣条，法司判官数列了明王八宗罪状，圣王钦定赐死，宗族上下皆流徙外域。目下林某呼你为公子，未施斧钺，若你再敢信口雌黄，休怪林某动刑！"

霍冬春回道："既是龙将，如何不认得我？"

林修年更增怒色，拍案喝道："昔日获封龙将之时，群臣云列，域王毕至，明王并世子亦临王都观礼，林某怎会不识世子？"

霍冬春面露惶疑之色，手抚其面容，忆及溪中所见怪脸，登时恐极，惊声大呼道："是药……定是那药害我！"

楼下部众闻声欲登楼动武，林修年咳嗽一声，兵甲之声即息。但听林修年言道："你定是误食了癫药，方令神智错乱，又或者蓄意以疯相瞒混，实有不可告人之秘！五年前，毓含公主并霍冬春世子同往魂别塔修习天机铭文，未知什么缘由，二人私自出关，为鬼盗所掳。十七连城守军精锐尽出，圣王、明王亦各遣重兵北上驰援救困，平王还亲任使节，同鬼盗头子元清流恳商赎还，皆无果。鬼盗以公主、世子为质，横行关外，势如蜂起，聚众万数，为熊主玛奥安鞑弥所恨。这位熊主自号'域王孤霸'，向来将毗连关隘的区域视作自家地盘，那鬼盗原有关上军将牵制，本来不足为虑，未料彼时已自成一方豪强。熊主挥兵攻伐，两家兵戈相向，战于楼当山阴。鬼盗不敌，千部败溃，乱战之中，公主、世子皆殁。此即楼当之祸，天下共知，你独不闻？"

霍冬春怔于当场，一时无言。观林修年义礼兼备，当非伪诈之人，听其所言，兹事体大，似非谵语，然己身幽囚牢穴，日思夜虑，三载春秋，痛如剜心，竟皆为虚妄？绝无可能！霍冬春当即叱道："我霍冬春虽历大劫，三年直如活尸一般，终未弃绝残念，拒入鬼门，重回人间，汝辈还有何言？天下说我已死，天下皆昏昧，今我在此，谣传自破。怕是这些年头，世事更易，念我死者不胜计数，愿我生还者寡见于世。"

林修年恻然道："看来你确已疯癫，如中妖蛊，已不知所言，本应为壮志男儿，却成了痴子浪荡江湖。你既执拗于此，便随林某同行，待到事毕回朝，交你于法司、医司会审，自有公论。"

霍冬春冷笑道："他日回府，将诸事禀明家父，自当赴圣王御前，澄明污浊。"

林修年见状，摇头叹道："林某心无戚戚，你却如此冥顽，你身负明王府中之物，未明由来，不便放你独去……"当下大喝，"来人，捉拿人犯！"楼下举众皆应，却在此时，霍冬春身后闪出一蓑笠怪客，身上沥沥滴水，刀刃横架霍冬春身前，说道："这小子归我了！"

林修年百战修罗场，剑林火雨，敌营中过，这怪客虽迅如鬼魅，倒惊他不着，但听他回道："方入堂内，即觉蹊跷，果有匪类匿藏，今日遇着林某，还不乖乖束手就擒？"

怪客傲然道："凡我所欲，孤径取之，挡我者死！"话音方落，袖箭疾出，林修年抄起案上茶盅，向前掷出，两物相碰，各卸劲力，皆失了准头。怪客奇袭不成，抛下霍冬春，一跃而前道："看你还能接上几招！"当即劈刀削至。林修年立剑格挡，群兵亦已涌入堂中，那玉面副将方扯住霍冬春衫袖，忽觉雨落天灵，又一黑衣陌客碎瓦纵下，擒住副将手腕，副将只觉得酥麻脱力，霍冬春即被陌客抢了去。

先至怪客骂道："龙驹宝骏你不驾，骑个王八赶晚集！"黑衣陌客轻笑道："这天阴雨湿，合当搂个婆娘酣卧火塘，看在兄弟情分，特来相助，你倒似厉鬼上身，催起命来啦！"

副将怒斥道："狗贼猖狂，敢自官军面前秽言吐脏，看我取你二人首级！"说着长剑直出，刺向二客。

黑衣陌客挥指弹开剑锋，嬉笑道："这皮滑肉嫩的，却是谁家娘子，怎也混在军中充数？"

副将恼羞，目眦尽裂，剑招凌厉，连向陌客砍去。林修年知其不是对手，怕生闪失，逼退怪客，挥剑朝陌客要穴扫去。

黑衣陌客不睬副将，回身同林修年拆起招来，其间不忘戏弄道："原是大将军家的相好，方才得罪了！"

林修年见其嘴上轻侮不断，招式却气贯长虹，滴水不漏，俨然名家风范，此赴北关，王命在身，不愿旁生枝节，心下忖度，一个蓑衣客已颇难对付，外加这黑衣客更是棘手。他们一个在此久候，一个有备而来，必有阴谋。那腰悬玉佩之徒出言离奇怪诞，或与他二人早有串通亦未可知。不若暂放其先行，后遣密探尾随，摸清底细，再做谋划不迟。遂收势罢手道："圣王命咱们押解钦犯，不容有失，莫与这荒村野民纠缠，失了体统，延误行程！"

副将闻言，自知无林修年庇护，自己全无胜算，虽咬碎钢牙，亦只得强咽下胸中恨意，领军散开。

两江湖客朗声大笑，亦不多言，挟霍冬春飞檐而去。

Chapter 5
苍生为大

二人劫了霍冬春，快马疾行，至一苍山脚下方歇。暮色已降，遥观半山灯火点点，尖桩望楼隐现，似藏一营寨。

怪客说道："此地为锁仙山，又曰云中冈，山中有一影武寺，寺内住持乃我旧识，咱们上山落脚，拜会一下他老人家，明日再赶路。"

霍冬春怒道："方离狼窝，又入虎穴。本以为二公乃仗义行侠之辈，怎料亦是鸡鸣狗盗之徒。这孤山陡峭，唯天梯一条，上下通达，其险若此，再观遍野守备森严，定是匪寇落草之地，哪会是清修离尘之所？"

怪客又道："看你伪称贵胄，行止皆疯癫，眼力倒还不差。这山中确有一大寨。今圣王昏昧，后党专权，国舅奉诏伐关外，兵权益重，踞长城而望关内。宫禁日非，人心思乱。海内纷争之日不远矣！待彼时，豪强并起，成就多少英杰！然黎民多无酷斗之狠，亦乏安身之谋，每逢战事，命如草芥，颠沛流离。为防他日百姓生无所依，一侠隐高士于山中修屋筑台，坚壁清野，广纳寒民；又有一象元城大户，名唤闫璟良，颇具资业，疏财仁德，尽散家财钱粮，举家迁居于此。舍俱成，盈仓廪，开校场，延请教习，招募义兵乡勇，操练新军，但求于乱世之中自保，以避战祸。咱们虽与之同在江湖，然无甚交情，论起宗派渊源，颇费口舌，不若投在后山影武寺，粗茶淡饭，图个耳根清净，免却应酬之累。那影武寺悬于崖壁之上，藏于云雾之间，你自然望不见。"

霍冬春道："如真有世外高人，且教他做一决断，尔等将我缚来绑去，待之如豚鸭，却是哪般道理？"

三人拾级而上，营寨轮廓渐明，已可睹见寨门与持戟而立的兵卫。霍冬春复疑："寺在何处？莫不是进了贼巢？"正忧无计可逃，旁出一斜径，松柏掩映，迷花倚石，想必是通往影武寺的路。三人拐入，山道崎岖，林木深郁，虽星汉灿烂，却难透树盖。山外虎啸狼吟，又有飞流瀑落，恍然仿佛已离人境。霍冬春顿足不前，怪客巧力一推，霍冬春扑跌如坠，心呼"吾命休于此！"自以为堕入崖渊，却觉白芒如焰，身下一软，惊魂甫定，方知己身伏于草坡，那壁上悬构的庄严宝刹，当为影武寺无疑。飞殿栈阁，凭虚而起。石屏如镜，鬼斧神工，端的是梵宫本天成，误降尘寰间。

怪客叩门道："门下愚徒屠宗三并关北沙民巴彦赤兀，乞见慧灯大师。"言辞甚是恭敬。

内中久无人应。屠宗三纳罕，往日来访，寺中沙弥闻声即至，今回却无声息半点，惶对巴彦赤兀道："事有不妙！"两人互递眼色，提身上纵，翻进禅院，启门放霍冬春入内。四下探查，锅灶余温未退，又巡阁内，见碗筷陈案，斋食俱在，不禁诧道："大师并满院僧众走得甚匆忙，何事紧要，一餐的工夫亦等不得？"寻至先前望见的灯明所在，户室虚掩，推门入内，但见几净窗明，焚香熏馥，一蒲团、一木鱼，群书充栋，一简榻、一铜盆，念珠上悬。屠宗三道："大师澄神骋怀，挑灯夜读，斯是陋室，却悟大道。"复观案几，止白粥一箪，生姜一碟，清水一钵，昔年圣王御赐玉带置于几面，遍觅他处，并无只字留下。

正惘惑间，听得门外脚步声来，喜道："是大师回来了！"来者却是一武师打扮的汉子，手举火把，提着朴刀。

巴彦赤兀喝问："你是何人？"

那汉子惊退一步，架刀身前，说道："哪来的毛贼，胆敢擅入禁阁？"

屠宗三看这汉子亦是江湖人士，或知晓其中蹊跷，遂立身道："在下屠宗三。当年我修炼家传绝学化宗心法，曾遇一魔障，迟迟难以精进，滞塞于第二层，蒙慧灯大师点拨，方获飞升，达于三层化境，故慧灯大师于我有授业之恩。今途经云中冈，特来拜会。你秉火执凶，却为何来？"

汉子拱手道："原是旧识，得罪了！在下李宝魁，跟随闫寨主来此办事。如此说来汝是偶访此地？"

屠宗三称是。

汉子遂朝门外呼道："大当家，这边有两位好朋友！"

俄顷，一黄面精瘦的老人踏入门内，正是云中冈当家寨主闫璟良。两边初会，免不了各叙家世，一番客套道明来由，遂释了疑惑。

屠宗三道："既如此，闫寨主是得了信鸦密函，特率众来襄助慧灯大师？"

闫璟良道："不错，函中只'救信中急，国师慧灯'八字。见信后闫某即召好手，速至影武寺，未料还是迟了一步。只是不知大师所遇何急，信中并未道明，想必骤然事出，无暇多言。"

屠宗三并巴彦赤兀却沉吟不语，闫璟良知这二人另有所虑，遂静立以待，不加打扰。

忽地，屠宗三拍股而起，神色颇为惊惶，急道："慧灯大师只身犯险，欲以一己之身救天下，咱们须得尽速驰援！"

巴彦赤兀亦道："正是！"

两人生死至交，心意相通，旁人却如坠五里云雾，李宝魁最是性躁，扯着嗓子道："究竟何事，道个明白，真急煞我也！"闫璟良、霍冬春亦锁眉相询。

屠宗三向闫璟良道："闫寨主可否将信函借我一阅？"

闫璟良不说二话，将信递给屠宗三。屠宗三接信视之，说道："是了，诸位请看，'救信中急，国师慧灯'八字，另有玄机。一来，既然事出紧急，不便赘述，何填'信中'二字废言？传信即为救急，无端复语'信中'，实因'信中'大有隐情。二来慧灯大师虽昔为国师，然其妙入正定，神游物外，自退隐山林，早已不宣此号，如今自称'国师'，固引人探疑，亦传大师仍心系天下之意。"

"那大师究竟于中密言何事？"闫璟良愈听愈惊，亦耐性不足了。

屠宗三叹道："大师所言，当为'国舅失信，会众登基！'当朝国舅拥兵自重久矣，私结营党，早有反意，今终失信天下，欲弃义谋篡。"

闫璟良接过信来，再念一回，方恍然道："原来如此。亏得二公在侧，不然闫某岂非误了大事！"

屠宗三摇首道："非也，目下慧灯大师何去尚不得而知，大师既传信于寨主你，恐怕能解此疑团之人，唯有闫寨主自己了。"

闫璟良不解道："国舅既反，何不即刻檄告天下，共兴义兵讨之，大师却以秘相遮，又是何故？"

屠宗三道："慧灯大师以天下苍生为先虑，此去可谓只身犯险。其未加声张，怕的正是机宜若泄，国舅情知败露，罪无可赦，落得骑虎难下，反心益炽，再难回还。今慧灯大师孤自赴难，为的是力劝国舅罢兵息武，不负民生所望，不忘庙堂圣恩，亦解圣所攻伐滥战之险。国舅权倾朝野，士多将广，雄兵在握，若反必致海内大乱，此诚危机存亡之秋！"

闫璟良捶胸顿足，哀道："闫璟良呀闫璟良，大师将如此紧要之事托于你手，你却辜负大师苦心，罪合当诛！"

巴彦赤兀道："现下找出慧灯大师去处才是正事，大丈夫长吁短叹，于事无益！"

闫璟良遭巴彦赤兀点醒，忙道："待闫某查探一下大师正堂，或有发现。"半炷香的时间，便听闫璟良呼道："此物……此物不正是……呀，是了！"转而朝李宝魁道，"速取一瓢盐来！"李宝魁虽不明就里，然寨主有令，只得敛下疑惑，先去办事。少顷，李宝魁捧盐而归，闫璟良教其置入室内铜盆中，盐入清水，溶释无踪，众人见闫璟良成竹在胸，遂不追问。须臾之间，便见盆底隐约现出一行蝇头小楷，定睛细察，上书"雷使挥师魂别塔。"

闫璟良道："圣王方晋封国舅为佐王雷使，加上案几陈置'玉带''姜山'，国舅元尚法欲反王上，取而代之，怕是无疑了！"

众人不再踟蹰，屠宗三对巴彦赤兀道："慧灯大师于我有大恩，今大师有险，苍天注定我屠某遇着，岂有不助之理？只是明王一门老小的身家性命，皆需仰赖于你了！"

巴彦赤兀回道："且速速开拔，休在此婆婆妈妈，听来就觉逆耳！"

屠宗三遂将霍冬春托于巴彦赤兀，拜辞而去。闫璟良亦检点人马，挑选精兵相随，同往魂别塔。

屠宗三、闫璟良二人马快，至子时，已临怒雪流云江畔，摆渡的船家却寻不见，江夜萧瑟，愁云遮月，滔滔水逝，烟草蟒动。

闫璟良道："寒江夜行，无舟可渡，为之奈何？"忽听临水丛中鼾声传来，拨芦而视，竟是一舢公模样的大汉，地冻风嘶，这大汉却敞胸酣眠，自适野趣。

屠宗三道："此人洒然放达，以天地为枕席，当为一英雄。"遂将其推醒。那汉子睡眼惺忪，猛见两人将他围在当中，白刃晃晃，不明来意，一跃惊起，喝道："何辈猖狂，趁夜行凶？"

屠宗三垂刀拱手道："在下琴州屠宗三，这位也是好朋友，云中冈闫璟良。我们二人欲往锁寒关魂别塔处，怎奈月黑浪急，湍江阻路，彷徨至此，恰遇兄台，苦思无计，冒昧相扰，还望见谅！"

大汉抹一把脸，熟视二人道："原是赶路的旅人，方才得罪了！鄙人姓史名宽，祁州人士。白日里江边来了好些官家，尽收此地船只，史某不爱听人差遣，遂独留了下来，渡船却给征走了。纵乐意夜送二位渡这怒雪流云江，也无舟可用。"

屠宗三与闫璟良对望一眼，心中了然，知定是国舅元尚法所为。屠宗三道："我们二人初访此地，今事有急，拜请兄台行个方便！"他见这史宽形貌奇伟，自西境远来，或有些高明法子，能解他们困题。果不其然，史宽瓮声道："同在江湖，君若真有急难，史某可荐一人。此人放舟津渡，若他愿借舟一行，史某愿为二位撑船过江。"

闫璟良闻言大喜，忙道："史兄此番夜渡之恩，来日必图厚报！"

史宽道："别忙道谢，此人名叫苏孟先，为虹彩神庙弃徒，行事乖张，出人意表，咱们只可一试，成与不成，但凭天意。"

屠宗三道："如此奇人，屠某欲速往瞻拜。"闫璟良亦道："闫某闻此大名久矣，恨无缘相见，今幸甚，于此得遇，怎堪失之交臂，合当即见！"遂由史宽引路，三人同往渡口寻去。

Chapter 6
金兰之义

云烟渐开,月色微明,闫、屠、史三人步至江滩,清婉歌声传来,唱的是:"钓罢归来不系船,江村月落正堪眠。纵然一夜风吹去,只在芦花浅水边。"音柔若水,词虽抒旷达胸臆,经她唱来,却又透出几分哀怜。

闫璟良诧道:"夜半郊僻,谁家女郎在此凄歌,莫非江中神女乎?"

史宽笑道:"此女定是欧阳琮玥,人称雪莲姬,昔为虹彩神庙圣侍女,博古通今,素具慧名。辅佐圣女颜玫释读魂别塔铭文,三年不辍,所译文述,已可同前代鸿儒相当。人又言欧阳琮玥姿质风流,拥倾世华颜,人人争睹其容,而她自恃殊美,艳绝群芳,傲拒求访者无数,却独慕狂荡劣徒苏孟先,弃庙堂,同浮沉于江湖。近日听闻这一对痴侣浪迹于怒雪流云江,想不到真叫咱们碰着了。"

闫璟良叹道:"豪士佳人,相期于世,莫逆交心,同登乐境,此乃真逍遥也!"遂扬声通报名号道,"山中野夫闫璟良并屠宗三、史宽二友,偕拜门前,盼晤尊侣,得偿面见之愿,夜深搅扰,勿令见罪。"

此时江雾接合,弄影如仙,三人如登天池玄境。但听那女子道:"先生已赴魂别塔,诸位请回吧!"

闫璟良与屠宗三皆是一惊:心道苏孟先此去怕是与国舅元尚法起事有关。史宽拍拍二人肩膀,道:"多说无益,还是明早再作打算吧!"

闫璟良心有不甘,朝那雾影再拜道:"先生念卿独往,非无念惦思之苦,实因前路凶险,困厄叠生,为保卿之万全,不得已而为之。闫某不才,愿献绵薄之力,护佑先生安然。只因横江难渡,踯躅在此,虚掷良时,乞借宝舟一用,闫某跪谢,誓图报恩!"言毕即双膝落地,跪向雾影。

史宽道:"原来尔等欲去往同地,魂别塔必有要事兴作。"

闫璟良愧道:"事出有因,唯恐言失,遂未相明告,望史兄莫怪!"

史宽摆手道:"不必挂怀。"

雾影中人沉吟不语,屠、史二人皆劝闫璟良起身,直言男儿膝下有黄金,另寻他路便是,然闫璟良却执拗不从,直如磐石般定在地上。云开见月,清辉如霜洒,凛风将至,欧阳琮玥终开口道:"江畔骤寒,请三位入舟中叙话。"

三人闻言喜不自禁,轻声快步踏入舟内,纱帘之中倩影如梦,恰似烟笼垂条,袅娜婷婷。三人痴怔,纵非儿女情长之辈,亦难抵情炽初燃之时,温香半掩, 最难绝心。三人各以清风醒脑,方归人伦,施礼道:"久慕清名,幸得召见。"

欧阳琮玥道:"妾身一江湖女流,人微言轻,不敢妄求名望。方才闻诸公所言,亦欲访魂别塔,又遭凶险困厄之语,妾不知何意,愿乞相告。"

闫璟良道:"深夜求谒,非不知仪礼,实因情事相迫,他日必赔唐突之罪。今闫某并屠兄得一密笺,内云国舅元尚法欲起兵自立,某等深知此事利害,关乎雾暝之所治乱,欲以螳螂之斧,抗八马之驾,恰闻卿语孟先生亦已赴魂别塔,窃思或事出同由,遂有此言。前情如是,未敢相瞒。"

欧阳琮玥道:"莫非此信乎?"纱帘和音轻扬,内中飘出一信,正落闫璟良案前,未料此女咏絮之才,静力功法亦殊非凡辈。闫璟良见那信笺上亦书"救信中急,国师慧灯"八字,遂道:"正是此信。"

史宽虽有所预,听得闫璟良与欧阳琮玥这番话毕,仍不由慌诧失色,心道昔年东境宁王项狄威·李斯特与圣所白鹭王分庭抗礼十度春秋,向日龙将元云甲征讨三年方休,太平年岁到得今日,不过七载春秋,元尚法又欲加诸刀兵于圣所?目今元云甲已为国丈,加封佐王光使,独女元幼春即为当今圣王王后,长兄元尚法亦封佐王雷使,麾下精兵良将云列。满门恩荣,无可复加,奈何骄矜之心难有餍足之时,不臣之谋终负社稷之托。安得守土护民之将星,出世以定乾坤?恐怕,就在这江湖之中、草莽之间。

欧阳琮玥道:"公既知晓,看来机谋已泄,苏郎此去,怕是蔽障万重,诚如公言,直如螳臂当车,妾只忧苏郎此去已绝归心。"

闫璟良慰道:"不然。国舅之谋,乃影武寺高僧慧灯大师以密信暗语相告,至于起事之地,另布疑阵,如非旧有前缘,难破迷局,想必孟先生亦自他处悟得魂别塔之约。除闫某与屠兄,知者寥寥,眼下只多一位史兄。闫某虽与这位史兄萍水相逢,然意气相投,恨不得早早遇着。某欲结为金兰,故不加避讳，未隐实情，咱们三人星夜驰往，克日可达，会同慧灯大师并孟先先生，另作详图，事虽不易，未必无所回还。不加一试，焉知蜉蝣撼不动高树？"

欧阳琮玥道："天下欲离治趋乱久矣，今虽自元尚法处端发，实则祸根早已埋种。清王项狄威之乱以暴兵强平，刀戈暂歇而已，然忿心不息。三公安民之愿恐难遇泰和天时。妾虽为女流，亦闻世说，晓知闫公高义之名，今观公虽自以隐者适世，实胸怀王霸之志，虽有宽仁之心，亦不惧碎骨之暴，彼来处之云中冈，锁得住仙魔，未必锁得住闫璟良。"

闫璟良闻言惊起，长拜道："卿既明言如此，闫某亦更进一言。卿与孟先先生，皆当今名士，经天纬地，拔山超海，何不出山济世，共安天下？先生此去，同慧灯大师，皆怀忧民之思，然冰冻三尺，实非一日之寒；治乱兴替，实非一役之功。若此番未能劝下国舅敛心罢兵，海内狼烟既起，不可不早图良策，待至群雄并起之时，舍民遁隐，伏虎平川，潜龙渠中，复荒才若斯，窃为二君不取！不若匡扶圣王，还民所愿，安定天下！"

欧阳琮玥道："公欲使我二人重归庙堂？愚性闲逸，无意争名劳形，苏郎今去，但求报得慧灯大师向日之恩，至于闻达列侯，功成晋爵，实非夙愿！"

闫璟良摇首道："非也。虚名伪誉，亦非某之所求。独善其身，以逸顺天，闲云野鹤，终于天年，诚可羡也！然人立于世，岂独受恩于一情一事？生之所长，老之所依，病之所养，死之所葬，皆万民共抚之恩。古之高士，僵卧孤村，非贪桃源之乐，实因心筑恒念，以待天时。闫某固非明臣，亦非贤将，但见害民虎狼横行于世，一日不除，难得心安，是以昼夜忧戚自苦，今若得二君襄助，并屠、史二位将军，文可安邦，武可定远，始报苍天孕育，万民栽培之恩，圣王环侧清明，社稷方兴，则圣所幸甚！"

欧阳琮玥道："今奉舟驾，三公宜速往是非地，辅佐之事，容缓图之。"闫璟良纳其言。舟小座马不能载，遂解缆放于江滩。江中伏流暗漩棋布，亏得史宽如有神目，似能洞穿江底，由他撑船，终过得险江。

达至对岸，欧阳琮玥遥指一处，具言村口可得良驹。三人拜辞而去，依欧阳琮玥所言，果觅获骏马一匹，车乘轮辔一具。史宽知闫、屠二人皆逸群人物，闫璟良又待己甚厚，遂暗下追随之心。闫璟良见史宽允诺，愿同往魂别塔，颇感欣然。三人中史宽驾车，闫、屠坐后，再无耽搁，一路风尘，骤马疾去。

行间，屠宗三道："慧灯大师所布迷阵，屠某尽可想通，唯有一事尚惘惑不解，敢问闫寨主高见？"

闫璟良笑道："莫不是盐撒铜盆一局？"

屠宗三道："正是。"

闫璟良道："闫某非有卓识，只因与慧灯大师前有奇缘，大师房中铜盆上悬之念珠，实乃某之旧物，忆及往事，遂获昭示，屠兄谬赞了。"

屠宗三道："愿闻其详。"

闫璟良道："遥想昔年初逢慧灯大师之时，某尚居象元城，贩豆于市，大师云游天下，不期至此，恰遇某遭一恶霸衅言相辱。恶霸诈曰：'汝之豆，与石无异，食之碎齿，将何赔我？'竟以满袋碎石掺入我豆，又曰，'汝之豆尽归汝，吾之钱安在？'继而将一病齿投我豆间，我固竭词而辩，怎奈无赖扬豆咒骂，欺人甚急，反诬我以石充豆，围观之徒愈多，其言愈厉，后至者不明就里，指我奸猾，先在者惮恶徒凶狠，无人替我伸一言以明屈。我自觉穷途，只得解囊，欲取金息事，慧灯大师即于此时现身，止我曰：'囊瘦若此，量无许钱。'转又对恶霸道，'贫僧今得黄金一锭，欲馈施主，施主可有意随贫僧同往取之？'那恶霸怒道：'野和尚安来，在此消遣爷爷！'大师温言道：'便随施主，大可不信贫僧，然古人云失缘莫惜，即言当下。'那恶霸心有所动，道：'若存心戏吾，便割汝舌头！'大师教我收拾同往，我心知幸遇高人，忙应言相随。至一破庙，大师手指庙外吉祥缸曰：'汝且将石、豆置入缸内。'我依言照做，大师遂自怀间取出金锭，曰：'黄金在此，施主可径取之。'言下合掌一握，待复松指摊手时，但见金锭已化作细粒，大师扬手一撒，金粒散入石、豆，同混缸中。那恶霸嗟讶，扶缸沿痛怨不已，又奈何不了大师神功，只怏怏道：'既如此，何言相赠？'大师笑曰：'贫僧另有一物，可助施主复得此金。'恶霸闻言大喜，忙问何物。大师教我取一瓢溪水，我遂打水而归，大师云袖一抚，将水赠予恶霸，曰：'施主何不将金、石、豆投入此水，自可沉金、分石、去豆。'恶霸将信将疑，依言尝试。俄顷，果见金沉底，石中悬，豆浮于面，引以为奇，视之若宝物。大师又曰：'黄金赠施主无妨，然豆非贫僧所有，施主宜付讫豆资，方可取金。'恶霸遂出钱尽购我豆。我邀大师同归田庄，欲谢大恩，大师辞让不受，我乃取出家母所遗念珠，道：'家母生前，每每教某知恩图谢，不可空受厚禄，不思偿报，此言犹在耳，此珠家母所留，乞赠大师，以酬大师失金襄助之恩，正应母之教诲，全某之微愿。'大师闻言方收，道：'此物正称施主仁母之高义，有母如此，施主来日定当腾达，贫僧暂留此物，你我缘分未尽，此念珠终归于施主之手。'某又询大师'神水之秘'，大师笑答：'止一盐水耳。'言毕即飘然而去。隐士之风，盖非一日所成，其性宏旷，其志高远，彼时已见。"

屠宗三抚须叹道："闫寨主所言极是，仁母之盛德，大师之义举，方续今日之缘。大师慧眼识才，闫寨主亦力践正道，诚为佳话！"

闫璟良道："屠兄莫再以寨主相呼，闫某与屠兄相逢虽短，某已暗尊公为兄长，如蒙公之不弃，我二人齐力同心，祭告天地，誓结兄弟，共巴彦赤兀、史宽两位壮士，共举义事，匡扶圣境，平凶安民，则大道可行，宏图可期。"

屠宗三道："屠某只一游侠，既无贤德，又非俊才，恐于闫公无益，实难奉命。闫公志怀天下，屠某之乐却只在山野江湖，不堪重任。"

闫璟良泣拜道："屠兄视闫某逞威之徒乎？生逢乱世，鹰扬之辈几多！机谋万般，保民之策安出？若能救民济世，纵人皆谤某赚名毁誉，亦某心之所向，虽九死犹未悔也！"

屠宗三知闫璟良情切意诚，遂道："幸蒙闫公抬爱，欲待某同兄弟，屠某固无辞却之理，然屠某与巴彦赤兀已义结金兰，此番事毕，相约再会，待至彼时，咱们并史公，兄弟四人，同拜于苍天之下，生死与共，闫公意下如何？"

闫璟良道："既如此，先受小弟一拜！"言下即长拜于前。屠宗三躬身扶住，口呼"贤弟"，闫璟良方起，并坐车内，共论乾坤，不在话下。

Chapter 7
沙暴之王

如焦渴的行者埋头饱饮一泓清泉,自冰荒吹来的夜风驱散了元晃周身的暑气。他惬意地翻了个身,健硕的裸背沾满露珠和青苔。地表的世界就像仙居秘境,令元晃倾心流连。风如此有力,不似地底的热流自穴间乱窜。

繁星为广袤天地供应着适度的光源,既不像四处延烧的烈焰那么刺目耀眼,又能让视域在银辉的柔光里变得清晰。

元晃离成年还有三岁,这是他第一次踏上地表,万物都很新鲜。他的父亲,人称"沙暴之王"的元清流,倚坐在离儿子不远处的巨石上,手里攥着一把乌溜溜的长剑。面上覆着骷髅,在刃光和星辉的映衬下显得阴森可怖。他不明白人们为何会畏惧腐尸骸骨,死亡的过程已然终结,肉体的力量已经崩散,它们倒伏在地上,全无威胁,静待大地将其分解抹消,它们甚至比一只蚱蜢还要无害。真正叫人畏惧的,是这个世间,任灵魂洁净如神峰雪顶,一入这苍茫人世,便免不了被污染。

元清流伸手取过酒囊,囊内却倒不出半滴酒。他将那酒囊别在腰间,纵身跃上一处残垣。那曾是一座塔楼的基石,尽管工事早已倾圮,然而千百年来俯瞰守望的腹地仍展布于元清流眼前。他一眼认出一条蜿蜒的古道,起初,那是勾连两个城邦贸易的商路,后又改作传递帝国官文的驿道,直到此刻,城邦的繁荣与帝国的强盛都已化作云烟,只剩圣所图书馆的典籍里还残存只言片语的祭奠。今日关北,大多数城址已被荆杞覆盖,想要在藤蔓和苔藓里找寻一点往昔的痕迹,得有十足的耐性和敏锐的直觉才行。仅存的几座市镇,以及散落的村居,也因鬼盗与关军的战事而日渐凋敝。身强体健者多迁入关内做了守军,亦多有混迹山林、刀口过活之辈。留下的病弱老幼,勉力维系着这片古老疆域最后的人烟。

元清流并不在意兴亡之事,他所处的时代当然不会是最好的时代,但也不至于太坏。他寻觅那条古道也并非为了伤时怀古，只是因那埋没于荒草的古道的尽头，尚有一间酒肆。或许他脚程快些，能在天明前沽些酒回来。他回望一眼熟睡的儿子，出手拂去骷髅面罩，脚下催力，转眼消失在阑珊夜色中。

元晃重新躺平身子，冰凉的石面让他大为受用。他似乎该做一桩甜美的梦，但肌肉的放松不代表绷紧的心弦也能跟着弛缓。一个熟悉的场景再度占据他的梦境，令他在这难得的清夜依旧受困于昔日的梦魇。

灯火辉煌的露天竞技场中发出震耳欲聋的喧嚣，无数的同类拥堵在场地的周遭。忧虑、不满、踯躅，那种窒息的紧张感，挟持着在场的每个人。即使身为梦境旁观者的元晃，亦能感到压在胸口的重负。他攥着胸口的衣襟，逐渐让指甲嵌入肌肤，像是要把那重负连根拔除。在最隐秘的心底，却生出连他自己都难以察觉的冀望，他要求被唤醒，而那个唤醒他的人，会是他母亲。

酒肆在密林的掩映下，犹如一只卧伏在阴影里的食草兽，灰白的院墙年久失修，酒肆内橘色的暖光沿着墙体的裂痕外泄，照亮了庭前歪竖的旗幡。旗幡上描绘着长颈海怪的纹章，那曾是某个滨海贵族的家徽，此刻在这褪色的家徽图样之上，酒肆店家用朱漆写了一个大大的酒字，笔画的线条同底纹交织在一处，显得既触目又怪异。元清流推开吱呀作响的板门，看到昏黄的厅堂内竟有不少客人。众人似乎都已微醺抑或酣醉，并不理睬这个新进的酒徒。元清流在角落的桌子前坐定，店家朝已昏昏欲睡的小二扬了扬头，小二拖着木屐，一身疲倦，挤出一脸夸张的笑意，眼球突出，颇有几分骇异，但听他道："客官来得正巧，本店的招牌葡萄酒刚出窖藏，给您启上一瓶尝尝？"

"把这酒囊灌满盐水河辣白干，再烫一小壶陈年烧刀子，切一碟干丝加三斤黄鹿肉。"元清流将酒囊塞给小二，瞥了一眼账台后面安坐的店家，发现他也正眯眼瞧着自己。

这酒肆店家是个郁郁寡欢的胖子，口中时刻念念有词，多是咒骂鬼盗的残虐，或是自述曾经的阔绰。他身着旧时贵族常穿的绸缎宽袍，颈项上缠着白玉宝石串成的链子。

小二看出两人的对视，跟着歪头望向店家。"傻愣着干什么？还不快照着客官点的准备？另送上一瓶葡萄酒，我请客官尝尝自酿的手艺。"说话间，店家竟起身走到桌前，笑着继续道，"我陪侠士喝上几杯。"不由元清流推让，自顾自坐了下来。

元清流心里很是惊诧，但面色丝毫无异，朗声道："果子酿的酒，某人实在喝不惯，谢过店家好意，这堂内有许多朋友，某人更不能自个儿贪杯。"这一句倒勾起了周围食客酒徒的兴致，这荒村野店，店家主动赠酒已是怪事，被赠的竟还推却谢让，委实出奇。

元清流自觉已耽搁太久，心中顾虑起儿子，起身道："且给某人速速打回酒来，酒菜一并包好，某人还要赶路。"

酒肆店家跟着起身，连声道："侠士手上这柄剑，当是王爷府里的东西吧！"元清流一怔，店家接着道，"思忆当年卫王爷广纳贤能，门僚云集府中。侠士想必深得王爷器重，王爷不惜以龙焰所铸精钢剑相赠，小的只是追慕王府当年人才济济的盛景，侠士仗剑一入小店，小的便觉得侠士颇具王府遗风。唉，只怪这世道零落，多少高士达才流落江湖……"

元清流不是第一次来这酒肆沽酒，往日这店家只是兀自唠叨，从未与自己搭话，万没料到今回竟被他纠缠上，喝道："你这胖子好生啰唆！卖好你的酒便罢，哪来这许多感慨？酒到底卖是不卖？"元清流已是怒不可遏，手里的长剑被他攥得铮铮有声。原本被封存心底的烈痛重又炸裂开来，直透骨髓。

举座愕然，忽地，当中一人霍地起身，惊呼道："这……这人不正是关城通缉的匪首……元清流吗！"这三个字一出口，闻者无论醉至何态，皆登时清明起来。

元清流朝那人瞪去，那人慌不择路，已朝门外奔去，脚下却是一跌，撞翻了一条长凳，也不顾膝盖麻痛，拔腿逃出店外。元清流轻喝一声，顺手抄起桌上的竹筷，扬手一撒，正中逃者肩头，那人受疼，膝下一软，跟跄倒地。余人更不敢动，只不自觉地紧凑至一处，目不转睛地盯着元清流。

元清流冷笑一声道："既然认得某人，不打声招呼便要走，岂不无礼？你们当中有谁不认得我元某，这就快走，但凡如这厮跟某人是旧识的，便留下来叙叙交情！"

众人几乎异口同声道："不认得，不认得……"一人率先掉头奔离，余人随之一涌而出。

元清流回过头来，冲酒肆店家道："你认得某人吗？"

店家嘿嘿一笑道："大伙既然都不认得了，小的又怎会不识趣，偏偏认得呢？"

元清流跟着笑笑，说道："你是冲我这柄剑来的吧！"

店家微微一愣，旋即垂目道："小的没懂侠士的意思。"

元清流却不睬他，兀自将长剑负在身后，把那套袋扎紧拴牢，一柄短刃却自袖口滑出，落在他的手心。"你不认得某人，某人倒认得这间酒肆的店家，言谈举止你算学得不赖，可惜有一点你没有学像！"

一阵沉默，却是那小二先开了口："既然这贼孽已经瞧出了破绽，咱们何须再装模作样，省去好些废话，这便动手吧！"

胖店家哼了一声道："那须容我换下这身皮囊，免得划伤了面相，往后咱们做不成店家了！"言毕一阵大笑，跟着黑气旋升，宽袍飞扬，眨眼工夫已由胖店家变成轻裘束装的武士。而他口说的皮囊，竟是围系腰盘的一块巨熊熊皮。

元清流大惊，问道："此乃死灵换祭，你们……竟用作人身？！可是黑松林的夜巫，派你们来的？"

"夜巫？那群偷学禁术的瞎子也配使唤我们关北双虎？"小二亦改换了装扮，软甲钉拳，已然傍身。

元清流心知这场恶战已无可回避，遂扎稳了足跟，但求速战。看到熹微的晨光已透窗而入，心中忧虑愈深，袖刃已蓄备杀招。

Chapter 8
青狼妖瞳

　　爱丽丝·琼深垂着头，后脖的骨节凸起。冷空里徘徊着冰雾，在这薄暮时分显得不同寻常。琼缓慢地抬起头，像一头小心翼翼的豹子。经年累月，风湿的折磨和往事的烦扰叫她痛不欲生。她的盲狮趴在泥沼的边缘啜饮。琼狐疑地望向密林深处黑黢黢的暗影，感到一种充满敌意的威胁正在迫近。那双阅尽人世的淡蓝色眼眸正渐渐褪去光彩，灰霾替代清澈，无可避免。

　　一队人马沿着林地的边缘行进。老马拉着一车辎重艰难驶过，护卫兵卒身着开线破洞的军服，随意披着松垮的皮甲，与车驾随行。他们的臂章上粗略绣着战象或者狮鹫，彩线已被硝烟熏黑。每当沙暴临近，关城就会尽遣精锐肃清山林，整饬乡野，对待绿林之辈，先行招抚，若屈从肯降，则纳入外城军籍，编为巡防军；若拒以刀枪，则概杀不惮，片甲不留。这一队兵马，正是降服而来的杂牌军。方才一番厮杀，令队伍中几名好手命丧毒蜥之口，阵列亦被红拉多冲得七零八落。此种异兽形似蛮牛，遍体粗硬长毛，血口一开如蛇蟒，性喜生吞猎物，镰刀样的犄角硬比冲城撞锤，毛色有红黑之分，黑拉多稀有难觅，传言其比红拉多更加庞然可怖。红拉多散栖林谷，却是亲眼可见的凶悍异常，委实令人骇怵。

　　领头的虬髯汉子使一副钉锤，他跳上一块巨石，好让视野开阔一些，转而对身旁瘦弱的弓箭手道："唉……大哥好糊涂，降了官军，自个儿不出三日便见了阎王，留咱们继续受这世间苦，想当初咱们在山林里逍遥快活，到头来还是难逃这充军之苦！"

　　"二哥莫气馁，我听说那群'滑鱼'猎到一头七星鳄，这畜生在咱们北疆可不常见，也算这帮河盗走运，当即剥了皮献给两河提督，宁远卫镇守颜坡，现下那伙水耗子，已被擢入关内，驻守熊堡底层，平日里便做些清扫马厩的杂活，咱们若也能碰上一头成年锦鹿，或者黑松貂王，猎了献给权臣重将，不愁没门路入关营生……"话未说完，一声轻蔑冷笑打断了弓箭手的话头。

"哼哼，当年孙爷爷孙大圣不堪弼马温之辱，决意大闹天宫，你却羡慕起给畜生清粪刷毛的马倌来，好不害臊！"发出哂笑之人须发遍脸，像只毛猿，枯瘦的面容隐没其后，目光凶狠无两，鼻梁歪斜，甚是丑陋。

弓箭手方欲动怒，被领头汉子捉住胳膊，方才还在缓步前行的众人也停下脚步，将三人围拢，想要看一场热闹。

"蔡老六，我看你是想叫爷爷我在你额角凿个孔，帮你去去贱骨头的痒！"

"只怕你箭篓里的箭头就要钻进你贺小八的眉心了！"言未毕，那叫蔡老六的悍匪已张爪侵至身前。

"都给我住手！"头领断喝一声，横出一拳向蔡老六面门打去，这一招留足了缓回余地，为的只是吓阻敌手，迫使其收招，没想到蔡老六不避分毫，眼见拳风临近，竟发狠迎面撞向拳尖，登时鼻血喷涌，嘴角撕裂，骇怖极了。贺小八没料到蔡老六如此斗狠，腹央结结实实挨了一爪，痛彻骨髓，跪跌在地。三人殴斗正酣，猛听得阴沉钟声自百里之外传来，不由皆罢了手。

"关内怕是出了什么事。"头领自语道。

这昏晓更替的时分，关内守军合当闭紧城门，拥关固御，今回却战钟低鸣，数支铁甲骑兵穿过门楼鱼贯而出，分路扑向坡崖之下的萧萧平谷。殿后的金盔红袍骑士开列阵势，徐徐拥出一大将，正是凌肃。一位身着道袍的雄壮男人伴行于侧，虽粗衣蔽履，目光神气，却有一股超然之气，高骑马上，冷面不语，比之大将凌肃，不输半分英姿，更多一重淡薄与傲色。但听凌肃道："不知咱们叙话，被公子听去了几句，若圣王怪罪下来，还请仙师替末将打个圆场。"

那被称作仙师的道士笑笑，朗声道："将军莫添心事，此事早晚会大白天下，圣王英明，怎会为这黄口小儿责难你这边关第一大将！"

凌肃却不改忧色，说道："圣王嘱咐末将密办此事，还特意烦劳仙师亲引御林骑卫襄助本将，没承想未及承命办事，要抓的人却跑了。"

道士又道："早跑晚跑，总归是要跑的，此数已定，你总揽关城防务，又不是他的乳娘，不必自寻苦恼。那翱契虽带青狼瞳，然妖眼未开，他便只是一寻常顽童，咱们还惧惮这小儿不成？"

凌肃道："蒙坚曾亲授翱契公子战艺，末将也见他使过诡谲剑术，还是小心点好。只是想不到翱契公子向来尊爱梵芸公主，为了公主回朝省亲，操练仪仗，日思夜盼，可真把公主迎入关内，自个儿倒伤了摩鲛卫士，丢下公主逃匿了。话说公主的伤势无甚大碍吧？"

道士说："我已为公主把过脉了，并无大碍。将军既忧虑若此，何不唤出哮天犬，依嗅寻去，或可寻得影踪。那小儿毕竟年幼体弱，脚程再快，也快不过骏马神犬。"

凌肃拍手叹道："还是羽跖大人机敏周全，末将倒把这灵兽给忘了！"跟着张手一挥，一员侍将纵马上前领命，凌肃命令道："请哮天犬上阵！"

须臾，哮天犬请到。这灵犬由四名武僧拱卫，颈背如长弓，毛色似绸缎，兔趾鼠尾，阔额尖吻，确非凡物庸兽可堪比拟。目呈玉石，炯炯照人；舌现花斑烙，灵动如蛇。

凌肃亲下马来，手捧翱契仓皇出逃间所遗佩玉，凑至哮天犬鼻尖，那灵犬鼻子翕动几下，转瞬已化作一道灰光，激射而去。四名武僧不及细想，催劲疾追。余众亦扬鞭催马，循着渐远的光束，奋蹄赶往。

翱契不敢在平阔谷地奔行，苍莽天地，他晃动的影迹太易暴露在高马骑士的视野中，故而专捡僻径幽途，依靠昔日蒙坚传授给他的行军跋涉之技，在荆丛乱石间，竟也劲驰如风，闪转腾挪，如履平地。然壮马究竟快过双足，但听铁蹄碎石的声音愈紧愈近，翱契心中麻乱，也欲弃逃投降，然耳畔回旋之辞未绝，说的是"圣王曰'此子身中青狼瞳，日后定生叛逆之心，除之务尽，方能永绝后患，可保圣所太平。'"当今的圣王，自己的父亲，竟密诏关将除掉自己，翱契痛怒交加，发软的足底似又注满新力，添增了硬气。

忽而背后蹿过一阵温热气流，翱契悚然回望，余光中一条流溢灰芒的恶犬现于身后，尽管恐惧早已压服理智，脚下却因训练有方，未乱步点。但见他急跨出一个之字，借力上跃，眼见同身前巨木尚差一尺有余，幸得一枝杈横出，翱契倾力一荡，纵身飞过一条短溪，眨眼工夫，已由方才的羊肠小路攀上溪侧的砂岩高冈。哮天犬凫水而过，不舍追踪。翱契奔至冈顶，才见崖巅尽头，滑壁如冰面，其下杳然，不知深浅，或有一潭。哮天犬尖牙血口已至，翱契把心一横，跳落崖下。

Chapter 9
不速之客

一阵马蹄和甲兵交碰声自远处传来,贺小八搭箭拉弦,朝着来时林路不住张望,忧声道:"大哥,怕不是官军铁骑的声音?"

头领看着贺小八惴惴不安,满脸惧色,大骂一声"蠢货!"飞起一脚将他踹翻在地,喝道:"咱们已归入官家,日后还会领命巡边征税,你怕甚?"

那贺小八还在嘟囔:"是大哥你整日叨唠官军无情,小心为妙……"

"还说,找打!"头领正抡拳待发,耳边听得一骑将至,遂松手望去,果见一金盔红袍骑士纵马而来。

"此乃御林骑卫,关上一定出了大乱子……"头领率众部侧立道旁,以便对方通行。那骑卫却勒马停住,自怀间掏出一图轴,展布于众前,那画布上的人像被静力加持,眉目可鉴,须发毕现,栩栩如生,但听他道:"尔等可见画中少年打此经过?此人乃朝中钦犯,凡供其下落者,或助力缉拿者,定得重赏!若是知情不报,或存心包庇,重罚不赦。"言毕,张目四望,见众人面面相觑,无一应声,也不久留,夹刺马肚,绝尘而去。

待到骑卫驰远,贺小八忙凑到头领身前,低语道:"莫不是天赐良机,让咱们发达之期只在当下!"

头领瞪一眼贺小八,骂道:"又说什么疯话,想讨回赊欠的拳头吗?"

贺小八嘿嘿一笑,露出一口坏牙道:"咱们若是抓住那画中小儿,到时求赏于钦差关将,还怕入不了关城,到时当个税官、督察,岂不美哉?"

蔡老六呸的一声,一口血水吐在地上,头领怒目圆睁,蔡老六虽欲寻衅,终按捺下去。

头领揪住贺小八衣领,说道:"你有什么计策尽速说来,若是存心戏弄,便割去你的舌头下酒!关外千里野地,如何寻得那钦犯?"

"小儿的确难寻,不过知其下落之人,倒是好找!"贺小八略一停顿,见头领性急又要发作，赶忙接续道，"小八听闻关北双虎在鲤眼泽寻到了夜巫，不知用了什么手段，竟逼得她对活人施用了'死灵换祭'。这本是不传之秘，不想被到此云游的候封医司撞见，可怜那医司蒙受恩典，即刻就该回朝复命，供职官中了，却惨死北荒，倒在双虎刃下。不过随他同行的侍宠玉面狐狸，生性胆小，一遇事端，即藏个无影，它亲睹主人被凶徒残杀，惊愕失措，竟一股脑逃回虹彩神庙野灵阁，圣女通悉兽灵，明晓个中原委后，觉得事有枢密，便禀告王都。医司与法司一样，皆为朝中要部，今回竟有及第医司横尸域内，且此人是修习于虹彩神庙的灵童，这更使龙颜震怒，然虑及边关沙暴将临，人心正忧，故将此事隐而未宣，只遣了一队好手北来，秘密缉拿凶犯，这关北双虎本事自然不弱，但这回怕是得栽了！"

"如此秘闻，你又如何得知？"头领瞅着贺小八，想自他飘忽的眼神或拉弓的手指间，发现扯谎的证据，但贺小八只顾着眉飞色舞地言说，兴奋又专注，全然不见分毫捏造的痕迹。

"不怕大哥笑话，五枫村双鞭荣家的少主子跑了媳妇儿，这事儿大哥有所耳闻吧！荣少带着家丁乡勇，四处索寻，颇弄出些动静，若不是官家……咱们官家铁骑肃清乡野，怕他还不肯善罢甘休。那俊婆娘倒也没去他处，小八容留了她几日，也是怕给大哥跟弟兄们招惹是非，便在那灵犀山上，咱们早年埋宝的秘洞盘桓了几日……"

"放屁，分明自己沾染臊气，好不快活，被你这条烂舌头说来，倒好似替咱们分忧解难了！"头领一番斥骂，引来众人一阵哄笑。

"是……是……大哥你也了解小八，若能管得住下边的舌头，小八关将也是能做的！"

"好不要脸，贺小八若做了关将，咱们大伙儿都得是域王龙将啦！"众人只当贺小八又要开始白日梦呓，欲各自散去。

"大伙听小弟说完，我跟那婆娘怕被荣少寻得，遂闭了洞口，只留鸽子蛋大小的风道换气。住到第二日，忽听得人声喧哗，皆负兵甲，心道定被那凶人发现了踪迹。想那荣少之歹毒，定要受尽活剥剜肉之苦，正欲跟那婆娘抹脖儿了断，那帮人马却似安顿下来，小八壮胆凑至洞口探听，恰听得朝中钦差正跟巡防都尉面授医司命案机宜，分兵两处，方知悉前述种种，实非我小八信口诳言！"

众人将信将疑，只等头领定夺。蔡老六却先开口道："要辨真假，倒也简单，把那婆娘拉来对质一番，若两人所述能对得上，咱们就信你这豁牙！"余众皆然，随声附和："没错，是该当面给弟兄们个交代！""真真假假，见了婆娘，自然可知！""也让咱们瞧瞧婆娘的骚样！"

贺小八见此情状，辞辩道："我已将那婆娘好生藏匿，答允她既不向旁人吐露她的下落，也不再叨扰她自个儿过活，而今如何教我背信毁誓？"

"单凭你一任胡说，怎能取信于大伙儿？谁知你是不是信口雌黄？我们便去了鲤眼泽，如何能知不是你给大伙设下的圈套？"蔡老六咄咄逼人，口气甚是挑衅。

贺小八虽有些胆小怕事，到底也还算条血性汉子，被这话激得怒火中烧，方要动手，头领终开口道："莫再跟娘们儿似的吵斗不休，老六说的也在理，此事事关弟兄们日后前途，若没谋得一官半职，反倒葬了性命，倒也不值！老八，你便交出那婆娘，咱们又不为难于她，只要她言明了来龙去脉，定放她走脱便是！"

"大哥……"贺小八还欲强辩，见众人眼神中多含鄙夷嘲弄之色，心知事已至此，只怪自己邀功心切，多嘴惹祸了，现下两难，却也活该。

众人跟随贺小八穿过灵犀山山口，朝崇山深处进发。山谷林木葱葱，苍色蔓延，同古道相接。古道尽头的酒肆已被晨曦晕染得光色饱满，就连最黯淡的角落亦已明净如新，无人留心的桌位后面，赫然坐有一人，风帽下面一张阴冷的脸孔，写满刻薄与无情。元清流跟关北双虎皆是一等一的高手，然则无人发觉堂内尚有旁人在座，更不知这风帽客已在旁冷眼侧观多久。大惊之余，心下暗自思忖如何对付这难缠的不速之客。

Chapter 10
酒肆烈战

"阁下是谁？坐了这许久，也不唤人招呼，怠慢了，怠慢了！先请喝一杯酒吧！"双虎之强虎率先发难，抄起一只酒碗掷向风帽客。风帽客嘴唇如木雕般僵硬，此刻微微一抿，待酒碗袭至面门，方张手一接，酒碗稳稳停在掌心，他腕巧如蛇，借力一翻，已将酒碗移至唇边，内中剩酒一滴未洒。但听他道："正巧渴了。"说完，将酒徐徐喝了。这一招试探足见风帽客功力堪奇，不易对付。

风帽客不是别人，正是贺小八灵犀山偶遇的钦差裴逸年，追踪关北双虎至此。一来援手未至，唯恐贸然有失；二来半路杀出个元清流，更不敢轻举妄动。现下行迹已露，不可回避，眼见三名要犯同现眼前，脸上虽强撑从容不迫，内心却颇有些惴惴不安，并无十足把握拿下当中一人。然他亦心知，若待不到援手，这三犯同向自己发难，于己将是大大的不利，不如加入战局，从中周旋，以伺良机，遂开口道："酒也喝过了，该是跟大爷上路的时候了！"长刀出鞘，跳至店堂中央。

四人分作三派，各据一方。元清流使袖剑，强虎使钉拳，狂虎使钢爪，裴逸年使长刀，刃寒交映，这间小小酒肆仿佛修罗场。高手对决，必先固本，本固则升腾辗挪之静力无穷，变化之妙更不可限。故而四人皆严守门户，扎稳根基，不敢大开大阖失策于阵前。然纵使御护得再周全，固若金汤，钟罩加身，终非万年之计，破阵而出，抢占先机，方为取胜的要诀先义。

元清流惦念儿子，生性亦恣情豪迈，敢为人先，此刻见余人皆在寻觅对方破绽，而把自己封守得万箭不穿，当下横生一念，嚷道："原来是宫里的狗子，好生毒辣，装模作样要单挑，窗外却尽是伏兵，想教咱们变蜂巢，小心着了暗算！"

裴逸年心知此为一计，但一时无从回应，兀自凝神以对，强虎瞟一眼窗外，虽空空如也，还真的起了疑心。狂虎知有蹊跷，怕强虎分心失了脚下方寸，只得挪移补防阵位的疏漏，自己却难免露出刹那之间的破绽。元清流为的正是搅乱方才各方的均衡守势，虽仅凭这分毫的动摇尚不足以制敌于亡命，可元清流顾不得细虑，火光电石间已催动脚力，袖剑直向狂虎胸肋刺去。

强虎暗呼上当，不愿累及兄弟受创，奋力催步前驱，赶在狂虎身前与元清流锋芒相交，然若其能稳住心性，重布阵势，元清流此剑根本伤不到狂虎，偏偏强虎无此自制，给了元清流拆分二人、各个击破的时机。

双方均以万钧之势进击，若无人退让，势必两败俱伤，赌的正是谁在最后一刻收敛狠劲，但两人素来皆是勇猛凶斗之徒，谁又肯让！眼见龙虎相碰，怒潮交撞，忽听窗外一人大喝："放箭，剿灭干净！"一支冷箭倏忽已射至强虎耳畔。强虎猛力扭动腰身，凌空横翻向旁侧，箭发凌厉，虽未射入身躯，旋动的箭头还是撕开了强虎腹部的皮肉。江湖中人最恨暗设埋伏，狂虎怒骂："这龟孙子真设了圈套！"舞动钢爪即向裴逸年劈去。强虎受痛跌落，无力阻抗元清流。元清流见狂虎与裴逸年酣斗一处，亦卸去七分攻势，掠阵环绕，欲将狂虎、裴逸年一并袭杀，再行对付负伤在身的强虎。

元清流心中既惊又喜，窗外那声呼喝分明是儿子元晃的声音。在生死攸关的时刻，能得儿子助力实在叫人欣喜。可在慰藉之余，尚有一重疑惑，方才那一箭激射而来，大有穿山透海的力道，凭儿子目下的功力，远不能达此境地，至于又有何方高人暗中相助，只有脱困才能察知。

裴逸年亦知窗外之人并非己方援手，心呼"这可不妙"。不论双虎与元清流恩怨几何，到底只是江湖纷争，若非血海深仇，不至以命相搏，而自己同他们却有官匪之别，方才明言要缉拿三人归朝受审，有司处决三人，怕无争论。既有丧命之虞，自然拼死以拒。裴逸年心知若缠斗下去，一旦自己气力不支，必第一个领死，此刻再不全身而退，则活命契机无他，只怪援兵迟慢，误了圣命。虽不情愿，也只得让出阵央，正色斥道："天网恢恢，疏而不漏，汝辈已如瓮中鳖、钩上鱼，挣扎不了几日，苦力寻方，只添徒劳，多捱时辰亦改不掉伏法终局！"三枚梅花镖应声打出，众人避过，裴逸年已冲破屋顶，飞檐而去。

关北双虎知道裴逸年此去只是缓兵之计，自己行踪已露，窗外又潜伏着底细未明的高手，加之强虎已受箭创，遂各自撂下狠话，亦破壁遁远。

烈战过后，梁倒屋塌只在片刻，酒肆内只余元清流一人，他下意识地勒紧所负宝剑的绑带，正要奔向门外寻找儿子，元晃已自门口走了进来，孤自一人，面容神情，却很古怪。

"我好像……看着娘了……"元晃喃喃语道。

Chapter 11
刺客与剑

元清流背负的是妻子留给儿子的剑,原本无须做父亲的转交,但这又是一柄久负盛名的剑,多少江湖浪子梦寐以求,仿若得了它,就获取了上苍的恩荣,能在这漂泊与血拼的生涯中占得一席高位。对于元晃来说,它只是被潜心冶铸的精钢,握在手中仿若无甚重量,挥运起来轻似鸿羽,一块薄薄的金属罢了。

元清流深爱的女人,是位卓绝的刺客,她是刺客当中的王。命运乐意成就传奇,不吝用无上的冠冕加持,却也用最险恶的方式试炼卓绝者的肉身,以此提醒人们不要忘记,命运是变幻无常的。

卫伶秋,一个比那柄剑更名闻天下的名字。人们不爱遇着她,因为她会带来你无法阻逆的杀戮。可偏偏她的姿容又是多少江湖人一睹无憾的梦愿。对于元晃来说,她只是一位不近人情的母亲。

元晃对母亲的记忆早已模糊、淡漠。旧居里墙面的霉斑,悬吊的铜壶,渐熄的灰烬,温热的石床,都比母亲的音容更清晰、更深刻地镌在脑海。当元晃懂得刺客一词的真实意义时,他的母亲已经离他远去,到往他无法抵达的地域。可就在方才,爱意横扫了他的不安,好像他来到这世上,历经苦痛折磨,终于沉静成熟,并非为了去死,而是为了有朝一日,报答沉在心底的母爱。

酒肆外下起雨来。恢宏的雷鸣传来,山林微微战栗,发出的呜咽犹如歌声,细微的震颤连同接踵而至的又一声雷鸣,贯穿在元清流、元晃父子的血脉里。他们哑然,一起走到屋檐的尽头,仰望这肃穆的雨空。待到雨势渐缓,元清流开口道:"等咱们完成你娘的心愿,便去天涯海角,寻她回来。"他的声音很疲惫,但给儿子一种一往无前的勇气。

元晃点点头,没有再追问什么。眼中闪过蓝宝石一样的光彩,他大步走进雨中。

黑松林的尖冠像一座座圆锥形的高塔直插云霄,在晨间的凄雨里跳动着粉橘色的微光。雨水倾泻入林地的暗影,雨声如鼓点般整齐有力,世界仿佛被拖进满是裂纹的玻璃盅内,荒凉、衰微,但仍固列战阵,向着苍天,迎击躲在云端的亿万敌众。

翱契微睁着双眼,覆满雨水的脸庞令他几欲窒息。他很想揉搓一下被泡得涨涩的双眼,涤清混沌的视域,但不断掉落的雨滴袭扰周身,他的肢体满是伤口,细密的切口和创面流出鲜血,与雨水混杂成几条血鞭,渐渐增粗,像长在他身上的长痕。因为肩头疼得尤为厉害,他无法举手掩在额顶,而那里撞开的裂口在滚淌的雨水中一股一股地冒出血污。

他躺在一摊烂泥里,唯一的挣扎是将指甲抠入泥土。他变成一个蓄水的容器,但已然过载,不同的液体自他眉梢的窟窿和他的眼眶、嘴角渗出。他的肌肉开始僵硬抽搐,过后四肢逐渐麻木冰冷,他知道自己就快要死了,而他的死状不会好看。

附近的河沟飘来阵阵恶臭,他终于将脸扭向一侧,看到一个行猎的老头正宰杀一只野鸭或者鹌鹑,远远有道人影在放声高唱。翱契不能理解当下令人作呕的气味如何能够唤起歌声,带着这最后的不解,他昏死过去。

星颖望着被战火摧毁的田野,心中丝毫不见悲哀的情绪。自他被投入大牢那天起,这一情绪便从他的灵魂里消失了。当他被推搡着赶出牢房,一如当年他被推搡着赶入一样,一种如释重负的解脱感如香雾般沁入他的身体。他的前半生亡命天涯,后半生虚掷光阴,风烛残年的他已无力完成任何一桩心底的宏愿,更不能扭转徒劳的一生。他听到有人在歌唱,像是跌入陷阱的野兽发出的低吼,但他听得出这支歌其实有着凄楚动人的旋律。此刻他饥肠辘辘,孑然立于天地冷雨之间,病体佝偻,须发尽白,散乱在萧风哀曲中。是的,他自己虽已无甚可哀痛之处,但他仍能体味旁人的苍凉怆痛。"他一定还很年轻,他有那么多力气,可以发出这如哀号般的歌声。"星颖这么想着,挥起手中卷刃的柴刀,剁向僵直的鸭颈。

尽管灌下八大木杯家酿黑啤酒,陈柯依然觉得自己不够醉,他的意识中盘旋着一段旋律,就像有一窝马蜂正在他的脑内飞来撞去,又像有一条沙蛇在他思维的大漠里钻进游出,他必须除掉这困扰,于是他声嘶力竭地高歌,为的确是换得一时的宁静。他看到有人躺在泥里，想要前去帮他，但他的脚不停地打晃，就像已不长在他的腿上。雨水冲开汗渍，他用凸出的手指骨节用力地搓拭了眼窝。当他自以为清醒些的时候，那处泥地除了落雨已什么都没有。他只是猛地感到眼前一片殷红，仿佛那老头刀刃砍落的刹那，溅了他满目的鲜血。

Chapter 12
时光之牢

　　在烹制那只鸭的时候，星颖察觉到一个问题——他从来没有真正看清关押他的牢房的全貌。当他真正远离那座牢房时，他才意识到，那个将他吞没其间的恶狠狠的怪物，是自己这许多岁月中唯一的伙伴。成堆的梧桐落叶散尽水分，在干燥的风里碎裂成粉末，将融的冰凌裂开口子，越冬的寒气感受到温热。星颖想表达的正是这种濒临灭绝的荒寒，以及寒凉消退的空无。他终于懂得他遭受的惩罚并非对自由的剥夺，而是对那段恐怖记忆的追思，这是一种终生难愈的病态。他日夜思盼想要脱离的牢笼反倒成为他无可救药的痴恋。他扫视周遭，狐疑、厌倦，目光落在一位披甲将军身上。

　　大概由于左手持盾的缘故，这位将军的左臂异常粗壮，他的巨盾现下负于身后，腰间悬着一柄阔剑。他的脸上带有位居高位者常见的志得意满的轻慢神色，无法轻易掩饰，此刻他的目光里还透露出几分哀伤。将军站在一摊泥水跟前，星颖记起那里不久前还躺着一具尸身，大约是头狼。他曾想上前剥下一块狼皮，但他不确定自己能否安然渡过河沟，前几日他又跌伤了膝盖，疼痛说服他作罢。如今狼尸已然不见，离将军不远处倒有一条皮色油亮的黑狗，它蜷伏地上，把头藏在一个青衣道长怀间。那道长将顺黑狗背脊上卷翘的短毛，口中念念有词，黑狗立起身子，又俯低了姿态，摆动尾巴，跟着还在地上滚翻了两周，便驯服地跟从四名武僧离去，还不时回望那滩泥水，每一次张望过后，都不禁快跑两步，仿佛那浅浅的水波里，藏着它无法抗拒的煞星。

　　凌肃感到巨盾的沉重，这是头一回。战场上，他喜欢运用这份坚实的重量，冲撞掀翻敌人，他很少拔出他的阔剑，短柄斧用起来更顺手，将拦路的敌阵劈得七零八落。

　　蒙坚死后，凌肃承受帅印，加封大都督，成为边关第一重将，兼负看护圣王黜子翙契之责。他早知翙契与蒙坚过从甚密，蒙坚无后嗣，视翙契如己出，非但毫不在意翙契流废之名，反倒意欲将毕生所研文武之道皆传授给这位年幼的失意王子。凌肃对王上的尊崇令他对翙契的情感止于君臣，也正因如此，这份情感外化成礼遇，而叫人对其真挚产生怀疑。事实上，出于对王室血脉无条件的信赖与维护，凌肃对待翙契，全无常人那陶醉于自我满足的同情与略含恶意的关注。在凌肃眼中，翙契的身份在王上令其生母受孕的一刻即已固定，他不相信这种注定的身份会发生更迭，或者投射多重映像——血脉是无法斩断的，否则信念就会土崩瓦解，乱世的到来往往源于信仰的崩溃。

  阴影将星颖和他破底的锅子完全遮蔽，欢蹿的火苗有几个瞬间仿佛静止了，伪装成没有温度的蓝色光焰。星颖抬起头，发现凌肃站在他的面前，像是神道之上的将俑，散发着静穆的死亡气息。

  "你看到什么没有？"

  "一位将军……不……是将军之上的将军……我是说……军中的统帅？我不知该如何称呼您……"锅底泛起煳味，这皮肉焦化的时刻令星颖觉得饥肠辘辘。

  "那滩泥水，你看到了什么？"

  "泥水……呃……没错……泥水……狼——一头狼……半大的狼……我想说的是……狼崽子？"

  凌肃的脸色变得错愕又难以揣摩，他握紧阔剑的剑柄，好抵御心底袭来的寒意，自己是在战栗吗？他觉得不可思议。"狼……"他低声重复着，眼中忧郁的雾影弥漫开去，"那头狼呢？到哪儿去了？"

  "不见了，我在烧我的鸭……"

  "鸭子呢？"

  星颖朝锅内看去，锅子空了，鸭子消失了，只有越来越淡的焦味随着哔哔的火苗没进透明的介质。

  一团火猛地蹿起，锅子彻底烧穿了。

Chapter 13
冰酒热鱼

"嘿！这可是铁月城，你们这些灰影子，可不能在私人地盘张贴这玩意儿！不成！这可不成！"身披裘氅的茶商常满用锡杖狠狠敲了敲地面，气得胡须直往天上冲。若不像驱除蝇虫一般赶退这伙手持兵械的鹰犬，若让他们讨到哪怕分毫的便宜，铁月城私产至上的自由城精神就不再为世人珍重，铁月城那一套人所共遵的准则就将沦为笑谈，他们这些自由城市民赖以生存的基石就将被蚕食，圣所王室的权柄就将再度触及这块偏远却珍稀的土壤。除非雾暝之所与异界的圣战再度打响，铁月城的商人绝不会拱手让出自由贸易权，更别提丢却半分维护这一权利的信念了。因此，常满看着眼前诸人的行为，简直觉得罪不可恕。

被常满称作灰影子的骑兵战团隶属西域王府，该团建制可追溯至神话时代的第一次百族之战。尽管不如九大武神各自亲率的军团声名显赫，但远古兵裔的来头亦足以令其蒙受恩荣。也因此，影子骑士常为圣王征作御用，执行王命。此番发兵这"月低垂，秤高悬，银塔干云霄，精打铁算盘，财帛纷沓醉人眼，兵戈不入市井间"的铁月城，正是受王命。他们知道自己在此地不受欢迎，"灰影子"已算不错的称呼，更多人管他们叫"灰蚂蚁"，自入城那刻起，便觉周遭冷目凌人，好似入了红眼欲狂的野牛群。但废黜王子下落不明，此事非同小可，铁月城王谕豁免的特权须得有人来挑战了。充当英雄也好，恶棍也罢，影子骑士都会义无反顾地履行王命。影子战团的伯吉斯·特略被尊称为"光源"，并非每一位影子战团指挥官都能获此称号，这是用卓著战勋换得的荣耀，一旦有人拥此称谓，麾下部众即被称作"影身"，即每一名影子骑士乃"光源"指挥官勇气与智谋的透射与分身。

伯吉斯·特略不打算用他的锯齿剑解决这个难题，尽管有人声称这柄剑不时就会发出亡魂的怨鸣。他命人将茶铺外墙一块褪漆的徽记重新上色，那是湖面之上的星空图，正是雾暝之所王族的标志。随后，布告文书就被牢牢贴在徽记之上。常满看到这一幕，也只得恨恨地躲回铺子，以免闲人看到这位平素和气的商贾暴跳的青筋，听到他口不择言的咒骂。

那块徽记是王权在此地唯一的展现，伯吉斯·特略必须善加利用。在由几份自由条约构成的铁月城律法中，开示王室徽记以表效忠是此地城民为数不多的与圣所相关的义务。徽记被列入王室财产目录，任何擦除毁损的行为都将被视作对圣所的背叛与亵渎，人们会因此而受到追究。

夜色渐浓，伯吉斯·特略要求他的部下前往城郊的渔港扎营过夜，自己则卸除重铠，换上宝石商人常穿的织锦长袍，蒙上沙漠赶路人必备的软麻罩巾，选择长街市口最喧闹的酒馆坐定。特略观察着八方商贾在此豪饮佳酿，大快朵颐，慢慢呷一小盏岩茶。一个药户模样的汉子拨开人群，在特略身旁的空位挨坐下来。

"长城外已经发现了翱契的踪影，羽跖仙士亦去了灵犀山，咱们在这大西北查案，怕是白费功夫！"药户卸下肩头的背篓，特略知道那被药草覆盖着的是郑海问的锁子甲和双手短剑。

"王上派咱们来这儿，寻探翱契倒在其次，借此之名重新掌握铁月城的安防主动权才是根本，恐怕得做久留此地的打算，"特略饮尽余茶，"想不想来杯淡啤酒？"

郑海问吞了吞口水，笑道："正好渴得紧！不如再来碟酥鱼，这可是铁月城，醉鱼双绝，岂有不馋的道理？"

正言笑间，酒馆内的声响突然弱了下去，一张苍白如幽魂的胖脸出现在人们不自觉退成的扇弧里，特略看到那人脖颈上勒着套索。众人识得这被押之人正是城中巨贾郝万山。但见他依旧华服在身，紫缎蝠纹敞袍内衬鹅黄丝绒褶衫，就连修剪齐整的胡须也如往常一般毫不马虎，只是整个人已面如纸蜡，全不见素日的气定神闲。

一个肥如肉圆、五短身材的恶汉踏入酒馆，套索的另一端悬在狗皮腰护的铁环上，恶汉的头发和衣裤全都湿漉漉的，粘满绿藻，活像一头落水的凶恶野公猪。想那郝万山乃是远近闻名的行游商人，素来撞针岛佣兵环护，现下却被这比他还胖上许多的邋遢恶汉缚于手中，不禁叫人错愕。

特略瞥了一眼郑海问，见他仍在若无其事地喝酒咂鱼，心知这恶汉的底细定已被郑海问摸透,否则依着他那刨根问底的脾性,可做不到目今的安之若素。特略正是看中了郑海问求索的干劲,才擢升其为战团情报官,自然也成为他最器重的作战参谋人选。

"什么来头?"特略又斟满一杯岩茶,轻声问道。

郑海问灌下一大口淡啤酒,打出一个长长的酒嗝,满口麦芽香气喷出,脸色绯红,他回道:"刚入伙的海贼,正要犯宗大案纳下投名呢!"

"那遇着咱们,怕是得逼他从良了!"特略笑道。

郑海问称:"好说,"将靴边的药篓一脚踹翻,朗声道,"你来瞧瞧,这是什么?"从篓中滚出的东西,不但让那恶汉为之一震,在场围观的诸人也皆吓得连退三步。

"这……这不是……'蒲牢之怒'号船首的萤金湿发女妖吗?"一个渔港青年惊呼道。

特略望着空了的药篓,心中已了然大半,他伸手轻按住郑海问肩头,触碰到内里锁子甲硬实的锁扣。"你受伤了。"

"死不了的,老大,可怜的是我那十个弟兄。这头肥猪,不如让我尽速结果了他!"郑海问怒喝一声,布衣尽碎,内中战损的锁子甲展露出来,上面是斑斑血痕,烈战遗存令人惊心。

胖子来此本欲纳下投名,加入瘸腿鲸帮去做海贼,不想却碰到刚刚剿灭这瘸腿鲸帮旗舰贼众的郑海问,可算是自投罗网。他从腰后赌命般抄出一把黑铁巨剪,先前凭此怪异兵刃,已毙伤数十名撞针岛佣兵。他扯住郝万山挡在身前,那郝万山早已吓得魂飞魄散,几欲瘫软,若不是凶器顶在后腰,恐怕早已跌坐于地。

"冰酒热鱼,才是铁月城风味,鱼肉尚温,你还是莫污了双手。"特略话方言毕,飞矢已甩手打出,那恶汉未及反应,便已眉心中创而亡。特略出手之迅,冠绝无匹。众人惊呼,纷乱间,两道身影夺路而逃,郑海问方欲追,被特略按住。

"在场的还有哪个是贼众帮凶?想要寻仇报复的,一齐上吧!"郑海问怒视环侧,自是无人敢应。

Chapter 14
英豪辈出

在相当长的时间里，彭蒂克丧失了味觉和嗅觉，但他依然断定自己烤制的戚风蛋糕是最棒的。渔港早已风光不再，此地原本林立着上百家咖啡馆和酒馆，此时只剩彭蒂克一家还在开张。他决定合并经营，既卖热气腾腾的咖啡，同时也供应冷盘和瓶装朗姆酒，主餐则只有一样，当然是他引以为傲的蛋糕了。

从彭蒂克只闻得到麝鹿的恶臭那刻起，这间咖啡馆外加酒馆就变成了收容所。打沼泽另一头跋涉而来的流浪工匠，数月间忍饥挨饿却一无所获的渔夫，糅合着蚊蝇与饵腥，一齐到来。

伯吉斯·特略独自一人蹼回营地，他知道铁月城吸引郑海问的，可远不只麦酒和酥鱼，尤其一场酣战过后，夜伴随着疼痛，叫人难以成眠。因而当他的情报官执意要用点"特别的法子"来医治伤口而非求助随军医司时，特略只要求他留心自己的徽章和背后。

特略感觉有些饿了，在城中的馆子他只点了一壶岩茶，郑海问倒是三大杯淡啤酒下肚，更把两条酥鱼咂得精光。他又想起郑海问的胡子粘满油水和啤酒的泡沫，亮起欢快的闪光——特略永远学不会这种乐观精神，即便灾厄将至，郑海问也不能叫眼前的乐子随便溜走。

营帐内鼾声起伏，没人知道死亡之翼刚刚掠过额际，瘸腿鲸帮海贼的弯刀差点划开他们的咽喉。郑海问拯救了熟睡中的每个人，这是他的职责之一，他很在行。特略闻到夜风中寂寥的味道。他没有吵醒任何人，而是走向彭蒂克的咖啡馆。

"今天没有蛋糕供应了。"彭蒂克有些心不在焉，他正为来自沼泽地的传言烦心。

"给我些汤吧，咖啡总是有的吧，再来一杯咖啡。"特略坐在一张吱呀作响的椅子里，同样情绪淡漠。

彭蒂克为特略装来满满一罐肉汤，外加几块干巴巴的蔓越莓松饼。特略一勺一勺地喝着，他的胃渐渐感到温暖满足，他的灵魂呢？或许也重归平静了。

特略从来没办法轻松睡去，自他第一次在冰冷泥淖中一跃而起，跳斩下一颗埋伏在沼泽中的红拉多的头颅，他便懂得，他的天赋关乎的是杀戮和职守，与快乐无甚关联。

两个身系无袖雨披的青年拣了一张靠近吧台的方桌坐定。其中一个内穿田野灰野战服，外套茶色防风夹克，下穿防水束腿裤，脚踩山地钉靴，腰挂装有地图册和红蓝铅笔的帆布袋。另一个则裹着哨岗大衣改制的摩托风衣，从外露的五色镶边领尖看，内穿的应是双排银扣军礼服，腰悬仪仗用短剑，下着深空黑的长裤和长马靴。两人都有着精力过剩之人典型的深眼窝，此刻脸上却写满疲乏，不过仍颇具年少有为的英姿。他们环顾室内，没有留意到另有一位军将正坐在不远处享用餐后咖啡，便顾自交谈起来。

"郑海问就不会如此疏忽。"特略心道。他认得两人身上的制服，穿野战服的应是一名初等随军医司，而穿军礼服的是军中法司代表兼军容风纪专员，也就是督军。这两人要了一瓶朗姆酒，外加两碟芥末鸡丝，几杯甜酒下肚，便似打开了话匣。

"熊族打算攻克应龙之息岛，传闻他们重又燃起了龙焰，尝试再次炼成蚩尤古钢。应龙之息岛曾经是圣所的锻造厂，地精在此冶炼萤金，后来海军上将'飓风裁决'布雷克·怒·托宾斯篡得王位，致使王都大乱，朝中元气大伤，圣所方失外海控制权。实际上，直到本朝白鹭王登基，才算真正肃清叛营，复归王族正统清流。数百年时光奔流而逝，外海诸岛有的已彻底为蛮族窃占，有的荒废凋敝，成了流徙罪徒之地。"

"唉！现今就连长城外缘的广袤天地也是群盗并起，不见宁日。听没听说，凌肃让黜子翱契逃走了，就在梵芸公主回朝省亲的档口。"

"现下时局诚危矣！目今应龙之息岛守备松懈，岛上多为流徙之徒，熊族若真有心取之，怕如探囊取物，只是不知重炼蚩尤古钢一事是否属实。若当真如此，熊族野心定然不小。加之先前密探回报，熊族已自东屏山矿脉掳走十万地精充当苦力，于熊族疆域边陲铺设轨道，难不成是想再造列车巨炮？

只有刚出炉的蚩尤古钢能锻造出巨炮炮管,不能不有所防备。待到巨炮列装,架设铁轨之上,再以夜巫秽魔噬力加持,我军八十里突前要塞与接敌关隘恐难抵炮火轰击。我已谏言兵司,增派一个战团驰援海疆,另遣一连队协防应龙之息岛,至少添设十二门岸防速射炮,切断熊族登陆交通线,只是不知兵司老爷们,有没有回应。"

"'东屏悲秋'事件令地精彻底沦为熊族附庸,熊族的锻造技艺与蛮霸战力,辅以地精的冶炼秘术和人口优势,确为大患!沙暴又将临袭边关,圣所真有几分飘摇况味!"

"正是如此!唉……可怜你我皆为底层军官,倒替高阶将校伤神忧劳起来……可笑!且再饮下这杯酒吧!"

两人又相互劝解勉励一阵,醉意更浓,言辞益狎,那法司督军道:"依循古律,非我族血,不得踏足圣所,白鹭王又降下明旨,禁我族人同真界凡人婚配,违者永逐圣所之外。可那郝万山,又是如何得一人族小妾的?"

"还不全因这身在铁月城!王上的敕令,到这儿,也成了废纸一张!铁月城喜淫人类女子,城中权贵巨贾嗜此成风,御前虽已有耳闻,奈何这铁月城是个王命难达之地,也无甚好法纠察!"

"区区一个自由城,就让王都没辙?难怪外域诸族皆怀狼心,熊族若真大举来犯,不知余了几分胜算!"

却在此时,突然传来一声凄厉嘶嚎,伯吉斯·特略反应最迅速,一个鱼跃飞身掠至门外,倒在血泊中张手求援的,竟是郝万山!

Chapter 15
沉默守望

二十名"沉默守望"离开战壕,整队出现在渔港,这很不寻常。在"霜虫邪瞳"大沼泽周围,层层叠叠的倒刺、铁丝网、尖木桩和栅栏拱卫着沙袋围筑成的墙围。墙后便是被称作"捆妖索环"的戍北军大战壕。身着沙黄防水布大衣,头戴防毒面具的戍北军战士,配有链锯的磁暴枪型发射器。军中每三人操纵一架黄铜加特林机炮,每一连队配发一挺迫击炮,其后更有穿甲弹、粒子加农炮、火焰喷射器和力场护盾的"巨颅拳手"重型坦克作为援护。

这个战团是圣所最先成建制的机械化作战战团,其战场经验和协同作战传统十分宝贵。他们常年驻守在"捆妖索环",为的是抵御沼泽地的绝对主宰——银灰蜥质虫。没人能够说清银灰蜥质虫对冷泥寒浆之外的世界抱有怎样的野心。人们称戍北军为"沉默守望",因为他们拥有石佛般安稳的定力和堪比龙将羽跖的轻捷身手。更重要的是,除了法司代表,他们都是哑巴,仅靠眼神和简单的手语就能沟通。

那栖蛰于沼泽的千足巨虫,背部有上万根尖刺,每根都能射出腹腔液囊里贮存的毒汁,竖起的钩尾,能放出电流。它们终日沉眠泽底,但方圆百里内稍有异响,就能将其自僵死的昏迷状态中唤醒,红瞳亮起的一刻,对新鲜血肉的饥渴随之萌发。身长九尺的银灰蜥质虫生有三排参差利齿,咬牙排布在外唇,锋似铡刀,即使咬合亦森然外露;撕牙总共八颗,分列两侧,牙尖亦能渗出黑绿毒液,网布于齿间;磨牙如锯,密藏于内,数目不可胜计。虫后撕牙呈镰刀状,生有双蝎尾,若被尾尖蜇中,无一幸免,力能横扫千军。兵虫撕牙状如三角锥,后一锤尾,内藏吸盘,若弓尾一跃,足有三身之高。工虫身披鳞甲,吻尖如钻头,撕牙横生于外,似如钳夹,泽底坑道巢穴,皆由工虫挖造。虫后与兵虫袭掠过后的"战场",亦由工虫收割清扫。血与肉是银灰蜥质虫眼中唯一的资源,每场战斗打响,虫后与兵虫专事冲锋杀戮,尸积如山的大地顷刻便成为专属虫群的沃野。工虫便从工人化身农民，将肉食分割碎裂，吞入腹中的贮囊，将鲜血榨干吸净，存入腮后的隔腔。"丰收"过后，每只工虫形如纺锤，身体膨胀至先前的五倍之巨。它们会将战果带回泽底，虫群的盛宴开启。工虫将坑道内充盈的水排尽，封死巢口，后将吞入的肉块经附胃反刍吐出，这些经过预消化的食物被集中在虫后的"殿堂"，"血池"和"肉簋"满溢，早已饥渴难耐的虫后与兵虫得以率先饱餐，之后若有余存，工虫方能分食，约有一半的工虫会在这惨烈的抢食大战中被同伴撕成碎片，尽管如此，没有一只工虫胆敢私吞战果。由于没有附胃，虫后与兵虫只能消化工虫反刍而出的吃食。严密的分工与无情的铁律，令银灰蜥质虫成为雾暝之所最叫人胆寒的存在。

　　这些噩梦般的生物最近一次外袭，发生在三十年前，那一役它们一路杀至象元城，圣所遣一龙将方将之击退。自此以后，圣所又修造了"捆妖索环"大战壕，组建了戍北军，日夜看守这片大泽，没人想看到那惨绝人寰的一幕又重演。

　　郝万山看到一双眼睛正注视着自己，但他分辨不出这双眼睛主人的面孔。他知道自己不行了，反倒如释重负。这些年的行游生涯，让他成为铁月城首屈一指的富翁。他时常感到心虚，惊疑自己的身份是否真的招人嫉恨，叫人艳羡。在他最贫穷的时日，他悲哀地意识到无能为力才是命运的主题，只不过那时候，他错将此归咎于贫寒。

　　郝万山重又闭上眼，这让他能够听到周遭的絮语。

　　"他的创口很特别，毫无疑问，这是银灰蜥质虫干的。"随军医司断定道。

　　"可是那些恶心的蠕虫怎么能突破层层防线，悄无声息地来到海滨呢？"

　　"事情不会这么凑巧，罪魁祸首怕是瘸腿鲸帮，只是不知这郝万山为何与瘸腿鲸帮结下如此深仇，对方非要置他于死地。现下，怕从他身上，也问不出什么来了。"

　　"听说郝万山暗地一直经营走私勾当，从凡间真界搞到大量可可、迷幻菇、烟叶、茶和咖啡豆，据说他的私邸后院种满了罂粟，他还秘密开设了一家妓院，里面私藏了不少人族小妞。"

　　"他自己不也纳有人族侍妾吗？"

　　"对这些风言风语还是保持怀疑的态度为妙，不管怎样，银灰蜥质虫很可能已经找到离开'霜虫邪瞳'的办法,必须尽快展开巡查,先从渔港开始!"

郝万山已无力听下去,他突然很想念浓缩咖啡从银壶倒入瓷杯的声音,他想念早上喝的一杯柠檬汁,他想念柔软的丝绸睡袍,他想念露台的朝霞和晚风,他想念孩子的吵闹和佣人的抱怨,他想念用六十四枚火凤银圆兑换成一枚熊猫金币时的心满意足,他想念沙丘投下的阴凉和将熄未熄的篝火的余温,他想念咽下的每一口酒,亲过的每一个女人。平生第一次,他感到自己的索取大于付出,他觉得自己配不上拥有的一切,他深吸一口气又长长呼出,"无能为力"地接受自己的一生。

Chapter 16
诱情碧魔

爱情的独到之处在于，它的原貌同其幻象一样真实，也一样缥缈。沙里维深知这一点，因而当他独自一人读阅象元城情人的来信时，这位北境域王不得不痛饮杯中的"诱情碧魔"。

"你总是制造一种错觉，让女人以为拥有你堪比君临天下。可当这些痴情的鸟儿背起己身所有飞向你时，迎接她们的却是你漫无边际的冷落。你眉心的刻线计量着你的愁思，也宣示了你不近人情的本性。"接连灌下三杯苦艾酒后，沙里维亲王不由地为此而微笑，嘴角的细纹暗伏着爱情的忧伤。若是让他的情人们看到他此刻的痴态，她们又将不顾旧伤前痛，捧住他的脸，疯狂地亲吻。

沙里维住在鞑鸷堡。这座近乎废圮的城堡本是神裔人族抵御外族入侵的要塞。"百族大战"前后，炎、黄二帝，战神蚩尤，海拳蒲牢，熊主西奥帕瑞斯，夜巫王艾维·琼，冰荒可汗兰提拉扎，"冻狼孤翼"聆古，龙仆祭祀和兽盟统帅都曾在鞑鸷堡正殿的王座上称雄。可是霸业往往在实现的瞬间便已注定崩坏的厄运，这座犹如被下了"败君诅咒"般的城堡随着"玫瑰湖誓约"的达成，遭到彻底离弃。人们终究忘却了鞑鸷堡的荣光和惨败，兴落轮转，寒山永寂。

读完那封令他醺态毕现的来信后，沙里维摘掉眼镜，醉意朦胧，精疲力竭。他最忠实的伴侣库莎·伊丽埃达将这位离群索居的情场猎手扶往卧室，亲王会在那儿进行睡前沐浴。沙里维遣散了大部分仆从，他不愿让生人目睹英雄颂歌里传唱的北境之王拖着一具衰老的裸体瑟瑟发抖。但沐浴是必不可少的，不然他没法入眠。在这般年岁，能够轻易松弛下来的只剩皮肤，他已被死之运命牢牢攥在手心了。

伊丽埃达为亲王端上酸奶油苹果派和树莓果脯。沙里维的餐点向来简朴，鞑鹫堡的地窖空荡静阔，只闻得到角落里佳酿的醇香和水果成熟的香气。亲王坚持要再喝一杯黑麦威士忌，否则无法打开胃口。他还轻唤着伊丽埃达的名字，要她端走盛放树莓干的碟子，因为他说一嗅到树莓的味道，就能让他从难得的痴心妄想中清醒过来。

伊丽埃达同情地望着亲王，她知他又将自爱情里吃苦。在沙里维八方征战的日子里，没有一夜不令伊丽埃达深陷怀疑，怀疑自己的心是否已灌满饱和的蓟味溶液，不能再承纳多一滴思念的苦酒。

沙里维读懂了伊丽埃达的心思，这是他的天赋，也是他身背的诅咒。他不愿让他的情人忧虑为难，便不再坚持什么，顺从地吃下树莓脯，又尽力咀嚼起苹果派，他的醉意的确消退了几分，但心里并没好受。

"女人令我迷惘，"沙里维一边宽衣一边说道，"比之任何一样生物，女人更求盼异性的庇护，可危险对她们的吸引从未减弱，安全无法让她们满足。她们试图挣脱原有的桎梏，结果在新的束缚里把自个儿捆得更紧了。翠丝和雪莉声称陪伴是漂泊唯一的终点，这话仔细想来说不通，况且她们在堡中甚至住不过三天！只有你……我的伊丽埃达，你从未真正离开。你灵魂的颜色同样变幻莫测，我无法料知，但照射进我心扉的你的光彩，只留下透明的辉煌。"

粗犷、魁伟、精于战艺，对北平王沙里维的这些记述在他赤条条除净衣物后全不可见。他的确很高大，但也因此显得瘦削；肌肉的线条渐趋柔和，假若挺立在人们记忆中的沙里维是一座青铜塑像，此刻的他更像一尊大理石雕。那只迎向烈日振翅的矛隼，现下成为于血阳中留下剪影的秃鹫。沙里维将胳膊搭在木桶边缘，热流从他腹间汇聚穿越，连同尚未成烬的情欲之火，令他几乎不胜蒸汽的温度。

"您准备何时接见王上的特使？"沙里维的女人将海绵中的热水挤淋到他的脖颈，并温柔地抚捏他的肩胛。

"我不必见这位特使大人了，假如我还没老糊涂，我猜王兄自己，也已快要驾临鞑鹫堡了。"

Chapter 17
老王遗恨

"你可曾幻想自己跋涉至大漠中央或者丛林深处，那里矗立着失落文明的遗迹，未被打扰，拒绝探寻，但内中有些不安分的鬼怪，向外传递魅惑的信息。你为此着魔。你所需要做的只是重新找回稳固的勇气，要直面自己向内的需求，要克服紊乱的冲动。秩序不仅仅存在于王国的法度、行动的规则中，更源自深心的感悟、道德的洁净。"

那个声音仍在折磨他。身在王都之时，那声音犹如虹彩神庙的钟声穿城而来，庄严、亲切，白鹭王心知，那是父亲的魂魄。谁说魂魄只能被人看见，无法让人听见呢？

白鹭王走进鞲鹫堡的"贤君大厅"，沙里维已在厅殿的尽头等待，除了他，没人胆敢这么做。人们会在门前迎候他们的王上，以示君臣之分，但沙里维没有拘礼遵制，并非出于不敬，更与愚蠢的自负或者可笑的傲慢无关。他要让白鹭王独自走过步道，抵达尘封的王座，唯有如此，才能听清昔日君王的豪言和他们失败时的悲泣。

"陛下，恕微臣……"未等沙里维施完跪礼，白鹭王便挥手制止了他。

"没旁人在侧，我不是你的王上。我有数不清的臣民，我有两个儿子和一个女儿，但我只有你一个弟弟，只有你跟我一样，想念我们的父亲，因为我们的幼妹毓含，也已先你我而去了。而我即将终结这想念，前去面见父亲，再次成为父辈王国的子民，也能与母后，还有惜茉、毓含重聚了。但在那一刻到来以前，我必须先见见你，沙里维，因为过不了多久，往后剩下的日子里，你就将成为一个孤单的思念者了。曾经这里每一次陷落都意味着一位新王诞生，"他毫不迟疑地坐上正中的王座，灰尘随之欢腾起舞，"你至少该留几个杂役。"圣王抱怨道，气息仍很均匀，灰暗的光线过滤掉白鹭王年迈的痕迹，仅映照出他圣所之王的威仪。

"您看起来还跟登基那年一模一样，神态的改变才是一个人真正衰老的开始，依我看，您还像头鬃毛正丰的雄狮呢。"

"公狮的鬃毛用来吸引母狮，"白鹭王被沙里维的说法逗乐了，"如果我们是狮子的家族，你才是色泽深重、毛量繁茂的那一头！"厅堂回荡着圣王的笑声和随之而来的干咳，更多尘埃蹿起，沙里维忙奉上备好的葡萄酒。

沙里维看到一只仅属于老人的手，这一刻，他意识到白鹭王话里的紧迫与残酷。

"我要恳请得到您的宽宥，鸷鹭堡条件有限，希望元尚度大人没有觉得自己被怠慢。"沙里维再次单膝跪地，这引来白鹭王蹙眉摇首。

"你若再如此，我只好昭告全境，将王位现下即传让于你，那时候，你的女人们要为谁能成为王后打成一团了。"

"那实在糟透了。"沙里维觉得光是想想这种情形，就能让人血压飙升，他勉强咧嘴笑笑，他不太习惯拿女人开玩笑。

"你不见我的特使，我的王后的胞弟，这其实正合我的心意。大臣们都是些老顽固，他们为了保住位置势必要僵化行事，要他们开动脑筋简直像判处他们死刑。无论我召你入宫还是我北上而来，都需要编些哄人的漂亮借口，在宫中这么多年，我当然很擅长于此，不然就得时刻听取非议，遭到群臣的质疑。若你不假思索、痛痛快快地接见了元尚度，这次我们单独会面的机会就从手里溜走了。时间于我真的不多了，我必须尽快做些安排……我身边……能信赖的人……越来越少……这太悲哀了。"

"您在为翱契的事忧心？您真的相信'青狼瞳'的卜算？"沙里维将白鹭王扶起，他们慢步向后殿走去。

"古不我欺，这是咱们从小学来的首要准则。万年以来，神裔人族都秉承先贤所为，由虹彩神庙负责译出魂别塔铭文，并以此做出释解卜卦，依此传统，我们度过了每一次危机。还记得先师庄先生的教诲吗？知识源自晓古，真相莫问明朝。你见过翱契，跟我说说，你对他的看法和印象。"

"对我来说他只是个孩子，喜好诗词，嗜练书法，能轻松写出漂亮的对白供剧团演出，也很擅长完成工整的大赋。蒙坚的确教过他一些伐谋要术，兵家韬略，但凭着幼童的一知半解实难借此起事。我找不出忧患的理由。虹彩神庙的确做出了裁断，但并非基于确定无疑的存在，而是基于对确定无疑的存在的阐释。您为此将您的亲子废黜流放——我相信您也为此痛心不已，可为了统御圣所，为了维系传统，您做出了抉择和牺牲——但他那时终究是个婴孩！没错，常言道，'唯有已发生的，才足够真实'，这成为我们的信条，可或许我们只是接近了部分真实，实际永远没法得到。"

"我就当自己喝多了，没有听清你的亵渎之词，不过小心点，即使我是圣所之王，也没办法总赦免你的罪愆。"白鹭王这次没有笑出声，他脸上的愉快被暗影吞没了，"这正是我来找你的原因，尽管你躲在这个乌鸦的巢穴，尽管你让人讨厌，可你能发出不一样的腔调。我虽然有二十位枢密大臣，但即便我增设到二百位，他们也只会给我一种回答。假若我对他们所代表的体制和传承的权利来源稍加怀疑，他们就将群起逼我认错。"

"大臣们有他们的职守和本分。他们要捍卫律法、捍卫传统，但他们捍卫的不是真相。虹彩神庙对魂别塔铭文的译注应当不会有差，'鹭有三嗣，其长为王，其仲为辅，其幼为逆。乱军纷沓，狼势独凶'。可是对此段铭文的释读，却未免草率，仅依翱契长有'青狼瞳'，就断言他即为句中所说的'狼势'，将之视为谋逆元凶，我总觉得有些牵强附会。"沙里维将心中所想尽数道出，有些疑惑已困扰他多年。

"'其幼为逆'，说得好生直白！当年枢密、神庙、法司三府皆定了我那小儿祸乱朝纲、危及圣所的重罪，惜茉为此黯然神伤，我与惜茉就此二子，一个幽囚边关塞上，一个远嫁海外异邦，她怎能不忧思成疾，终至香魂……难续！"白鹭王胸中烈痛，干咳起来。沙里维近前搀住王兄，让他发抖的身体有个依凭。白鹭王气息渐匀，继续问道："依你所看，'狼势'或许另有所指？莫非与冻狼一族有关？"

"其实我对谶良久，却是全无头绪，心中隐觉有些不太对劲，就好似一条长线中间断了一截，被人重打了死结接上。"

"唉……不管这预言如何解释，现下翱契失踪，全境早晚震动，在诸人心中，怕已将逆贼之名坐实了。我已垂垂老矣，恐无法亲见后事几何，他日若翱契真的反了，而我已不在此间，待到彼时，莫将翱契交于判官，我要你亲坐堂上，只有你，能给予他公正的审判。"

Chapter 18
将亚之念

元尚度按辔徐行，荒原的碎冰已经融化，马蹄踩进湿泥里，留下两行坑洼。三重拱门逐一穿过，被龙炎摧毁的瞭望塔骸躯越过拱顶，从元尚度身后显露。双塔间的断桥像是巨人伸出的手指，透过残缺的空白，依旧能够想象应龙盘踞其上的场面。

除了已加封佐王光使的国丈元云甲，后辈中女儿元幼春即为圣王王后，长子元尚法获封佐王雷使，四大佐王使中两位出自元家。幼子元尚安供职法司多年，已是下任判官的有力竞争人选。年轻一辈中，元尚法之女元梦珂出人意表，如将星下凡，元家将帅之门，视之如宝，她大有可能成为雾暝之所有史以来第一位女龙将。在这样的家族之中，侪辈皆龙凤翘楚，连晚辈亦已初露峥嵘，唯有他元尚度无甚过人之处，旁人皆暗讽他是依凭家族的荫护才自兵司谋得一职，亦是无关枢密要务的闲差。此番白鹭王朝堂之上觅一特使出访北境，群臣未明就里，皆默不作声，以观情势。父亲与长兄皆不在朝中，元尚度心血上涌，恳请王上授职于他，白鹭王心下大喜，自然应允。元尚度本欲借此扬名，回击众人对他的轻视，不承想初到鞑鹫堡即吃了闭门羹。沙里维亲王托病不见，竟劳圣王御驾亲临，北上召见平王，他元尚度自然再度沦为笑柄。可怜他无从知晓，这一次的挫败与他本人全无关系。

站在鞑鹫堡制高点的昂龙塔古朴的方窗前，白鹭王和沙里维目送元尚度远去。白鹭王端咖啡的手一直在轻颤，他自己却没有发觉这一点。沙里维留意到哥哥的王袍上散落着深浅不一的各色渍迹，以咖啡居多，间或有些酱汁或酒污。

"元尚度这头栗色的头发真像他姐姐，说起来元尚度还真长了一张不输女人的俊脸。想当年元幼春最疼爱她这个弟弟，元家的深谋远虑元尚度一点没学到。元家人人沉着，叫人敬畏，只有这个城府极浅，讨人喜欢。"白鹭王边说边呷一口咖啡，只言片语就让他觉得喉咙发干。沙里维觉得王上喝下去的还没有洒掉的多。

"您忘记了一位元家儿女，元尚度没让您记起她吗？人们已经习惯元家只有一位女儿的说法了吗？"元尚度就快越出两人的视线，沙里维觉得有必要问出心里话了。

"元幼秋，你果然还记挂着她。"

"当然，我需要时刻铭记她，尤其在我也已步入老年的时候。她是我唯一孩子的母亲，她怀过我的骨肉，她为我的沉默而心碎，在我该挺身而出的时刻，我像条可怜的蚯蚓躲进泥里，她……因我而死！"沙里维意识到自己失态了，强忍着心中百苦，没再说下去。

"自那件事以后，你再也没见过元幼春，你不想去看看她吗？元幼秋还活着的时候，她俩真就像是一个人，我未曾见过如此亲密无间的孪生姐妹，有时候，我甚至难以将她们分辨开来。"

"我能！我始终都能！她们不一样！简直天差地别！没人与元幼秋一样，这世上找不到一个与她相同的人！她宣誓做我的妻子，我却保护不了她！孪生姐妹只剩一人，再没有分辨的必要了……"沙里维在心中嘶喊着，把全部力气都使了出来，像当年听到孕妻死讯的那刻一样充满狂暴的仇恨，以及比海更深的悲哀，但他没发出一个音节。

白鹭王不知如何宽慰弟弟，古堡内结有太多痴怨，但都比不上此刻的沉重。他再度望向窗外，此时元尚度已变成一个棕点，飘浮在荒野铺就的幕布上，如此遥远，就如往事一般。

"很多个午后，我感觉自己像被隔绝在了现实之外，猝不及防的陌生感，让我呆望着四周没法表述。我坐在王座之上，却不知自己身处何方，只想伏在黑马的背上从夜色里逃离。我无法看清需要跨越怎样的边界才能融通幻真。但踏入真实又能怎样呢？这真实里充斥着陈词滥调，我想这正是一个不久于世者所要面对的最大险阻——真实让人恶心，丑不堪言，我们却坚持以此作喻，谎话连篇——没有人承认对生活早已腻烦。我记不起食物的味道，看不清群臣的面目，任由耳朵里鼓噪的声响代替我思维的絮语。沙里维！我就要进入那长梦了！有人说那梦里不会有你过去依恋的一切，你会把自己遗忘！谁又知道呢！我们只知道那是有去无回的所在，谁真正体验过死亡呢？"

沙里维亲王静听着白鹭王缓慢的低诉，中间他停顿过好几回，深吸一口气才能接着言说下去。因为悲伤，沙里维沉默良久，直到一只黑鸦霍然掠过窗台，扑翅让尘埃溃散，才令灰翳的心暂且澄明。

"也许死不是一种体验，"沙里维说道，"也许死只是我们没法克服的瘾，是我们的信念，我们追求永生，正因为我们确信自己会死。"

"说的没错，再没有比死更不容置疑、诱人沉陷的执念了。"

Chapter 19
百族会盟

骤雨浇在元尚度脸上，顺着领口淌入罩衫，内衬渐渐湿透，贴在他尚暖的皮肉上，贪婪地吸吮他的温热，他后悔听从弟弟元尚安的鼓动，只身去瞧什么"荒原奇迹"。

雨水很快过去，流雾云烟，山草疯长，六七头驴子在长坡上蹿跃、打滑。元尚度从它们身旁策马经过，驴子发出带有敌意的嘶鸣，元尚度一手攥紧鞍头，一手加劲驱马前行。翻过长坡，恢宏的圣王驰道便展布眼前，道路尽头，正是百族会盟的旧址遗迹。

那是由三座擎天巨柱构成的金字塔形石阵，每座巨石皆有百人之高，十车战阵之巨，各向内中倾斜，于空际交触于一点，成就一体，岿然不动。

马儿踏上驰道，奔行渐速，驴子的嘶鸣已不可闻，嗒嗒的蹄声空野回响。面对这平地而起的奇观，初时的兴奋很快被恐惧替代，一种无法描摹的力量压迫着他，一种脱离群体的惶乱不时涌入心扉，两种情感交拧在一起，令元尚度内心狂跳不止，他犹如噩梦初醒般喘着粗气拼命呼吸。他已感受不到自己前行的速度，反倒觉得那石阵正凛然逼至，自己好似汪洋骇浪中的一叶扁舟，面对竦峙于前的庞然冰架。他盼望能出现一个人影、一声喧哗，他不知如何应对恐慌。

石阵旁侧有一间供漫游者歇脚饮马的马厩，那是足堪容纳二十匹壮硕骏马的广厦。

元尚度将马牵至马厩拴好，移步遗迹近前，在阴影中仰头看去。他不敢相信自己能够如此靠近这般伟大的存在，他太过渺小，心里的震颤没法止息，又接连生发出一种平日秘藏不察的悲凉情绪。人终究会被压垮，被一抔薄土，被百年时日，压成扁平。屹立于今人面前的只是一尊像，一座石。吊昔怀古的两三言，青册勾选的七八事，星河灿烂，春水东流，就是关于已逝岁月的全部。

诚然，元尚度不如兄长元尚法那般博闻强记，但对于百族会盟一事也略知一二。

初时，炎、黄二帝共治神州，戮力同创神裔人族圣境，星能沿星脉汇于玫瑰湖，唤作髓海。依湖畔而造华堂，后世称之楼外楼，神裔人族增益蕃息于此。圣所结界唤作天外天，如浩漫华盖张开，覆及之地渐广，终达今日之界域。因于真界凡间外族而言，此间如迷踪秘境，唤作雾暝之所。后二帝纷争频仍，百族相伐不休，宇内山颠海沸，炎帝欲合百族之力以抗黄帝，故于三石阵前会盟。黄帝仍败退炎帝于阪泉，逐百族于雾暝之所外，仅有少数族落暗中流落境内。炎帝率部众独力辟出异界遁逸，欲再创一圣所为聚。然玫瑰湖冶萃地星精元，所余无多的晶烬为炎帝造筑黑白二城所用，再无他材固修藩篱，结成定境，炎帝率部众只得飘摇天地之外，与尘世几近永隔，仅靠绝地天通勾连星体。绝地天通虽有类似星脉之功用，然无黄帝襄助，炎帝难以再开髓海，星能四溃而散，异界勉力超然宙外而独存，时光之延绵于彼却已不复存焉，而代之以骤灭骤生，每一刻既为起始，亦复消亡，然炎帝一部仍永存笃志。蚩尤、刑天、夸父等皆为炎帝继，于圣所行叛事，视黄帝后裔并圣王为敌，直至黄帝裔颛顼继位圣王，与炎帝裔共工、后土父子烈战，不周山崩，共工兵败，雾暝之所内炎帝势来者日稀，异界却是败将如林，哀兵满城，举目皆愤极而悲的面孔。大梦谁先觉，恍然已达今朝。

Chapter 20
红甲剑士

"那个人身穿暗红色的铠甲,后背一柄半人高的阔刃巨斧,一把骑士剑别在腰间,面孔藏在鹿角盔的阴影里。他来自海外的无名岛屿,一个人杀掉了三十名使直刃海军刀的好手,劫走了一艘海防船。此人已惊动了大将凌肃,可翱契的事儿已经把边关搅得天翻地覆,一时半晌他还真无暇分身,只好任由这红甲魔头兴风作浪了。"托茨双手一合,将一个血橙挤爆,汁液顺着他的指缝流进琥珀杯。

"据说他曾是圣所派去异界刺杀蚩尤的高手?""飞甲虫"林晗正把一袋面粉倒进木盆,他干起活来既麻利又快活,让人觉得愉快。

"还有人说他是刑天的分身之一,已经为异界效劳不知多少春秋。不过,我觉得第三种说法更加可信,他是远征熊族的将领,遭遇海难流落孤岛,没能等来援救,倒被云游的夜巫施咒复活了肉身,以一副红甲包裹腐败的残躯,今次返回背叛并抛弃他的故土,为的只是复仇。"

"你说他会不会到咱们这儿来?"林晗问。

"这可难说,不过,咱们这罪数塔塔壁光滑如镜,自上而下没有一处外凸抓手,只有一处楼梯连通各层,塔厅有矛兵盾阵,重重把守,那红甲魔头就算有通天的本事,也未必敢来此自找麻烦。就算他能登上咱们看护的海滩,只要一踏进这罪数塔,就如落网的大鱼,再怎么扑腾,也逃不出圆阵的包围,只要咱们……"托茨正讲得兴起,抬头却见庞云抱臂立于门口,忙抛下手中橙皮起身行军礼。

"军粮奇缺,上头派咱们渡海收粮。马上叫你的弟兄准备一个月的口粮辎重,明日破晓即登船出发,"庞云下完命令,靠在窗前望着塔外的海岸线,轻叹,"这可不是门好差事呀……"

"庞将军,海外的岛屿圣所一直不闻不问,怎么这会儿却要咱们前去收粮，恐怕……"托茨一副苦相。

"王谕如此，执行便是，莫多碎语，乱伤士气。"庞云吩咐完毕，留托茨和林晗振作精神。等到庞云行远，托茨又开始抱怨："就咱们这点军备和人手，登岛不全成了俘虏？我听说有个沙罗岛，最是恐怖……"

庞云来到一层塔厅，头顶悬吊的火盆正烧得赤旺，他扶剑四顾，已觉察出异样。正欲详查，一道红影似从地底冒出，如犀牛般将庞云撞向墙壁，庞云未及蓄力招架，已被狠狠顶在墙上。照明的火盆因此震动，在半空摆荡。庞云平生从未遇过如此蛮横又强出自己太多的对手，他能感到他的义肢已从肉体脱离了。他拼命僵持，找到一个战机，想要挥拳打向红甲剑士的脖子。可他的意图早已被红甲剑士识破，剑士用他的骑士剑贯穿了庞云健全的那只手，把这位久受战场摧残的猛将钉在了墙上。

闻声赶至的托茨和林晗看到庞云如此惨况，恨从中来。托茨狂吼："魔头，看刀！"抡起斩鳄刀便朝红甲剑士后心砍去。红甲剑士不为所扰，反手取下巨斧，单臂朝后方一挥，势大力沉的劲道将扑近的托茨直接击飞出去。正摆开架势以待接战的林晗难以闪避，恰被重重摔落的托茨砸断胫骨。两人虽为勇士，遭此重创，也只惨叫一团。红甲剑士把罩着头盔的脸贴近庞云，说道："你真不该再来边关，玫瑰湖温风润水，你为何不知珍惜呢？"

"你……你究竟是哪里来的恶贼……"

红甲剑士语调更加低沉，说道："你可记得多年以前，你只身落难冰荒，有一冻狼族部落收留了你，喂你吃食，容你疗伤。你经此休养，伤势渐轻，便思重归关内，部落知你去意已决，亦未拦阻？"

"嗯，救命大恩，岂敢相忘？临别之际，部落要我立誓，不向外人吐露此事，你又如何得知？难道，你是……"

"不错，不过那时我只是部落中一顽童，对你印象浅淡，"红甲剑士的声音突然变得凶狠，"你可知你走以后，部落里发生了何事？"

"我回到关内，的确想要再次穿越黑松林报恩，然又怕无心之失，违背了誓言，未敢妄动……你既是庞某恩人之后，要取我性命，我无话可讲，可你为何伤我这许多弟兄，你又因何与圣所结怨呢？"

"我部偏居冰荒尽头，为的就是避祸躲难，不想参与乱世纷争，却因救你而遭灭族之灾。"

"灭族？！"

"你走次日，一路追杀而来的巨熊就袭击了部落，因为你已远走，巨熊怒极，屠戮了全部族人。因你伤重，部落内的药材几乎都被你一人耗尽，只有外出采药的我躲过此劫。"

庞云听罢此言，烈吼一声，手掌穿过剑身，握住了剑格，竟将骑士剑从碎墙里拔了出来。"巨熊残暴，我与你天涯追凶，定为恩人们复仇！"

"不必，那伙行凶的巨熊，我早已查出下落，将他们一一手刃了！不过，杀了那几头蠢熊又怎能算是大仇得报？巨熊横行关外，从地精到鬼盗，从夜巫到冻狼，无不受其迫害欺压……只怪你们这群关内蛀虫，作壁上观，由着关外诸族混战，你们好能坐收渔利，其心可诛！这当中，须得有一罪魁祸首！过去是蒙坚，现在是凌肃，他们二人坐镇边关的这些年，按兵不动，致使熊佬势力空前膨胀，等他们征服了关外诸族，攻克锁寒关，只是迟早的事。今蒙坚早死，凌肃未除，若留他继续尸位素餐，真遗患无穷。"

"凌肃统御边关，庞某亦听命于他。冻狼一族确有恩于我，然今日你既已言明意图，乃是要刺杀圣所大都督，庞某只有竭力相抗，方不负肩负重责。然昔日恩情亦不可不报，是故今日你我一战，不论结局如何，庞某都以死相谢！"

红甲剑士蔑笑道："我若想取你性命，易如反掌，却有违族人志愿！如今你已是废人一个，往后解甲归田，还是自求多福吧！凌肃的命，我却要定了！"说着，骑士剑已从庞云掌心抽出。庞云虽有拔矢啖睛之勇，但体内的痉挛却无法克制，他双目一黑，昏躺在地。

转向另一侧，红甲剑士走到倒伏于地的托茨、林晗身边，托茨哑着嗓子骂道："要杀要剐，动手便是，休想辱没我等志气！"

红甲剑士回剑入鞘，说道："去给你的主子包扎一下，别让他死在这罪数塔。"言毕，如轻鸢般退出塔外，再想索寻，已追不到身影。

Chapter 21

圣统难继

"作为兄长,我不得不保全你。可是你的所作所为太过火了,那些没有必要的疯狂行为应该有个限度。我们的确需要吓阻反对者,但如果我们的手腕只是招致愚众的仇视,我们又没办法因势利导地利用这沸腾的民怨,我们就得学会自控!妹子,看到你我就仿佛看到我们的母亲。你要记住,我们不甘于做时代的讲述者,立誓要成为历史的书写者,就势必被剥夺一些权利,我们白首穷年,为的不是留住这暂时的权柄,而是要在每个人心中刻下我们的声名。"

"你擅长谋划全局,父亲最看重你这一点。你就像一只猎鹰,总是翱翔在高处,就像神使的化身,将地表的全况瞧个明白,然后向那暗云背后的神主请命。在为臣为将的人当中,你是不二人选。但是别忘了,我们的意志已经不再满足于当个仆从,鞭策我们跨上战马,挥起宝剑的,乃是改变圣统!声名就像一个最无义无耻的娼妓,无须我们主动追逐,只要我们坐上王座,声名就会极尽能事地朝我们投怀送抱、卖弄风骚,巴不得我们将她占有。"

"我是白鹭王最宠信的将领,如今却要谋朝篡位。昔时商汤灭夏、武王伐纣,皆聚天下公义,怀民意而战。今白鹭王仁望海内共仰,我们师出无名,就算拿下王位,也激起了新的恶念,须得早做防范。咱们冲杀在前,拼下了江山,也给了别人登上王座的机会。我们背负弑君逆德的骂名,那些卑鄙之人却占了便宜,反倒以讨逆之名,行不利于我们……"

"你若还抛不开声名的枷锁,只会让我们一败涂地,我们只有先登上王座,才能辨明忠奸。你思虑周全,总想留好退路,然而此事一旦发动,就如箭已离弦,是无法回头的。你说的不错,待我们戴上王冠,必有奸佞之徒觉得有机可乘,大事可举。他们本有称王之心,却无取代圣统的势力,借我们的刀剑,以我们的鲜血,成就他们的野心,这样的小人不足为惧。你要知道,他们对白鹭王怀有不敢触犯的恐惧,而我们非但克服了这种恐惧,还要将宝剑插入白鹭王的胸膛,用实际的行为昭告世人,为了实现意志,我们无所不为,我们无所不能。你此刻不该萌生退避之心,慧灯果然是位蛊惑大师,在最该贯彻勇决信念的时刻,教你动摇军心。"

"当年你非要杀掉霍冬春,我已依了你,如今你莫要再起杀心!慧灯大师若死在咱们手上,会提早催熟仇恨的种子,目下北境钱粮吃紧,农夫怪罪我们,凌肃手握重兵,心思未明,咱们立足尚不稳固,不要树敌太多!"

元幼春口上应和,实则已将慧灯大师列入务必即刻诛戮的名单,任谁也无法移除她的杀心了。

辞别元尚法,元幼春返回内室。她脱掉沉重的拖着长裙摆的礼服,换上宽松的便服,下身只穿了条薄衬裙,她的身段似要浮现出来,偏偏又叫人看不真切。马里连科像个孩子似的坐在内室等她。

"你没给自己倒杯酒喝?或者吃点北境的特产也好。"元幼春抚弄着马里连科迷人的脸蛋,笑道。

"王后不在的时候,奴才发一阵愣,半日就过去了。"马里连科轻轻托着元幼春的手肘,深情的眸子好似玫瑰湖的湖水。

"你这张脸如果敢让别人上手,遭殃的不仅是那只手,还有你自己,"元幼春发狠地说道,她从马里连科的眼睛里发现了惊恐,这又让她挂回笑容,她接着说,"女人们会为了你争抢,做出失格的行为,露出平素难见的丑态,而你,打算怎么做呢?"

马里连科跪倒在地,垂目摇首道:"奴才只是王后的仆从,王后如此怪罪小的,定是小的举止失察,犯了忌讳,请王后发落!"

元幼春捂着嘴媚笑道:"你从来是最听话的,所以我瞧得上你,你可知那些不情不愿的男人都是何种下场吗?"

"天下竟有如此不识抬举之徒?"马里连科仰起头,眼神里满是疑惑。

"哼,就是有人这么不知好歹!我元幼春还没有得不到的男人!就算是当今圣王,只要本宫想要,不一样拜倒在本宫脚边?他霍冬春不过一个域王的世子,何来的胆子拒绝本宫?"元幼春忆起往事,仍觉切齿之恨。

"王后息怒,此等宵小之辈,合当下狱,治他个大不敬之罪!"

"你倒仁慈,这样的男人不杀,本宫心中恨意难平。不但要杀,还要让他亲眼瞧着他念念不忘的梦中人,如何跟贩夫走卒苟且,如此这般慢慢地杀,一刀一刀剜心地杀!"元幼春脸部的肌肉因内心疯狂而抽动着,她盯着大惊失色的马里连科,嘴角上扬露出满意的笑容。

"如果不能得到所爱之人的心,住在宫殿和住在窝棚又有什么差别?"元幼春方才还是一副不惧万难的面孔,这会儿马上又变得软弱不堪,没人知道什么能在她的心间激发感动,什么让她变得残忍。她倒向马里连科壮硕的胸脯,恰在这柔情时分,门外却传来一阵报丧哭声:"王后殿下,白鹭王……驾崩了!"

"什么?!"元幼春推开马里连科,唤那传讯之人入室,那人见着王后便跪,又将白鹭王崩于鞑鸷堡之事禀明。

"可知王位传于何人?"元幼春急虑万分,断想不到白鹭王此去,竟是永诀,然她所忧之事并非与白鹭王天人永隔,自己未能身随相送,而是圣王之位落于谁手。

"圣王临终之时昭告天下,由王弟沙里维承继圣统,统御雾暝之所全境。"

"沙里维?白鹭王啊白鹭王,原来你此番北上,早有盘算,为的就是传位给你的胞弟!我元家老少上下,为圣所尽忠职守,肝脑涂地,内护圣名,外扬圣威,你却耳聋眼瞎,把那游手好闲的老色鬼扶上圣位,教我如何能服?既如此,莫怪我元家代天行道,澄明世事!"元幼春情炽言出,方料泄了机要,冲马里连科送一眼色,马里连科登时会意,拔出匕首刺杀报信之人,并诛在外侍候的仆役八人,想不到这白面小生,行起凶来如此毒辣冷酷。

巴彦赤兀带着冒牌霍冬春,一路追随林修年押送的明王家眷出关。此时白鹭王驾崩之讯已传至边关,十丈见宽的白绢千匹,从城关高墙上披下,沿途啼哭之声不绝,天边沙暴之兆却也隐藏不住。

Chapter 22
斩草除根

不等元幼春将满厅尸身处置停当，元尚法已抢入门内，他怒瞪一眼马里连科，方才还如凶神恶煞般的马里连科，瞬间像遇着饿虎的羊羔，垂手弯腰，退出门去。

"小妹，如今情状，作何计议？"元尚法眼角带泪，眼珠红肿，想来听闻白鹭王驾崩，已痛哭过一场。

"翱契本应受诏回都，他久在边城，我向来不踏实，这次费尽口舌终于劝动白鹭王下诏，未想到凌肃和羽跖办事不力，竟能让这小儿走脱！不过当下梵芸公主正在北关，咱们须先将她拿下，免得她外联摩鲛一族，内结她的胞弟，发难于咱们。不过这二人终究还是幼雏，兴不起大浪。今四方大势，东境臣民自从父亲平定项狄威·李斯特之叛，而由田狩光接掌东宁王之位后，便始终听命于咱们元家。重中之重，还是那南清王鹤贯，他久在南境，根基颇深，虽不是惜茉所生，但毕竟是白鹭王长子，白鹭王对他早有栽培之心，咱们暗中几番意欲削减其势，都不尽如所愿，此人才是咱们的心腹大患。至于那个沙里维，他偏居北地，不理朝政多年，海内无甚仁望，白鹭王传位于他，当真是老来昏聩！不过，白鹭王以此分散焦点，让咱们不过早地将矛头对准鹤贯，也算有一番思虑，只是他选的这个帮手，恐怕只能叫他在地府里哀叹失望了！对了，父亲那边如何？"

"父亲本以为我备妥登基事宜，听闻白鹭王驾崩，急命三军俱缟素候命，其余俗务均且暂缓。"

"嗯，父亲英明，此时登基，白蒙弑君之冤，圣丧期间，咱们正好廓清形势，加紧筹划，你想要的出师之名，我想，马上就会有人送上！明王家眷，你待要如何处置？"

"明王家眷不是已被逐出北关，流徙域外了吗？"

"我来问你，假若有人给咱们父亲罗织罪名，提供伪证，说咱们勾结异界，叛离圣所，以致群臣激愤，举境皆哗，连圣王也无法为其脱罪，只好赐死以告天下，咱们一家亦被褫夺名爵，从此为仆为奴，不得入关，他日此中诸事皆被你我得知，哥哥你又将如何？"

"纵有千难万险，我也定会手刃仇雠！"

"不错，那你怎知，明王家眷之中，无怀有此志者，将来与咱们为敌呢？现下铲除他们，就如驾车碾过蝼蚁般简单，为何非要等到他们羽翼丰满，咱们再劳神去解决这个大祸患呢？"

"明王一家，由龙将林修年押解徙往应龙之息岛，咱们的人马分居各地，皆有安排，待机宜成熟，须一齐响应，此时分兵出来，却也为难！"

"这你不必愁，你忘了咱们的傻三弟吃了北平王沙里维的闭门羹，此刻恐怕正于北境失魂落魄呢！小妹这便修书一封，再派一件大功给他，若他能将此事办成，便不会再有今时之窘了。"

"三弟真有这本事？"

"这林修年武艺高强，治军又严，三弟自然对付不了他，不过'影子骑士团'，恰在北地执行王命，只要把他们纳入麾下，大事可成！那影子战团的头脑伯吉斯·特略，不亚龙将之威勇，林修年帐下副将田鹏和，正是东域宁王的世子，自己人，到时候内外夹击，林修年再怎么厉害，也奈何不住咱们。"

"'影子战团'向来隶属西域明王府门下，他会听咱们差遣吗？"

"我有一计，他们听从最好，倘若不从，日后也定不能为咱们所用，正好趁势诛之。"

"便听你谋算吧！"

"现今西明王已除，东域从来便是咱们元家的地盘，只要把一南一北这两头拿下……"

元尚法蒙住元幼春的嘴，叫她不必再说，兀自道："若真得天助，成就伟业，首功便记在你头上。"

元幼春拨开兄长的手道："我元幼春向来随性而为，这天下是我想去争，何须你来为我计取功劳！"

元尚法心中早以圣所之王自居，元幼春这几句顶撞之词，听上去全没把他这位兄长和未来之王放在眼里，待要发作，终忍了下去。

元尚度接到元幼春的信函,展读两遍,遂依信中指示将之焚毁。他虽鲁钝,但也心知信中所云实为一计。他从怀间掏出白鹭王赐予的特使符节,因沙里维避而不见,这符节尚未失效。"冒用符节可是重罪,若交付法司,判官非斩我于宫门外。可是……二姐如此交代,信里几番叮咛此事之机要,若因我误了全局,我非但为天下人哂笑,于家族中也永无抬头之日……"想到这一节,遂笃定心志,去寻那伯吉斯·特略。

特略拜见过元尚度后,忙与郑海问秘议。

"元尚度手持白鹭王的符节,说叫咱们前往关外诛除明王家眷,如何是好?"

"事有蹊跷,你也察觉不对劲吧!"

"嗯,若圣王真有心定明王全府上下死罪,又何必先判流徙应龙之息岛,还特派龙将林修年亲往押送?元尚度说白鹭王早有此意,只不过一时为仁心所误,群臣更是苦谏,通结异界伤及圣体根本,不可轻纵,遂叫咱们'影子战团'出关行刑。"

"验过符节了?"

"那是自然,符节弗假。"

"仅有符节,却无白鹭王手谕,更无判官书词,事关明王全家老小性命,仅依口传所谓谕旨,确实疑点重重。"

"如今白鹭王驾崩,元尚度所云之事真成悬案了。"

"咱们'影子骑士团',隶属西域明王府,明王待咱们向来不薄,他通没通敌已有公断,咱们无力推翻,可是让'影子骑士团'去当杀害明王家眷的刽子手,实在不似白鹭王之成命。"

"此节我亦有想到,未料到那元尚度云,白鹭王对我等的义胆忠心已持怀疑态度,咱们所受明王府之恩惠颇多,纵不论是否亦有通敌之嫌,单就惩处明王府一事,我等是否心怀不忿,萌生逆心,也须得静观……"

"难道去学海贼一般,还要纳下投名?岂有此理!"郑海问心思缜密,性子却豁达豪迈,此番特略所述,当真越听越气。

"话说到这个份上,看来咱们不去一趟关外,明王勾结异界同党的罪名,元家就要给咱们坐实了!"

"这么说来,你也怀疑是元家作祟?"

"还能有谁?"

Chapter 23
香魂永续

　　关外萧瑟异常,翱契所见初春盛景已如旧时残迹。花凋草谢,方回北地的悲雁再度南飞,押解明王家眷的兵将互相抱怨,只盼快些到达望龙海渡。巴彦赤兀远远跟在队列之后,几日来他对林修年已无疑忌,只顾虑熊族或是鬼盗,莫趁火打劫。忽觉地面颤动,他侧耳去听,果有一队人马正自关上奔来,心下稍觉不安,于是策马离开大道,寻得一土包伏下,待摸清来者虚实,再从长计议。

　　所来之人正是特略和他的"影子骑士团"。骑士团马术娴熟,战马奔腾,片刻已追上林修年的队伍。

　　林修年摆开阵列,纵马前出,瞥一眼来者旌旗,问道:"所来之人莫不是'光源'特略将军,不知有何贵干?"

　　"正是在下。末将有要事欲请林大将军指教,我这便吩咐人手设帐,请将军前来一叙。"

　　"哦?可是林某尚有要务在身,不日内我等即能到达望龙海渡,不如等林某办完差事,再与特略将军叙旧。"

　　"林将军会错意了,末将所云之事,亦是公务。"

　　这时副将田鹏和亦离阵上前,问道:"既是公务,何须私议,更不必安营扎寨,枉费时辰,此地已离关口甚远,外族猖獗,久留恐生乱,请两位将军三思。"他说的煞是有理,林修年虽知特略定有难言之情想同己密商,但也不便应允了。

　　"既如此,特略将军所为何事,便在此明说吧!"

　　"好,"特略亮出符节,说道,"此为元尚度大人交予末将的圣王符节,末将已查验无误,元大人云,明王家眷罪同明王,合当诛戮,元大人要末将率团前来行刑。"他反复言及"元大人",林修年已然会意,当即道:"林某领受圣王谕旨，要我等押送明王家眷至应龙之息岛服刑，今未得王上亲命，恕难相从。"

田鹏和抢言道："圣王溘然崩逝，特略将军既有圣王符节，见符如面圣，他所传之事，就是圣王旨意，咱们理应遵从才是，难道圣王方逝，就能抗斥圣命吗？"

"这位可是田将军？"特略知林修年不便开口，赶紧将话头接过。

"正是田某。"

"田将军所言差矣，此符节并非圣王亲授，而是元尚度大人交予末将的，事关重大，末将亦觉慎行为上。"

"怎么，白鹭王的遗命，尔等皆不欲执行？你一再提说元大人，难道你怀疑元大人假传圣谕？"

"末将只是将情状来由照实叙说，性命攸关，怎可不详述前后，便妄作裁断？"

"圣命岂容尔等自作主张？奉命行刑！"这田鹏和仗着父亲乃东境域王，此刻觉得占了些理，又得元家撑腰，言辞欲厉，跋扈至极！

两方僵持不下，又有一队车仗自南而来，风沙已起，视野受阻，林修年和特略皆提起戒备，待车仗移近，但见帅旗上一个凤舞般的凌字，方知来者正是凌肃大都督。

凌肃单马入阵，疑道："林将军不是要前往望龙海渡渡海吗？怎么在此地摆下阵列？特略将军出关，又所为何事？"

林修年较特略为尊，故先道："回都督，林某路遇'影子骑士团'，特略将军手执圣王符节，言元尚度大人得了白鹭王的谕旨，要他们赶来关外处死明王家眷，林某觉得此事牵涉甚广，关乎明王一府老幼男女的性命，正不知如何决断，都督乃边城统帅，还请都督示下！"

"可有此事？"凌肃问特略道。

"正如林将军所言。"

巴彦赤兀藏于土包上，眼见三路人马汇于路中。初时听那特略说要斩杀明王全家，登时急火噬体，心中既惊又怕，饶是他半生粗犷放达，此刻也方寸大乱，暗呼："一个林修年已不好对付，再加上'影子骑士团'，就算豁出命去，也救不下明王老小了！"后来渐知林修年和特略均无杀心，唯那副将田鹏和在旁煽风点火，心下喝骂："这卑劣小人，不知明王与他有何冤仇，竟一心想要赶尽杀绝，听特略所言，此事确有蹊跷，怕是真有歹人假传圣命，要取明王全府性命。"他一面分神聆听各方言辞以研判形势，一面自在怀间谋划对策，倒把自称霍冬春的疯徒抛诸脑后了，待凌肃来到，猛觉身旁空无，惊悟那人已悄悄逃走。

正苦无法分身，却见阵列左右摆开，一名卫兵将一人推到阵前，不是冒牌霍冬春，又能是谁！巴彦赤兀只当这痴子迂愚糊涂，没想到如此胆大妄为，只好运功凝神，听其何言，再做计较。

"禀都督，小的擒获奸细一名。此人先是埋伏于道侧，待都督阵仗经过，便鬼鬼祟祟跟在后头，恰被小的拿住。从其身上搜出明王府已逝世子的玉佩，请都督发落！"

"放肆！你这无名小辈，怎敢对我如此无礼？你便是边关统帅凌大都督？汝之随从，倒是管也不管？"痴子欲夺回玉佩，卫兵自然不给。

田鹏和扬起马鞭，照着痴子脸上狠狠抽去，骂道："又是你这乞儿，适才叫你走脱，你却又找上门来，真以为军爷的鞭子好惹吗？"

痴子脸上登时血如泉涌，他气急败坏地便要上前同田鹏和理论，却被两个侍卫摁住，动弹不得。

"怎么，田将军识得此人？问明白来由，再动手不迟！"凌肃疑道，心中对田鹏和当着自己的面痛下狠手，颇有几分不满。

"这乞儿三番五次寻衅，落在他脑袋上的不该是鞭子，原应是铡刀！"田鹏和素日里嚣张惯了，难听管教，唯有林修年是他顶头上司，他行止屈伸，皆受制于林将军，是故不敢造次鲁莽，而凌肃的责备，竟激起他的抗逆之心，恶语虽是喊向痴子，却没给凌肃面子。

凌肃阵中亦有性子烈的猛将，韩喜便是一个，他听田鹏和出口不逊，当即呼斥道："大都督总领边城事务，他老人家都没发话，哪轮得到你这片许功劳皆无的粉面小子动手！"

凌肃虽有不悦，脸上却不为所动，但听他正色道："退下，不得妄言！"

林修年亦厉声道："鹏和，你也回来！"

田鹏和啐了一口痰在地，虽依命回到阵中，心里却记住了那与他叫板的将领模样，日后好寻机报复。

痴子又道:"尔等个个忤逆,我久困险地,误吞毒物,形貌有异,尔等认不出我霍冬春,我亦不责罚尔等。凌都督,我有要事需同你一叙,你速令闲杂人等回避!"这话说得声色俱厉,倒比凌肃和林修年还要不容分说,在场诸人面面相觑,均觉可笑可气,又没法跟这疯徒开释清楚。

凌肃道:"先把这人扣住,交后军看管,天色向晚,莫在这疯徒身上多耗时辰。"

痴子眼见要被押走,想到封丹吉临死前的托付,不知哪来一股神力,自卫兵束缚里挣脱,掏出衣衬最里侧所藏玉牒,大呼道:"都督可识得此物?"

凌肃本已回身,不再理会痴子,听他这么一嚷,不禁回头瞥去。这一瞥,让这位久经沙场、经历多年宦海沉浮的大都督,也是大惊失色。然则凌肃毕竟身居高位,阅历无量,平生机警得当,心敏如电,须臾即平复心潮,沉声道:"安营下寨,今日诸事,需有个定分,有劳林、特略两位将军,待会儿来凌某帐中细议。"

三军各退百步扎营,让出官道。营帐安设停当,巴彦赤兀无力探听实况,颇为烦虑。

趁着三军各得其所之际,凌肃将痴子拉入帐下,屏退左右,恳言道:"此物你从何得来,你照实述说,无论情由若何,本都督允你绝不追究。"

"我未曾见过你,你若真是边城统帅凌肃都督,可有将符任状为凭?"痴子方才情急之下,露出玉牒,此时略觉轻率,遂有此问。

凌肃笑道:"你这疯徒,连我都不识得,还敢诈成世子?算了算了……"他自知这痴子疯癫已极,讲不明道理,遂依着痴子所言,与他验了将符。

"这下无疑了吧!快说,这玉牒如何在你手上?"

"嗯,既然真是凌肃大都督,封兄所托之事,自然可以明言相告。我被困深洞,又遇凶徒,是封兄舍命将我救出,他说这玉牒关系重大,凌都督只消望上一眼,便知其中根由。怎么,你没想到封兄欲说何事?"

"你口呼封兄的又是何人?"

"封兄名叫封丹吉,乃夜巫部族使臣,他率使团来我北地,传达夜巫族欲与我族结为秦晋之好、议盟休兵的至诚之意。然路遇歹人,使团诸人皆死,封兄也力战而亡,他留下这玉牒,再三嘱托,要我将此物面呈圣王,倘若无法面圣,也只能将之交予家父或你凌大都督。"

凌肃心道："他虽癫痴，所言之事却不似假。玉牒之事，确乎唯有我和明王知晓……"思绪纷扬，昔日诸事，均记上心头。

十二年前，白鹭王与惜茉王后幼子翱契降生，正当大喜之时，却传来一则虹彩神庙的魂别塔铭文释译："鹭有三子，其长为王，其仲为辅，其幼为逆。"可怜翱契来到人世不足百日，已背负日后必反的罪责。群臣忧惧，朝野之内谏书奏折雪片般堆满白鹭王处理圣务的案几。为平息民议，给群臣一个交代，白鹭王只得将尚为婴童的稚子贬往北关，永废其立储资级。惜茉王后难忍骨肉分离之痛，夙夜焚心，哀极伤绝，唯恐幼子为人所害，自己身居深宫，每日坐立难安，神思恍惚。三年前，梵芸公主出嫁摩鲛国，惜茉王后再受打击，终于一病不起。白鹭王为惜茉遍寻名医仙草，医司亦百般尝试，王后的身子却仍一日更比一日弱，待到最后，忽梦忽醒，惊厥连连，口中除了呼唤翱契、梵芸名字，已不能言语。白鹭王直觉万箭攒心、肝肠寸断。一日黄昏，惜茉醒转，略有神采，白鹭王喜慰，以为病情好转。惜茉但求再见幼子一面，白鹭王再顾不得群臣非议，连夜遣人去接翱契回都，不想入夜后，惜茉恶寒脉浮，连呕了几回血，自此昏迷，再未醒转。翱契尚未启程，惜茉已魂归幽冥，未得相见她日思夜盼的稚子。

与惜茉天人永隔令白鹭王恨悔无限。穷极苦叹之时，他忆起夜巫一族握有"死灵换祭"一术。为使惜茉香魂永续，他招来时为冰使的伽摩达赫和时为龙将的凌肃，将惜茉生前钟爱的玉牒交给二人，要二人密往夜巫部处，以"死灵换祭"之法，留存惜茉今生记忆于玉牒之内。

二人领命，便北上出关，寻至夜巫部落，详述其情。夜巫部的爱丽丝·琼感念白鹭王痴心一片，更欲以此促成两族交好，遂明知行此秘术凶险万分，百失一得，仍决心走这一步险棋。没想到，夜巫族几代灵师日夜施法，故人去、新人替，足足用了十二年，方将惜茉王后魂魄导引入玉牒之中。功成之时，已有三十六位灵师圆寂。其后，封丹吉便领命前往圣境，一则为了和亲议盟，二则便是奉交玉牒，未料白鹭王直至驾崩，亦没能了却心愿，重持玉牒。悠悠情难消，只影携恨去。

Chapter 24
玉牒之托

圣所贤文渡。朔风既起,天色忽而苍黄,忽而湖蓝,有时一道金光笔直射下妖煞层列如麻的彤云,有时一阵猛雨,河海联运的楼船在波涛翻涌里沉浮。

海渡上一高一矮立着二人,高者正是元清流,他怜爱地捧住那张挂满离人泪的小脸。

"爹,你真的要送我走?"元晃攥住父亲的衣角,对分别的抗拒全部化为满拳的手劲。

元清流心中实有万般不舍,瞧着他稚气未脱的脸庞,恨不得让前计作废,把元晃永远留在自己身旁。可元清流自知白鹭王驾崩,沙暴亦将再临,关外诸族各怀异心,一场大乱在所难免,而妻子卫伶秋所留心愿,他又不可不去完成,加之卫伶秋虽武艺冠绝圣所,却不想自己儿子再涉险犯难,于是决意将元晃送往虹彩神庙修习。虹彩神庙每隔六年便会招收一次学童,所招孩童不论出身,只要甘愿六年内闭关求学,不与外人相交,不问俗事凡忧,澄神端虑,清心淡泊,即能学有所成,出庙后得以灵童相称,颇受世人尊崇,如有恶徒胆敢冒犯,则为天下公愤,众皆不齿。那关北双虎所杀的候封医司,即为灵童,故圣王专遣王都好手奔赴边关,捉拿两位逃犯。雾暝之所内诸族皆奉虹彩神庙为圣地,在这乱世之中,那儿可谓一方净土。元清流此番送儿入庙,纵是骨肉情深,为着儿子的安危前程,也不得不狠心别离。本来他一代英豪,暂别六年不会如此柔肠婉曲,只不过,他接下来要做之事,实在凶险万分,六年之后,不知自己还能否再见儿子一面,所以才这般愁绪萦怀。

"六年之后,爹会在这贤文渡等你,爹希望那时你学成归来,而非荒度年华,贻人笑柄。"

"儿子定苦心求学,不落人后!"这几个字说得铿锵有力,元清流大感安慰，他又替儿子整了整衣带行囊，稍振精神，说道："去吧，若是觉得闷，就研习一下你娘留下的剑谱，只是……别累着身子！"

元晃紧了紧剑带，那柄能斩神魔的宝剑就背在他身后。元清流将剑交给元晃，一是了却卫伶秋的嘱咐；二是希望元晃纵不去度那出生入死、刀剑丛中过的日子，也能有一技傍身，不受歹人欺侮；三是此剑名声太大，觊觎者众多，然若藏于虹彩神庙之中，正可谓安妥，再无一处存剑之所比之更妙。

元晃三叩父亲，连拜辞别，终于登船而去。此时煞风大作，天地倒转，而元清流却似无所感知，伫立渡口，只待远帆早已化作幻影，仍不思离去。旁人只道这是一位恋子极深的父亲，却不知他以磅礴静力，傲立渡口，是为着护送楼船安然驶离。此刻元清流祭出剑诀，散发浮空，断喝一声："孽畜现身吧！"

一只腥气极重、身巨如鲸的大兽自海中一跃而出，正是银灰蜥质虫。原来，虫群逃离"霜虫邪瞳"大沼泽后，有几只沿江入海，经过贤文渡口，楼船之声引得其杀心大发，饿肠饥肚，正欲袭沉楼船，饱餐一顿，元清流已觉察事有危急，遂以静力阻断音波外传，银灰蜥质虫觅不到音源，只在浅海中打转。待船行远无影，元清流也早已神乏力缺，苦战百余回合，方斩虫头于岸头，而他自个儿，亦损耗极重。

自被红甲剑士伤了之后，庞云静力溃泄，提劲运功，只觉肢体绵软，不复昔日钢铁之躯。红甲剑士已言明要对大都督凌肃不利，庞云心忧，又恨自己无用，派去追寻红甲剑士下落的探子每次都无果而回，倒是凌肃府中传来消息，说沙暴来袭，各部定要严守城防，圣丧期间不容有失。

翱契混在悼念的人群里，不让自己显得特别。人们低声唱着哀歌，他虽听不真切歌词的内容，也跟着一道哼唱。风自北地刮来，好像世间所有的次序都要被它吹乱。

哀乐休，祭礼毕，相识之人便三五同行，往八方散去。翱契跟着一伙贩鱼商人，意图寻机走水路逃离北境。水面不比旱路，不易盘查，被抓的可能自然小些。那伙商人初时感叹几句人生无常、生死天定之语，旋即聊起各自行途的见闻，以及听说的小道消息。翱契本无心听他们闲谈，可讲到下面一段，却立马竖起了耳朵。

"昨晚关外出大事了！"

"早就听说啦！不就是海渡和废港都发现有银灰蜥质虫出没吗？"

"这已算不得新闻了。"

"哦？那是何事？"

"昨晚沙暴来袭，趁着昏天黑地之时，有一红甲刺客潜入凌肃大都督营帐，差点将凌都督刺杀！"

"凌都督没死？"

"嗯，但伤得很重。"

"刺客抓到没？"

"那刺客据说是冻狼族人，武艺高超得很，边关传奇庞云，都因敌不过他而功力尽失。昨夜龙将林修年和'影子骑士团'的特略将军也在都督帐中，他们三人都是绝顶高手，那红甲刺客也没讨到便宜，不过还是叫他走脱了。"

"三大高手都斗不过他一个？"

"听说那红甲刺客也有外应,若不是他的帮手及时赶到,恐怕早被拿下了。"

"这刺客独战三将，还能重伤凌都督，着实恐怖！"

"嗯，而且明王家眷也趁乱逃得无影无踪了！"

"这么说来，他们是明王府请来劫囚的！"

"唉！明王里通外敌，勾结异界恶逆，白鹭王仁慈，饶了他的家眷，却让边关重将遭了毒手，沙暴已起，鬼盗尚无动静，倘若他们也掺和进这乱局，北地可真到了危难之时！现下银灰蜥质虫危害北境水域，咱们趁早收工，换些现钱去南方避祸吧！"

"我也正有此意。"

听到此处，翱契心中犯难："他们若去南域，跟我岂不南辕北辙，恰好反向……"那人又说一句，让翱契更是一惊。

"我还听说，都督已传下令来，加紧搜捕废子翱契，若遇抗法，可毙杀。"

贩鱼商人渐行渐远，翱契却停在原地，再没跟上。

"既然你们要定了我翱契的性命，就休怪我与你们从此陌路，势同水火了！"

庞云接到来报，亦得知红甲剑士夜袭都督营，重伤凌大将军之事。他满心壮志，无计酬报，正当此时，又接到一封将令，凌肃命他即刻动身前往都督府，有要务交代。

庞云自是不敢怠慢，即刻离开罪数塔，星夜赶至都督府。抵达府门已近寅时，庞云以为都督早已就寝安歇，要待到天明才得召见，不想他刚一下马，便有兵士牵过马去，说道："大都督等你多时，快请入内。"

庞云急步登堂，见堂内无人，引路的兵士说道："将军这边走，大都督在侧殿。"

到了侧殿，两名医司正为凌肃更换敷药，一道极深的伤口自肩头直到脐处方止，可见昨日战况之烈。

兵士通报道："大都督，庞云将军到了。"

凌肃道："你们都下去歇息吧，留庞将军在此看护即可。"众人遂出，凌肃招手命庞云近前。

庞云跪于榻前，听凌肃道："边城之中，为将者不在少数，但论赤胆忠心，深明大义，数你庞云最有担当。"

"大都督谬赞，小将实在愧不敢当。"

"今日我急召你来，是有一样干系重大的物件，要你保管。"

"小将定誓死从命，不负都督所托。"

"嗯，你拿了这东西，便火速南下，将之交给南清王，切不可有失。"

"小将领命，只是……"

"只是什么？你是不是想说你武功尽废，斗不过那红甲剑士？你大可放心，那红甲剑士所受之伤，比我更甚，林修年和特略两位将军，也会与你一路同行，共赴王都！"

"小将遵命。"

"嗯，这便是本都督特召你来此的根由。你明明心中疑惑，为何不将此物交给林将军带往王都，却偏要你走这一遭，但你只管领命行事，未有分毫犹豫，足见委你此任，再合适不过。此物你需贴身携带，林将军和特略将军虽与你同行，但你断不可将此物交出，倘若真遇强手，你们抵挡不住，你便毁了此物，也不可让它落入他人之手！你可听清？"

"小将定谨遵都督将令！"

"好，这只玉牒，你收好吧，天一亮就上路！"

庞云接过玉牒，未敢细看，只见一道裂纹横贯牒面，像一条崎岖险径，似在预示前路漫漫。

Chapter 25
热血淌洒

黑色的旗在密不透光的乌云下飘扬,元尚法的大军身披丧服,陈兵关内,军容严整,行动划一,足见元尚法治军有方,确属帅才。

前军校尉自都督府的辕门外下马,叩首道:"边关事急,请梵芸公主移驾玫瑰湖,行装车驾俱已备妥,小的奉佐王使之命,特来禀告!"

城楼上出现一人,却是凌肃,他虽战伤未愈,但大将风采依旧。

"末将凌肃,拜见雷使大人。"他鼓动静力,隔着军阵,亦让元尚法听得真切。

元尚法自不示弱,亦凝静力,朗声回道:"有劳凌大都督日夜为边城防务奔忙,圣所全境方得太平。圣王驾崩,海内震动,关外怀异心者恐将乱我圣域,梵芸公主不宜于关城久居。圣王灵柩已暂厝玫瑰湖,本使护送梵芸公主至玫瑰湖行宫守灵,凌都督可否为本使通报一声?"声洪如钟,静力之雄浑浩荡,比之凌肃,亦稍胜几分。

"梵芸公主正染风疾,兼之悲绝哀恸,实在难堪车舆劳顿,雷使大人卫护公主殿下之赤心,为公主殿下思谋之万全,实乃人臣典范,末将当以雷使大人为楷模,待公主殿下贵体稍安,亲护殿下南下。"

"凌都督,恕本使直言,你肩负抵御外族、镇守北关的重任,不可擅离,圣丧期间更不容有失,望都督以公务为重!本使知你感念圣王大德隆恩,亦欲同往虹彩神庙拜祭先王,笃情固挚,却不可徇私,误了先王圣命!公主殿下随本使同往玫瑰湖,再妥当不过。军中医司随我征战南北,小小风疾,难不倒他,定能照料好殿下贵体,凌都督无须多虑。"

此时,城头又多出一人,她如冷月当空,秋潭清影。少时幽梦里,枯洲春水时。那正是梵芸公主。

"让你们主子元尚法近前听话。"梵芸公主冲辕门外跪着的校尉下令道,此言一出，连凌肃也是心头一凛，面对雷使的万马千军，梵芸公主看起来毫无惧色，甫一开口，就给了元尚法一个下马威。

校尉面露难色，既不敢回阵通报，又不敢违抗公主，一时如膝盖生根，跪地更牢了。

元尚法这等静力深厚的人物，一如巴彦赤兀，不但可以声传百里，耳力亦是极聪，只要眼观声源，就能闻得远处蚊蚋之声。梵芸公主所言，已是字字入耳，当即拍马上前，昂首道："臣观公主贵体无恙，大感欣慰，公主这便随臣南下，莫误了圣丧！"言辞里亦含不敬。

"公主殿下，城头风寒，沙暴肆虐，您还是请回堂内歇息吧。"凌肃本欲温言劝退元尚法，没想到梵芸公主一出，就让双方陷入剑拔弩张的态势。

"凌都督你不必怕他，今日关城众将皆在，正好揭露元尚法谋逆罪状。此人大奸大恶，身蒙圣王厚恩，却屡屡犯禁，暗结党羽，诛除异己，已有篡位自立之心。罪证在此，是为元云甲写给元尚法的密信一封，内中详述北控长城，西据王府，南取王城，迁都玫瑰湖的万恶图谋！今白鹭王已明昭天下，传位于北平王沙里维，元家却贼心不死，不悔作乱之心，凡念先王旧恩者，听我号令，拿住元尚法，匡扶大义，以正圣统！"

梵芸公主所言不假，信却是伪造的。元尚法实没料到，梵芸公主会突然发难，六神一时无主，只盼果决的元幼春就在身旁。关上将士却已群情激愤。一则当年梵芸公主远嫁摩鲛国，年纪尚幼，出塞之时，马长嘶，雁哀鸣，今日诸将中有不少人曾为公主送行，目睹公主凄婉痛怨的脸庞，清泪长流却未发一声；二则元家权势熏天，有眼红忌恨者，有屈从隐忍者，有阳奉阴违者，其心各异，然皆怀不忿之心。

日已西斜，仍未有音讯传来，元幼春心知出了大事。她亲率近卫军，守候在父亲元云甲环侧。殿内诸人，面如神将罗汉，等待他们的是一场事关荣辱存亡的恶战。

前方终有来报。元幼春见信使如惊弓之鸟，话已说不利索，便知将有大难。信使道："梵芸公主……于辕门之上诬陷雷使大人谋逆，关城人多势众，将我军围于瓮城……折损兵将大半……雷使大人……"

"雷使大人怎样了！？"

"雷使大人率军突围，本欲南撤回营，却遇到郑海问领兵的'影子骑士团'挡住去路,我军前后受敌,只得出关暂避……未承想……"

"快说,出关后又如何?"

"未承想关外摩鲛国大军已设下埋伏,我军……遇伏大败……雷使大人力斩敌军统帅、摩鲛国灵魏大王独子頡赫巴,可……可雷使大人他……身中流矢而亡……"

闻言至此,元幼春狂性大发,抢起佩剑便砍向信使,信使避之不及,连手带头,被削成几段。

"那梵芸竟有如此心肠计算,我必让她生受万辱,求死不得!来人,把那慧灯老儿押上,本宫拿他祭旗!"

若在旁时,必有人劝谏此事不可,然血淌满地、已无全尸的惨状使得无人再敢发声。他们偷偷观察了一下元云甲的神色,但见他面如死灰,僵坐殿上,并无阻却元幼春之意,遂各自低头领命。

其时,闫璟良、屠宗三、史宽三人已混入元云甲大营,虽探知慧灯大师被囚禁于地牢,然地牢守备森严,通向地底的牢门日夜紧闭,根本无人出入,仅将水粮通过竖井运送至牢中,牢役在内中加工吃食,他们得不着机会前去营救。忽听殿内哀号一声,接着一队光使近卫奔出殿外,似朝地牢而去。三人心知事出异变,再不动手,恐永无良机,遂切近跟前,果见牢门洞开,地底的森然之气随之喷吐向暗黑的天际。慧灯大师被反缚着双手,蒙着黑布,被近卫押回地面。操练场上,已有人在筑起刑台。闫璟良、屠宗三、史宽彼此点了点头,决意动手。

屠宗三和史宽身法快如雨燕,一上一下,屠宗三自天而降,史宽穿众而过,倏忽掠至慧灯大师身侧,将之抢出押送的近卫队。闫璟良在旁掠阵袭扰,敌众不知究竟几人来攻,自不敢全力追向慧灯。两方拉开身位,长剑出鞘,白刃相接,战作一团。闫璟良武功最弱,渐感难以招架,六七个近卫已将他围住,他舞动凤尾刀,几番欲冲出阵去,皆被挡了回来。屠宗三与闫璟良之间,隔着数十敌众,透过刀剑的密林,屠宗三全然望不到闫璟良的状况。他一边加紧护住慧灯大师,一边呼问道:"闫兄弟,你可安好?"

"大哥莫要管我,快随大师、三弟离开!"

屠宗三已听出闫璟良力所不支,遂不再发问叫他分神,自己心中却有了打算。他长剑一阵凌厉急攻,逼得围攻的近卫皆退至剑尖以外,方趁机对史宽道："你带大师先走，我去助二弟。"

"大哥，咱们一块走！"

"救大师要紧，莫要误事！"

史宽心中不忍，但眼下险厄迭出，实非踯躅之时，只得听命，遂道："咱们孟先先生那儿见。"腰刀如旋风般杀向近卫，敌手面对这殊死之势，多加忌惮，屠宗三连出三剑，刺倒了不肯退避的当先三人，史宽遂挟慧灯大师走脱出去。

屠宗三虽已身受四五处创伤，仍竭力将近卫引向己处，他剑上的血来不及淌净，就又沾满了。他就像开山探路的先驱，披荆斩棘，终在刀剑的密林中豁出一条明路。闫璟良左腿已被洞穿，此刻单膝跪地，双手挥动凤尾刀扫向近前之敌，却因下盘失稳，施展的招式泄了力道，五个近卫齐齐向他刺出利剑！五剑只消有一柄刺入，闫璟良即魂断于此，他本已绝了求生之念，眼前却多出一具山一般的身躯，他布衣尽碎，血顺着他虬扎的肌肉淌洒！

"大哥！"

屠宗三已说不出话来，他运起毕生所修魂魄之力，才硬挡住这五剑突刺，是以施此险招，意味着剑若拔出，裹缠在剑刃之上的魂魄之力亦将随之抽离，屠宗三往后再战江湖，便只能以静力攻敌，再无魂魄之力护体了。

那边史宽没了近卫缠斗，好似脱笼猛虎，片刻便奔出营外。他甩开追兵，见再无人跟上，遂秘往相约之地。

Chapter 26
灵魏大王

沙暴让诡诈善变的大海更加易怒，就算扎根海底的摩鲛一族，亦不敢大意怠慢，稍有不慎，就可能葬身鱼腹。灵魏大王的海魂宫内，却听不到风与浪对战的咆哮。灵魏大王张开排满尖锐利齿的大嘴，发出螺号般的声响，整个海魂宫内响彻灵魏大王的号令。

摩鲛将领们围成新月状，听任灵魏大王差遣。

灵魏大王道："本王的独子颉赫巴已魂归海之根，他为白鹭王雷使元尚法所杀，技不如人，怨不得谁。本王的王后仍被困在长城之内，颉赫巴本欲接回王后，自己却遭人所害，目今白鹭王已逝，元家谋反，王后多待在关中一天，就多一分凶险。本王欲倾举国之力，亲征北关。众将听令，各依军册点兵，亥时之前，本王要你们一个不落，进军北长城！"

"是！"

元云甲一直视元尚法为家族顶梁，毕生所愿，就是将他扶上圣位，如今不但失了爱子，还叫人在自家大营劫走人犯，自是震怒。元幼春更是当即斩了几员办事不力的大将。元家伤了元气，却也解开了手脚，反贼之名既已坐实，便只有夺下圣位才能纾困，直至扭转乾坤。

"父亲，咱们先拿下梵芸那妖女的人头，再南征王都不迟！"似有万般理由，又说不清究竟为何，元幼春此刻最恨之人，就是梵芸公主。

"不可。全军需在天明之前整备完毕，兵发南境，刻不容缓。若让鹤贯立稳了脚跟，再与他鏖战，胜负可就难料了！"元云甲了解女儿的性子，但他心中已有决断。

"可是白鹭王并未传位给鹤贯，就算拿下都城，继位的沙里维仍将以圣王自居。咱们先攻取北境，逼沙里维让位或干脆诛杀代之，扬起圣王之名，号令四海，再以王师伐贼，收复南都，岂不更顺理成章？"

"沙暴已起，北境必乱，现下用不着咱们耗损兵将，等到关外蛮夷把关上闹得人仰马翻、顾此失彼，咱们再回马收拾残局。沙里维久未掌兵，根脉不广，就让他顶着圣王的虚名多活几日，鹤贯不除，终不得圣所，这你也应该清楚得很。"

"既然父亲南征之意已决，小女请借三千精兵，独往北关，兄长是被摩鲛人所害，小女要手刃梵芸，替兄报仇！"

元幼春说得情挚意切，元云甲亦恨梵芸让他痛失元尚法，遂道："近卫军全随你调遣，再单予你一千精兵，取了梵芸的人头，立即班师，于玫瑰湖接应我南征大军。"元云甲心系女儿安危，是以将最信赖的近卫军交她手上。

元幼春叩谢，引军去了。

史宽武夫出身，没熬过候揭金榜、妻儿远归的热盼时分，现下屠宗三、闫璟良久不现身，也让他彻尝苦等滋味。他站在船头，恨不能天降玄火，将遮眼之物烧个干净，好瞧瞧两位哥哥究竟如何了。

"亥时一过，若他们还没能赶来，就只好起锚了。"苏孟先坐在船内，隔着竹帘对史宽道。

"倘使亥时两位哥哥未到，便请苏先生陪同慧灯大师先回云中冈，我史宽不能丢下哥哥们独去！"

"他们来了，伤得极重。"苏孟先静力深不可测，远胜史宽，因而他已感知到屠、闫二人趋近，史宽却毫无觉察。

"还不快撑筏子过去？"苏孟先催道。

史宽知苏孟先自有法门洞察，遂撑着渡筏来到岸边。屠、闫二人果负伤来到。

回到江心楼船，史宽一手扛住一人，将两人揽进船舱。慧灯大师颇通医理，一望便知闫璟良虽看上去更为疲弱不堪，然创口未及要害，只是失血过多所致，而屠宗三显是受了极深的内伤。

"你……你对自己做了什么？"慧灯大师惊问道。

屠宗三仍无力作答，闫璟良泣道："大哥为了救我，以毕生魂魄之力替我挡下刀剑，现今魂魄之力尽失，大师，您救救大哥吧！"

"诸事皆因贫僧而起，贫僧实在……"慧灯在屠宗三后心要穴处缓慢推揉，发现屠宗三确已了无魂魄之力。

苏孟先道:"大师,追兵就快到了。"

"好,这便起锚吧,边行船边疗伤。贫僧本已抛却生念,今蒙各位义士搏命相救,贫僧当真无以为报!贫僧本欲劝说元家放弃谋得圣统的念头,如今来看,这场大乱,是免不了了。贫僧更想不到,宛如娇花的梵芸公主会成为祸首!"

亥时已到,灵魏大王率领摩鲛族勇士跃出海面。他们滑腻腻的身体覆盖着灰绿色的鳞片,在月下发出冷光。

都督府外,元幼春的近卫军已同府兵展开搏杀。元幼春派去劝降凌肃的信使带回口信,说是边城将士会誓死保护梵芸公主。

凌肃将劝降信交给梵芸公主看了,梵芸公主道:"此番真的有劳都督了,若无都督助护,小女已身死逆贼屠刀之下。"

凌肃道:"末将是白鹭王亲封的边关大都督,维护圣统不为奸人所篡,义不容辞。"

梵芸公主笑道:"凌都督前日得了一只玉牒,不知可否让小女一看?"

凌肃暗诧:"她怎知此事?"

梵芸公主见凌肃不答,变色道:"你将那玉牒藏在哪儿了?!"

凌肃道:"末将不敢,那玉牒只是一痴子疯徒信口胡诌之物,末将已发还与他,藏之作甚?"

"胡说!玉牒乃我母后遗物,你私自扣下,是何居心?"梵芸公主本需仰仗凌肃,护卫她的安危,如今她与灵魏大王相约的时点已近,她心知不出半个时辰,摩鲛国大军就将抵达,再不挑明此事,恐无良机,遂有此言。原来,从夜巫一族使臣封丹吉入关起,梵芸公主就已盯上他身携的玉牒。起先雇了姜昭贤一伙,未能得手,玉牒辗转到了冒充霍冬春的疯人手上,她眼线众多,终在疯人将玉牒交给凌肃之时,又得知了玉牒下落。梵芸公主虽人在都督府,却无机会夺取玉牒,此番有了摩鲛大军助力,自当放胆一试。

"公主殿下,您再如此相逼,末将可要得罪了!您逼元尚法造反,引得元军与我边军大战,有何目的,不妨明告末将!玉牒已不在我手上,此事关涉重大,未免夜巫一族或其他居心叵测者,借此乱我圣所,须由虹彩神庙验视真伪后,交当今圣王沙里维和南清王鹤贯定夺处置。"

"这么说,你已看过玉牒之内所含诸事了?"

"难道……公主殿下您……知道？"

"知道什么？知道我的生母惜茉王后实乃冻狼族人，并非神裔人族？知道翱契跟我异父同母，根本不是白鹭王子嗣？知道鹤贯的胞弟共贞并未夭折，仍然在世？"

"这……这都是真的？玉牒是真的，夜巫族真的留住了惜茉王后的记忆？'鹭有三嗣，其长为王，其仲为辅，其幼为逆。乱军纷沓，狼势独凶。'你才是幼嗣，你才是逆……"凌肃这"逆"字尚未说完，当胸已被钢叉穿过，灵魏大王单臂举起钢叉，将凌肃挑向半空！梵芸公主露出笑靥，欢悦而起，扑入灵魏大王怀中。

梵芸公主摸着灵魏大王染血的鳞片，说道："可真叫你受苦了！颉赫巴为救我而死，你一定伤心极了。"

"他战死沙场，没有辱没我摩鲛族英武之名，魂灵会在海之根安息的。"话虽如此，梵芸公主已透过灵魏大王颈间的腮孔，听见了他心底的哀叹。

"我还有一事，想要告诉大王。"

"什么事？"

"我……怀孕了。"

灵魏大王抱住幼妻，胸怀里涌出似将不竭的力量。

"我可以向大王求一样东西吗？"

"别说一样东西，就算你想要这雾暝之所，我也一刀一拳为你打下来。"

"我有大王为伴，要这天下何用？我之所求，只是一个玉牒，那是我母后的遗物，我幼时便嫁给大王，母后薨逝都不在旁侧，我想……留下这样东西，加以缅怀。"

"此物现在何处？本王定为你取到！"

"玉牒本在凌肃手上，如今被他交给属将，要送往圣所王都，不过……"

"不过什么？"

"不过这玉牒由龙将林修年和'影子骑士团'特略将军护送，这两人武艺高强，不好对付，除了大王您，咱们摩鲛国勇士中，恐无人能与之匹敌……"

"本王这便亲自为你拿回玉牒，此物就作为咱们将来儿子的新生贺礼！"

Chapter 27
两不相欠

卫伶秋从一个鼠须獐目的男人手里,接过一张对折的字条。她把字条展开,里面有一个名字,名字上盖着奇怪的印章,像两只小鬼正尽兴扭打。"我不想再为你们干这勾当了,杀了他,便带我回雾暝之所。我还剩最后一个人要杀,了结了那件事,我便再也不想杀人了。"

"真界繁华万千,凡有所欲,皆得餍足,若不是有违圣所禁令,我巴不得在此久居呢!你何必还念着那不得纵情舒展的弹丸之地,抛却这锦绣天地呢?"

"你们已经答允我了,此即最后一回,难道你们要反悔不成?"

"你所嫁之人是鬼盗头子,孩子自然也就是个小鬼盗,而你自己是个连半点圣血都不带的纯种凡人,你回到那血统为上的雾暝之所,又有什么乐趣?这儿才是属于你的世界!你在此不必躲在暗影行事,你可以名扬天下而不用担心睡梦里被仇家找上门来,在雾暝之所你永远是叫人痛恨的刺客,而在此你可以真正金盆洗手,跟你的同族同类生儿育女,重获家庭。雾暝之所到底不是你的归处,我们如此安排,实在是为你着想。"

"是不是我的归处,我自有主张,不劳你费心思量。我必须回去,带我去绝地天通!"

"伶秋!咱们打小一块长大,家父为了把你从铁月城的人族窑子里救出,不惜得罪瘸腿鲸帮,后来为你延请名家,悉心栽培,不曾有一日亏待于你。家父将你视如己出,你却还念着你的亲生父母。你爹嗜赌,欠下郝万山巨额赌债,是家父四处筹措,为他清账,就连送终都是家父出资,将他安葬。家父不忍你们母女骨肉离分,把你生母也赎出。我虽是他亲儿子,也不见他老人家这般疼爱我。本来家父想让咱俩成全好事,不想你恋上了那鬼盗头子,咱们算是有缘无分,可是我们待你如何,你应该比谁都清楚。今日不是我不想带你回……实在是……"

"你们全家的确有恩于我，我卫伶秋虽九死不敢相忘，只是我家夫君和幼子还在等我归去，我实在不能寄居在这真界。你有什么苦衷，便直说吧！"

"不瞒你说，铁月城的走私通道，已被'影子骑士团'查见，夜游神已接到圣令，凡经绝地天通进入雾暝之所者，必严加盘查，从今往后，哪怕是铁月城，恐怕都不会再有凡人出现了！"

"这么说，你这次带我出来，就没打算让我回去？！"

"圣王有令，我又有什么办法？"

"你可以不诓骗我离开！我不管，我一定要回雾暝之所！"

元幼春没能报得杀兄之仇，还折了好些兵将，回到营帐，父亲已挥师南下，心中大为悒快。马里连科为她宽衣脱靴，靴带解得慢了些，她怒火满怀登时发作，一脚踹在马里连科下巴上，马里连科伏在地上不敢出声，嘴角却止不住流出血来。

"你对我可是真心？"元幼春拿脚尖勾起马里连科脑袋，见他又是怵怕，又是委屈，火气已退却大半。

"若王后怀疑奴才，奴才这便撞死在这儿！"

"哟，你还敢威胁本宫？"

"奴才万死，奴才只是……只是……"

"还记得本宫给你提过的霍冬春吗？"

"奴才记得，那厮不识抬举，死有余辜！"

"你看这朗月明空，自然通透，为何心却如毒莠缠绕，不得安宁？"

"总有些恶贼，坏了王后的好意。"

"好意……不错，我待霍冬春可真是好意一片！他却视我如流烟逝水，这样的男人，又怎能不好好教训一下呢！"

"王后说的是。"

"不单单是他，还有勾走他的毓含，自然也得尝尽苦头。你可知当年这对狗男女，差一点叫我没能亲自报仇？"

"奴才寡闻，实在不知。"

"这对狗男女，曾被鬼盗拿住，留作人质，而后熊族跟鬼盗交恶，鬼盗欲将这二人交还，当日去谈判的特使，就是兄长。本宫自知机不可失，便与兄长合演了一出借刀杀人，众人皆以为狗男女已命丧熊族之手，岂知这两条可怜虫已落入本宫手中！本宫将他二人囚禁在荒山洞底，捉了一山野药户丢进穴内，每天喂下一副癫情散，药劲发作，药户便会不眠不休地要寻痛快，不用本宫亲自动手，药户便替本宫使遍招数。毓含哀号三日方气绝，霍冬春挨到第五日，也咽了气，到死还在口出不敬，他若服软哀求本宫几句，本宫兴许能叫他死个痛快！"

元清流已藏于窗外倾听良久，话至此处，肝腑如被五雷炸裂，实在难忍满腔盛怒。他跃入窗内，喝道："妖妇！你丧尽天良，别人只是不愿爱你，你便行此恶行，今日就算无人想要你的命，我也要替天降罚，为无辜屈死者申冤昭雪！"他早已觉得当日霍冬春与毓含公主之死另有隐情，奈何无从查起，自己背负害死人质的罪名，为圣所和熊族共愤，而今终于找到罪魁，加之这元幼春正是卫伶秋所受之托中，唯一未能成功的刺杀目标，她虽未明言，心中实在日夜为此烦虑。元清流再无二话，拔剑便刺。元幼春拖过马里连科，挡于身前，长剑贯胸而入，马里连科惨叫一声，倒在一旁。元幼春一边大呼"侍卫"，一边奔向门口，元清流飞身追到，元幼春觉得后背阴风袭体，骇惶间转头一望，剑尖恰巧临至，凉铁没入喉咙，元幼春仰面而死。

现在元清流笑着，谁又知道他心里是不是在流泪，是不是还有夙愿未了？他送走了儿子，他相信元晃能有不一样的前程，没人再拿一个"盗"字称呼他，他会很讨女孩子喜欢，在他讲话的时候，人们会给予他耐心，会佩服他的博学，会赞赏他的谦逊。元清流没能等来妻子，可是他替卫伶秋清算了宿命里躲不掉的一桩买卖。现在，他和他的妻子不欠任何人任何债务了，倘若还有未来，他们可以简单地相依为伴，再也不必违心地过活。他笑着，也许心里的泪也已经干了；他笑着，也许欢畅的时辰无多了。

元家的近卫军杀了进来。他们个个都是好手，训练也从不松懈。元清流斗得过他们，只是要在他精神强健、身体无痛的时候。不过他现在斗志衰微，身体也耗损得厉害。为了护住儿子，他恶战银灰蜥质虫，本来就在恢复中。情势却不容他安歇调养，那是养尊处优的人才能得到的优待，他向来无福消受。他始终眼盯元幼春的动向，就像过去的日子里，卫伶秋做的那样。元幼春自都督府败北而回，她心骄气傲，却没能敌过摩鲛国诸勇和凌肃府兵的夹攻。她败得落花流水，她处在一生之中最抑郁、最低潮的时分。元清流不会放弃这样的机会，只因他知道卫伶秋会在此刻动手。他既然决定做到妻子未竟之事，就要将她的魂灵化入自己的躯壳，他要用她的逻辑去判断，他要用她的步态去进击，只不过，他不知道如何用她的绝情去逃离。

他依旧笑着，看到了儿子的前程；他依旧笑着，看到了夫妻的重逢；他依旧笑着，笑对自己无趣的一生。

Chapter 28
弥天大谎

翱契混在一帮流浪汉中间,他们摈弃了久居一地的生活状态,在江湖山海之间浪迹。翱契猎到了一只肥鸡,有了跟他们坐在一块躲避沙暴的资格。他很珍惜这种资格,他希望能听人说说话,他并不是害怕孤苦无依,而是害怕远离人群的寂寞。

总之,翱契格外珍惜与这帮流浪汉相处的机会,所以他只吃了一缕鸡丝,剩下的鸡肉都被流浪汉们分食干净了。

"日子是真没法过了!"一个流浪汉舔着手上的油脂道。

"可不是嘛!到处都在盘查搜捕,唉,魂别塔铭文说得可真准,这白鹭王刚驾崩,翱契就竖起了反旗。还好有梵芸公主坐镇边关,不然可要出大乱子。"另一个流浪汉附和道。

"同为王嗣,梵芸公主打小就为了苍生着想,远嫁摩鲛国,给那看一眼就能恶心上三天的灵魏大王做老婆,别说是王女公主,就是寻常人家的小姐,恐怕也没几人能接受得了!可这翱契就大不一样了,身在边关,心却始终觊觎着圣王之位。也是终于给他等到了机会,梵芸公主难得回来省亲一次,他却意欲劫持公主为质,要挟边军听他号令。梵芸公主不从,拼死抵抗,被这逆子所伤。他见事已败露,才跑出边城。现在不知聚拢了一群什么牛鬼蛇神、三教九流,还当真要反了!"翱契很想抓住那流浪汉的衣领,大声告诉他真相,告诉他自己从没想要伤害姐姐,更没有半点想要争得王位之心。可是连日的逃命生涯,已经让他学会了隐忍,活下去的本能让他管住了自己的嘴巴。

"这圣王之位,可以让他六亲不认!听说他不单拉拢到一些恶匪凶犯,还收编了不少摩鲛国、鬼盗、夜巫等族的叛徒,若他日真让翱契得逞,登上圣王之位,这群歹人都成了有功之臣,分封天下,咱们雾暝之所,就真永无宁日了。"

翱契无奈地轻叹一口气。

"这位新来的小兄弟，你抓的鸡可真鲜美。你是哑巴？怎么一声也不吭呢？"一个流浪汉注意到翱契埋头不语，起了疑心。

翱契仍旧低着头，想脱身而去，可这时几个流浪汉都盯着他等他回话，他若一跑，定被捉回。却在这时，他们躲雨的石梁外喊话声起，只听一人说道："里头是何人，速速出来，本将要一一搜查。"

趁着这个时候，翱契将烤鸡的架子一脚踹翻，火星四溅，众人纷纷躲避，翱契不能再走来时之路，因为官兵正守在那里，别无他法，他攀上石梁连接的山崖。官军听到内有呼喊，挥刃杀了进来。翱契顺着岩壁一路攀爬。利箭嗖嗖地从他的发梢、耳畔、后脊掠过，幸有一石缝，翱契不敢迟疑，也顾不上考虑后果，翻入其间，眼见另一侧有光亮映照，他便爬往那里。身体刚一扭动，松动的巨石落下，直接封死了刚才进入的石缝，如果不想被困死在这狭窄的洞内，只能希望另一侧的洞口之外是一条朗朗坦途了。

爬到洞口，眼前的景观再次让翱契备受打击。他苦觅脱身之计，可是从洞口探头望去，唯见万丈高崖，其下深渊，其上云天，触手可及的唯有缭绕不散的山雾。折腾了一日，翱契现下已困得要命，但山洞太过窄小，他的四肢好似长粗长长了般，胸腔因为蜷曲而隐隐生疼。他觉得呼吸都已困难，紧张感消耗着他衰微的精力。他就像被人掐住了脖子，捂住了口鼻，或者生生活埋进钉死的棺材。求生的本能让他心慌，他的头皮和手脚都被岩石擦破了。他渴望自己昏迷过去，不再让窒息的恐惧继续折磨他。夜变得尤其难熬，他只想大口吐出这绝望之气。

他不是一个逆贼，可是全境之人，从王胄到平民，从老者到幼童，无不把他视作一个罪不容诛的颠覆者，甚至在他出生之前，这种判定就已经深埋于人心。

他只能接受，无从驳斥。

他的心灵和肉身，都已被牢牢拘束住了。他不知道是谁在用他的名号造反，他已经不想知道。他已经失去对自己人生的主宰，他活着的目的似乎只是奔命。他决定放弃了，不是他不够坚强，不是他畏惧尝试，不是他甘于不公，而是他拒绝继续出演这出他注定只是笑料的烂戏！

他跳了出去。从拘束他的石缝里，跳了出去。他觉得这是一个完美的象征,他觉得他被自由的风托举着飞行,他觉得他的前方不是深渊,而是他向往已久的天际。

没有人发现翱契的尸身,没有人确定他真的死了。人们还在继续试图缉拿他,嘲讽他,辱骂他,让自己显得关心时事、富有正义。

梵芸公主偶尔也会想起翱契。翱契虽不是白鹭王的子嗣,却的的确确是梵芸的弟弟。梵芸记得她小时候总喜欢偎在惜茉王后怀里,而母亲总是垂泪,她的泪滴时常落在梵芸脸上。梵芸只知道母亲想念弟弟,不知她心中还惦念着一个男人,一个白鹭王以外的男人,一个让她怀上翱契的男人。梵芸希望母亲看开一点,她说弟弟终归不容于圣所,远居边关,或许能让他好好活下去。若在这权力的中心,反倒会害他早早丢了性命。惜茉王后总是念叨着,你弟弟是被冤枉的,要造反的,不会是你弟弟。她边说,边望着梵芸明丽照人的模样,心中更觉悲伤。她心里藏着一个弥天大谎,她很想说给白鹭王,但那会要了翱契和梵芸的命。她常常一把搂住梵芸,让她发誓不离自己左右,她甚至不许梵芸跟同龄人一道念书学习,而是在深宫中亲自教授。可是惜茉王后的身体每况愈下,梵芸多数时间都被幽囚在殿内自学。直到有一天,梵芸被告知,自己有了一门亲事。

梵芸恨白鹭王,恨只会高谈阔论、哄闹着要把自己送给摩鲛人的群臣,恨按兵不动的将领和无能的军队,她也恨灵魏大王,恨每一个摩鲛国人,但这种恨,并不比对圣所内的诸人更多。她还恨惜茉王后,她恨她造就了目下的悲剧,恨她爱上了别人又不敢说出真相,恨她无力保护自己,也无力保护幼弟,恨在她心里如野草般恣情疯长。

Chapter 29
其仲为辅

伊丽埃达为沙里维端上镇静的香草汁,她心疼沙里维要为这乱世劳神伤身,暗中埋怨白鹭王把这般苦差交给本无权谋之意的北平王,实在强人所难。

"王兄料到时事艰凶,王位很难平稳交接,所以先让我担起圣王之名,从中过渡,等到时局安定,再让位给鹤贯。"

"说句万死的冒犯话,这不就是把您当成挡箭牌了吗?"

"王兄待我最善,平素里我对朝政不闻不理,没为他分担过一分忧劳,现在他将身后之事托付于我,我就算余生无他,仅将王兄遗愿完成,也算无牵无憾了。若不然,我真无颜去见王兄。"

"唉……白鹭王就是算准了您这一点,才亲上北境交代后事,可让您陷入大险大难之地了。"

"你也知道,我一生总觉对王兄大有亏欠,此番能以我之力,将鹤贯扶上圣王之位,让其坐得牢稳,我此生亦觉得能对王兄有个交代。摩鲛国有什么动向?"

"灵魏大王与林修年、特略、庞云在辰梯山战了三天三夜,林修年和特略战死,庞云失踪,灵魏大王也力竭而亡。经此一役,摩鲛国士气大挫,部分死忠于灵魏大王的摩鲛勇士现在投向梵芸公主,盘踞在凌肃都督府一带,其余部众带着灵魏大王的尸身,已退出长城,大约返回海魂宫了。"

"拟一道王谕,擢升郑海问为'影子骑士团'统领,将该部划归北平王府。凌肃大都督已死,边关之上失了主将不行,就让梵芸公主暂理边城事宜吧。"

"梵芸公主远嫁摩鲛国,此番让她主持边城防务,恐怕不妥。凌肃之死,尚有疑云,有传闻说,凌肃是被潜入都督府的摩鲛人杀死的,梵芸公主能信得过吗?"

"'鹭有三子,其仲为辅'。昔年若鹤贯的胞弟没有夭折,这'仲'字,自然是指共贞,现下白鹭王已崩,三位在世的后嗣里,位次排在第二的,只能是梵芸公主了。魂别塔铭文本由虹彩神庙译读而来,当中或有字词,释译得不太精准,怕也是有的。"

"便听圣王陛下吩咐。"

"唉,你虽呼我为圣王,我心里,实在还觉得白鹭王尚未仙逝,王兄若能永世为王,该有多好!"

"圣王节哀。"

"白鹭王英明盖世,然一生情爱不遂,云乐寡,欢情薄,不过世间的悲情遗憾,又怎会是三言两语可以说尽道明的呢?今夜无风,寒雾还没把温被凉透,我的心却已如冷杯。"

庞云被人从麻袋里拖出丢在地上,他手脚被缚,不过还是竭力扬起头来。一个人披着黑色的斗篷,挂着一柄宽剑,威严地站在他的面前。

"玉牒在何处?"

庞云并不答话,一双冷如死灰的眼盯着这个发问的男人。

"庞云,出了名的硬骨头,就算功力尽失,但猛志不改,这样的良将,世所罕有。"

庞云蔑笑了一声,仍无他语。

"我有精兵两千,你觉得能否踏平北关,直取王都?"那人又道。

"痴心妄想!"庞云骂道。

"你终于肯开口了。给他松绑。"那人吩咐道。

庞云不知道自己还有几条骨头没断,绳子虽然解开了,他却根本站不起来。

"你慢慢在此疗伤,等我拿到玉牒,揭露梵芸公主恶行,再与王兄汇合,恢复圣统,诛灭叛党,那时候,王兄一定需要延揽天下的治世能臣,我再来请你出山,我们共辅圣王,还山河朗日,乾坤新天!"

庞云惊问:"你……你是何人?竟出此狂言?"

那人飒然一笑,说道:"我便是白鹭王与先皇后次子、南清王鹤贯胞弟,'其仲为辅',共贞是也。"

Chapter 30
时空暗漩

　　阿拉圣撑起沉重的黑羽翼，分不清自己身在过去还是未来。火星从他的银发旁飞扬掉落，他被复仇掏空的双眼吞噬了世间柔情。他掂量了一下手中的盘古斧，没有鬼炉剑用起来趁手。战帅于阵前调兵遣将，在阿拉圣眼中却只如儿戏。独挡千军万马于过去是件豪情万丈的事，今时今刻却只添疲乏。夜火流影奋蹄长嘶，冻狼黑羽翼助阿拉圣发起更迅猛的冲锋。盾墙被阿拉圣冲垮了，矛兵的利刃折了，弓弩手的箭矢被天际的旋风卷飞，近卫军的旗帜被马蹄踏碎，战帅舞动双锤迎击，他立马之巨的身躯成为王都萤金古门前最后的抵御。黑羽翼遮覆了长空，乌隆隆的云堆聚在城头，环城守将吹响了都门失守的哀调。瓮城中的骑兵齐唱悲歌，他们只剩一死，他们彼此握手、劝勉，等待城门轰塌的一刻，阿拉圣振翼纵马而入。城楼的结构失去了平衡，碎石纷落。在场的骑兵个个身经百战，但没有人见过开裂的萤金。他们能听到阿拉圣抡起盘古斧劈砸古门的声音，尘埃率先从裂缝涌入，阿拉圣握紧太阳马车的缰绳，夜火流影前蹄重踏，古门的萤金像纸板一样起皱弯折，终于伴随着金属撕裂的尖啸，倒向后方。阿拉圣扶正忠勇盔，把列奥尼达的圆盾护在胸前，要将屈服的念头植入碍在眼前的每个人的脑子。战局对他来说一目了然，他扫一眼阵位，就揪出了破绽所在。他会从那里长驱直入，让对手自认为万无一失的守备顷刻瓦解。

　　能阻止阿拉圣横扫千军的只有盘古斧的"颤鸣"了。阿拉圣虽更喜欢鬼炉剑掌中舞的轻盈，但这也不妨碍他将盘古巨斧挥运自如，只是他还是无法左右这件史前神器扰动时空——斧刃已穿透骑兵的肩甲，可在割开内里的皮衬之时，"颤鸣"又发生了：阿拉圣被抛入宇宙暗漩，不是他握着斧柄，而是斧柄缠缚着他。他眨一下眼，适应新环境的光线和色调，前一秒的记忆即将瓦解，他不知又落入时间洪流的哪个节点，接续上哪段命运。

有一个系着围裙的老年地精正拿着狮尾刷往阿拉圣身上涂满墨绿色的药草浆。这是一处半地下的窝棚，地精幼儿在吵闹，空气中有红拉多的粪味。这时的阿拉圣，冲杀的意志已不再炽燃于胸，他变成了可悲的失意者，不知生活该迈向何方，情爱的消退留给他无处排遣的得而复失感。

窗外有人在争执。"我有一大家子人要养活！我们说好三七分成的！我大儿子加入探矿队了，只要他升井回来，我们就能还上这个月的利息了。再宽限几日，我比你更需要这点钱。"

"你也知道利息是按月计算的！现在拿好你的这一成收益，若是拖欠不付，真到了三个月，别说十成收益都归我，你还欠我……嗯……我来算算，五十三个熊佬铜板！怎么，你是打算下个月把这窝棚也抵给我吗？"

阿拉圣没再听下去，他有自己的烦愁。他拨开老地精的手，欠身起来道："我们好不容易杀进虹彩神庙，她答应跟我一道走的，为什么……为什么要骗我……"

"快躺回去，老老实实待着吧，等药劲一上来，你的相思病就全好啦！"老地精往围裙上抹一把，一脸严肃相。

"我要去找若玫，她不止一次救过我的命，她像母亲一样宽容我，像挚友一样体谅我，像师姐一样罩护我，送我回神庙，她一个人抵挡不住蚩尤的，应龙之卵已经化入蚩尤体内，只有我体内的戒龙魂才能与之相抗，应龙曾在蓝色之梦中指教我战艺，我才是该跟蚩尤对战的那个人。"

"唉……可别忘了，若玫圣女是童祥的徒弟，就算当年赦王害得她爹明庐永封结境，她也未必会跟你一样背叛圣所！"

"圣所早晚是要亡的，你还不明白吗，长老？隐阻止了以太神王，地球也只是暂时躲过这一劫罢了，等隐的兄弟决选出新任神王，他们还是会灭掉地球的。"

"你曾被以太神王的力量蛊惑，没错吧！如果那时你倒向以太神王，隐根本无法对抗你们两人的合击。现在隐已经不在了，盈空也在跟神王一战后成了废人，现在能保全雾暝之所的人，只有你阿拉圣了。"

"早晚要亡的，就算我有五圣器，我又能挡住隐的几个兄弟呢？"

"既然早晚要亡，也别管你那相好的死活了！"

"我用盘古斧辟出一处暗界，我跟她便在那里厮守，再不问江河山川，是何颜色！"

"盘古斧是让你来拯救世人的，你倒好，只顾自己安乐吗？"

"若玫也这么讲，你们都以为世人还能得救吗？以太神族要断绝神裔人族，你们以为只是神裔人族污了以太神族血脉这一个缘由吗？你可知地球已成浩瀚星海最大威胁，若不根除，则沦亡的就将是整个宇宙！"

"你又自哪里听来这邪说？你果然贼心不死，看来不必以太神族费心劳力，你才是地球的大灾星啊！"

"你可有听说星逆秽种？"

"从未听过。"

"那便是了！星逆秽种与以太神族同为星空的主宰，与你我而言可谓神族。星逆秽种摧毁一个文明只在旦夕之间，若是地球，恐怕分秒都不能与之相抗。"

"那地球又与宇宙安危有何干系？"

"昔日以太王子与地球人的那场隔空爱恋，诞下了神裔人族始祖。"

"这我知道，不然以太神族怎会揪着雾暝之所不放！"

"以太神族为何要保证血统不被外族混入，你可曾想过？"

"狭隘封闭，要什么理由！"

"笑话，文明高妙如斯，岂会空妄行事？"

"那你说又是为何？"

"只因星逆秽种！他们在星际横行无忌，其他文明根本不能与之相较，唯一的阻碍便是以太神族，而且，以太神族倾全族之力，至多也就能与其打个平手。"

"如此祸水，就拿不出一点办法根绝？"

"唯有他们自己从内部溃亡，凭外力绝无可能将之铲除！"

"从内部溃亡？"

"正是。星逆秽种之所以不断远征，毫无母星的概念，摧毁了无数的星区文明，根由在于他们每一次杀伐，就伴随着自身的一次进化，而进化，是维系他们存在的唯一驱动，若进化中止，他们的缺陷就会暴露于外，他们对此束手无策。他们解决问题的方式如此单一，此路不通便宣告终结，只能一任前冲。星逆秽种知道，总有一天他们要面对以太神族，以往他们征服一个星球就能完成一次进化，现在甚至要打败整个星区才能实现，当一个星区的文明都不能让他们满足之时，他们剩下的路便只有一条，挑战以太神族，并将之从宇宙间彻底抹杀。星逆秽种相信，以太神族就是他们进化之路上的终极考验，只要越过这一重险阻，他们就能达到至高之境，宣告进化完成。因此，数万年以来，星逆秽种都在找寻打败以太神族的途径，他们发现以太神族的基因难以破译，原因在于以太神族的实体难以捕捉，即使他们的撒手锏'黑洞捕手'也做不到，而发动基因攻势恰是他们最擅长的屠戮手段，假若让他们得知，以太神族有一脉骨血存于地球，他们只需抓到一个神裔人族，以太神族的基因之秘就将被星逆秽种攫取，这意味着宇宙文明将划归为一，星海亿族将不复存在。"

"你又如何知晓这些？"

"还不是因那盘古斧？我虽不能忆及我来自过去还是未来，是从哪个时间片段跳转入此时此地，但已历经之事，我全然记得，我自翱契老先生那里寻得这盘古斧，他临终告我此事。不妙，盘古斧又要'颤鸣'了……"阿拉圣看到他的巨斧就挂在床头，位置正在微微挪移，如不细察，实难发觉。"我若消失，这一世的你们会是如何，我真想知道……"喊出"道"字之时，阿拉圣已再度进入时空暗漩。

卷 三
星海浩荡

序章
人的尺度

我们在探讨地外文明时，往往忽略我们假定了一个隐含的前提——人的尺度。我们也会预测或者想象一番外星人的身高、体型，但小至蜜蜂，大至鲸鱼，也就仅在这样一个肉眼可见的范围内。我们可以在任何一本科普读物中得知，人类极其渺小，甚至我们的太阳系也局促拥挤得可怜，人类跟恢宏的宇宙相比，如同粉尘。可到了具体问题中，我们就遗忘了这一点，或者选择忽视它，因为我们坚信宇宙共享物理和生态法则，在这一系列法则的制约下，人、地球、太阳系的大小都恰好符合孕育智慧生命的条件。然而，最近的几起事件，让我开始重新审视这一点，越来越多的发现让我相信，或许宇宙共享物理和生态法则的观点没有错，只是我们还没有找到宇宙中更大尺度下适用的自然规律而已。我们现在只是粗略地将天地万物划分为宏观和微观，这种二元的划分或许已不能充分阐释我们已经接触到的宇宙。我们的世界不管在我们自己眼中多么精妙绝伦，但在庞然者眼里，可能只是一个概略的外观——假使我们的尺度能够被他们所观测的话。

此外，我们可以极度渺小，但也可能相当庞大，即使按照目前我们对微观范畴的界定，我们对微观世界的研究也很初级。如果我们把一个原子比作银河系的话，我们现在所知的一切，是根本不足以发现在这个银河系中的一个恒星系里的某颗行星上存在地外文明的。相应的，银河系如果只是一颗原子的话，身处其中的我们，渺小得根本看不到千亿个这样的原子构成了怎样的主体，而这个主体对于那个宏大世界的人来说，又或许仅仅是一颗纽扣，一张名片，当然，他们的世界也许并不存在纽扣，也不需要名片。因此，与其说我们在寻找宇宙中的地外文明，不如说我们是在寻觅在人类这个尺度下的对等文明。这或许只是一个单纯到仅与大小相关的问题。

这可以形成当代社会最重要的一个比喻，可惜我不是个诗人，没办法将之言明。与此类似的还有时间,我们存在的时长太过短暂,而庞然者的生命在我们看来可能接近永恒,就如同我们看待蜉蝣一样,因为差距如此巨大,以至我们对于浮光掠影的蜉蝣而言,意味着不朽。只是,蜉蝣很难意识到这一点,我们也一样。

尽管如此,我还是愿意相信现代科学所做的一切努力没有白费,我们依然有希望在人这个尺度上,找到地外文明,虽然,那庞然者的阴影,已经降临。

——摘自雷杰明《考古笔记》

Chapter 1
皆为幻光

　　站在52层的落地窗前，呆望着这场持续了三天的落雨，闻爵不知自己为何来此，身居何处。他听信了马怀特并没有太大说服力的说辞，因为他突然掉落迷谷，已无别的路径可走。马怀特很可能冲他撒了谎，闪烁其词，欲言又止，况且他已几天不见人影，但闻爵从马怀特的话中听到了某种真实，某种相当关键的真实，这种真实令闻爵把所有赌注压在马怀特身上。

　　街区已成泽国，通风口中喷吐出霉菌的气味。闻爵讨厌这种气味，但落地窗是封死的，他找不到能让外面新鲜空气进来的窗户。直到闻到自己身体挥发着的汗臭，闻爵才稍微冷静下来。这间空屋仿佛处在时间之外，让人觉察不出生命的流逝。

　　闻爵来到盥洗室，洗手盆小得可怜，中部凹陷的搁物架上挤满了口杯、牙具，无人使用，显得肮脏不堪。闻爵索性脱去衣物，拧开淋浴，冷水浇在肌肤之上，臭味随之离散，氯气的味道取而代之。这算焕发新生。

　　洗净之后，闻爵仍旧无事可做，被困在一间真空器皿般的空屋里容易引发对坟墓与死亡的联想，召唤出内心对命运的敌视，令人愈觉愁乱。索寂的处境，单调的场景，下落不明的情人，谎言，嘲讽，事关尊严的自傲和救世未成、日渐惘然的意志，让一个人发疯的全部条件都具备了。

　　闻爵正要独自展开行动，马怀特却出现了。他说他已初步查明了麦心的去向，正试图联系一位可靠的中间人斡旋，他简单说完了他的计划，在闻爵听来都是无用之词。直到马怀特完全沉默，闻爵才说道："你答应过我，如果我在此静候你回来，你就告诉我你这么做的原因，你愿意帮我找寻麦心，究竟出于什么动机呢？"

　　"以她的年纪和姿色，本有一位年岁相仿的恋人，你该不会感到意外吧！"

闻爵没想到马怀特如此直率，不甘示弱地回应道："她已做了我的女人，她从头至尾是情愿的，你可以放不下过去，但不该还心存邪念。"

"我？不，当然不是我。我受不了女人的搅扰，不应当给自己朝圣的前路设置庸俗的叠嶂。"

"朝圣？"

"这不是重点，你想知道原因，我没理由回避，我只是受了另一位痴情人的嘱托，尽我所能给予帮助而已。"

闻爵没有再问更多详情，他知道马怀特没有说谎。

"我要继续完成使命了，这比沉溺于男欢女爱重要得多。"马怀特难得笑了一笑。未等闻爵再做回应，他便迈步离去了。闻爵僵立了几秒，他是可以自由来去的，在他尚未见过马怀特之前，他似乎满脑子计划，双手双腿跃跃欲试，只等付诸实施，而今却失了主意。

断续缥缈的钢琴声拯救了闻爵，否则他又将跌回先前的沉闷里，苍白无力。闻爵侧耳听着那乐声，断定那一段段乐章来自录音而非正有人弹奏。他听到了勃拉姆斯、李斯特、拉赫玛尼诺夫的曲子，演奏这些作品的似乎是赫伯特·古尔德、齐拉夫和霍洛维茨。

闻爵产生了好奇，他走出空屋，循声而去。闻爵摸不透这座大厦过道与连廊的布局，他不知道脚下的通路会将他引向哪里。兜兜转转良久，闻爵第一次见到了颂生。两人没有花费多少时间就认出了彼此。

"去喝杯热茶吧，这样的天气，这样的处境。"颂生提议道。

两人来到街上，淌水而行，店家却一概闭门歇业，好不容易才找到一家速食店。服务员端来一壶红茶和一小杯淡奶，他们形成了默契，决定喝完茶品再交谈。茶的味道糟糕极了，颂生只喝了半杯，闻爵把其余的都喝光了。

"马怀特……能够信任他吗？"

"他不见得没有保留，但麦心失踪以后，我发现了很多怪异的事，背后躲藏着什么不得而知，马怀特有你我接触不到的资源，我找他帮忙，因为我一个人很难找出真相！"

"麦心从来没有提过你。"

"我们分开很久了，虽然我一直试图联络她，可没能如愿。"

"为什么会分开呢？"

"在这样的乱世，放任爱人赌气离开的确很不明智，我做了太多错事，最不该犯的错莫过于没有留住她。但现在不是责怨的时候，没人会料到在后信息时代，两个原本朝暮与共的人，会彼此失联。"

闻爵觉得自己还没准备好倾听更多麦心的故事，他的确关心麦心的过往，但他不想背着麦心从她曾经的恋人那里了解这些，当下他渴望的是跟麦心面对面坐下来说说话。

"你靠什么谋生？"闻爵转而问道。

"我说不好，做些文字工作吧，我也不能准确描述我所做的事情，它叫我着迷，但我从来都是痛恨它的。"

"你不是位历史作家吗？为什么听起来你像个诗人？"

"诗从来都比历史书更加真实，我们不必去刻意比较，只需要简单设想一下，虚情假意是写不出诗的，但违心伪善的历史书我们已经司空见惯。"

雨幕再度低垂，他们记不清澄净阳光的样子了。大冲突，核冬天，地下城邦，神罚之战，虽然不是每个人都见证亲历过，但阴霾的记忆已经写入基因，代代传递。

在这样的氛围里僵于沉默叫人无法容忍，闻爵的耐性率先耗尽。"我出生的小镇叫坎汀，战事在那里结束得很早，因为几枚飞弹就已让镇子面目全非，在真正的大战还没开始前，坎汀就恢复了……和平，"他说，"镇上一半的劳动人口都为一家生产净水滤芯的工厂打工，那家工厂制售的滤芯主要为了杀灭水里的索姆河细菌，这种细菌导致的瘟疫在英吉利会战时第一次爆发，但真正流行起来还是地下城邦时期，到现在为止，这种细菌在大部分地区都已绝迹，可偏偏在我家乡附近的水域，还顽固存在着。索姆河细菌顽固得很，日常的高温煮沸甚至紫外线照射都奈何不了它，人们一旦感染这种细菌，就需要终身服用药物来抑制细菌生长，否则就将一命呜呼。"

"我略有所知。"颂生道。

"嗯，我的同乡们每天到工厂生产这种滤芯，供养一家人，生活单调但稳定。"

"我还以为这样的工厂只存在于20世纪初的工业年鉴呢！"

"人力比机器廉价多了，战争把一切都毁了，资源短缺得厉害，需要供应给更紧迫的领域，想要恢复到战前的自动化程度和制造业水平，大约还需要三五年。这家工厂的存在让我的家乡比临近的地区都要富裕繁荣，镇上的人都感激它带来工作机会……然而事实上，那种滤芯早已不需要生产了……"

"水里已经没有这种细菌了？"

"不，奇怪的是水里的细菌始终都在，就像把我家乡的河流当成了它们的老巢一般。只不过疫苗研制成功了，"闻爵的声音有些凄凉，"可工厂不能因此倒闭，那些遭受细菌感染患病的人不会因为注射不到疫苗就立即死去，他们只需要跟从前一样，每年拿出一部分收入购买慢疗药即可。在参与者都有利可图的前提下，共识很容易达成，滤芯工厂继续运转，疫苗从未公开，更没有量产过，故事到这儿皆大欢喜。"

"你让故事有了悲剧结尾？"

"我觉得我们都是盗贼，在窃取不属于我们的钱财，我试图说服他们放弃，我的举动引发他们的仇视，我的母亲和姐姐收到了死亡威胁，我孤立无援。如果不快点行动就将抱憾，疫苗项目的负责人答应见我，但还没等我们会面，负责人就死掉了，我意识到我对抗的势力已经丧心病狂、无法无天，小镇之内已无正义得以伸张，于是我离开了，丢下了母亲和姐姐……我尝试了我能想到的法子，可让人们相信一个流浪汉的疯话大约比让机械联盟改变好战的本性还要难。我无法再回到家乡，我的母亲禁止我回去，她说她一辈子向善，却因我受尽了屈辱，姐姐也为此找不到好人家，连做女仆都没有人家肯收纳。母亲说我大可以一走了之，可是她们却要留在那里，时刻经受折磨。我劝她们也离开，母亲被彻底激怒了，她从此跟我中断联系，我已然是个灾星。"

"生活总是这么不合逻辑，对吗？"

"而且一丁点也不浪漫，可悲的是，天底下没有什么新鲜事。感叹青春已逝，熬过中年危机，接着你就要面对衰老。"

"接下来你打算怎么办？"

"不惜一切代价找到麦心。我珍视的东西已经失去了价值，我已经到了要给自己强设目标，强寻意义的年岁，而上天竟然赐给我这样一个必须完成的任务，这八成是我获得救赎的最后机会了。当然，我个人的罪孽是无法赎清的，但有些事，是不容你退避的。"

"你不觉得你之所以追求正义之举，是内心有这种必须获得满足的渴望吗？"

"每个人都有野心，都有渴望，或者说每个人都有视之如人生要旨的内在需求。我母亲渴望安宁的生活，我姐姐渴望真挚的婚姻生活，我渴望看到正义得到彰显，而你，渴望得到认同，尤其是与你最亲近之人的认同。"

颂生无话可说，他向来讷于言表，面对眼前这个久经世故的辩手更是毫无胜算。他微笑着，强忍着对麦心的挂念，确认这世上唯有他，爱她超越了本我。

Chapter 2
乔伊自述
（三）

我醒来，发现自己漂浮在海面。最近的岸岬足有两海里远，除了硝烟什么也看不清。一只怪鸟在上空盘旋，恶狠狠地冲我啼叫，一切皆是恶狠狠的灰色，抱有不怀好意的目的。我低头望向压在身下的残板，看到一张脸的倒影，一张不认识的脸。可憎的脸！头顶怪鸟的声音消失了，我狐疑地仰头去寻，苍穹空无一物，但我分明感到了那只鸟恶狠狠的目光，它只是躲进了灰色的云层，在我不能察觉的高度，盯视着我。

一阵痉挛席卷周身，有什么紧迫的事原本正在进行，我却无从记起，只剩下肉体残留的防御本能在向我警示尚未远去的危险。这意味着威胁可能近在咫尺，而我像个刚降生的婴孩茫然无措。一个念头加剧了我的恐慌，我是谁？为什么我认不出我自己？

当我随着起伏的海面上升到高处，我看到一条小艇，艇里挨坐着几个孩子，一动不动，我以为自己眼花了。浪潮又降入波谷，他们从我的视线里消失，仿佛从未存在。可当我重回波峰，他们仍在那里静坐，虽然那场景活像投射在汹涌波涛中的惨淡的剪影。他们缩在蓑衣里，面目藏在阴影中，但我能分辨出他们眼珠的位置，那里忽闪着微亮但依旧灰暗的光芒。他们发现了我，但无动于衷。

我的双臂已经僵麻。海水冰冷，我撑不了太久就会失温而死。那条小艇是我唯一的希望。我拼命地蹬腿，咬牙朝那儿游去。

人在安然状态下不会察觉到自己躯体的运转，脉搏、呼吸全都隐没在无声里。但此刻，我的胸膛内分明有一只铁皮鼓在咚咚擂响，双肺每一次张合都伴随拉风箱似的噪音。那艘小艇离我不足五十米，我却像在用余生的所有气力靠近它，仿若那就是我的归依。我顾不得擦去眼前的海水，几乎闷头朝我认准的方向游着，抓住船舷的刹那，我真有一种升天的欢愉，但当我爬进艇内，惶惑又将我拖入迷雾的泥沼。

小艇是空的，没有缩身挨挤在一起的孩子。我开始怀疑自己身在梦中，不然我怎会感到他们抱着敌意又满心畏惧的目光，只有梦才会给人如此真切的触动。消失的鸟，消失的小孩，消失的自己，只有梦才能解析这些确凿无疑的存在凭空消失的根由。

梦境远去了，我躺在一张藤床上，有风从竹竿支起的窗口吹入。我闻出那是海风，并大致估算出海与我之间的距离。我想挪动身体，发现四肢被布条绑紧，固定在木板上，我刚想开口出声，才知道自己的嘴也被人堵住。如此动弹不得的僵卧令我陷入一种半昏迷的状态，屋内的光线渐渐暗淡，夜幕来临，终于有什么声音混在海风里传来。哪怕来者是处决我的刽子手，我也希望他能尽早出现在我眼前，这种活死人般的无情禁锢已经使我屈服。

出乎所料，我见到了此生所遇最美的女人。新华盛顿特区俱乐部那些跟我颇有交情的女郎，抑或"劳军阵线"邀请的超模跟影星，都无法与眼前这个女人相较高下，简直云泥之别！

我呆望着她，忘记了自己的尴尬处境，忘记了正在遭受的酷刑般的疼痛，忘记了令人羞愤的挫折和失意，甚至忘记了世间还留有不满与不幸。我只想表达我的善意，她就像一道荒谬却真实的圣光，净化了我的孽障。她也打量着我，露出关切的模样，让我情愿死在这刻。她用通用语说："你会康复的，抱歉把你的嘴堵上，你独自一人无法抵御银灰蜥质虫，你的吼叫会引来它们，它们对声音极其敏感。"她的通用语讲得很不熟练，但一板一眼，就像在学识字的女学生。

"如果你能保证音量放低，我就让你讲话。"她接着说。我又愣了半晌，方回神过来，忙点了点头。

她松开勒着我的布条，手背触碰到我的皮肤，凉滑、细腻，我为自己淌出口水感到十足的恶心，羞于让她接触我显见衰老的身体。我很想问她诸如"你是谁""究竟发生了什么"之类的问题，可当我启齿时，脱口而出的问话却变成"你知道艇上的孩子去哪儿了吗？"我当然知道这是在犯傻，那只是侵入现实的梦的残余而已。

"他们不是孩子。他们是成年的地精战士，尽管他们努力保持沉默，但还是被银灰蜥质虫吃掉了。"她的语气仍像在照本宣科，而我正像一个茫然无知的蒙童，泥陷于大惑不解的课堂。"我在哪儿？那……不是梦吗？"我终于问出口。

"当然不是，你身在雾暝之所，神裔人族的圣域。雷杰明把这个族群称作'受难人'，你全忘了吗？不该如此，你只是丧失了短期记忆。"她盯着我，又把我从头到尾打量了一遍，仿佛要把我的灵魂看穿。如果不是因为她拥有使人沉醉的魅力，这样的扫视一定会叫人感到无礼而愠怒。

我的确没忘，雷杰明，那个无人赏识的考古学教授，一生都在为了获得终身教职而苦恼，靠设计桌面游戏供给个人研究，度日艰难的可怜虫。他死在我手上，单单从拥有的权势来衡量，他恐怕是我所杀的人中最无足轻重的一个，但我又是他唯一的知音，唯一相信并看重他研究成果的人。我部分验证了他的理论，只是后来……发生了些……糟糕的事情，我感到记忆被从脑子里撕扯出来的痛苦，我无法再迫使自己回顾，埃及……然后是一片挨着松林海岸……熊……巨大到失真的熊……还有骨瘦如柴的绿皮怪……兜帽客……海水……导致我肺部剧痛的海水……我一定处于某种病毒或者细菌的控制下，我很容易掉入幻觉……曾经严苛的特工训练让我一下子警惕起来，我不能任人摆布。

这个女人虽然叫人着魔，但她来路不明，暗藏玄机，还颇有掌控欲，她既然提到了雷杰明，我就得加倍谨慎。"你也认识雷杰明？他可算我的老朋友了，可惜后来他去沙漠搞什么发掘，自那便没了音讯。"

"你是在试探我。"她说这话时语调没有丝毫起伏，我无法从中判明她的立场和态度，这原本是我最擅长的手段。"我只认得你，"她继续说道，"因为你的缘故，我才得知雷杰明的存在，以及其他五千六百四十七人都因与你有关而为我所知。"

"那么你通过我，又对雷杰明了解多少呢？"

"你把他杀了。"

我的脑袋里像有一朵长满钢刺的铁花突然从中绽放，这阵头痛叫我暂时失去意识，恢复知觉的时候，有什么东西梗在喉头，我没能忍住，一口污秽吐在地上。我透过金星乱迸的视野，看出那是一颗牙齿。

"天哪。"她的惊呼……有些敷衍，像劣质卡通片里龙套角色的配音。

我原本认为她训练有素，天赋卓越，可是这次表现却让我觉得她还很稚嫩。

"抱歉，"依旧平之如水，"还有几例手术没能完成，你伤得的确很重，缺少器材，我只能修复你的心肺和大脑，短暂失忆应该是脑部手术的后遗症，有超过 80% 的概率是可以恢复的。"

"没错，我一定遗忘了什么关键信息。既然只是短期记忆丧失，那你一定非我旧识，我们应该就是在我记忆缺失的那段时间认识的，你能告诉我我们自何处相遇吗？"

"说起来我们还没正式行见面礼。相互介绍，面对面交谈，这可算作第一次。你好，我的名字叫狄安娜·恩佐。"

"狄安娜……"我默念着，罗马人心目中的狩猎女神，掌管皎皎明月，罗马神系里少有的处女神，拥有清丽无双的眼眸，这名字跟她可谓绝配。我又开始在脑海中检索恩佐这个姓氏，但没能找出值得怀疑的信息，我现在形神俱疲，决定还是直接发问："你又怎么会认得我呢？"

"你是被'反秽裁判所'通缉的犯罪嫌疑人，我是一名星际调查员。"

我开始重新审视自己的处境，狄安娜不会伤害我，她尽管声音冷漠，面无表情，但并非缺乏情感，只是被一种恰如其分的克制力压抑着。她身上潜藏着特工的品质，尽管每一个特工都极力掩饰他们的与众不同，但身上具备的特质已化入他们日常的行为，成为他们下意识的举动，凡是发掘或训练过他们的人士都懂得这种特质难以用言语传达，最接近的词汇是敏捷，对一切微细的存在都十分敏感，并且能不费周章地做出回应。狄安娜是个出类拔萃的特工，她提到一个我未曾听过的组织——反秽裁判所。我一生都在跟狄安娜这种人打交道，招募他们，策反他们，懂得紧握他们的软肋，也懂得给予他们不可或缺的自由。思量至此，我稍觉心安。

"既然你要拘捕我，至少也让我知道这个'反秽裁判所'的来头，实话实说，这世上竟有一个我闻所未闻的组织，实在令我难堪，你们又给我定下了何种罪名呢？"

"你不会这么愚蠢，认为'反秽裁判所'是属于地球的组织吧！"这是目前为止狄安娜说出的唯一带有感情色彩的话，但她的表情依旧有些古怪，挂着令人惬意的礼貌和无懈可击的从容。

我有些惊讶，没料到她会编造如此低劣的谎言应付我的提问。

"你触犯的星律,源自修正案第七大节细则部分的第五十三条第二款,涉嫌'非法接触远古科技罪',严重威胁到行星文明安全,有可能暴露免疫星系的坐标。"

"无知是最叫人羞耻的缺陷,我竭力避免,但我恐怕真的不懂你在说什么。"

"裁判所会成立临时法庭审理你的案子,在你选好律师之前,你不必供述任何事情。"狄安娜难以改变一本正经的口吻,丝毫不觉这带给人的困扰已近乎冒犯。

律师,我琢磨着这个词,想起我的私人律师名叫米兰达·诺奇,虽然每年都要付出一笔不菲的顾问费用,但我从未请她为我办理一件事。聘请这一知名人物的好处在于,单凭她的履历和声誉,就能解决大部分日常麻烦,尽管我更看重她那光洁如玉的双腿和脖颈。当然,工作伙伴止于悦目,这个准则我守得严谨。倒是眼前这位"星际调查员",举手投足都透着简洁利落,却叫人稍不留神守舍之魂就被撩拨了去。

一声哀婉的啼声叫我一个激灵镇住心魂,一道迅影穿窗而入,我定睛看去,断定那正是从我头顶消失的那只怪鸟。鸟儿落在狄安娜肩头,似在同她耳语。我正要发问,又是一声咆哮传来,声浪击飞了支起窗户的竹竿,那茅窗索性爆碎成灰末,弥漫在屋内。

狄安娜急虑地呼道:"不好,是巨熊来了!"未及声落,一头披着岩甲的怒熊撞进屋内,垂涎的血口几乎碰到狄安娜的发梢,几乎就在同时,狄安娜护住鸟伴,一个侧滚闪身至我的跟前,手上随即多出一根短枪,一道蓝色电弧闪过,巨熊应声而倒,尘埃纷扬,已无生气。

她果然是个好特工。我瞅一眼那头狂躁又冒失的巨熊,暗自叹道。

狄安娜转身看了看我,眼神凝结着专注,潜藏着情感,对此我既欣喜又钦佩。"这里不能待了。"狄安娜边说边将我卷入竹席,用双臂连人带席子稳稳托起,我被她抱出已经半塌的茅屋,这才得知方才身处之地是海边的一处峭壁。她远眺海面,似乎在搜寻什么异样。

当我顺着她瞪大的双眸望向海面时,恐惧瞬间贯穿我的胸口。这时我才明白,那些此时我努力寻回的记忆,其实正是被我自己抛却的。

Chapter 3
诡异老屋

人从多大开始意识到死亡呢？三岁？十岁？十四岁或者二十五岁？难道与生俱来？颂生琢磨不出这道突然蹦进脑海的问题的答案。随着时间的推移，你发现自己被岁月洗劫一空，最终不名一文，除此之外，又能有什么新认知呢？现在是清晨六点十八分，颂生已觉得新的一天又将颓然荒度了。朵蕊丝太太派人送来了煎鱼和炸春卷，他并不想吃，又觉得浪费食物是一种罪过。他笨拙地热着饭菜，咖啡洒了一地；他拖着地板，看着自己因缺乏锻炼而过于纤细的身材，萌生出一种厌恶的感觉。

颂生继续拖着地板，一想到爱情，就不能不想到麦心。

有一阵子，阴雨连绵，他躲在斗室里写作，因为腰疼而没办法久坐。麦心冰凉的手滑过他僵硬的脖颈，他觉得很舒服，可是手指很快离开了他的皮肤，她开口问他："我们还能在一起多久呢？"

颂生不解，他正发愁如何精准描写第二次瑞法运河战役的惨况，于是漫不经心地答道："当爱开始期盼永恒的时候，就离破灭不远了。"

"你为什么要这么讲呢？"麦心并没打算善罢甘休。

"你瞧，这本书我写得很不顺利，单位的杂事又让我总是分心，但我知道现在是关键时刻，这本书要迎来一个转折了，我需要好好完成这一章，你知道我有多爱你，那个问题毫无价值。"颂生终于转过头，看着麦心。

"我只是觉得这种状态不会持续向好，拖延会毁了咱俩的。"麦心口气愈发严肃了。

"为什么总要给当下的处境一个概括呢？你知道，生活是没办法总结的，起码没办法一天一总结，那是死后该考虑的事情，我们就过好现在的日子，让时间绵延下去就足够了。"颂生辩解道。

"我们总要有个目标，好朝着那个方向行进，你还想继续漂泊不定吗？"

在哪里定居呢？孩子将在哪儿出生呢？这些难道是自然而然就能有个结果的吗？"

"我在努力让我们的条件改善，所以我如此看重这本书。"

"这本书的题材注定不会得到多少关注的，不管是评论界还是大众读者，你都讨不到好处，你只是把它当作你的避风港，你醉心于此只是为了躲避生活的风浪。"

"我在你眼中是如此懦弱的吗？我不能半途而废，况且哪一部佳作在创作它的时候就能预见到大卖呢？每本书自有它的好运，你怎么就断定它倒霉透顶呢？而且，就算我不再理会这本书，把它丢进火盆烧掉，我就能发一笔横财吗？"

"我们谁都不能预知未来，但我对此时此刻有清晰的感受，我知道现在我们过得不幸福，难道明知如此，还不该有所改变？"

"那么我要怎么做才能让你确保获得幸福的感觉呢？"

"你做不到，这就是最可悲之处。我曾经以为你能做到，但现在我觉得你没法叫我放心依赖。"

"可是错究竟发生在哪里呢？"

"错就错在我对你抱有过希望，而你并不是一个能伴我到老的男人。"

"可是我没想过跟别人分享余生。"

"这的确与别人无关，事关我们两个而已。"

这场不愉快的谈话加重了麦心的焦虑，也让颂生的自尊心受损，但爱情并没有在此终了，麦心和颂生依然在生活的烧杯里起着反应。

在一起的头几年，颂生拼命想让麦心知道，她就是自己人生的主导，他总觉得所能给予对方的过少，因此难免许下真挚却荒唐的诺言，至少在那时，他没有怀疑过未来会提供给他可能性，好让那些许诺成为现实。正如其他人一样，颂生高估了未来的宽容程度，当死亡步步逼近，他才发现原来未来比曾经更加悭吝。而麦心似乎总是更理智的那一个，她真的被那些美丽的承诺打动过吗？也许。可是她也一定对其中的谬误有所察觉，一定对它的不可实现性有所提防，她一贯如此，从来不过分期待，好的事情发生令她欣慰，而坏的结果出现总会叫她陷入一语成谶的悲哀。

"爱会从我们身边远去的，"麦心说，"到那一天来临时，我们该怎么办？各走各路？还是想个办法继续相处呢？"

颂生把麦心搂在怀里，眼角淌下一滴泪，他说："我只知道我已不能跟你分开。"

马怀特答应今天传来简讯，他没有食言。颂生看到简讯内容是一处地址，那里曾是自己跟麦心同居的公寓。在麦心刚刚离他而去的时候，颂生就去过那里找寻。他记得那次造访的每个细节都泛着可憎的光。

那一回，他几乎没怎么费神就找到了目的地。记忆中的影像远比眼前的建筑破旧丑陋，墙体刚被粉刷过，电梯间的入口也新换了装潢，楼顶架设的防空导弹已经拆除，取而代之的是一座小型空中花园。颂生能看到阳伞的边缘和探出篱笆的枯萎竹叶。他朝一个窗口望去，感觉帘子后头也正有人在窥视他。楼洞里霍地闪出一条人影，那是张陌生的脸。天色昏暗，灯光模糊，直到那人走出楼门，颂生才看清他的四肢和躯体。他的脖子僵挺挺地歪向一侧，手脚都很大，似乎有条腿不太利索，又分辨不出到底是哪条腿有疾患，走起路来有些摆幅夸张的摇晃。一个小姑娘从那人身后猛地蹿了出来，颂生吓得倒退一步，定睛去看那孩子的长相，却发现她的面容很不清晰，就像罩着一块毛玻璃让人看不真切。

男人和小姑娘同时在他面前停住了。"亏你还记得路，你终于回来看她了。"男人整整衣服的下摆，努力表现得轻松得体，小姑娘则绷紧着嘴角，憋着满腔的笑意。

那张脸依旧陌生，像是噩梦惊醒时，床头赫然站立的不速之客，令颂生胆寒。小姑娘抿实的嘴唇，也叫他恐惧，他生怕她一张口吐出一条蛇来。

"我想我们没见过面，借过，我有要紧的事要办。"颂生说道。

"也许吧！但我经常见到你，还有那女孩，当然是一年之前，在我家门上的猫眼里，"男人毫不避讳地说道，"我们是邻居，这是改变不了的事实。"

"他一定时常偷听我们的欢爱，"颂生想到，"这栋公寓简直没有隔音。"颂生感到自己被深深地冒犯了，这男人的话不怀好意，恰催发了颂生的勇气。"从这搬走是最明智的决定！"他狠狠地说道，故意从男人和小姑娘中间穿过，背后传来小姑娘咯咯的笑声，颂生压住怒火没有回头。

来到熟悉的房门跟前，往事也跃浮眼前，这令颂生平静不少。他握住门把，像握住一位老友的手，转动的刹那，他心头有一丝紧张，不管怎样，这里面曾住着他深爱的人，当时从这里搬走时，麦心坚持保留了这间公寓，她一直独立负担着这里的开销，她说当自己不得不从颂生的家门离开的时候，总要有个落脚的去处。她把这里当成逃避颂生的安全屋，但颂生的掌纹解锁记录却始终没被抹除，因此当他听到门闩弹开、门锁开启的声音时，他获得了巨大的满足。"她有等我前来找她。"这个念头在颂生推门进入的一刻感动着他。

"麦心。"他轻唤着，没有人回应。屋内的陈设如旧，五斗橱、木衣柜、方桌和几把折叠椅，似乎连位置都没挪移过，依旧是当天搬离时候的样子。他接着走入内室，那张只有薄薄的床板，没铺床垫的铁架床触动了他自以为封存完好的思念。离别的痛楚再度涌上心头，他没注意自己正在流泪。他坐在床沿上不声不响地哭着，盯视着角落里的矮柜，他想起麦心总会将他随手乱放的手提包放回原位，她还说她总在夜里醒来，假若她发现身旁空着，一眼看到角落里的皮包，至少能让她不会心惊得窒息，因为她知道颂生不会抛下他的手稿独自走远。

颂生起身来到窗前，悚然发现那个男人仍在楼下向他所在的窗口张望。形似兽笼的建筑和其他成片的铁灰色的塔楼铺展在远处，过去颂生从未留意这扇窗拥有如此宽广的视野。

此刻颂生依照马怀特的简讯，又来到昔日的公寓，再度站在窗前瞭望，没有看到那个诡异的男人，着实叫人心中安稳不少。

"那个小姑娘是谁家的孩子，她去哪了呢？"颂生心里突然掠过一团疑云，他很想知道答案。

"在你身后。"

颂生猛地回过头，房间空空荡荡，显是许久无人居住的样态，他怀疑自己出现了幻听。他看到屋内仅有的几样家具都蒙着厚厚的尘土，他上次来访时并没有察觉这一点。蛛网张结在每一处角落，簌簌落灰。他快步返回门廊，看到小姑娘低着头坐在一把折叠椅上，暴躁地摆弄着手中的白纸，努力想把那团皱巴巴的纸张折出有意味的形状。她失败了，把纸团丢在地上，像变戏法般，她的手上又多了一只纸鹤，她捏着鹤嘴，把它的脖子扯得老长。

"你是怎么进来的？你到底是谁？"颂生愠怒地喝问。

"我住在这儿好久了，你又是怎么进来的？"小姑娘反问道，依旧埋着头。

"麦心呢？"颂生涌出一股不祥的预感，他从未如此担忧麦心的安危，他感受到现实的、正在发生的侵害的威胁。

"麦心？麦心是谁？"

"住在这儿的人！"颂生的怒吼里带着哭腔。

"这里我向来一个人住。"

"之前的……之前的房客……"颂生的音调降低了，声音开始颤抖。

"死了，就吊在那儿……"小姑娘抬手指了指颂生的背后。

颂生下意识地随着小姑娘手指的方向回望，天花板上钉着两只黑铁环，像一双瞎眼正冲着自己。"谁？是谁干的？"

"她自己，她喜欢被那么吊着。"

"你还敢胡扯！"颂生再也克制不住自己，一把揪住小姑娘的衣领，迫使她抬起头来，小姑娘的头发散开，露出额头一角触目的疤痕。

"人总归都是如此，不是喜欢被强迫，就是喜欢强迫人。"小姑娘咧开嘴，挤出一个奇特的笑，颂生一下子认出了她是谁。

Chapter 4
一张船票

从旧公寓回来后，颂生设法同马怀特见了一面。他没想到闻爵也有到场，用马怀特的话说这是出于充分的信息共享的考虑。颂生讲述了公寓里的遭遇，但他绝口未提他已认出小姑娘的身份。虽然违背了所谓的"共享"原则，但是颂生还是决心独自查验这条线索。他要独占这个发现。这次会面令人沮丧，两个妒忌的恋人和一个有些心不在焉的帮手，他们的所作所为并不利于找到麦心。

"你需要去一趟希拉波利斯，先坐船，然后我安排我的人把你送到那儿。"不知为何，颂生觉得马怀特说这番话时有些气恼。

"公寓呢？那个小孩说的话意味着什么呢？"颂生盼望得到确切的回答。

"可能只是恫吓，让我们失去继续寻找的动力。但我相信麦心还活着。"马怀特开始不断挪动身体，但似乎椅子靠背没有一块让他能舒服的位置，他的不安外露得愈加明显。

"把寻找麦心拜托给你是个错误，对吗？你答应会利用你在高层的资源，可是现在看，你似乎没打算这么办！你就不能调一支特勤队之类的人出来吗！"颂生觉得是时候指明这一点了。

"时机很重要，我们需要适时而动。"又是一句敷衍，颂生觉得自己的发梢快被点着了。

"我们的友谊到此为止了。"颂生起身准备离去。

"听着，"马怀特好像突然恢复了一些专注和信心，"我保证你在希拉波利斯能够确定麦心还活着。这是你现在最想知道的，不是吗？"

颂生的泪水已经涌出眼眶，他本以为自己不会再落一滴泪了，他需要无畏前行的意志来解决麻烦，可是听到麦心还活着的消息，还是值得停留片刻，让自己变回那个易于为爱落泪的人。颂生重重地点了点头，问道："你究竟还知道些什么？为什么不早点让我知道。"

"我知道她还活着，我知道我们不该放弃寻找，但把麦心藏起来的人不是我，而是连我都觉得难以招架的一伙人。别忘了这是光荣欧亚的地盘，虽然我是个生意人，可我终究是机械联盟的人，你们指望我能只手遮天吗？没错，我在两大联盟都有朋友，为数不少，他们在关键时刻会出手相助，前提是我们得把好钢用在刀刃上，如果我们随便就去麻烦人，到头来真正需要依靠他们的时候，你会发现没人还愿意提供帮助！我还不能摸清他们的底细，更别提知道他们的目的和计划，但是我们并非裹足不前，我的人确定有一伙不明身份的狂热信徒要在希拉波利斯进行一场献祭活动，他们确信麦心身在其中。你要求我在这乱世之中找到一个人，你知道这有多难，我不想遗漏任何线索。也许你觉得旧公寓之行没有收获，只是遭受了侮辱和伤害，可我也同样失望，我期待你能有更多发现呢！你没觉得那个小姑娘有什么古怪吗？"

"对不起，我有些过分了。"颂生坐回到椅子上，挣扎于该不该说出心里的秘密。他的鞋带系得太紧了，脚背和小腿都有些酸胀。

"如果你收回断绝友谊的那句话，我想我还会帮你到底的，可是如果你想让我置身事外，那么我也只好退出。"马怀特摊开手，颂生觉得他又开始失神了，因为他的动作就像掉帧的影片，只是出于一种礼貌的习惯，滞涩而冷酷。

"你能安排我去希拉波利斯吗？请原谅我这个失望透顶、走投无路的人吧！"

"我也想能跟着一起去。"闻爵哀求道。

"暂时只能颂生一个人去。要先乘船去帕特雷，之后会有司机在港口接驳，走陆路去希拉波利斯，那里现在被亚区代管，秩序还在恢复中。"马怀特说。

"我一旦找到麦心，接下来怎么做？我该怎么把她救出来？"颂生看到了转机。

"你们也许只能见上一面。在我搞清楚他们的底细前，我们还不能出手。"马怀特又兜转回去。

"我怎么能眼睁睁看着她再被带走？！"颂生刚平复的情绪又失控了。

"只能如此，无从选择，你若要逞英雄，怕是会害死麦心！"马怀特警告道。

"我跟他一道去救麦心出来！"闻爵也已不能坐视不管。

"你们再这么胡闹下去，就自己处理后面的事！"马怀特怒而起身，推门便走，门开一半，他还是从怀里掏出一枚信封，丢在进门柜上。

颂生得了信封，发现里面是张去往帕特雷的船票，船票上头写着一串号码，大约是当地联络人的电话。颂生没顾闻爵，揣走信封径自离开了。

收拾起简单的行囊，颂生便上路了。设计之初，这艘船打算用作观光游览，大战期间被改造成医疗船，现今又跑起支线航路，成了客货两用的航运公司主力，把它称作时代的缩影一点不为过。

幼童的哭闹，各国乘客操着不同语言的喧哗，病号持续不断的咳嗽声，让软座船舱像油锅般令人煎熬。这时候乘务员走进来，通知礼堂里有免费的歌舞表演，人们就都聚集到礼堂去了。一支舞已经开始了，一个瘦弱的女子被男舞者举上举下，颂生看了一会儿，觉得索然无味，于是回到软座船舱，人们都去做了舞蹈观众，船舱终于清静下来。他的眼前却又浮现出那个弱不禁风的舞者，他似乎能感到她在跳那支欢快的舞时心里暗含的焦虑。这让他油然想到一天夜里，他双腿交叠着躺在床上，左手握着麦心的右手。那是恬静的时分，晚餐的冷盘很好吃，他们谈论了时事话题，都觉得未来可期。颂生提出想写一本独立的书，麦心说就写阿提拉吧，自从你讲过他的事迹，这个人物总是钻进她梦里。梦是不会说谎的，麦心这么说道。颂生表达了自信不足，麦心安慰他说就算是奥特加，也是完成了三部长篇过后，才找到一点写作的诀窍，语感的保持向来是困难的，困难是普遍的。颂生很感激麦心，所以当麦心突然陷入忧思，他对自己的无能格外懊恼。

"你好像心事重重？"颂生问。

"只是工作中的一点烦恼。"麦心没有继续说下去，但轻声叹了口气。

"跟我讲讲吧，我也想为你做同样的事。"

"你指什么呢？"

"类似忘忧散之类的，你能调出适合我的配方和剂量。"

"我没有你所具备的那些智慧和想象，如果看不到事情解决，我是无论如何也没办法说服自己心安的。"

"到底是什么事呢？"

"一起质量纠纷，那支机械臂是我复检的，但我忘记了自己在电子签名档是否输入了时间。"

"那很重要吗？"

"很重要。如果我没有输入时间，在机械臂生成的自检报告里，就不会标示那一次复检。尽管复检记录还是能被查到的，但仍会平添许多麻烦，而且，如果被法务部门抓住把柄的话，我可要自己承担聘请第三方机构调取记录的费用。"

"法务部会为难自己的员工吗？"

"会的，他们除了对外应付纠纷，也会调查内部的不端和过失。"

"那笔费用很贵吗？"

"没错，但我还没有考虑过走那一步，我应该签署了时间，但现在全无印象，我担心的就是这个。我从没想过要付那笔费用，让我承担那笔费用是不公平的！"

"你又在自寻烦恼了。"

"这正是我痛苦的地方，我知道我的忧虑有些无厘头，可是我就是不能让自己好过。今天是多么安稳宁静的一天啊！可我偏偏觉得这份安宁里藏着罪过，我害怕坏结果发生，因为厄运总会在你毫无防备的时候降临。"

颂生抱住了麦心，抚摸她的头发，她靠在颂生肩头哭了起来，嘴里说着："抱歉，我又搞砸了一个好晚上！别再管我了，我不想再谈这件事了。跟我再讲讲阿提拉吧，他为什么要攻打西罗马帝国呢？"

"有人说为了爱情，有人说为了报仇并夺回祖先失去的财物，更多人觉得以上两点只是借口，游牧文明是不会安于屯垦的，他们觉得掠夺才是获得资源和必需品最好的方式。"

"我宁愿相信他是为了爱情。"麦心说着，闭上眼睛睡着了。颂生看着她那张挂满泪痕的脸，觉得生命里只剩下一个愿望——在每一个这样的时刻抱紧她。

Chapter 5
锈了的剑

尽管颂生确信自己在不安稳的睡眠间已经获得了启示——他将在船上遇到某个久违的人——可真的与嘉米照面后,他仍旧深感意外。

嘉米像是困在枯井中等待救援的孩子,双手紧握住颂生的胳膊,露出喜出望外的神情,她的眼角有嫉妒留下的疲倦。

两个人靠在船头的围栏上,看着海上的风景。他们的船正经过一座港口,往来的拖船和小艇让海面显得很热闹。颂生不敢直视嘉米美艳的脸,又找不到合适的话题,只好聊了几句海鸥和餐厅食物的口味。

嘉米魂不守舍,需要倾吐,颂生的闲扯显然没法满足她,于是她没去接颂生关于巧克力蛋糕的话头,沉默了一会儿,她说:"真是个欣欣向荣的时代,对吗?人人都有事可做。清淤,打捞,召开集会,讨论生意,推倒重建,盯着对手犯错,人人都忙得不可开交,却逃脱不掉意义的缺席。我也是一样,不愿再在医生的职业上浪费时光,于是就做起了演员,可一场戏下来,我根本不知道自己在出演什么,我只是做了几个表情,念了几句台词,故事的全貌是怎样的呢?我终于明白,我已经像所有人一样,被排除在哪怕是伪造的剧情之外,我们的人生不再彼此关联。我爱上一个我'不该'爱的人,可谁来规定哪些人能让你产生爱意而其余的人只能带给你恶心呢?"说到这儿,嘉米做了一个抱歉的手势,"无意冒犯,我说的只是普遍意义上的恶心,并没有针对你的意思,说起来,你是能叫人觉得舒服的那类人。你……该明白我什么意思吧!"

虽然颂生弄不明白,但他还是认真地点头回应道:"爱的确是个永恒的谜。"

"没错,伦常和禁忌也是时刻在变动着的,难道谁敢否认这一点吗?在爱之中,可没有什么惰性气体,你总会跟与你相称的那个人发生反应的,痛痛快快地发生反应，你甚至会感激他的引诱，让你明白自己可以多么卑微，又可以多么不计代价。"

"你爱上谁了呢？这样深地去爱一个人，总是危险的。"

"我如果讲出他的名字，是一定会被你看轻的。"

"我保证不会。"

"你还记得我说过，我是通过一位姨妈认识你的吗？你并不知道她是谁吧。"

颂生摇摇头。

"洛里斯夫人，她就是我的姨妈，而我爱上的，是她的丈夫。"

颂生开始习惯嘉米自问自答的说话方式了，洛里斯这个名字从她口中说出时，的确令颂生一惊，但他还是竭力保持平静，此刻他心里想的不是理清他们之间的错综关系，而是这个女人急需有人聆听。

"洛里斯先生为人风趣又沉着，他讲的俏皮话从不会叫人感觉做作或者无聊，他不像我们只能在梦中实现夙愿，他有经世之才，我们只能眼巴巴地羡慕他的行动力……我又在说些一厢情愿的傻话了，洛里斯先生一心爱着姨妈，姨妈也定瞧不上别人，没人能插足的。"

嘉米为何要跟他吐露心迹呢，颂生并不清楚；他的所作所为能否推翻嘉米的说辞从而成为洛里斯夫妇忠贞爱情的反证呢，他也毫无把握。天端的云堆积如青山，他多想在自己的记忆里留下眼前的景致，可是没有什么比生命更匆匆的了，人们都来不及慢慢相爱，遑论记取一幅美景呢？

"有一段时间，每到半夜，就会有个流浪汉来敲我的家门，楼道阴暗，影影绰绰，看不清那人的面容。他每次敲过门后，便背身弓腰蹲坐在门侧，我在猫眼中俯望着他，有点担心他转过脸来吓到我。可是他只是蹲着，像尊石像鬼，嘴里嘟囔着方言，说的似乎是只想要口水喝之类的哀求。我从来没有回应过他，直到有一天，他没有再来敲门，但我知道，他就站在门后，猫眼的光被他的身影遮住了，我不知道他在犹豫什么，期待什么，我感觉自己已经不能呼吸，生怕自己的喘息被他侦听到。在静沉的夜里，我们僵持着，他还是离开了，脚步比风还轻。我轻舒了口气，下意识回看了一眼身后，对楼黑漆一团，只剩一扇窗口泄出橘色灯光，窗口伫立着一人，注视着，等候着，等候我发现他的存在，"颂生盯着嘉米惊诧的脸，笑了，"你是不是不明白我为什么要跟你讲这些？"

嘉米点点头，若有所思。

"爱是多么孤独可怖。麦心走后，我就堕入幻想的秘旅中，无法脱离。没错，我去检查过监控视频，没有什么流浪汉站在门口；我扯开警戒封条进到对面的楼座，那里早已沦为荒僻之域，根本无人居住。我发疯了，不敢弄出一丁点响动，只有无声能叫我确信，没有什么糟糕可怕的事正在发生。"

"说起来很奇怪，我虽然不曾出现在你家门前，但我的确隔着适当的距离眺望过你的居所，我尝试去观察你，没记错的话，我跟你提起过，我是从姨妈那里知道你的住处的。"嘉米被颂生那番关于流浪汉的描述搅得心神不宁，她不愿体会颂生当时感受到的恐怖，可她偏偏是个敏感的人。

"说起来可笑，我曾把你认成别人了。"

"嗯？"

"一起……喝酒那天，我以为我们之前在楼道碰过面的，后来我才知道，那晚遇到的女孩并不是你。"

嘉米不以为意，心思仍在洛里斯先生身上，她接连叹了几口气，说："爱得太深的确是危险的，我想大概我也快踏入那恐怖的幻境中了。"

"你乘船要到哪儿去呢？"

"潘宁顿铁厂，我有些想法……想跟……洛里斯先生谈谈，不是私人生活方面的，生意，跟生意有关的。"

颂生不置可否地说："那地方我倒是挺熟。"

"《潘宁顿攻防战》，依我看来，那是你写作生涯的转折呢！你竟然抛弃了之前的技巧，甚至文风也变得乖戾起来，你竟然用了三章阐述光荣欧亚不该选用速射激光炮对付机械联盟的遥控蚁群。我佩服你的胆识，从那时候开始，你就不再只是个模仿者，开始向世人展示你的原生力量了。"

"我自己是不忍回顾那些文章了。这么说，下一次到港，我们就要分别了。代我向……洛里斯先生问好。"

颂生不知嘉米有没有察觉到他的犹豫，他发现嘉米跟她的姨妈的确不乏相似之处，她们都屈服于自身的激情，但她们又都坚信，于哪里受限，就自哪里突破。

Chapter 6
纸短情长

颂生和嘉米再度亲昵在一起，不真实的快乐让他明白这只是个浅梦而已。船已到港，嘉米不辞而别。

船复又起航了。颂生还受着余梦的挑逗，又睡了过去。到了晚间，他被一个红发小孩摇醒，那孩子一脸机灵相。他把一封信交给颂生，信封上只有一个大写字母 C。颂生知道这是嘉米留给他的，他质问红发小船员，为何现在才把信交给他。红发孩子解释说是那位善良的女士要求自己这么做的。

颂生从怀里掏出些票子，胡乱塞给红发男孩。打发他走后，颂生便靠在床头，拆信来看：

抱歉没有跟你当面道别，不过这或许是更好的方式。我觉得你应该把你最想写的几本书写完，那是最重要的。当然，我不是说找回恋人无关紧要，爱情的确让人目乱神迷，让人无心去完成不该轻易抛弃的工作。可是你具备额外的天赋，就必须忍耐额外的苦涩。你能找到观察这个世界最清晰、最通透的角度，你能留下我们时代最准确的见证，世界荒芜了，你可以成为复原生机的那粒种子。

我建议你搬离你居住的地方。那个城市塞满了本不该属于那里的奇特建筑，诡辩和鼓吹绝对真理的小册子随处可以买到，难怪那里的住户热衷于满脸忧思，并用低沉的语调夸夸其谈。他们大都喜欢自我同情，发掘自己的不幸，他们都觉得自己被不尚公平的权势者支配，肉食者耍尽花招，只为霸占他们一晚或者掏空他们微薄的积蓄，市民潜在的反抗意识大约是那个地方唯一的可取之处。那不是利于创作的环境，那里找不到一杯好咖啡，满街都是机油味。我知道你要在那里等候，等候麦心的消息。我真为你痛心，如果有可能，我愿意做你的秘书，你的手稿需要有人整理,你的书信应该妥善保存……

给我回信!我一安顿下来,就把地址传送给船长。

船进港了,就到这儿吧,再会,再会,祝我好运!

嘉米

又是一个昼夜。船舱服务很差,舱门外老有人嘀嘀咕咕地交谈,搅得人心绪不宁。到了后半夜,甚至有把鞋子弄丢的年轻女子闯入,差点吐在颂生床尾。借着橘红色夜灯,颂生看到那女子几乎只穿了一件夹克和一条很薄的长筒袜。入夜后,颂生本就睡得很浅,这下彻底醒转过来,于是便爬起来写信。

"我给你写信,嘉米,却不指望你会收到,就像我给麦心写了那么多封信,却从来不知道她可曾读过半页。"

写到这里,颂生感到一阵凄惶,像潮水突然涌入密室,要将他溺死一般。颂生只想快些找片无人的甲板,透口气。他卷起纸笔,来到走廊,看到拐角有个长发女子醉倒在那里。女子浓妆已经花了大半,她那随着轻声喘息而微微颤抖的脸,让人产生一种错觉,觉得她还只是贪吃贪睡的婴孩,却被人遗弃在街头。颂生知道她就是夜里闯进舱室的女人,他认得那条长筒袜。

"你在这儿多半要被冻坏的。"颂生摇了摇女子的肩膀。

"我……我买不起带床的船票呀……"她本想自嘲一下,以此保持一丝尊严,可她醉得太厉害了,几乎睁不开眼。

"我扶你到我的床上歇会儿吧。"不知为何,颂生一下子想到了齐艾拉,是她让他明白这种时刻干净温软的床铺对女人来说多么重要。他没寻到她的鞋,只好用大衣裹住她,把她横抱进客舱,这下他可真像在抱一个婴孩了。如此一折腾,女子又欲呕吐了,颂生帮她凑近马桶,让她跪在他的风衣上,他把她的长发捋顺成马尾,一手揪住,一手扯掉她的夹克,抚揉着她有几处瘀青和一小块茶色胎记的后背。为她做完这一切之后,他褪掉她的长筒袜,给她擦了脸,喂她喝了一点椰子水,让她躺进带有他余温的被窝,而后继续伏在小桌前写信。

如果没有陌生和异样,没有不适和异乡感,灵感就会枯萎成灰。你对那座城的评价恰当精准,我无意为城市辩护,既无必要,也无那种资格。我只是想为自己申明一言，那座丑陋之城，像旱季草原上最后一圈泥潭，拯救了我这头濒死的灰象。

我已经渐失作为普通人的克制和豁达，几乎每件凡常的事情都在加重我的担心。出于对战争的极端厌恶，我有意把写作领域规划在战争史的半径内，军人的荣誉，铁血的浪漫，集体的汪洋，英雄的哀怆，像一座迷宫的几个入口，而它们共同的出口隐没在残酷之后。人世之苦让善良黯然，与牺牲等重的道德负累让退避成瘾的人群宁可选择视而不见。我们给那些鲜血和残破的肉躯追加的意义终究等同于无。

所谓创作，就是向内榨取自己的行动，就是逼迫自己交出世间尚不存在之物的酷刑而已。素材当然是需要的，历史写作也好，其他任何题材的书写也好，都要进口原料，但是当作品呈现出来的时候，这些原料就已失去了它们本来的属性，那不是将木材做成家具、将生米煮成熟饭的过程，而更接近乳汁的形成。

一场战争，可以以将军的视角，以连长的视角，或者以运尸官的视角讲述，但这都不重要，重要的是给那些无言的心灵发声的机会，让他们饱受折磨的心智获得一次被重视、被体谅的对待。

对于下定论，我们太心急了，即使盖棺，也不该就做出即时的定断。我想把一切交给未来，把信任留给后代，这是我写作的意图，也是我未失理智的保险。

女子翻了个身，露出一条腿和一半臀部，把颂生的被子夹在膝盖之间。颂生望了一会儿这半边的裸体，觉得她的轮廓正如阿提拉想要荡平的城郭。这个念头让颂生隔着历史再次触碰到了阿提拉。也许，有这种可能，并非仅是心血来潮的遐想，匈奴王看到的天地，正如一个侧卧的女人，他要用他的权势和武力，让她躺平，让她失去稳固的支点，他要让她醒来，给予他回应，用火焰，用犁头，用爱，也用恨。

Chapter 7
才思钝化

颂生用手掌上一小块长了薄茧子的地方搓了搓眼睛，他有一双能用精致来形容的手，除了那一处茧子，其余的皮肤细腻白皙，指节修长有力。他走下舷梯，发现迎候在帕特雷码头的并不是马怀特口中的"西部游侠气质的老牛仔"，而是一只机器百灵鸟。

"欢迎来到帕特雷，希望你不会因为我没有亲自到场接你而感到失望或者不被尊重。你是我的贵客，孩子，百灵会替你安排好一切的。你会很快接受这些机器玩意儿的良益之处，并且了解我这把老骨头就算在场也不会提供更多帮助。帕特雷是民用通感技术试点城市，因此我能提供给你更好的招待和接送服务。"这个颇有几分自豪的声音通过百灵鸟的发声器传出，颂生试探性地朝机器百灵点了点头。"我能看到你，孩子，你放心好了！这一路有我相伴，那些机器只是我的替身罢了。"

机器百灵引导颂生上了一辆无人驾驶飞车，机器百灵变形成矩状硬盘，嵌入飞车的中控台。一路上老头儿喋喋不休，颂生却一个字也没听进去，直到老头儿谈起祭典，他说："我不确定自己这么说是否冒昧，但是孩子，你真的要掺和进去吗？那场祭典无疑是邪恶的，任何时候都该远离邪恶。大战摧毁了信仰，制造出太多瞎眼的、瘸腿的怪物，他们盲从、跛行，朝着一个背离人性的领域行进，不管你是要加入还是去阻止，都太不安全了。你需要一个护士，需要规律地服药并且接受按摩，何不留在帕特雷呢？这儿的公共服务真的好极了，生活成本也不高，你真该来这里定居，至少在此疗养一阵。"

颂生心想，为何人人都在劝说我搬家呢？我看上去像是能拥有安享生命这种幸运的人吗？

"您对祭典了解多少呢？"

"所知甚少。我虽不是什么虔诚之人，但稍有理智的人都能看出那群游民就是在亵渎神明，他们尊信一个女人为偶像，那显然也仅仅是个幌子罢了，为了给自己的淫行找个遮羞的借口，他们乐意编造一些谎话。这样的骗局古已有之，而且经久不衰，只是花样再怎么翻新，基本的骗术从未改变，都是让本就畸形的心撕掉伪装的假面而已。尽管他们特别热衷在秘密集会之时，带上怪异的面具，可他们被恶欲的黑水浸透的内在，已无从遮蔽。我所知道的就只有这些了。"

  颂生决定不再多问，目光开始移向车窗外，飞车带他穿过一座看守所，一片麦田，一所废置的金库，抵达旅馆的门口。这片地域处于战时的交战区，门拱已被炸塌了一半，楼梯只有一侧的扶手尚存，还有几级台阶留下弹坑。踏入旅馆的门廊，萤火几点，好似鬼穴，可想而知，房间也同样残破不堪。除了看守所外墙喷绘的恶魔百子的涂鸦，此地其余事物的颜色好像都是水泥灰。

  颂生栽倒在床，直到天色完全黑去，也没有下楼吃饭，他甚至不确定这家旅馆是否提供餐点，是否有供应咖啡的餐厅。过去，临睡前，颂生会在脑海中描绘明天要写的内容，甚至打好主要章节的腹稿。他不必担心遗忘，那时候他的脑子好用得很，只要一觉醒来，他就可以精神饱满地把那些已从心底确认的内容誊写到纸张上。如今他依然保有这个睡前习惯，却没办法再记住夜间的所思所虑。极少的时候，还能勉强留有一点印痕供他回顾，多数情况下，他能记起的，只是耗费心血的倦意。记忆混浊，世道也同样让人觉得难以融入和生疏，过去敏锐的才思不可避免地钝化了。嘉米说这不是一个人的悲哀，而是整个世界因愚蠢导致的审美的缺席。

Chapter 8
星逆穑种

  太阳还没有升起，空气还很浑浊，闻爵愁肠百结。他对自己发誓这是最后一件置身其中的差事，只要了却这个怨念，他就宣布退休，从身体到心灵，都彻底从疲乏的操劳中解脱出来。

  闻爵没有门路搞到船票，马怀特是颂生的朋友，这个怪人是不会帮自己的。闻爵觉得颂生把自己看作爱情的竞争者十分愚蠢，他毫不怀疑麦心会跟颂生重归于好。同时，他也承认颂生的提防和怨怼给了他虚幻的抚慰，正是这位情敌的出现，让他第一次确认了自己在恋情中占据的位置。他弄来一辆1968 年款庞蒂亚克 GTO 和一支贝雷塔 486 双管猎枪，他设计好路线，保证沿途的黑市能为他提供食品和燃料。以防万一，他带了十天的口粮和一塑料瓶满月油。告别了工友，他只身上路了。他不分昼夜地开车，为了躲避检查必须绕很多弯路，他得把浪费的时间补偿回来。满月油第三天就被倒入了油箱，因为他计划中的黑市已经变成垃圾倾倒地，不过这倒让他不用再为燃料不足的事操心，那一小瓶价值连城的满月油足够让他抵达希拉波利斯。大部分时间，他都在地下城邦废弃的地道里穿行，只有夜晚才敢开出地面。有一天，闻爵在寂静夜空下的旷野继续赶路，这是一片无人区，因而必须加倍小心，会有驾驶军用车辆或者改装飞车的匪徒抢取他携带的一切——包括他身上有用的器官。他摇下窗户，把胳膊搭在门板上，风吹乱了他早已稀疏的头发，他的心底涌出一阵自由的快感，好像重新掌握住失控许久的船舵，正航向宝藏或者一座光明的城市。"这里也被清扫过，"他暗自说道，但松弛的情绪没有受到影响，"凡是被清扫过的大地，都有一种特殊的味道。"

  战争刚刚打响的时候，人们反应不一。电视台报道着截然相反的内容，相当多的人认为战事会在一个月内结束，有些历经纷争的老人保证这样的冲突至多持续两周。接着欧陆发生了"大沉陷"，人们开始重新审视自己的判断,但是可供他们分析的素材已经越来越少,人们日益被分化隔绝。在最初的日子,闻爵曾问自己,假如没有这场战争,自己会做什么呢?或者说,战争结束以后——尽管不知何时——自己该做什么呢?去学一门乐器?跟一个女人结婚?去新加特兰或者中国转转?或者,回到家乡处理棘手的事务?那时的他没有下定论,直到现在他也不确定,做矿工、义警,调查地底的怪物,做工友的靠山,这样的人生怎么样?没人能给出评价,因为没有人在意。他很想让自己进入颂生的写作计划里,当然也许他不值一提,可是再卑微的人也配得上几行评语吧!就像过去小学的时候,老师给你写的那些话,难道人老了以后,就再也得不到了吗?

尽管危险,但闻爵已经敌不过困意,他把车开进一处已坍塌大半的坑道,靠在车门上睡着了。他梦到与麦心一道乔迁新居,这大概源自他在考虑战后应当做什么这个问题时,想到了工友多姆的答案,他说他要搬到地表去住,从此不必担心暗缝里藏着蟑螂或者从下水道里爬出老鼠,其他工友嘲笑他,仅仅住在地面并不能解决这些困扰,多姆咧着大嘴笑道,他只是不想活着跟死了都住在同样的地方。"这所房子多么明亮干净啊!"梦中的麦心感叹道。闻爵从房子的窗口朝街道望去,确信他们正身处光明的城市。接着,他又梦到了颂生,这倒容易解释,他一直在捉摸这个始终带着疲倦眼神、若有所思的年轻人。梦中的颂生走起路来像只仙鹤,除了依然很瘦,容貌和精神都发生了很大变化,闻爵不知道这变化是好是坏,只是感觉他更顺从命运了。

闻爵梦醒后,听到有人在讲话:"你有没有想过,我们操着同一种语言,讲述的却是不同的世界。虽然我们共度了那么多时光,我们一直以来所考虑的,却是找个机会彼此分开。我们在浪费光阴,我看到了你不愿面对的残酷真相,而你想用诗意的眼光粉饰它们,装作它们压根儿没在眼前出现!"这声音既陌生又熟悉,难道他还没醒过来吗?他听到的是麦心的声音,他急切地想证实这一点。可他发现自己的眼睛被蒙着,什么也看不见,嘴被贴上封条,手脚也被缚得紧实,他能感到自己躺在瓦砾里,被人这么绑着,让他恨从中来。"我被非法拘禁的时候你又在哪里呢?"麦心接着质问道,"我睡过的床上已经躺上别的女人了吧!跟你在一起就会不自觉地堕落,忘掉自己的喜好,忘掉专心致志做一件事的迷人感觉,忘掉生活只属于一个人而不可能由两个人分享！"

"我一直在找你，我给你寄过很多信，我求过人，我试着能搞一架'渊火'去找你……"令闻爵更加惊诧的是，现在说话的人是颂生。

"寄信？求人？这就是你的付出？只是为了让你心里好过一些吧！你在书桌前蘸着墨水悠闲写信的时候，你知道我在做什么吗？我在把半吨重的轮胎安到突击车上！人们都说，作为一个女人，根本当不了机械师，正是因为这种偏见，光荣欧亚到今天都没有像样的、能媲美机械联盟'通感机甲'的产品出现！你重视我的才能吗？我母亲呢？杨仲思呢？你们跟其他人有什么分别吗？你们宣称是我的至亲，可你们一个个看待我的眼光跟那些冷眼旁观的众人又有什么不同？"

"我从来没有阻碍你出门工作，我一直觉得你很出色，你的机械才能也是让我着迷的原因之一。"颂生分辩道。

"没错，这就是问题所在，你只是把我所做的事情当成一份糊口的工作，甚至是无聊的消遣！为的是不会时刻烦扰你的创作！在你眼里，机械师是没法跟作家相提并论的，你觉得我完不成你所干的伟业，你觉得只有自己才能留下超越时空的作品！"

"抽烟也好，收集也好，包括旅行和工作，只是让日子看起来有事可做。甚至战争和媾和，也不见得有多少切实的目的性，也仅是为了刺激萎缩的经济或者消耗过剩的产品罢了。你不要再说疯话了！"

"别再用那些曲折的话绕我了！我听够了！是你们疯了，一群疯狂的人想要阻止我建成'蓝色风筝号'！没用的，舰船的主引擎已经装机完毕，马上就要进行全舰联电调试，来不及了，你们来不及了，'蓝色风筝号'会带领我的信徒深入免疫宙域，你们都没办法登船了，因为所有舱室都已满员了。"

"你说的……免疫……免疫宙域，你用的是'免疫'这个词，没错吧？免疫宙域，究竟是什么意思？"

"星逆秽种已经发现这里了，这个星球，已被感染了。"

"听着，我现在要带你出去散散步，我们得离开这个怪异的洞穴……"

"这是我们的圣堂。"麦心打断颂生。

"我不管它是什么！离开这儿！"颂生发怒了。

"你读过《牛斗列星哀歌》了，不是吗？"

"我不明白,你真的把我搞糊涂了!这到底怎么回事!你收到我的信了?"

"我收到了,那时我对世界简直一无所知,而你更早读到了圣典,却没有察觉到危机?"

"他们到底把你怎么了!你虽然长着我认得的脸,身体里却住着一个我不认识的人……"

"小心马怀特,你该离开了,带上这个老家伙,庞蒂亚克,松狮,随你挑选。忘记我吧,即使记着我,也不会持续太久了,到此为止了,先是厌烦,转而憎恨,接着淡漠,最后我就什么也不是了。我很想带你走,基于我们的过去,基于那些遗憾和不舍,我也想带走朵蕊丝太太,甚至她那傻儿子,但是我不能,我没办法,'蓝色风筝号'满员了,我们没有位置留给……无关的人……回到布瑞奇吧,过你想要的生活,时日无多,没必要再添苦闷了,能当面与你道别太好了,我原谅你做过的一切。小心马怀特。带上那个老家伙!"

Chapter 9
绝命奔逃

终于有人扯下闻爵的蒙眼布和封条,他发现自己坐在一台庞蒂亚克GTO上,开车的是颂生。

"我们去哪儿?"闻爵问。

"我不知道,我想我们大概被……传送回了布瑞奇的近郊。"颂生回道。

"布瑞奇?传送?"

"应该是一种微型化的跃迁装置,用于试验星际旅行的可靠性,我们就像小白鼠,被人塞进透明盒子,然后送进一个不稳定的'航路',好让他们记录读数,提出优化方案。"颂生解释道。

"你怎么知道这些?"闻爵觉得就连公路两侧新植树木的形状都那么可疑,那么令人费解。

"麦心告诉我的……"

"她怎么突然变得如此反常,惊人的冷漠!像个……魔头!"

"我不知道,我不是荣格,就算我是,也分析不出那个女人的心理。"

"我们就这么被她赶走了?你也放弃了?"

"她现在有一艘能进行星际航行的战舰,而我们只有一辆古董车!"

"不是我们,是我,我有辆庞蒂亚克,你什么也没有。"

颂生狂摁了七八声喇叭,惊飞了一树的乌鸦。两个人再没有对话,一进城区,闻爵就被扔在一个石缝里长草的圆形广场,颂生开着他的车扬长而去。叫闻爵难以接受的是,直到下车的那一刻,颂生才帮他割开手脚的绑绳。

甩掉闻爵后,颂生把车开往城西,他知道那里有片湖,他想到那里静一静。她两次提到叫他小心马怀特,这究竟是什么意思呢?要不要去找马怀特问个清楚?他似乎的确隐瞒了什么。还有麦心为什么提到《牛斗列星哀歌》,免疫宙域、星逆秽种,这些到底是什么玩意儿?太多问题没有解释明白,原来一切根本不是找回麦心那么简单。他停好车，发现脚下有一张纸条，便探身去捡，等他坐直身子，马怀特却已出现在了车前。颂生下意识地将纸条揉皱，悄悄塞进裤兜。

"你怎么会在这儿？"颂生没有下车，他一只手握着方向盘，另一只手随时准备点火，两手掌心都在冒汗。

"我来找你的。你见过麦心了？"马怀特冲颂生挥了挥手，示意他从车里出来。

"你怎么知道我来这儿了？"

"我一直跟着你，你刚刚揣进裤子的东西，就是我放在你身上的追踪器。"马怀特逼近一步，似乎随时准备动手。

颂生知道马怀特在撒谎，但恐怕他身上被安了追踪器倒是真的。这时，他从倒车镜里竟然看到了奔跑而来的闻爵。他知道机会来了，点火、踩离合挂倒挡，车轮发出尖厉的摩擦音。马怀特愣了一下，好像没想到颂生已对他抱有敌意、有所防备，他从怀里掏出热熔枪，第一发没有命中，第二发擦到了车尾，尾灯和保险杠被灼脱车体，刮行了一段，掉在路上。快要迎上闻爵之时，颂生猛踩一脚刹车，闻爵犹豫了半秒，看着凶神般追来的马怀特，赶忙钻进车里，还没来得及关门，马怀特的第三枪就直接掀掉了钢制的车门。

"怎么连马怀特也疯了！"闻爵嚷道。

"看看上面说了什么！"颂生从兜里掏出纸条交给闻爵。

"搞到那架'渊火'，飞到'月兔九号'伴月卫星，我会在那里接上你们，记住，接上朵蕊丝太太，不管你乐不乐意，也带上闻爵和帕森。从今天算起，你只有三周时间，过期不候！如果你多带一个人出现，我就直接下令击坠你的穿梭机。麦心。"闻爵大声念出纸条上的内容。

"你就不怕我们被窃听了吗？"颂生斥责道。麦心的安排被走漏的确值得担忧，不过颂生的内心还是狂喜不已，麦心没疯，她没有抛弃他和他的家人。

"是你让我念给你的呀！"闻爵挥拳抱怨着。

马怀特已坐上飞车，正在快速迫近，"你那把破枪准备什么时候用上？"颂生冲闻爵吼道。

闻爵还想斗嘴，可飞车的轰鸣已在耳边，他顾不上回骂，从座下拽出贝雷塔486，反身朝飞车就是一枪，但显然双管猎枪的火力不足以对马怀特的飞车造成杀伤。"现在我们怎么办？"

"这就是你带的全部？一杆猎枪？你是不是还带了渔具和野餐篮？"颂生边骂边把车开往闹市，他期待公路巡警能快点发现这里的混乱。不过这话正好提示了闻爵，他果断从置物箱里拿出之前灌满满月油的塑料瓶，对颂生道："进入前面的隧道前，把车横过来，我这一侧冲向马怀特！"

"你要做什么？"

"少废话了！"

颂生只有选择信任，庞蒂亚克再次刹车，轮胎摩擦出的青烟干扰了马怀特的视线，紧追而来的飞车也赶忙打开逆向喷口制动，闻爵瞅准时机，将还剩了些满月油油渣的塑料瓶掷向飞车，跟着扣动扳机，塑料瓶应声爆炸，紫色的火焰在庞蒂亚克和飞车之间筑起一道烟墙。"快开车！"闻爵命令道。

颂生就等这句号令，放下手刹，脚踩油门到底，排气口喷出淡紫色火苗，庞蒂亚克直钻进隧道。

"这回往哪儿去？"闻爵确认飞车暂时没有跟上，转头问道。

"明斯基城寨！"

Chapter 10
妒中暴行

"文人跟政客最大的不同是,文人以为存在一个更好的世界,在远方,在别处,而政客知道,哪里都是一团糟,只要不更糟,已实属万幸。讽刺的是,标榜远见卓识的政客其实目光只停留在当下,他们只关注既得的东西,而文人精疲力竭地观察现实,却想象着一个不曾有过也根本不会到来的新世界。唯一叫人心痛的是,越来越多这个时代的年轻人,宁可选择粗鄙地活着,这倒是一个新情况。不过,古人反反复复,通过各种方式告诉我们,被人踩在鞋面上的灰,终会被另一些人擦去的。不要为一时的不公揪心,除非格外有心,你施加给别人的影响,也很肮脏,充满恶意。"舞台上饰演数学教授的演员比画着夸张的手势,想让观众了解他念的台词至关重要,可是没人在意表演,大家只是想在昏暗的座席上歇脚、幽会、偷情,或者像颂生和闻爵一样,躲避追杀。

"得想办法通知帕森。"颂生吃下今晚第三只热狗,还是觉得很饿。

"你少吃点,卖车就换回这点钱,转眼都进你肚子了。"闻爵咬下一小块火腿,细细嚼了很久才下咽。他感觉肋下一阵疼痛,他记不清这是身体新出的状况,还是顽疾又在作怪让他分神,他想看一下时间,也不知是他的手腕又细了,还是表带松了,老手表就像要松脱出去一样。

颂生没有理会闻爵,他不曾料到,到头来他唯一能仰赖的人竟是帕森。"帕森做事太冒失了,也许马怀特已经盯上朵蕊丝太太家了。"颂生心想。

帷幕拉起,伴随着鼓点,数学教授向大家脱帽致敬,然而没有掌声也没有喝彩声,只有零星口哨响起。帷幕很快又被拉开了,这次出场的是十五个穿着短裤、短袜的妙龄少女,她们要表演的节目很难定义,既像是杂技又像是舞蹈,也可以说是艺术体操,不管是什么,都因为缺乏排练而显得凌乱笨拙,可是观众们的兴致终于被唤起了,叫好声此起彼伏,颂生这才意识到原来他跟这么多人挤在一间剧场。当周围人都在关注一件事时，你很难不把精力分散过去，颂生看了一会儿表演，但吸引他的不是那三十条胖瘦不一的大腿，而是隐约觉得里头有什么不对劲。他集中更多精力去观察每一个女孩，连旁边闻爵的讥讽都没听见，终于，他找出了问题所在——其中有个女孩是齐艾拉。尽管她脸上蒙着跟其他服饰并不搭调的头纱，只露出一双眼睛，可颂生还是认出她来。

颂生和闻爵试着混进后台，但没能成功。门口的莽汉那寻衅的眼神告诉对方，他正对一场斗殴求之不得。闻爵说他能打得过那莽汉，他遇到过更凶悍的角色，颂生让他省点力气对付马怀特吧，然后暗骂他是"老小子"。

他们终于等到女孩们出来，她们三三两两从后门离开，有几个人勾着男人的胳膊走了，剩下的也不知蹩进哪个拐角，谈笑声便杳然不知踪迹了。齐艾拉是最后出来的，她有些发烧，眼窝发青，脸颊红晕，见到颂生后似乎烧得更厉害了。

"帕森怎么会让你来这儿……工作呢？"颂生把手里的水递给齐艾拉，她喝了两口，问有没有吃的，闻爵交出了他的热狗。齐艾拉边吃边回答道："帕森搭上了厄提诺将军的女儿，于是我就被赶出了家门，就是这么简单。虽然他们并不常住在朵蕊丝太太家，但那个女人也不容许我待在那儿。"

颂生告诉齐艾拉，他需要找帕森帮忙，但想到麦心的名单里并不包括齐艾拉，他觉得很难过，为自己不能坦诚告知对方情由而感到内疚，甚至觉得自己在做一件相当卑鄙的事。此外，还有嘉米、西诺和洛里斯夫人，他为不能跟他们一起逃离而心怀不安，他没法告诉世界真相，没法跟周围的人坦白，这难道不是犯罪吗？他转念又想，谁知道地球的命运会不会真的到此为止呢？"大沉陷"、核冬天、"瘟疫周"，人们不也熬出来了吗？反倒是逃亡月球的人大多成了太空浮尸。也许这一次也能峰回路转，转危为安。他现在考虑的不是离开地球，而是能与麦心重逢，这一愿望应当压倒了一切，他告诫自己不能再这么逡巡不前。

"现在帕森住在哪儿，我得马上找他谈谈。"颂生问。

"他的新女人在雷登区给他买了一所大房子，能打卫星电话，有个厨师定时给他们做饭。"齐艾拉吮干净手指，说道。

"把地址给我。"颂生掏出一支笔递给齐艾拉。

"你要干什么？"齐艾拉不解道。

"做你最想做的事吧，齐艾拉，我会说服帕森让你回家住的，我们都要离开一阵子……"

"我不明白你这话什么意思。"齐艾拉边说边把地址写在颂生手上。

"咱们快走吧，我觉得马怀特快发现咱们了。"闻爵催促道。

"我一个人去，你们俩找地方等我，布瑞奇我熟悉。"颂生看着地址，盘算着路线。

"去我那儿吧，没有热水和空调，但好歹有个屋檐和床铺，能躺下休息。"齐艾拉提议道，接着把她的地址也写给颂生。三人就此分别。

离开明斯基城寨，穿过吊桥和栈道，夜恢复到静寂的状态。延伸向郊区的小路和道旁石砌的矮墙让人心里生出荒凉，颂生觉得前路未卜。

到达齐艾拉给他的地址时还不到破晓时分，浓重的黑夜仍在暗中翻涌。颂生确定无人跟踪，便摁响了门铃，但无人应门。背后的电梯门关闭，发出咣当一声响，在静夜里尤其突兀。颂生不喜欢过道里吊灯的灯光，他觉得灯罩的缝隙里有一只眼在窥望。他把耳朵贴在门上倾听，毫无动静，就又摁了一次门铃。内中终于传来声响，脚步拖在地上，但这人的体重很轻。门并没有完全打开，只开启到一人可过的角度，颂生被门里的人一把拉了进去。

门内黑得更加彻底，房间好像蒙在密严的油布里。颂生踩到一个瓶子，差点跌倒。他被那个人捉着手，穿过一道门。由于主人都没有问他这位造访者是谁，颂生更不便开口相询，他有些困窘又有些气恼地被人拖着，直到被推倒在铺了毛毯的地板上。颂生只觉体香扑鼻，两胯被裸腿夹住，魂智和身体都不由自主起来。

"我以为你今天不回来了。"是个女人。

"我……我觉得你搞错了……"颂生扶住女人的腰肢，想让两人摆脱当下的境地，可是女人已经吻了上来，带着一种埋怨和急切。颂生稍微加了些手劲，证实了他先前的判断——这个女人很轻。很自然地，颂生抱住女人，顺势站了起来，他本想把她放下，可是女人的脚却不肯落地，而是缠到了颂生的腰上。她的吻更深更热烈了，手指伸入颂生的头发，轻轻抓挠着颂生的发根。颂生抽出被她吮住的舌头，未及开口脑袋又被按向腋部的软肉。颂生不敢松手。原本她的双乳紧贴在颂生的胸膛，现在她只用双腿勾住颂生而不再用双臂抱住，双手解开了胸衣，接着颂生的脑袋又被按进女人汗津津的胸脯，她的香气直接钻进了颂生的脑子。

"听我说，我不是帕森，我是来找他的。"颂生终于找到了一面墙，他让女人靠上去，对她坦白道。

"帕森……当然……你不是他，你比他有力，那个混蛋去哪儿了？他让你来伺候我？"女人清醒了一点，顺着墙壁滑落到地板，重新系上了胸衣。

"你全搞错了，女士，我是帕森的表弟，我有事要找他帮忙。"颂生平复一下呼吸和心跳，女人的气味还在往他的鼻腔里冲。

"现在几点了？"女人摸索着打开床头的台灯，她看到电子钟上显示的时间，皱了皱眉头，"你是他表弟？"

颂生明白女人的疑惑之处，解释道："我的养母是帕森的生母。"

"朵蕊丝太太？"女人问。

"没错。"

"你比他好多了，我怎么会被这样一个白痴迷惑呢？"女人的声音变得忧郁。

"我必须向你道歉，这次拜访的确太失礼了，我这就离开，你知道帕森什么时候回来或者在哪儿能找到他吗？"

"我为他背弃了我的家庭！我是受不了待在家里，可现在又有什么改观呢？过去，每天听那个好战分子念叨如何让一群人前往屠杀另一群人，我母亲竟然也站在他那边！现在呢！瞧我做的荒唐事！我被人嘲笑，说我搞错了男人！我从来不要求额外的自由，我安分地服从管束，因为我以为我能等到一个不必像老鼠一样活在暗洞里的明天。结果呢？我买下这所房子的第一天，就有人上门装了这些，他们当然是依照那个老混蛋的吩咐而来。他们把窗框加固，把玻璃换成墨色，还挂上这种沉得不像话的大幕帘，他们说不这么做我会死得不明不白，或者如果被老混蛋的政敌拍到想要的画面……这一切都多么叫人生厌！"

颂生知道女人口中的"好战分子"正是厄提诺将军，他对此称呼深以为然。

"老混蛋说我总是给他丢脸，每件事都比我的生活更重要！作战计划、社交舞会、战后联盟的存废，每一样都需要我闭嘴，需要我谨小慎微！我以为帕森是个有种的男人，终于有人能带我离开笼子了，可是他才是最懦弱、最没骨气的那一个,不管你怎么羞辱他,他都觉得可以忍受。最让人恶心的是,他接近我跟其他人一样,也是为了接近老混蛋!而且,他还惦记着齐艾拉那个女人!"女人烦躁地捶了一下床垫,跪倒在床沿哭了起来。颂生安静地陪了她一会儿,女人平静了一些,接着说道:"为什么不跟我做?是不是帕森又有什么关系?难道我只能跟帕森做这个吗?"说着,她赌气地掀起胸衣,一脸仇恨地盯着颂生。

颂生承认那是对玲珑秀气的乳房,搭配她的身材不大不小,皮肤也是他见过的女人之中最好的,比嘉米和洛里斯夫人的还要好,他索性坐在地毯上,说:"你之所以生气,是因为你还在乎你父亲,你在乎他怎么看待你,你在乎自己有没有给他添麻烦,可这不是必要的,也许你认为父女关系赋予了你此种必要,可仍然是不必要的。也就是说,不论厄提诺怎么想把你纳为他精神的一部分,你都不会成为他的附庸,可是你害怕这种独立。我想,帕森之所以吸引了你,在于他身上有一点与你近似,那就是他也害怕独立。"

"如果我害怕独立,又怎么会离家出走?"女人尽力让语调里显出讥诮。

"你这么做只是为了试探你父亲有怎样的反馈,你并没有真正离开过。"这时,门锁转动声响,有人进屋了。"露琪亚,你没睡吗?"是帕森的声音。颂生连忙站起身子,房灯随即亮起,帕森出现在门口,他一眼看到了半裸的女友和慌张的颂生。"为什么这么对我?"帕森吐出的每个字都似从他肚子深处掏出来一样,说得咬牙切齿。他抄起地上的瓶子——就是差点让颂生跌倒的那一个,像一头美洲豹捕杀猎物般,瞄准了猎物耳后脆弱的颅骨,他几乎四肢着地,真如头疯豹般狠命扑向颂生,颂生被撞倒在地,帕森拎住颂生的领口,让他的脑袋离开地面,接着挥起瓶子重砸向他的后脑,面对这突如其来的袭击,颂生重重地倒在地板上。

露琪亚的父亲虽然是个战争狂,她自己却从未目睹过如此暴力的场面,此时她就像被施了定身咒,叫也叫不出,动也动不得。帕森手上还攥着半截破碎的瓶子,豁口的尖角滴着血,他眯起泛红的眼睛,看着露琪亚的胸部。露琪亚明白了他的意图,一边环抱住自己一边死命摇头,好像那就是她在此刻唯一能够做出的动作。她的防范意识激发了帕森极端的毁灭欲,他把瓶子丢在颂生身上,一把将女人从地上拽了过来。他已经被妒忌的力量扭曲成另外的生物,露琪亚吓坏了,可是帕森没打算停手,就在颂生的血泊里,他开始施暴。到后来，为了阻止女人哀号，他又操起瓶子威胁她不许出声。血液已在透明的玻璃上凝固，豁口的锯齿变得触目清晰，现在他手握一件真正的凶器。露琪亚咬破了嘴唇，头发和鼻尖几乎碰到了颂生。最后时刻，她还是忍不住惨叫一声，帕森方一松手，她便瘫倒在颂生身上。她躺在那里，期待她的父亲就是这世上最残暴的人，期待厄提诺将军用尽一切手段将这个侵犯她的男人撕碎，她不再觉得暴力有什么问题，很多从未有过的残忍念头从她的仇恨和屈辱里生出。

帕森居高临下地看着脚边两具被他摧残的肉体，似乎想弄明白自己究竟做了什么。在妒火消退之前，他逃离了现场。

Chapter 11

卑污人生

  帕森自知已经犯下重罪,此时天色渐明,晨风吹在脸上,他从方才的狂暴中清醒过来。他开始恐慌,厄提诺将军定然不会放过他。飞黄腾达的梦不必再有,他会死得很惨。随着惧意的增长,他越发痛恨起颂生。是颂生毁掉了他,让他原本无限接近的梦想生活一瞬间解构坍塌,落入无底深渊。先是齐艾拉,后是露琪亚,为什么他的女人,颂生总要抢夺。他觉得颂生让他患上了神经过敏焦虑症,他觉得这个从小被他的生母养大的混混,不但想完全占据朵蕊丝太太的母爱,甚至觊觎起他这位兄长的成就和权利!"我每天都在跟生活苦斗!"他想,"而那个虚伪的人总是饭来张口,连找女人这种事都要现成的。人是有多么龌龊,竟觉得吃白饭如此天经地义,甚至将其培养成一种习惯!"

  帕森丝毫不关心他的怒击有没有杀死颂生,他觉得不论结果怎样颂生都罪有应得,只是他不该心态失控去做接下来的事。颂生没有出现之前,凡事都是轻而易举的,他没怎么费事就让露琪亚同他睡在了一张床上,可现在呢?她抗拒他,拿恶狠狠和极端厌恶的眼神瞪他,她一定已经发誓要报复他、干掉他!他现在成为一个卑污的凶手,都是颂生造成的,帕森就是这样认为的。畏怕和愤懑不平取代了内心的平和,从此往后再没有如意的事情了!帕森这么想着,恨不得返回居所再往颂生那张害人的俊脸上补几记老拳。但他不能这么做,冲动已经让他陷入难以收拾的困局,那里现在一定已经有一卡车士兵在守候,他们牵着狼狗,检查血迹,就为了抓他回去受折磨。

  他怀念过去的好时光,他知道自己曾经幸福过,他与露琪亚的初次约会他还记得那么清楚,他们互诉款款心曲,那些洁净的美好他真实地拥有过。牌局和烟酒快把他的精神榨光了,坐在他旁边陪他打牌的女伴让他总是处于亢奋状态,他一夜没睡,情绪激动,干了傻事,他依旧想把剩余的心力用于回到当初，尽管这是最无用的选择，可是天亮前发生的一切让他觉得人生很虚无。

"你知道战争最大的弊端是什么吗？"帕森不会记错，这就是他们第一次在餐厅吃饭时露琪亚对他讲的第一句话。他不知道，但又不想显得自己很无知，他当然知道这不是一道考题，不会有什么标准答案，但越是这样的问题，越需要回答者给出漂亮的解释，用巧妙的步骤自圆其说。要是颂生那浑小子能把脑袋借给自己就好了。可惜不能。他只好胡乱说了一些他自己都不能信服的话，大部分都是从孙正浩的演讲中听来的，然而他说什么其实并不重要，露琪亚提出这个问题只是为了自己回答。她心不在焉地听完帕森的夸夸其谈，出于礼貌并没有打断他。她只是觉得他很认真地对待这个问题，错以为他对此真的感兴趣，因而她趁帕森长篇大论之时更用心地组织起语言，想在轮到她开口的时候赢得认同。她太需要有个说话的对象了，这些话她从来只能默念给自己听。

"是学校教育的缺失，"露琪亚自信地说道，"战争让人们害怕聚在一起，分散躲藏才是求生之道。温文尔雅的学养成为最不顶用的东西，在避难所里练习一下识数和认字，就是大部分人的教育水平了。那怎么够用呢？如今天下太平了，钟鼓馔玉，锦衣华服，但跟过去相比，只是徒有其表而已。没人有过完整的学校生活，没人经历过对于前人而言再普通不过的教育经历。我们所谈论的话题都很泛泛，我们对外部世界的见解都很浅薄。谎言操纵着年轻人，他们觉得有必要再打一场仗，对挑起新的争端的理由信以为真，他们觉得自己必须投身其中，否则就会被时代淘汰……"帕森没办法跟上露琪亚的思路，他看不清交谈的走向，他不知道该不该插话进去，他很确定他又说了几个暴露自己无知的词，那时候他觉得自己跟露琪亚的关系算是没戏了。可是露琪亚依然饶有兴致地跟他分享她宽广的内心和复杂的头脑，帕森真的被触动了。他从来没跟人这么交谈过，如果换作颂生或者其他无关紧要的人坐在对面，他是一个字也不会让对方多说的。可是此刻正在讲述的人是露琪亚，她多么可爱，她懂得可真多呀，她一连说出一长串他从没听过的名字。他不知道克劳德·列维－斯特劳斯是一个人还是两个，也不明白大众文化的商品化和标准化怎么会成为一个需要被讨论的议题。露琪亚试着给他打开新世界的大门，她专门为他在做这件事。他第一次为自己知识的贫瘠感到羞愧，而人在感到羞愧时,很容易萌生感动之情。

他爱露琪亚。他没法否认接触这个白皙女人的初衷是为了搭上厄提诺将军一家,但他真的爱上了这个女人。这个让他感激也让他自卑的女人,让他对知识产生了向往,对除了容貌以外的女性之美真正有所体悟。即使从本性上他不会改变多少,但是这种爱情还是让他迷醉其中。

他赶走了齐艾拉,尽管露琪亚从没要求他这么做。他很少回家探望朵蕊丝太太,有时候甚至忘记母亲长什么样了。他坚持学习了一段时间,受不了那种劳碌和枯燥。"如果要遭这么多罪才能说几句漂亮话,还是闭嘴好了。"他也不会始终安于当个倾听者。他没想到人与人拥有的财富可以如此悬殊。他习惯追随在孙正浩、厄提诺这样的大人物之间当跟班,可直到同露琪亚建立起恋爱关系,他才真正有机会窥见他们的生活有多奢靡。越是穷奢极欲之人,越要装出一副清贫简朴的假象,帕森算是领略到了这一点。他一下子手握花不尽的钱财,身旁还有一位令众多公子哥垂涎的大家闺秀作为女友,他内心拘束的饥渴被彻底释放出来。开始的时候,是求知欲,是对世界的好奇点燃了帕森爱的火苗,到后来,欲望之兽脱笼而出,不再是求知欲,而是对世界蛮横的霸占之心支撑起他活着的激情。他被踩扁了,被一根骨头一根骨头地拆垮了。遇到露琪亚之前,能与这样一位女人交往也许就是他的终极想望,然而事实却是,他非但很快厌倦了露琪亚有关改造世界、防止战争、重塑文化的阐述,而且对与她同吃同住、同行同睡,也不再满意。他没想到露琪亚会如此纵容他四处寻欢作乐,而且只要他回到家里,火热的情欲依旧等待着他。有几次,因为浪荡无度,他没法承接这份需求,就让他的狐朋狗友替他扑熄这灼烧的渴望。

Chapter 12
无心之失

近地面漂浮着灰霾，高处的天空还算晴朗，凝重的青色则属于更高的领域，界限分明，叫人悲哀。颂生睡得不得安宁，几乎每隔一小时就得醒来一次，止疼泵让他意识模糊，但闻爵的声音一直不肯消散："只有三周时间，过期不候！"虽然头依旧痛得厉害，但他还是得弄清楚几件事：他在哪儿？时间过去多久了？帕森去哪儿了？他费力地睁开眼，看到床边坐着一个娇小的女人，正在翻看着什么。

"你是谁？"颂生被自己的嗓音吓到了，他听起来就像老恐怖片里的魔头。

"你该不会失忆了吧！"女人朝前凑了凑，恍然大悟般从药柜上拿起眼镜给颂生戴上，"医生说你暂时需要戴这个。"

"你怎么会在这儿？帕森呢？"颂生认出她是露琪亚。

"还没抓到，军队相信他躲进明斯基城寨了，现在正挨家挨户搜捕他。"露琪亚说这话时，就像在播报新闻，可颂生知道她这事不关己的态度是装出来的。

"他伤害你了？"颂生小心地问道。

"我的膝盖上沾满了你的血。"

"对不起，这一切都是我的错，我不该在那个时间去找你们，我没想到会这样，当然，我应该想得更周全一点，可是，我有点要紧事得找他……"

"你大概没机会找他了，父亲已经下令，只要拒捕，就击毙他。"

颂生知道帕森凶多吉少，他觉得是自己害他丢了性命，忍不住哭了起来。

"你为什么要替那种恶人流泪？"露琪亚质问道。

"这世上我没几个亲人了，你不会也怪罪朵蕊丝太太吧……他是发疯的奥瑟罗，嫉妒让他丧失了理智……"

"你再敢替他辩护一句,我现在就让大夫送你下地狱!"露琪亚威胁道,气恼地把手里的本子摔到地上。

颂生发现那是他的笔记本:"我的东西,怎么会在你手上?"

"坦白吧!你们到底有什么阴谋?现在是我来审问你,如果换我父亲的人来做这件事,你可就不能舒舒服服地躺在床上,还用止疼泵了!"

"我不懂你在说什么。"

"齐艾拉!你、帕森,还有那个叫闻爵的,你们跟齐艾拉全都是一伙的!"

"你搞错了,没有什么阴谋,我们只是彼此认识而已。"颂生发觉露琪亚有些歇斯底里。

"认识?你知道齐艾拉的真实身份吗?她是机械联盟的间谍!她参与绑架了奥特加,她潜伏在欧陆,就是想找机会暗杀我父亲!"

"不不不,听我说,露琪亚,帕森的确做了罪不可恕的事,他真是昏了头了,我没想到他打晕我后还会伤害你,可是齐艾拉,她只是个普通人,不管她来自哪儿,她跟那些肮脏勾当没有任何干系!"

露琪亚冷笑道:"难怪那个渣滓会发疯,你跟齐艾拉果然有一腿!"

"绝无此事!"颂生挣扎着想起身,被露琪亚一把摁回床上,她目露凶光,觉得自己拥有恣意宰割颂生的力量。

"你们还通过朵蕊丝暗结马怀特,现在什么都明了了,说说吧,你们到底有什么打算?利用马怀特在霸星工业的影响力,扶植机械联盟在欧陆的势力?你们选中了谁?里尔的维尔玛?那不勒斯的孔凡蒂?还是海牙的范霍尔特?去做吧!把他们武装起来吧!我父亲会把他们一一摧毁,让他们死在自己的枪口下!"颂生从露琪亚娇美的脸上,清晰地看到厄提诺的面庞,而她自己的五官却正在淡化,正在消亡。她的眉毛越挑越高,她的嘴巴越张越大,到最后,她的整张脸都变成了厄提诺的模样。她攥紧拳头,重重地砸向颂生的心脏,颂生左腿抽动一下,随即昏死过去。

再醒来的时候,颂生发现自己被绑坐在一把铁椅子上,他刚想开口,左脸就挨了一记重拳。"我没问话之前,你不许出声!"打他的士兵系着鼠灰色的头巾,神色黑沉沉的,皱纹很深,好像一条条细长的黑影烙在脸上。

"除了齐艾拉、闻爵、朵蕊丝、帕森,还有谁参加了你们的团伙?"

颂生觉得口腔里全是伤口,脑壳里有个蜂鸣器在回响,他不停地重复着

"没有",不停地挨打。直到那个士兵问他:"你去希拉波利斯做什么了?"

"旅行。"

"撒谎!"这一拳打得尤其重,士兵一边甩着手,一边说:"闻爵已经招供了,你却还这么不老实!"

"旅行。"颂生又说了一遍。

士兵没受过专业的审讯训练,全凭一股狠劲执行命令,现在他觉得很累,他抓起对讲机,像是故意要威吓颂生,一字一顿地说:"让行刑队进来。"

颂生被罩上头套,押往刑场。他问押送他的人今天是几月几号,得到答复后他笑了,他没想到他昏迷了这么久,他相信闻爵没有供出麦心,那只是审讯的伎俩罢了,麦心会在今天离开地球,颂生希望她的首航万事顺利。"我们都喜欢做不切实际的梦呢!"有一天麦心这么对他讲。颂生认为麦心能够圆梦,他知道麦心建造那艘飞舰是为了继续她的人生之路,她没有别的办法。她离开他,她与他争吵,她不愿跟杨仲思和解,她一意孤行,原因都只有一个——她要继续她的人生,她不想半途而废,她不相信生活本来就是无聊的,现在整个地球都已经没法缓解她的心慌了,她就只好飞向月亮,飞向星空,她现在还不知道,她正投入一个更辽远的无聊之中,她终有一刻会醒悟,她再也没处可逃,但至少此时,她还怀有希望。

颂生抬起头,他什么也看不见,粗糙的布料贴在他的睫毛和眼皮上,刺痒的感觉,活着的体验。他想象着头顶是一片璀璨的夜空,他最爱的女人,正在"月兔九号"附近等他,但他爽约了,无心之失,然而无法弥补,她会原谅他吗?她会感到失望吗?她,太空里的她,会觉得孤独吗?

枪响前的最后时刻,颂生记起有一次与麦心去海边度假,他们从住处装了一袋金橘,坐在椰子树下一个一个吃着,目睹海湾变换颜色,影子由宽变窄。他们每吃完一个,就把金橘核扬手扔向沙滩,那时候,他们觉得自己幸而生在这天地间,他们很自由。

Chapter 13
时代宠儿

嘉米陆续收到颂生的笔记和手稿。邮件实际是露琪亚寄出的,她这么做是感到歉疚了吗?没人知道。颂生是被秘密处决的,嘉米并不知道他已经死了。那时她正住在城市的最边缘,等候爱情将她解救。那是一间半暗的公寓,透过屋内唯一的窗口,可以看到高速公路,以及与之平行的城际列车的轨道。她在只容一人站立的厨房烧水,想象着洛里斯派人来接她离开,参加一场聚会,或者共进一顿晚餐。这里物资匮乏,她把带来的袋装咖啡豆分成等份,免得在洛里斯想起她之前,就落入没有咖啡可喝的境地。

她随身携带的几本书和颂生的文稿,就成了她打发疲倦的单恋时光仅有的精神食粮。显然,颂生愈发感觉到此行的凶险,他把那些从不离身、尚未发表的手稿寄给嘉米,正是害怕出现差池。

嘉米钦佩颂生,尽管他似乎跟自己一样,为了爱情终日游荡,但他从未放弃创作的念头,只是有时不得不压制那种渴望,并且一有机会就付诸努力。

"为什么我不能生一副那样的头脑呢?为什么我写不出这些字句呢?这些明明正是我所思考、体味的东西,为什么我不能将之表达出来呢?为什么反倒是一个自己以外的人,讲述了我的内心呢?"嘉米承认自己有所欠缺,又觉得那不是她本身的原因,她羡慕的不仅是颂生的才华,更是他生活的自由,甚至说,是令她有些嫉妒的自由。"唯一钳制他的,就是恋情了,"嘉米心想,"但那是难以预防、不可避免的。头脑工于求索大道至理,自然忽视了计算生活的得失,而一个在生活中占尽劣势的人,是不容易受到爱神宠爱的。"

洛里斯答应来看嘉米,她自然喜出望外,早早就穿戴整齐等在门厅。洛里斯脱鞋后进门,简单点评了几句这间公寓。嘉米知道那都是无关紧要的客套,不过这正好给了她再多花几分心思打量一下这个男人的机会,她看着他的皱纹和脖子上一小块晒伤的斑痕,确定他正是那个击穿她芳心的男人。

"唉,好像昨天我还跟你一样年轻呢!今天已经成为被时代遗弃的人了。年轻可真叫人妒恨啊!"洛里斯说。

"没有人会遗弃您呢,您依旧是时代的宠儿。生意如何?"嘉米没必要恭维他,她讲的是真心话。

"这可不是个好话题!咱们喝杯雪莉酒吧。从我这样的中年人身上,是找不到什么有意思的谈资的。说来说去,都只有岌岌可危的婚姻、不见起色的事业,以及还没停止鼓胀的念想。"

"你跟姨妈有什么状况吗?"问出这句,嘉米觉得自己苦行许久,还是犯戒了。

"作为晚辈,这么问有些不礼貌,"洛里斯指出这点,接着又说,"不过我们的爱保持的还不错!"

嘉米感到晕头转向。她觉得洛里斯一定看出她现在有多狼狈,她想逃离这间局促的屋子,她想逃离让她不得伸展、碍手碍脚的人生游戏。

"你怎么了?把鞋脱掉吧,我觉得你有点不自在。"洛里斯这么说,就好像这里是他自己家一样。

"给我来杯酒吧!"嘉米真的把鞋脱掉了,趁洛里斯背身倒酒的工夫,她朝前伸了伸腿,快速地活动了一下脚趾,又把腿收回到椅子下。她紧张极了,预感有什么事要发生:好事,或者比好事要糟的事。

他们各自喝了三杯酒,洛里斯看起来比嘉米还要醉些,尽管这本来是不可能的。

"我们去吃点什么吧,这附近有什么好去处吗?酒喝得有些饿了……"

嘉米向前扑住洛里斯,好像逃生座舱弹出去一般,这个动作证明还是她醉得更厉害,但也仅仅是有些冲动,有些使不上劲儿罢了。她反倒觉得现在她的思路异常清晰,她的目的和渴望都一目了然,她想这或许就是沉醉的意义。

洛里斯起初只是像抚摸孩子一样摩挲嘉米的头发,这当然不能叫她满意,甚至更激起了她的反叛。她用更深的吻和扭动得更激烈的前胸,以及腰肢,提醒洛里斯,她要得更多,他给予的爱抚和冲撞还远远不够。如果他没有占有她,洛里斯就会将这一切遗忘,这些细节的堆砌将像一句随口的玩笑或者咒骂一样，了无重量。

　　洛里斯知道怎么取悦女孩，嘉米美得让他情不自禁使出手段，他从来没碰过这么滚烫的肉体，他想吞下她呼出的每一口热气，他如果能记住这味道就好了，或者用什么方式将之保存起来。在短促的燃情时刻，他盼望着永恒。他利落地松开嘉米纱裙的绑带，他能分辨出嘉米的身体发生了哪些变化，这些变化试图告诉他，她已准备就绪。没比这更融洽的时点了，什么都不该中止这一串连贯的音符奏成乐章。可是他突然做了一个决定，有点像一个闲逛的顽童突然想要来场恶作剧，但又掺杂进去许多世俗的戒条和超验的道德律，那一刻的克制给他一种很特别的感觉，他幡然停下所有动作。

　　嘉米僵在那里，就像被封进冰凉的石棺。她不知该穿好衣物还是蒙头痛哭，她什么都不想做却又需要做点什么。这个时候，她缺少的是任人摆布。

Chapter 14
最后问候

　　嘉米听从父亲的安排，念完了本科课程，她几乎可以算是战后第一批大学毕业生，除了比一群陆军军校的学生晚三个月。她接着又攻读硕、博士学位，虽然她最终发现那同样是浪费时间。教授们很不尽责，净是些市侩势利的人，传授的理念和技艺都不能让人信服。她那时还不能准确把握战争给她身处的世界造成了怎样的创伤，也不知道人才的断层有多么严重。她的同学也很无知，几乎没有能交流学术的对象。

　　她有时候觉得自己很无知，书本上的知识根本没法激起她的思维欲望，她需要一个经验丰富的引导者，她需要一群兴趣相近的同龄人。可是她周围的学术氛围是那么稀薄，她感觉没有一个人重视他们研究的东西。人们都在讨论前程，讨论如何在秩序重建的过程里捞取资本，好让将来的日子变得可控。地球上的一切仍然在急剧变动，可他们都选择无视这一点。他们用虚假的稳定性来使自己心安，并把自己的努力看成是决定性的投入。

　　嘉米开始觉得刻苦学习成了极具讽刺意味的事，她的孤僻，对周围环境的挑剔和不信任，她的痛苦和格格不入，都源自刻苦学习。她学生时代做过的最疯狂的事情，恐怕就是来到颂生的公寓楼下，远远呆望，期待与她仰慕的年轻学者接触、交谈，确定彼此的位置及存在。那栋楼陈旧破损的砖面，贫穷但不羁的气息，给她的这次造访蒙上额外的浪漫气息。也正是这浪漫气息让她却步，她把爱的念头压制在脑子深处，想通过禁欲让自己显得特别。

　　洛里斯再一次约嘉米相见，距离上一次只过了四天。嘉米犹豫再三，害怕对方提及当日的尴尬，害怕他说出忏悔或者开导一类的话。可她阻止不了自己赴约，因为她担忧的同时，已在试穿衣服。

　　嘉米的担忧里是否还包含了期待？毫无疑问，可是洛里斯只字未提当日之事，就好像那一天并没有给他留下什么值得回味的记忆，就好像他从没走进她的房间，把她抱在怀里。

他们吃了点肉，菜单上写的是牛肉，他们都不怎么相信。"能递给我一条茶巾吗？"洛里斯把餐碟推离自己，喝了一口茶，对坐在对面的嘉米说道。

"你是在惩罚我吗？"嘉米没有理会洛里斯的请求，她手里攥着干净的茶巾，但她不准备给他。

"我们的确在做错事。"

"我明天就想离开这里，你能给我安排机票或者船票吗？"

"你要去哪儿？回家吗？"

"不回家，我欠了一大笔钱，我回不了家。"

"欠谁的？"

"斯滕伯格。"

"你父亲？"

"他出钱供我念医科，可是我却做了演员，他以为我能出名，他给每个剧组都塞过钱，他活在遥远的过去，他活在战争打响之前，他做人的全部依据都来自那个年代，他以为欧陆不会沉陷的年代。我现在赋闲在家，倒好像退休了一样，醒来不知道做什么好，等着再睡着。"

"你父亲很疼爱你，你跟他谈钱会伤他心的。"

"你考虑重新找份工作吗？"

"是呀，找份工作……你会雇我吗？现在失业率比地下城邦时期还要高。"

"那你到底想去哪儿呢？"

"中国吧，那是唯一太平的地方。"

"在异国他乡立足可并不容易。"

"所以呢？哪里谋生容易？不然去千星俱乐部？有钱人的钱更好赚一点？你是那儿的常客吧，也许有门路把我弄进去？"

洛里斯听出了其中的攻击意味，他伸出一根指头，示意嘉米别再过分。

"你觉得我在使性子胡闹？"

"你已经意识不到自己在说什么了。我只是让你体谅一下做父亲的心情。"

"所以你在现身说法？你是在分享身为人父的体会吗？安娜也让你很头

疼？你拿我跟她比较？"

"不许你提安娜！"洛里斯捶了一下桌面，搅拌勺从杯碟掉到桌上。

"怎么，叫你觉得恶心了？"嘉米也提高了调门，引来邻桌的侧目。

"别再兜弯子了，你想要什么？"

"你难道不知道，你什么也给不了我吗？"嘉米把茶巾扔向洛里斯，头也不回地离开了。

走到街上嘉米不知道该去哪儿，她不想回到轨道旁边的房子，那里唤起的回忆会提醒她洛里斯有多么虚伪。她好想念颂生，觉得世间只剩他这一个朋友，可是她不知道还能否再见到他。她意识到有必要回一趟寓所，她可以不要行李，但是颂生的手稿还存放在那儿。

嘉米从轻轨站出来，看到一架邮件投递无人机正从她的住处飞离。她知道，那架白色的小家伙留给她的是救命解药。也许颂生是要告诉她他已经找到了麦心，他们重归于好或者彻底决裂；也许他会借口谈一谈手稿里不断转换的话题，从而迂回地问她能不能与他相见；也许他也想去中国，并且正好多出一张机票；也许他的精神残局已经有了出路，她可以拿来借鉴参考；也许他只是想说，看呀，我跟你一样缺少同类，我们的脚本太久没有更新了，漏洞百出的你我靠什么度过余生？

她的判断没错，无人机留下的信件是给她的。信封很薄，拿在手里仿若无物。她拆开封口，只滑出一张纸条：

  这是最后的问候。我去了我该去的地方，见了我该见的人，此刻我的心属于星辰，我的脚属于他乡。

Chapter 15
地精营地

月亮升高、变小、变亮,抚照城中几株新植的梧桐树。田径队员在河滨公园喊着号子加练体能,工厂冒着大团蒸汽,发出低沉的嗡响,就像有一队古兵在那里吹鸣兽角。摊贩蹲在过街天桥瑟瑟发抖,他们用帆布和棉被遮挡住身后栏杆的空隙,好让后背觉得暖和些。不管怎么样,城市正尝试自我医治。

闻爵拦下一辆出租车,"跟上那辆半挂车。"他对司机说。

"那是警方的卡车吧!怎么,车被拖走了?"司机问。

闻爵没接话,顾自言道:"这次我要整点像样的装备了!"他从雨衣里掏出折叠花镜架在鼻梁上,接着自口袋里摸出一张对折的纸条,那大概是他开列的清单。他用一道弧线代表弹簧匕首,用一个直角表示勃朗宁手枪,用一条更长的线段表示半自动步枪,而波浪线指的是多功能腰带,两个圆圈则是夜视望远镜。"嗯……还得搞两枚烟雾弹,一副防毒口罩,一把工兵铲,一个伞包,要是能有件光学伪装斗篷就更好了,剩下的……就是召唤地底恶兽了。"

司机咕哝着:"你这是要做什么?你知不知道,主路上空都是耳目呀!"而后他故意高声说道,"我老婆在城央开了家小馆子,现在已经摆下四张桌子了,每天能卖出五十份特惠套餐和十几杯奶昔!卖掉农场是对的,回归城市生活是关键的决定!就比如这台车吧,它产于 2022 年,你能相信吗?我觉得自己就像骑着马的佐罗!你嘛,你是想当坐马车的福尔摩斯,还是开膛手杰克呢?"

"我还开着 1968 年的庞蒂亚克到南欧兜风呢!这车上怎么有股酒味?你喝酒了?"

"天地良心!乘客的安全是第一位的!"司机双手指天,一脸无辜样。

半挂车放缓车速,他们正穿越一排多层别墅,被照得雪亮的窗户,让人觉得拾回几分生机，节日的彩灯挂在沙袋墙和隔离电网上，死气沉沉的街道终于找到些许生活的明亮。

半挂车连续超车，把垃圾车和满身泥渍的皮卡甩在身后。闻爵警惕道："小心盯着，别跟丢了！"

司机也跟着轻声细语道："跑这么远的路，你带够钱了吗？要是我今天赚不够钱，我可真没脸回家面对老婆孩子。"

闻爵知道钱能让他闭嘴，可是他现在缺的正是这个，不过往后，他就不再需要一分钱了。"这车有古怪！看到那些液压杆和动力管了吗？那应该是弹射装置。"

"我知道，你想说警察执法不端吧！嘘！可得小声点！"

闻爵没法堵住司机的胡言乱语，只好无奈笑笑。半挂车驶离公路，开上通往疯人院的小道。道侧有无聊的人竖着涂鸦木牌，上面画着咧嘴傻笑的鹿脸，原本的铁路牌则被人拧歪了支架倒在一边；远处的路灯上似乎还吊着一具尸体，在车灯的白芒中摇摆，走近才发现只是稻草扎成的人形。

"加速超过他们，我就在前面下车！"

"悉听尊便，我可只收现钱！"司机加大马力，闻爵则暗中打开了车门。

"靠边停车！"没等车子停稳，闻爵就跳出了车外，刹车声和司机的咒骂声相继传来，有什么动物从闻爵腿边蹿了过去。他顾不上疼，滚爬着朝反方向奔去，他止步于路中间，挥手逼停半挂车。

半挂车上冲下来五六个穿着橙色连体服、身着战术背心、头戴兜帽和防毒面罩的护卫队员，他们的装备很先进，有可翻转枪管的突击步枪，兜帽里戴着武器数据即时反馈和通讯集成头盔，突击步枪护木下方的战术手电射出晶亮的寒芒，集中照向高举双手的闻爵。他们用通信频道小声交谈，然后一起向前移动，其中一个冲闻爵吼道："双手举高，跪下！"闻爵照做，最前头的队员箭步向前，摁倒了闻爵。出租车司机通过后视镜看到这一幕，已彻底吓傻了，他靠在座椅上，不知该走该留。

"带我见你们管事的。"闻爵对那个压住他的人说。他被押到卡车跟前，车窗降下，一张脸从昏暗的驾驶室中浮现。这张耷拉着尖耳、钩鼻、腮帮子长着肉瘤、眼睛比兔子还红的绿皮脸当然不属于人类，他是个地精。

"我说老哥，你不要命了吗？"地精用轻快的口气问他。

"你是他们的头儿吗？"闻爵回问道。

"你看到我，既不觉得惊讶，也没吓尿裤子，我该说你胆识过人，还是知道得太多呢？"地精的怪脸上挂着狡黠的笑意。

"我见过你们，在地底深处，矿道的尽头，未探明的区域，成群结队，你们吓坏了，被那些恶心的怪物。"

"呃……"这个地精红色的眼珠向上翻着，似乎在思考，他的手指灵活地交碰互弹，然后他像是灵光乍现般拍手道，"你是乔伊的后代？他还活着对不对？他给你们讲述了我们的故事？他有没有提到地精王路克？有没有讲过应龙之息岛上的混战？熊佬可被我们整惨了！"

"乔伊？这倒不是个罕见的名字，可惜我不认识叫这名字的人。"

"这……"地精又陷入了沉思。驾驶室内传出另一个声音："先把他带回营地吧，我们不能在这儿停留太久。"

"是呀，差点误了事，把他押到后面去，派兄弟看紧他。"地精命令道。

"我不会跑的，要是可能的话，帮我把出租车费付掉吧！"闻爵请求道。

"想什么呢？你们人类的慈善家还少吗？竟然要我掏钱？怎么可能？记住，你的贫穷源于你好逸恶劳，只要肯劳神，肯下力，连巨熊都不是我们的对手！"

闻爵本以为出租车司机就够神经质了，没想到碰到的地精，更加前言不搭后语。

疯人院是一栋纯黑色的方盒子建筑，外墙是格栅状的装饰，四角的滴水嘴兽面部扭曲，应该是战前的失败作品。庭院围着一圈低矮的砖墙，上面盘着带倒钩的铁丝圈，间或也挂着彩带和灯串，只不过电力不稳，灯光忽明忽暗。门前两尊巨人像，因背上驮着灯塔而佝偻，脖子伸向前方，下巴几乎碰到地面。绕过疯人院，是条断头路，半挂车丝毫没有减速的意思，直直冲向路的尽头。闻爵觉得颠簸了一下，车子开始下坡，他心知目的地就快到了。

来到营地，两个地精从半挂车上跳下，闻爵也被押着跟在身后。他们进入一条探入地底的斜坡通道，闻爵很熟悉这种结构，但这里建造得比他待过的任何矿道都要精巧细致。地道通达一间宽敞的大厅。厅内还有不少地精在忙碌着手里的活计，没人注意有人来到。穿白褂、戴着石英护目镜的地精术士搅动着烧杯里的溶液，观察着坩埚里的粉末，试管里冒出紫藤花色的气泡，刚离开管口就在空气中破裂。另外一些地精在聚精会神地埋头绘制图纸，他们时不时会抬眼看看前方，却对闻爵他们视而不见。

"他们才是地精的栋梁之材！"押送闻爵的地精感叹道。穿过大厅，他们进入一个独立的房间，前后都有沉重的金属门嵌入石壁，闻爵认不出那是哪种金属，很像精钢，但隐约觉得内中游动着七彩的光蛇。地精像是会读心术般说："这是萤金制成的，不一般吧！"

众人又进入一间更加宏伟的长厅，穹顶比之前的房间都要高耸，两侧悬挂着二十面巨幅旗帜，上面描绘着地精建造的精美绝伦的地下宫殿，在战列舰上同鬼盗混战，从峡谷之间迁徙，同人类模样的国王立约订盟，拿巨炮瞄准天际的龙影，欢天喜地地炼造萤金，被巨熊屠杀，围攻巨熊的城池，穿过火雨冲向蝎尾湾的冰洋，为飞艇试飞成功雀跃欢呼，三口之家站在焚毁的地堡前微笑招手……其下为二十尊萤金雕塑，上色细腻，明暗得当，纹理清晰，毫不含糊，大多塑造的是地精王路克和他的祖母莱莎。出自地精中最具天赋的画家之手的上百幅彩画，更加详尽地叙述着地精的历史。长厅中间摆放着百人长桌，下铺拉多毛皮毯，每把椅子的靠背都镂刻着灵兽，形态各异，活灵活现，鎏以萤金，流光溢彩。

"我这就去请长老，顺便一提，他可是圣所医司认定的'药王'，这个名号从来不会颁给外族的，长老可是唯一的'药王'。"地精充满自豪地说道。

长老挂着权杖，从正面矗立的巨像后走出，那座巨像耸入穹顶，地精王路克双手握剑，垂剑而立，两颗宝石镶造的眼珠俯瞰长厅，似乎厅内的一举一动，都无法逃脱他的视线。

Chapter 16
稳赚不赔

"路克王,地精精神的至高代表,他是地精解放者,神裔人族最高贵的盟友,圣洁的守诺人。路克王是首永恒的圣歌,每个孩子通过心灵歌唱。让我们赞美伟大的路克王,地精新时代的开拓者,无所畏惧的战将!"长老念完祝祷词,才在学童的搀扶下落座,他的目光没有停留,地精长厅里的每一座雕塑,每一幅纹绣,每一张画作,依然让他觉得神圣。

"靠前来,年轻人。"长老发话道。

闻爵张望左右,确认说的是自己,方上前道:"长老,我可是如假包换的老头子啦!"

"对我来说,还年轻得很呢。你以为地精都是短命的家伙?哈哈,地精要比你们人类活得久得多!"长老的眼皮一直在跳动,好像对他来说睁着眼是件困难的事,"瑞农说你早已见过我们一族,在哪儿?什么时候?"

"在我工作的地方,卡厉索,矿道尽头,检查站以外的区域,我不知道你们在那儿干吗,我确实目睹了几次,你们的人试图……逃生?我不太确定。"

"卡厉索?"长老沉默着,长肉瘤的地精也显得很焦虑,开始在长厅里瞎转。

"他还不太适应凡界,辐射量还是很高,他生病了,精神也不太好……"长老念叨了许多关于瑞农的事,闻爵不得不打断他:"长老,我来这儿是有事求您。"

"求我?你?是了!看我都老糊涂了,是你找上门来的,没错,瑞农跟我说了,你拦下了他的伪装车,呃,不不不,我不该告诉你这个,不是伪装车,只是一般的……货车……拉货的车罢了。所以说说看吧,你来做什么?给你安排到护卫队怎么样,我看你还蛮壮实的,不然还可以跟术士做学徒,就是那些总是捧着厚厚的硬壳书的家伙,听我说,那些戴护镜的可不见得靠得住，不过他们一定会喜欢你的，说不定给你身上安装点小装置，或者来点小改造……你乐意吗？"

"我知道您觉得很唐突，您不喜欢陌生人向您提出请求，没人喜欢，我能理解，可是我不能错过这个机会，我跟了你们二十几天，我终于确定你们手头有一架能飞入太空的穿梭机，路克王保佑，我想借它一用！"

"路克王保佑，这句说得妙啊！等等，你说你要什么？我的穿梭机？怎么可能？"长老的语气一下变得跟瑞农一模一样，他厉声道，"年轻人，我们地精的财产怎么可以出借给你呢？你提出这样的要求一点不觉得害臊吗？"

"是的，是的，我知道，我没有几天好活了，我要赶在死之前完成一个心愿，只有您能帮我实现。"

"今天答应见客实在是个错误，我会让卫队，我自己的亲卫队，把你送离这里的，快走吧，别让我拿出火铳，让你的屁股冒烟！卫队，卫队！"

一队手执毒矛的卫兵从路克的雕像后冲了出来。

"布卡长老，问问他卡厉索的情况吧，那儿有咱们的同胞。"学童比奴斯贴近长老的耳边道。

"啊，对，乖孩子，说的一点没错，该让他说说卡厉索的事。"长老摆手让卫队退下。"卡厉索……嗯……你能说说那里现在怎么样了吗？"

"我还以为您不感兴趣呢，长老。如果我帮您解救出您的同胞，能不能把穿梭机借给我呢？"

"解救同胞，嗯……路克王会嘉许这种做法的，地精就应该团结一心！"长老自语道，不过他的红眼球蒙着怀疑的严霜，他用权杖敲了几下地面，一时下不了决心。

"您的同胞会被困死在那里的，尽管第一次看到你们时，我跟工友都吓坏了，可我知道真正让人恐惧的是那些追猎你们的怪物，你们从来不肯越界，跟我们秋毫无犯。但是，你们靠自己是走不出来的，我注意到你们也在挖掘新的网道，你们大约不知道，那周围是军方处理辐射废渣的深埋区，我们的矿区实际就被那些剧毒垃圾包围着，你们不走我们的矿道，是不可能出去的。"闻爵劝说道。

"路克王立下了规矩，我们自然是要遵循的，我们跟神裔人族有约，不主动向人类暴露我们的存在，在不影响你们生活的前提下，我们可以在真界建立定居点。所以，我们的同胞宁可被银灰蜥质虫吞食屠戮，也不肯占据你们的矿道。"

"我能说服那儿的主人，让他们放弃在那儿采矿，当然他们不会轻易退出的，他们有很大的利益在那儿，他们有很多钱要赚，但是如果您答应我的条件，我会让他们撤离矿道，那时候，您的同胞就能从那地狱里逃离了。"

"你真的有办法？"

"如果我做不到，您不借我穿梭机便是了。主动权在你们，只是希望您能信守承诺。"

布卡长老狠狠砸了一下地面，尖耳气得竖直，但听他怒吼道："地精绝不背信违约！"

闻爵笑了，朝长老递出右手，长老轻蔑地翻了一下眼皮，握住了闻爵伸来的手。

"需要我们提供什么帮助吗？"学童比奴斯问道。

"那就太好了，能不能帮我搞来这些？"闻爵掏出他准备的物品清单。

比奴斯为难地望着布卡长老，长老已经哆嗦着站起身，要回屋休息了，"剩下的交易细节，你来跟这个年轻人谈吧，记住，别折了本钱，不赚钱的买卖不干！"长老说完，兀自走向路克雕像，恭敬地又念了一遍祝祷词后，方拄杖挪进后室。

"我猜你已经一无所有了吧！"学童带着戏谑的口吻说道。

闻爵耸耸肩道："没被逼入绝境的人，可接受不了长老提供的对价。这世道能有笔稳赚不赔的买卖，路克王恐怕真的在护佑你们！"

学童道："你会得到你想要的装备，把我的同胞带来地精长厅，希望我们都如愿以偿。"

Chapter 17
兑现承诺

"男人就是这样,你天天跟他吃在一起,睡在一起,他就觉得你碍眼,会凶巴巴地瞪你,可要是你离家两天,他就又觉得哪里不对,看什么都变了样,又想起过去的舒适和安稳!"兰佩妮一边麻利地干着家务,一边跟坐在沙发里吃果酱面包的旻杜莎聊天。

"斯普利又去哪了?"

"本来是去瑞典度假来着,结果洛里斯夫人突然不再放款给他了,他现在正去那里求情呢!"

"那个放高利贷的巫婆从来不讲信用的,我弟弟就被她害破产了,她趁机收走了七八间铺子,饲料厂的生意也被她抢走了。"

"唉,我是没有她那种狠心的,我可不敢在人心头上剜肉吃。"

"是呀,咱们一样,活该被人家盘剥。你怎么不请个佣人?据说已经有人打算重振机器人家政市场了,我们盼着那一天快点来吧。"

"短时间内我是不指望的,现在复产的工厂基本物资还生产不迭呢,那些玩意儿出厂也是奢侈品,何况军需为先,我不看好那些砸钱的人能赚回成本。"

"恐怕到最后,又是给洛里斯夫人们白忙活了!"

"就是这么说呢,佣人的钱也省省吧,趁着腿脚还能动,不然连去非洲的钱都不够了。"

"你要去参加生命维持项目?"

"嗯,我跟斯普利都会去的,你不去吗,旻杜莎?"

"连你都觉得这钱攒起来费劲,我们家的状况,就更别提了。"

"现在矿场很萧条,几乎就是日日赔钱,维持一天就得花一天的钱,生意红火的时候,半夜都有人敲门谈买卖,价钱基本斯普利说了算,给多给少还要看他跟这人的交情,现在可好,连个询价的人都没有。"

"想开点吧,别被老巫婆坑太惨就行。斯普利回家吃晚饭吗?"

"谁知道呢!不过得准备好,如果他饿着肚子回来,吃不上现成的热饭,他又该发火了。擦完楼梯我就做饭。"

"我来帮你吧!"

"别,你只管吃你的甜点,吃完了就继续给我讲讲奥特加的书吧,你昨天走得太早,害我晚上都没有睡好,一直在想奥特加接下来说了什么。"

"好吧,你做的沙棘酱真的很好吃。"

"那你就多吃点吧,"这时门铃响了,"不会是斯普利回来了吧!他又醉得抬不起头了吗?现在看来还是掌纹识别更方便。"兰佩妮忧心忡忡地说道。

"谁呀?"兰佩妮冲对讲系统问道,屏幕上却看不见人。

"您好,请问是兰佩妮夫人吗?您丈夫让我来承办今晚的聚会。"

"聚会?"兰佩妮怪道。

"您丈夫没有通知您吗?今晚他要在家里宴请贵宾。"

"难道他要在家里请洛里斯夫人吃饭?"兰佩妮嘀咕着,看了眼收拾了一半的客厅,瞬间一股倦意袭来,感觉自己确实需要个帮手了。"我怎么看不到您呢?只能听到您讲话。"

"大概是视频信号有延迟吧,我就站在摄像头前呀。"

兰佩妮盯着屏幕又看了一会儿,还是没个人影,最后她决定道:"那么请您进来吧。"

兰佩妮把室门虚掩着,便接着去打扫客厅了。旻杜莎拍掉手上的面包屑,吮净指头上的沙棘酱,从沙发里弹起来,说道:"我来摆桌,布置餐具。"

她俩都没注意门已被拉开,兰佩妮告诉旻杜莎宴客餐具放在哪儿了,叫她自己去取,她猛然觉得腰际被硬物顶住了,只听一个声音在耳边道:"别动!我会开枪的!"兰佩妮失声惊叫出来,旻杜莎连呼"怎么了"。"我身后有人!"兰佩妮不自觉地把胯挺得高高的,不想让那硬物再碰到自己,可是那东西始终贴着她的衣线,她意识到那是一把枪。

闻爵掀开伪装斗篷,他的脸在空气中闪动了几秒,变得清晰。"请您的朋友坐回沙发吧,那位女士,您不想害兰佩妮夫人和她肚子里的孩子吧,那就乖乖听话。"

旻杜莎两腿一软，已吓得不敢吱声。

闻爵把旻杜莎和兰佩妮铐在一起，看了一眼茶几上碟子里的果酱面包，抓起两片吃了起来。

"你……你是那个采矿队长！天哪！你怎么能做出这种事？你想要什么？"

"女士，我是来提建议的，工会有这项权利。"

"可不能这么行使，没人容许你这么做！"

"女士，您有过井下经历吗？您坐过高速电梯直达地底吗？您打算参观一下我们的工作地点吗？地下深处，一丝光也照不到的地方，我们是在那里生存的，我们中间隔着厚厚岩石和泥土，里面填充着钢筋和垃圾，我们的呼叫声太微弱了，矿道曲折，声音传不太远，您住在这豪宅里，是听不到我们的建议的。"

"那……那也不能乱来……"

"所以您给我们什么安排？用块塑料布把我们的尸体裹起来塞进矿车拉回地面，还是干脆让我们在希望的尽头腐烂？"

"矿区的困难是暂时的，我们拿下军方的订单后，你们都能过上好日子！"

"哦？是吗？斯普利是这么告诉你的？我倒听说了一个不同的版本。斯普利早已经拿下了那单生意，只不过他把它拱手相让了，因为他有了一份全新的恋情，他将这个机会给了同样开矿的恋人的弟弟，他要从他的新恋人那里赢取好感，自然就要付出代价以示忠心，这就是你们这群人考虑问题的方式，不是吗？我希望在座的这位女士，不会恰好就叫旻杜莎。"

自旻杜莎涨红的脸上，兰佩妮已经知晓了一切。"我正怀着斯普利的孩子！你还吃我的沙棘酱！"她俩此刻手腕连在一起，处于尴尬境地，兰佩妮还是压抑不住心口的痛苦，同旻杜莎单手厮打起来。

这种场面倒让闻爵感到难办了，他不得不摔碎盛放果酱面包的碟子，好让两个女人从失控状态里暂且停手，她们甚至都忘记了手拿勃朗宁的闻爵仍然在场。

"女士们，你们的问题还有大把的时间可以化解，眼下的事情，却要优先了结掉，不然，你们就没机会为那个没有信誉的男人争风吃醋了。"

在长时间的沉默过后，兰佩妮终于说道："我受不了了，我受不了跟这个婊子继续待在一间屋子里，你不是说我没去过地底的矿道吗？我想那种压迫式的窒息的感觉，我却已经感受到了。说吧，你的建议是什么？我会让斯普利满足你们的，我跟他辛苦打拼积攒的财富，却让这个毒妇坐收渔利，我真是糊涂鬼！拿去吧，被你们分走，也比让这个女人骗去强！"

"我们都是公道的人，任劳任怨就是我们的德行，多余的钱财我们是不要的，矿区的经营成本过于高昂了，每天都要花更多钱让它维持运行，是时候关停它了，撤出我的工友，给他们合理的遣散费用，让他们跟孩子爱人团聚！斯普利一直不舍得花这笔钱，但很多矿底的人已经到了暮年，他们也该享受哪怕几个月的地面生活了。"

兰佩妮没有马上接话，她的眼球快速转动着，好像在计算着什么，她的手攥紧又松开，右脚的脚跟轻轻地抖动着，最后她说："我知道斯普利哪里还剩一笔钱，把我跟这个婊子分开，我会满足你们的要求！"

"你不能就这么把斯普利的钱送人！"旻杜莎忍不住叫道。

"我当然可以，那是我的嫁妆钱！"兰佩妮啐了一口，恨不能将旻杜莎脸上的肉撕咬一块下来。

确保每个工友都得到应得的遣散费后，闻爵只身来到卡厉索疯人院，跟布瑞奇的疯人院不同，这里早已成了一栋废楼，里面堆放着防疫袋包裹着的垃圾，病房早已是蜘蛛和野狗的天下。学童比奴斯和他的哥哥瑞农正在那里等他。

"都办妥了，矿道现在彻底清空了，这是通往底层矿区的电梯密码牌，也许你们能用得到，去救出你们的同胞吧！我要赶回布瑞奇，请长老兑现承诺了。"闻爵交出密码牌，又依次握了握瑞农和比奴斯绿色树枝般的手。

"长老不会食言的，路克王看着我们呢！"比奴斯接过密码牌，说道，"你坐兄弟的骨猴小子摩托回去，路上能快很多。"

"那再好不过了。你们准备拿那些怪物怎么办？"

"怪物？你说银灰蜥质虫吧！我们会利用矿道已有的构造，强化工事的，从'沉默守望'那里学来的技能，终于该派上用场了。"

Chapter 18
致命玩笑

"你是个慷慨的人,你拯救了万千地精,我个人也当向你致谢,但是约定就是约定,我没法给予你更多回报,'苍鸾'穿梭机你现在就可以开走了。地精不打探隐私,但如果对方乐于分享,地精也不介意倾听。"嘲讽和质疑已从长老的语气中消失,他已经知悉矿区的地精得救的消息。

"我跟一个人约定好在'月兔九号'附近的空域相见,可是我没能践约,相约的时点已经错过,这又逊又糟,对不对?"

"当然,糟透了!"

"我一厢情愿也好,执念难消也罢,我还是想去约定的地点走一遭,瞧一瞧,我想确认她的安危,也给我的几位朋友一个交代。"

"这是义举。"

"了却这个心愿,我就可以安心赴死了。"

"不可如此消沉厌世,我也曾觉得此生已无留恋,身处汪洋,在惊涛骇浪里寻不到海的根,是路克王和阿拉圣鼓舞了我,他们直面比我们棘手得多的命运,想不想瞻仰一下路克王的圣躯?"

"我能获此殊荣吗?"

"你是地精的朋友。"长老做了一个请的手势,闻爵便跟随长老进入路克雕像后的经堂。

堂内藏经架开列两侧,上面陈放着地精一族的古书和圣典,通过一段向上的坡道,抵达堂室的尽头。长方形的房间内只余一条云案,案台的两端翻拢上翘,形成祥云造型,白玉如雪,纹理如烟舒卷,正中摆放着天青石台基和圣盆,一株阔叶翠兰根植于内。

"地精若能尽其天年,意识丧失的同时,肉身即转化为绿植,以植物之态存留于世。雾暝之所坍塌后,地精是唯一被准许留在地球真界的种族,龙、冻狼、鬼盗、巨熊、夜巫几方势力则远遁火星。路克王的圣躯被迎入此地，地精长厅也成了我族新的圣地。"长老舀了一碗清水，慢慢浇润着盆中植物，他眯起红眼珠，觉得彩窗里透入的煦光来自昨日，空气里仍有旧时的芬芳。

长老陪闻爵一路走出地精营地，他们同望远空。长老说："最近我们派往月球卫星附近侦查的斥候回报，那一片区海盗很猖獗，过去他们都是月球开发集团雇佣的安保公司职员，战中安保公司解体后，不少无家可归的法外之徒就滞留在太空，盘踞在月球轨道。打劫过往的商船和来往地月之间的空间卡车，你独自驾驶穿梭机前往那里，可要小心哪！"

"我只担心她已不在那里。"

海盗头子弗里戈坐在舰桥的指挥椅里，舷窗外面的遮护钢板都已放下，舰桥内唯一的光源是领航仪发出的冷光，侦听频道里全是杂音，间或能听到过路卡车司机在互相喊着粗话。

"今天有点不太对劲。"弗里戈不相信他会一直交好运。小时候，他在海边给一户渔民做帮工，那期间他遇到过一个占卜师，"你将来会遇到一艘幽灵船，在那之前你虽然难说事事如愿，但还能过得有滋有味，可那艘幽灵船凭空出现以后，你就得小心做人了，最好回到内陆，别再出海。"占卜师要他买下一串项链或者一个手环来化解这未来的灾祸，可他没有钱，不是推辞，是真的没有钱。他从没忘记占卜师的那番话，现在那个预言似乎终要应验了。一个月前，他的船队在"月兔九号"附近，劫持了一艘没有列入地月运输工会商船名录的飞舰，舰体没有涂装任何标识，也查不出飞舰的型号，更别说其他介绍资料了。弗里戈是个迷信守旧的人，他坚信那天诸事不宜，尤其不该对这么一艘来路不明的黑船下手。可是他的手下就像饥饿的鲨鱼，血腥味太浓烈，他们无法压抑自己捕食的本能。已经有人质疑他是否因为上了年纪而不再适合担负决策的重任，连他最亲信的帮手都劝他不该错失良机。弗里戈妥协了。为了证实他依旧具备身先士卒的共患难精神，弗里戈亲自带队登船。飞舰内是空的。不仅没有人，也没有任何物资、行李、货品，设备崭新，航行记录仪显示这是此艘飞舰的首航。

"鬼船！"童年的记忆就像路过坟地时从泥里突然伸出的手一般抓住了弗里戈，让他觉得内心苍白，他不敢低头，不敢回望。

"这就是一个圈套，让咱们的船队驶离这里，你们跟我坐接驳艇离开，先去'月兔九号'避避风头。"弗里戈下令道。

"这可是艘好船!"他的手下说道,"我们完全可以把它改造成我们的旗舰!"

"你们连命都不要了吗?"

"有这艘船,也许我们还能活得更久一点。"

侦听频道里再次传来卡车司机的喝骂,弗里戈停止回忆,可是占卜师那张顾虑重重的脸依然浅浅地悬浮于他的意识中。

闻爵跟一艘空间卡车擦身而过,那卡车像头发怒的公牛喷出气流,让闻爵的"苍鸢"穿梭机横向摇摆开来。"月兔九号"已经能用肉眼看见了,目前为止没有异样。麦心在哪儿?真是个荒谬的问题。颂生和他早就该来此地与她会合,现在一个月过去了,他却还指望麦心在原地等他们?颂生已经死了,同时被处决的还有帕森和齐艾拉,朵蕊丝太太不知被送到了哪里的劳改营,只有闻爵逃离了。如果见到麦心,他该怎么跟她说明这一切呢?齐艾拉救了闻爵,她听到了厄提诺的军队要在明斯基城寨展开搜捕行动的消息,跟闻爵商量躲避的对策,可他们发现自己根本无处可去。于是他们决定分开藏匿,谁若被逮住,谁就供认一个虚假的地址,让敌人扑个空。齐艾拉毕竟在城寨待的时间久,见过或者认识她的人着实不少,她很快被人出卖了。厄提诺的士兵抓走她拷问闻爵的下落,齐艾拉依照计划说出假的逃匿方向,闻爵趁机通过下水道溜出城寨。正是在下水道里,他再一次遇见了地精。那些绿皮矮人出入的地点都是被人遗弃或者无人踏足的场所,他们行踪隐蔽,闻爵发现跟着他们,可以轻易躲开人类的耳目。

这期间闻爵肋下的疼痛越发频繁,这几乎扰乱了他日常的心智。得知颂生遇害的当日,闻爵抱着大不了一道赴死的念头,进入一间自助诊所。他把双手伸入那台颇像20世纪自助贩售机的仪器,仪器采集了他的血液,分析了他的脉象,吐出了一张诊断条。闻爵看到上面显示的结果,忍不住大笑起来,诊断条写着:"急性索姆河细菌感染并发周身多器官衰竭。诊断建议:静养。预计剩余寿命:38天。"

Chapter 19
达乎终结

空气中散播着受潮皮革的怪味。屋外有一棵树,死的。满枝的乌鸦,没有喧闹,静止在那里,叫人头皮发麻。颂生听到汽车轮胎碾过枯木的声音,但没有人到访。街是空的,不知道他的邻居在忙碌些什么。他以为自己就快抵达手头这本书的终点了,他觉得自己走在最后一程老路上。他没打算松懈,也从来不肯躺在功劳簿上安闲,因为他觉得自己取得的一切成绩都不能让他个人信服,更无法带给他所谓的人生惬意。他渐渐确信,这本书的完结离他还相当遥远,他原本自信地宣称,眼下的文字是这本书临近结尾的篇章,而在又一个痛苦的深渊似的夜里,他觉得心慌,从恶寒中醒来,他不得不承认,那将他从浅睡里唤醒的焦虑,源自他无力给出一个终结。现在颂生无声无息地死了,这算是他给出的一个终结吗?他是否已从良心受谴的困境里走出了呢?风里来雨里去的这些年,他像条找不到洄游路线的落单的鱼,已顺着洋流来到陌生的半球,未知的海域。他听到有人在呼救,好像是帕森,又好像是麦心,仔细听去又像是齐艾拉、露琪亚和嘉米。他听到他(她)说:"我是一个多么低微的人呐!倾尽了所有,依然只能受苦。要克服多少挫折和羞辱,才能像头狮子,不再狼狈。"

这个世界还是老样子,跟起初比起来也无二致。一个巫师聚拢一班帮凶,宣称自己是已知与未知之间的媒介,能将人们带往神秘之境,操控着逻辑缺失却煞有介事的技艺,表演着唬人却经不起推敲的戏法,以使愚众拜服。而如今,这个破落的战后世界,看上去依旧这幅光景。颂生早已觉察自己的历史研究没有出路,他想转而写诗,创作长诗的念头解救过他的灵魂,不过也只是须臾而已。

颂生想起他和麦心住过的一间旅社,那是一幢 19 世纪的建筑,房间的地板倾斜得厉害,麦心在窄小的盥洗室内洗漱,而他心潮澎湃。他不清楚自己在期待什么，但不管血管里让他兴奋的因子是什么，他都打算消灭它。他感性地觉得，人格之中最深沉的力量是克制，心如一只张牙舞爪的章鱼怪，只有将其收拢束缚，才能标示出他存在的刻度。他不想活过却了无痕迹。但愿有一天，自己不再是这个世界的饵料，他想，有一天，所有的挣扎不会导致被掩盖得更深更久，有一天，永恒不再意味着彻底的遗忘。

　　颂生不是一个可以被轻易征服的人，他有着完备的认知能力，他呵护自由精神，他从来不耻于求索，但同时，他拥有弱者的缺陷，容易陷入对徒劳无益的反感，容易因孤独而自我否定。

　　海滨，雪山脚下湖边的渔屋，秋日的花园和林荫道，颂生越来越频繁地看到这些画面，他的脑子已经开始丧失活力了吗？有一次他跟麦心坐在运河边上的茶水摊喝茶，海鸥在他们脚边啄食饼干渣，总督府的金顶熠熠生辉，对岸的教堂像一头睡着的白象，渡轮缓慢地驶过，船上的孩子似乎在欢呼。他们都暂时忘却了战争给生活投下的阴影，忘却了没有着落的来日，忘却了冷不丁冒出的荒凉感，忘却了生育一个孩子的打算，忘却了争执和气恼，取而代之的，是一种透着悲凉的宁静。运河水悠悠，分渠穿城过。颂生喝干一碗茶水，问麦心想不想来罐冰啤酒，麦心笑着说好呀，那真是如释重负的一刻，往后的时日再无类似的体验。装满炸药的轰炸机隆隆飞过，他们抬头去看，想象它从空中爆炸、解体，化成火球和碎片，再也飞不到既定的目标地点。天色渐晚，两岸燃起灯火，饭菜的香味自不吃配给的大户人家飘来。颂生牵着麦心，穿过砖拱门，钻进小巷深处，光被他们舍弃在了身后，他们来到地底世界，这里贩售私酒并提供典当服务，虽然有五倍的差价，颂生还是叫了一罐冰过的啤酒给麦心，麦心一小口一小口地呷着，像是在喝威士忌。颂生乐了，他做了一个仰头痛饮的动作，说这才是花钱的目的。麦心的眼里充满温存，她把酒罐递给颂生，颂生没有接下，而是做了一个夸张的"请慢用"的手势。麦心并不胜酒力，她的脸颊已经染上红晕，表情更加生动，她露出好看的虎牙，转而又抿起嘴痴笑，最后她终于决定大口喝下这罐幸福的啤酒，冰凉的液体涌入喉咙，她能感到自己的体腔被这凉爽刺激出了快感，她觉得自己会永远依偎在这个男人身边，他能给予的与她想要的，形成了完美的匹配。

　　他们沿着潮湿的通道返回地面，天已经黑透了。看不到星星，只有月亮在朦胧中隐现。"也许有一天我可以造一艘大船，不是航向大海，不是航向避难所，也不是航向新加特兰，我们可以飞向太空，我们可以去月亮上定居，我听说，那里的人们生活成本很低，更热衷艺术和沉思，是片自由的热土，在那儿，你能写出更多更棒的作品。"

"是吗？有传言说月球开发集团正设法回收对月面的管控权，到那时候小说家都要变成苦力喽。我们生活在不进则退的恶劣时代，每分每秒都在产出心灵的焦灼。扑面拍来的巨浪让我们无法站立在原有的位置。我们不断改变，以求适应新的危机。我们不敢解除警报，红色的警灯和刺耳的警铃永远在灵魂的根里回转回响。对万物万事都将信将疑的我们，以为苦行的终点是确定幸福的田园，临渊之际，难免大失所望。"

麦心脸色一沉，说道："我不喜欢你这种退缩的态度，你总觉得世道一成不变，你没有雄心，总想在现状里找到温暖的角落，可是天下冷如寒霜，怎么会有一隅专供你来取暖呢？"

颂生不置可否。他们走出小巷，又来到面朝运河的广场，这时候，月亮升得更高了，而他们再无言语说于彼此。

Chapter 20
自由意志

"你专程赶来,就为交给我这份董事会决议?"马怀特并没急于抽出文件,他把盛着醋栗的小碗推向蜜雪儿,还给她起了一瓶橘子汽水,这在目前,都是稀罕物。

"这是董事会的意思,我只是个办事的。董事会今天刚任命我做您的秘书,他们觉得有必要让您第一时间了解这一点。"蜜雪儿不愿久留,但她想拒绝她的上司,必须很小心。

"是个下马威,对吗?董事会是想告诉我,我连自己的秘书都没资格决定。不光你是个办事的,看来我也只是个听差的罢了。"马怀特还没体验过如此连续密集的挫败感,他看上去比他的实际年龄至少老了二十岁,玻璃台面上倒映出他的面容,他真想用手中的权力砸烂这个世界。

"能够拜访您真是荣幸,我不打扰您休息了。"蜜雪儿操纵着她的音调,她不想让马怀特听出她的学院腔,也避免让马怀特发现她在控制自己的嗓音。

"你从哪儿来?"马怀特问。

"城郊。"

"布列瑟衣花园?那儿的房子真不错。"

"不,我住在城区另一头,穷人住的那一头。"

"哦,那你就更不该在这个点出行。"马怀特眯起眼睛,考虑他的下一个举动。这个女孩是故意与他保持距离,好勾起他更大的占有的雄心呢,还是因为是个新手,拿捏不准分寸呢?她至少不是不谙世事,她的眼睛里找不到那种愚蠢,相反,她一刻不停地在思考着什么,就跟他自己一模一样。

蜜雪儿不会让马怀特得逞。在他周围妩媚漂亮的姑娘太多,她早就看清这一点。她不想傻呵呵地参与竞争,卷入那些混乱不堪的两性关系。她清楚得很,陪男人上床换不来任何额外的好处。但总有群见到女人就像疯狗一般扑过去的投机分子，会逮住一切机会四处宣扬一点：要想成功，就得牺牲色相。她不会上当，也不会甘于无名。她不受虚伪的脸面问题摆布，也不让爱情蒙蔽她的双眼。马怀特暗示她留下过夜，他是霸星工业的红人，他有着说一不二的决断力，他有一张超越他年龄的讨得女孩欢心的脸。若换作别人，她们很可能被马怀特果断又暴虐的魅力吸引，再联想到自己艰难的处境，由此便缴械投降。蜜雪儿却懂得一个简明实际的道理，唯有战斗，才有出路。

"临行前我的确有过担忧，不过不是针对夜里糟糕的治安状况，而是……我觉得这个时间拜访您实在冒昧。"蜜雪儿用一种意犹未尽的语气，让马怀特分辨出其中的暧昧含义。

"你觉得我今天有伴儿了？"

"如果有，也没什么好惊讶的。不过，我想说的是，后天的主题演讲，我以为您还在准备讲稿。"

"你对此有什么建议吗？"

"霸星工业本应该更积极地跟进民用安防市场的发展，却在并购安赫海姆重工的事情上纠缠太久。原本我们在技术上具备绝对的优势，却为了控制那些无关紧要的知识产权浪费了太多精力和金钱，现在又不得不出卖这些知识产权好保证公司的研发投入，却已错过最好的时机。"

"你说出了很多人的心声，包括我在内。不过，董事会一定不想听到这样的批评，尤其是除了批评之外，提不出任何补救计策的时候。"

"我们可以整体出售安赫海姆重工。"

"这可真是个大胆的提议。"

"我知道很多人觉得这么做是对之前决策的全盘否定，因而不去考虑它的价值和可行性。实际上，现在正是卖出它的好时候。"

"如果我在后天提出这项动议，他们一定幻想着让我倒在中间，他们拿石头把我砸死。"

"他们都是成功的商人，他们面临困境，光依靠机械联盟的市场只会导致霸星工业的衰亡，我们必须找到进入光荣欧亚的通道。而卖掉安赫海姆，正好能够实现这一点。"

"你凭什么觉得光荣欧亚会坐下来同我们谈判接手安赫海姆呢？"

"欧陆一定会的。一个人最深的恐惧，总是来自小时候的记忆，因为始终没能充分掌握'通感'技术，欧陆的机甲研发始终落后于机械联盟。战争留下了许多印迹，有些已经消弭无存，而惨败和被屠杀的回忆，总是不可磨灭的。"

"机械联盟会给这笔交易设置政策障碍的。"

"没错，但这恰好为您提供了决定性的契机，您作为说客的才华将得到充分的施展，此役过后，您在霸星工业的地位，将无可取代。"

马怀特知道这不是蜜雪儿信口胡诌的鬼话，他放蜜雪儿离开，因为更不可阻逆的欲望已将方才那点心思淹没。

离开马怀特家简直就像逃出了万魔窟，蜜雪儿为自己捏了把汗。她几乎没有怎么斟酌词句就说出了那番话，她不确定自己说动了马怀特几分，不过至少此刻她如释重负。虽然要穿过半个城市才能回家，但她还是直奔新布鲁克林的夜市，点上一只油焖龙虾，一碟素炒青菜，一份冷面，也不顾油汁喷溅弄脏衬衫。晋职管理层的首月薪酬，已被她花个干净。

"小姐，为什么不来杯酒呢？"三五成群的泛用机甲工程师此刻刚刚下班，也聚拢到夜市找寻吃食，这些不自量力的年轻人过去虽是校园里的尖子，可来到机械联盟的都城，也不过扮演工蚁的角色。

马怀特打开投影仪。他喜欢边浏览《部分真理，部分玩笑》周刊里的动态讽刺漫画边工作。他首先需要评估蜜雪儿这个女孩的忠诚度：他被拒绝了，可他直到把她送出家门才意识到这一点。这个女孩敢于棋行险招，却有一副胆小怕事的外表。她给人一种听之任之的错觉，实际却有蛊惑对方心灵的能力。

马怀特被漫画里舞动自如的歌女吸引了。他觉得这个线条组成的可人儿，同血肉组成的蜜雪儿一样，都有摄人心魂的特质。歌女转动，衣裙飘扬，像是催眠的陀螺，让马怀特进入之外的空间。他听到两个人的对话，其中之一是"主宰"，而另一个，是该死的反对者。

"把地球这样的低阶文明星球纳入亿星网是有前提条件的，你是不是已经忘了，地球早该被以太神族掷出的月亮砸中，弹飞向太阳的。如果不对地球进行虚拟化，他们的文明就得面对在太阳的烈焰中化为灰烬的终局了。现在他们的文明反倒能以一种近乎永恒的方式存在了。"

"我们这么做，难道是出于什么发自内心的高尚信条吗？以太神族对是否毁灭地球是存有分歧的！以太神族的王子打算把我们的星区划为特别辖区，他会集结最强力量，永世保护我们免遭灭亡，如此我们的后代也将永享福荫，我们牺牲掉未来安全的保障，换来现世的苟且偏安，星逆秽种，我们早晚是要面对的！就算我们此生没有遇着，难道就不替子孙考量一二吗？"

"我们本来身居无人关注的免疫星区，划为特别辖区的唯一后果就是让我们的星区成为星逆秽种与以太神族交斗的酷烈战场！如果不把地球那脉脏血尽早清除，一旦以太神族的基因之谜被星逆秽种识破，整个宇宙就全完了！你口中的那个情种，会把他的同族跟我们全体，都推向灭绝！他早已不再是以太神族的王子！他被废黜，被同族放逐，因为他犯下了他的一个祖先已经犯下的罪过：爱上了一个地球人！我们怎么能把自己和后代的命运托付在这样一个爱情至上者的手中呢？此事根本就不该存有争议！"

"我们之所以还能在真实世界里生活，是以地球被迫接受虚拟化为代价的。这一点谁也不能推翻！你是个不知爱为何物的种族主义者，你只顾眼前，葬送了我们真正可靠的未来！"

"怎么能说是被迫呢？地球的代表不也列席了做出决议的大会吗？"

"你说那时还只是个婴儿的马怀特？从头至尾，他都只是你的玩偶！"

"哦？玩偶？那么你倒来解释解释，怎样才算是自由意志呢？"

Chapter 21
超越善恶

修道院的尖端刺破了将晚的天空，玫瑰色的晚霞更显萧索。嘉米围着修道院半塌的院墙绕行了一周，看到这栋深灰色的建筑已经没有一扇完整的玻璃窗。她跳过一摊水洼，水洼上有几只水黾和一段不知哪来的枯草。嘉米站在院中的圣母像前静思，直到黑夜降临，她无法看清圣母悲悯的面容，才决定离开。

她想获得一个特别的启示，超越善恶，哪怕用一个特别的天赋作为交换也可以。她用舌尖触碰牙釉质上的细缝，她觉得手背的擦伤有些感染，这是她仅有的感受。

"女士，夜里一个人待在这儿很危险。"

嘉米扫了一眼声音传来的方向，说话之人拿着手电筒，自己则处于光源之后，嘉米看不清他的面貌，只是觉得他高得吓人，让她联想到古堡的钟楼。

那人走近了几步，照在圣母像基座上的光反射在他的脸上，他看起来其貌不扬，似乎是位警官，这让嘉米有些失望。"没什么特别的，凡事都没什么特别的！"她嘀咕着，注意到这个男人夹着一本题叫《狂牛和泥饼》的小说。

"我送您回镇上吧。"警官催促道，他的声音里传递出担心。

"你害怕了？那些危险分子不是该害怕你吗？"嘉米讽刺道。

"怕我？贼盗从来不怕警察，他们害怕的是警察背后的律法和惩罚，你能透过我看到威严的法条吗？看不到。你看到的只是一具可怜的肉体，还不如那些匪徒强壮，你看到的只是一个哀求者，而非执法者。"

"你过去是做什么的？"

"过去？战前我是名中学哲学老师，讲授笛卡尔、福柯跟德里达。后来我成了坦克驾驶员，没错，我参加过不少战役，有一回我们的队伍中了埋伏，我半个身子都被炸烂了,不过绣瑾让我活了下来,虽然整整三天,我都以为自己已经落入了地狱的炎湖,正为生前的罪孽付出代价呢!"

"绣瑾?"

"是我未婚妻的名字,我念着我们的婚约,我为辜负了她的期许而痛苦。"

"你们现在过得幸福吗?"

"我被送往辐射区边缘的战地医院,并得到了一次探亲的机会,我刚能够下地就要求回去,但那时她已经死于地下城邦。"

"你现在一个人过吗?"

"女士,如果你有心听我的故事,我觉得受宠若惊,但现在我们真的该离开这儿了,如果你还想继续听,我们到车里再讲吧!"

嘉米同意了,问道:"你的车呢?"

"我就在这一带步行巡逻,我可以开你的车送你,你看上去很累。"

"谢谢。"嘉米把钥匙交给了他。

"在门口等我,我把车子开过来,那辆拉达尼瓦越野车,没错吧?"

"嗯。"

警官去开车了,嘉米走到门口,同情地看着警官瘦高的背影,心里还拿不定主意,回到镇上以后是留宿一晚,还是连夜赶路。

车子发动了,但并没有朝嘉米开来,车轮发出挑衅似的咆哮声,径直远去。嘉米苦笑道:"你果然是骗子。"她回到圣母像前,思考狡猾的罪人是否应该得到宽恕。

寂夜里的响动引起了一群变异人的注意。他们是真正的亡命徒,其中不少成员故意接触辐射源引发变异,当然,不少人因此丧生,而他们幸存下来,变得更加疯癫。

嘉米意识到自己处于怎样危险的境地,但她是有意为之。或者说,她放任这一切发生。她撩起裙子,从大腿上绑着的枪套里拔出手枪,然后席地而坐,用拇指摩擦着枪体上的铭文,等待着,等待着一场混乱的枪战,等待着她能够亲手击中一个罪人。

"小姐,你在这儿做什么?!快离开吧,这是巨耳帮活动的区域!"一个更年轻的声音从黑暗中传来。

"我已被同样的骗术骗得只剩这把手枪,如果你再靠近一点,我就送你两颗子弹。"嘉米双臂前伸，做出瞄准的姿势。

"你瞄错方向了！"嘉米的后背被人轻轻拍了一下，她拧身就是一枪，子弹击中了一侧的矮墙，本就危如累卵的墙体彻底坍塌。

这一回嘉米不必担心遇到一张"不特别"的脸了。这个人外露的皮肤简直就是由闪长岩构成的，你甚至能从他的下巴和颧骨处，看到细微的石粉正下落成一条细线。他的石脸上涂着迷彩，看上去又好像感染过后的瘀斑。他朝嘉米伸出一只手，嘉米习惯使然地握住。那真是只很硬的手，有着石头的冰凉触感，骨节硌得她掌心生疼。石脸男邀请她去旁边的长椅同坐，在好奇和恐惧的双重驱使下，嘉米没有拒绝。两人坐妥，石脸男便从怀里掏出一个用纸包好的烤肉三明治，小心翼翼地递给嘉米。嘉米很喜欢他这么做，因为她实在饿了。吃掉大半个三明治后，她才意识到这份晚餐自己本应同食物的提供者分享——石脸男不断上下滚动的喉结证实了这一点。基于这份歉疚，她跟这个陌生怪人的关系又亲近了几许。

"我可以……嗯……"嘉米踌躇着，不知如何提问才不显得唐突失礼。

"你想知道我为什么长这副模样，对吗？'岩洞壁画'计划，机械联盟把一批战场孤儿变成像我这样的基因改造战士，以弥补战争后期'通感机甲'失窃以及其他战斗装置产能不足带来的战力滑坡。面对初期的机甲奇袭，欧陆毫无还手之力，可是到了对峙阶段的末尾，机械联盟决心一举完结这场战争之时，他们发现自己并不握有多大胜算，机甲对欧陆的血肉之躯有着碾压优势，但资源短缺，已经不能满足战场所需，必须调遣过剩的人口来弥补缺口，同时缓解联盟内部的危机。可是早已习惯躲在机甲里的机械联盟士兵根本不是巷战经验丰富的欧陆游击队的对手，大批的孤儿形成了新的难题，于是，'岩洞壁画'计划开始实施。像我一样的很多人，被迫接受了基因改造手术，我的皮肤变得刀枪不入，还可以随着周围环境的变化自行产生伪装效果。手术的高风险已经夺走了许多同伴的性命，而多种后遗症也让我们时刻承受肉体的折磨，最终，几乎所有人都只能选择自我麻痹，成为一部杀戮机器。机械联盟的目标实现了，他们没有用钢板和铜管去造机甲，就用血和肉来造。"

"这么说，你是个机械联盟逃兵？机械联盟的部队不是早就在中国维和特派团的监督下撤离欧陆了吗？"

"我并不想当逃兵，我躲在这里，既没有办法回到北美的故乡，还要时刻躲避欧陆军部的巡察，实在是无计可施！"

"为什么？当时的政策不是只要投降，就允许你们回国吗？"

"当年我的连队遭遇轨道炮的轰击，所有人都上了阵亡名单，可是我大难不死，但那时机械联盟正在节节败退，我设法联络其他部队，都没能成功。到了撤离的最后期限，我找到一个遣返港口，但机械联盟拒绝承认我属于联盟。后来我才知道，为了躲避国际人权组织的调查和战后战争法庭的审判，所有接受过基因改造手术的机械联盟士兵都已'阵亡'，尸骨无存。机械联盟坚称我们并非人类，只是联盟研发的轻型类人机甲，并把我们的存在说成是光荣欧亚蓄意的抹黑与栽赃。欧陆军部决定暂时将我们收押，但机械联盟不想留下我们这些祸患，在一次转狱途中，我们遭遇了伏击，不用想，一定是机械联盟特工干的，可是他们还是没能杀死我，反倒让我趁机逃脱，我没法定居在任何城市，只能在荒野之间逃亡，成了名副其实的野人。"

"那我刚才吃的是……"嘉米花容失色。

"放心吧，绝对不是辐射肉……"石脸人笑了，更多的粉末随之落下。

嘉米觉得胃里一阵翻滚，还是吐了出来。"对不起……"她一边道歉，一边又呕出一大口。

"你快离开这里吧！被巨耳帮发现就麻烦了。"石脸男催促道。

"你也害怕他们？"

"我全部的装备只剩一个火箭喷射背包，三发枪榴弹和一枚肩扛式反装甲弹，我还不知道发射器管不管用，我保护不了你。"石脸男务实地说道。

"可我的车子刚被骗走了……"被捉住摧残的恐惧后知后觉地填满心房，嘉米一把逮住石脸男的硬手，哀求道，"救救我！"

石脸男思量着，似乎很难做出决定。空气仿佛凝结成阴云，接着变为铅块，压向嘉米快要崩溃的内心。

"好吧，"石脸男终于松口，"不过你得听我的命令。"

嘉米毫不犹豫地答应了。

Chapter 22
火星骗局

灼烧感来自虎口,针头刺入手背的皮肤,连通的软管流过的蓝色液体,缓慢但持续地注入她的身体。嘉米突然产生一个想法:莫非终于有人受不了她的神经质,正在对她采取治疗手段?她听到争吵声,但因为头的活动空间被限制住了,她看不到更多区域。

"我画了218幅画,我写了三十万字,你们该看看那些小说!对!看完那些小说再做决定!别……我不想去火星……我不要去那儿!毫无必要的受苦,我不会接受!"

"噢,真是条可怜虫!希望你记住,没有一种苦是必要的。此外,别再提你那些画了,出于防疫的要求,你的行李已经全被丢进焚化炉了。你现在是洛里斯公司的资产。"

"不——"

嘉米又陷入了昏迷。再次醒来,她还是弄不清自己到底在哪儿,她发不出声音,也动弹不了。她听到有人就在她身旁对话,可是她看不到他们。

"你为什么要到火星去?我听说你女儿才三岁。"

"就是为了她。你有申请战后家庭贷款吗?那就是个骗局!现在我们债台高筑,比战前还穷困,真不该选择生育孩子,可是谁又能想到呢?那时候人们都觉得苦日子该到头了呢!"

"说真的,我有点紧张,火星真的有钱赚吗?咱们不会再也回不了地球了吧!"

"你还有的选吗?你在地表还有什么要紧事做吗?你还活得下去吗?我们签的是自由人契约,躺在这儿的奴工才该做噩梦哩!"

"他们都是罪犯?"

"重罪!基本上全都是死刑犯,去火星是唯一的活命机会,是公司为他们争取到的。"

"洛里斯先生可真是个善人呢。"

一股难言的情绪在嘉米全身扩散，不是愤怒，不是怄气，不是诧异，不是庆幸，不是伤心，不是接受，而是一种警惕和憎恶相混的晕眩感。她不得不闭上眼，开始在心里整理她的回忆。石脸男无疑出卖了她，他的动机是什么呢？为什么她会出现在一艘飞往火星的劳工船上呢？洛里斯到底是个怎样的人物呢？她带着疑问又睡着了。

劳工船摆脱地心引力，加速朝深空飞去。一架改装自月球探矿飞艇的侦察机也加大引擎，跟了上去。

"这回可得盯紧喽！再空手回去，脑袋肯定搬家。"海盗分子肖恩·唐对他的帮手佩罗塔说。

"放心，为了这条消息，我搭进去不少好处。这条船要飞往火星，上面装得满满的物资，都是干货！咱们先拿上一轮，再通知巴楚。"

"就咱俩，能吃下这条大船？"

"嘿嘿，这条消息值钱，就值钱在这儿！这条船上，除了大批物资，还载了好多劳工，舱位安排得满满当当，所以，根本没几个空位留给护卫。每个劳工，洛里斯集团都花了大价钱，他可舍不得再为这群倒霉蛋单掏一份运费！"

"什么时机下手呢？"

"现在还不行。洛里斯跟月球的辛氏家族订了协议，如果咱们在这儿动手，辛氏的人不会放过咱！洛里斯的算盘是，一旦飞离月面能掌控的区域，就让劳工船迅速进入火星航路的加速轨道，咱们就赶在他们提起速之前动手！"

"这么早就进入加速轨道，船上的人得接受急冻术吧，不是说那玩意儿会缩短人的寿命吗？"

"我说了，那船上装的都是倒霉蛋！等到火星定居点建成，他们的死活，还有谁在乎？短命？按照洛里斯的说法，若不是他大发慈悲，他们现在都已是死尸一具了。"

"这么说，咱们可得掌握好时点，一旦劳工船加速成功，咱们这小破艇，可就再也追不上了。"

洛里斯来到《部分真理，部分玩笑》周刊的编辑部，温斯顿、朗吉斯还有他的傀儡费希特正围坐在一张咖啡桌前等他。

"先生们！"洛里斯张开双臂，像是要拥抱谁一下，"咱们把这里关停吧！说实话，这本周刊快成为我事业的污点了。"

"其实……我们刚刚还想到了几个不错的选题……您怎么会有这种想法呢？"朗吉斯质疑的口吻着实有些夸张，费希特则在一旁傻呵呵地哼笑。

"你真该重新考虑一下再做决定，"温斯顿以朋友的身份劝道，"留着这处产业对你百益无害。"

"我出钱供你们在这儿花销，让你们喝着甜酒，听着吹捧，糟蹋着年轻人的才华，对于你们来说，这还真是百益无害！"洛里斯露出严肃的笑容，让在座的每个人都感觉到了威慑。

"洛里斯……你不能这么对我们讲话！"温斯顿不想坐以待毙，他从椅子里跳起来，发怒的额头通红锃亮。

"哦？是吗？你错了，温斯顿，你们还想让我同你们朋友相称？那个叫莫比乌斯的今天怎么不在？还有那个叫赫根的杂技演员？他们都去哪儿啦？是了，因为我老婆不在，他们当然没有来这儿的理由！"洛里斯就像一匹闻到血腥的苔原狼，温斯顿吓得一屁股坐回沙发。

"这……这当中一定有什么误会！听我说，你的怀疑没道理！"温斯顿激动地敲着咖啡桌，而朗吉斯已经不敢多发一言，费希特更是一副快要尿裤子的窘态。

洛里斯就像一个老辣的猎手般扫描着屋子里的一切，他听到了调情时的笑声，看到了碰杯时的媚态，他想象着那个自以为俊秀的莫比乌斯不断向洛里斯夫人献出殷勤，在得逞之后又悄悄藏起厌倦与不屑的表情。洛里斯抓起咖啡桌上的酒杯，说道："我们再喝最后一杯酒吧！"

温斯顿和朗吉斯都没能领会洛里斯话中的深意，只有费希特吓得几乎要从沙发瘫到地上。温斯顿朝他的老板举了举杯，朗吉斯也跟着照做，温斯顿仍想为周刊的存续最后争取一下："我听说你想扩大火星的生意，有些劳工问题……饱受非议，我想，我能请兰斯部长在周刊上发表一篇评论，告诉大众，咱们的做法……合理合法！"

洛里斯已将杯中烈酒饮尽，他把酒杯丢向一旁，又举起双手，似乎准备再送出一个拥抱，但他只是冲天祈祷了几句，然后从怀里掏出手枪，将温斯顿、朗吉斯和费希特射杀。他开枪的距离很近，每个人都来不及躲避，子弹穿透脑壳，碎骨四溅，造成的窟窿超出洛里斯的预想。他把手枪扔在温斯顿的身上，拎起咖啡桌上剩余的半瓶酒，回到大街上。他的司机面色急虑，一看到洛里斯从门中走出，便冲上前来说道："先生，刚刚得到消息，咱们派去火星的船，叫海盗劫了！还有，官方宣布，咱们的克隆兽生意非法，每一间工厂，都要被清查……"

Chapter 23
始源文明

"当我们仰望璀璨群星,感觉星空是如此宁谧和谐。事实上,那无尽的宇宙深处,有你想象不出的凶险与残忍。即使你过得再艰辛困苦,觉得迎早送晚的日子再空虚无聊,你也必会庆幸自己所处的世界道德目的尚存,而人性的阴暗始终无力占据上风。我接下来讲述的一切,将使你们确信我所言非虚。"故事才刚起头,听故事的孩子已经睡着,母亲把灯调暗些,继续读着往后的段落。

距离太阳系43光年的橙金葫芦星区,曾进行过一场旷日持久的内战。战争爆发的具体年份已不可考,何况这样的战事在银河系内只能算是局部冲突,不会留下翔实的记录。几个签订了共管协定的星球因为分赃不均,派系之间武力相向,这之中实在找不出值得大书特书的理由。然而,当银河史学家试图找出星际间发生的一连串灾祸的肇始之处时,他们不约而同地将视线投向那场没有多少资料留存的内战。

远征军匍匐在雪地里,动力服破损严重,内甲也已龟裂,恒温衣正在失效,冻疮磨损着士兵的意志。又一轮覆盖整条战壕的火炮齐射彻底击垮了进击敌阵的决心,为了控制减员,连长命令临时防线后移三公里。督察不同意撤退,他指责连长图谋哗变,并枪决了三个率先跃出战壕的下士,终被连长以破坏军中士气罪逮捕。敌人的主战坦克碾过他们方才容身的战壕,败退的远征军来不及组织阵地防御。连长害怕面对军事法庭,他不愿自己的荣誉和肉体一并消失,因此他带领敢死队员登上山丘,想以肩扛式穿甲弹和破片手雷拖延敌军机械部队的进攻。这当然是以卵击石。小队血肉横飞,同被炮火轰击后崩裂的碎石一道,落入泥泞。督察要求立即释放自己,并暂代指挥官一职。绝望中的逃兵已方寸大乱,正期待有人指明方向。督察临危就任,他指出继续后撤绝非上策,因为他们正自投罗网,逃入敌人坦克的最佳火力范围。他要求士兵分散队形，掉头冲锋，耗光动力服最后的能量，依靠机动性直取敌方炮兵阵地。这一战术奏效了，坦克部队发现了对手的真实意图，马上掉头追击，可惜为时已晚，炮兵害怕误伤友军，并没有开炮防御。虽然造成了很大牺牲，但远征军还是夺取了高地炮阵，坦克部队随即淹没在反戈相向的炮弹制造的烈火中。

掌权的督察下令处决对他不敬的士兵。士兵们乞求原谅，强调自己只是执行长官的命令。督察急需树立威望，向他求取仁慈无异于与虎谋皮，何况，他从未将宽恕视为美德。他解下自己的佩剑，要求跪地的士兵自裁。这三个老兵最后一次祷告，准备接受死亡时，神却显灵了。照例，神询问他们有何未了的愿望。老兵们终于看穿谎言，弃绝希望，不愿再受肉身之苦，因而并未祈愿活下去，他们的眼里流露出求知的狂热，只求神回答他们一个问题：神是否有畏惧之物。爱情。神这样回答。

这则故事是银河系史学界公认的有关以太神族的最早记载。多年以后，四人特勤组驾乘"兔狲"侦察炮艇抵达橙金葫芦星区琴槌星，昔日雪原已成荒漠。胡梅蒂斯端着他的符文枪，跳出炮艇，他穿着仿联盟边防军的灰色制服，外面套着战术马甲。除了符文枪，就仅有一柄热熔短刃和全天候侦察头盔。这同样仿照的是联盟边防军士兵的配置。近十年来，银河议会一直谋求加入"亿星联盟"，可联盟决策层始终没有给予正面回应，他们大约认为银河系才刚刚进入"次三级文明"，将之纳入联盟，对联盟实力的增进并没什么显而易见的益处，而需要预估的潜在风险却不在少数。

"文明评级"是"亿星联盟"用以遴选宇宙文明进入联盟的主要参考，共分九个级别，由低向高依次为"次四级""正四级""超四级""次三级""正三级""超三级""二级""一级""始源级"。以太神族和星逆秽种是已知文明中仅有的达到"始源级"的。银河系整体步入"次三级"，而地球文明大约处于"正四级"。"正四级"文明具备在自身所处的恒星系内进行载人航行的能力，人工智能参与生产和社会管理的比例高于百分之五十。"超四级"文明能够同星系内其他文明建立交流，熟练掌握星系内跃迁航行技术，出现宇宙航路开拓者。"次三级"文明能够建设跨星系的通信工程，初步涉足"静空间"领域基础研究，开始有目的地开辟"静空间"航路以替代跃迁航行方式，人工智能参与生产和社会管理的比例达到百分之九十八，已从根本上消除能源危机。

"咱们来迟了，看到地上这些电浆灼痕了吗？那些装备着'野蜂'级磁浮坦克和'火烈鸟'电浆加农炮的老爷们儿，已经在这儿撒过尿了！"胡梅蒂斯嚷嚷着，连长孟州和三期士官弗兰迪也跟了过来，驾驶"兔狲"炮艇的技术中士林奈将信号搜集器的功率调至最大。

"连长，咱们就不能配发一些真正的装备吗？这些本该分给民兵使用的过时玩意儿却到了咱们这帮要在前线拼杀的人手上！上头成天关注规模作战、集团作战，战术小队的价值全给忽视了！什么时候咱们也能开着'巨灵神'武装飞舰来边境巡逻，那才叫威风，好赖给咱们辆'灰狗'全地形车，也省得……"

弗兰迪拿手套塞住胡梅蒂斯的嘴，连长凝视着地上的荧光绿灼痕，招呼林奈对这一区域的辐射情况进行扫描。

"有至少三队人马曾在这里激烈交火，"林奈报告道，"应该有一支属于反抗军的队伍。"

"没错，工程机甲的味道，他们连单座标本采集车都能用作夜袭作战。"胡梅蒂斯蹲在地上，仿佛能看到反抗军正与巡逻队激战。

这时，林奈的探测仪上出现了新的热点，"有东西正穿越大气层！"

"是轨道飞弹吗？"连长问道。

"不是，从速度上看应该是艘飞船。好了，图像来了！"

小组成员围上前来，他们看到一艘椭圆形的飞船正与大气摩擦着坠下，壳体的部件不断脱落，化为火球。

"测算一下坠落点。"连长命令道。

"草叶伞谷地，离这儿不远。"

特勤组返回"兔狲"炮艇，挺进草叶伞谷地。

Chapter 24
异星女友

"这艘船是从亿星联盟载具博物馆里开出来的吗?你瞧那外挂的传感器,再看这古董级的动力系统,还有这些电路板,简直就是廉价儿童玩具嘛!它是怎么飞到这儿来的?"胡梅蒂斯对着眼前的破烂儿说道。

"船身绝大部分都在坠入大气层的过程中解体了,剩下的应该是逃生舱和先遣着陆舱。我们要不要登船检查一下情况?"林奈问道。

"嗯,批准登船!"连长觉得可行。

"他们是跟我们类似的种族呢,只是看上去矮了一些!"胡梅蒂斯把脸凑到冬眠仓的玻璃罩上,看着仓内冻人说道。

"林奈,你有办法启动唤醒装置吗?他们似乎处于冬眠中!"弗兰迪很期待跟这些外星种族聊上两句,这总比日复一日听胡梅蒂斯漫无边际的唠叨好得多。

"绝大多数冬眠仓已经损毁了。我想他们不是在冬眠……他们已经死了……"林奈尝试了几次,没能起效。

"他们打哪儿来呢?"胡梅蒂斯瞅着冬眠仓内平静安躺的男男女女,觉得有点离奇。

"我已经破译了他们的字库,能看懂他们的航行日志了。"林奈宣布好消息。

林奈一目十行,很快总结出了要旨:"这是一艘运输船,发射自太阳系的文明核心——地球,原本计划前往火星,船上装载有拓建火星基地的物资以及数千名工人。途中他们遭遇了海盗袭击,为了摆脱海盗的纠缠,他们提前进入加速飞行,这让他们偏离了火星航线。已经登船的海盗跟他们的安保人员发生了交战,海盗虽被打死,但他们也付出了操纵系统失灵的代价。因为无法将飞船拉回既定航线,他们内部起了争执。一部分人要求确保物资安全，并以关闭冬眠系统为代价，取得额外能源，实现高速转向。另一部分人不同意牺牲冬眠仓内的劳工，他们提出将用于火星基地建设的能源装备嫁接到运输船，以此解决高速转向的能源不足问题。"

"结果是他们都失算了。冬眠系统关闭后，他们依旧没能获得足够的动能实现航线修正，他们不得不实施第二方案以免撞入前方的陨石带，然而还是失败了。根据记录，那次撞击让船上百分之九十一的人员丧生。按照他们的纪年法算，最后一次人工航行记录完成于三百五十二年前。再往后，就只有系统自动日志了。"

这时，"兔狲"侦察炮艇的识敌装置发出警报，有一队武装分子正在接近。"今天可真是个大日子！"连长举起符文枪，回望一眼跟随的组员，第一个冲了出去。

"兔狲，重武器模组解锁！"林奈中士下达语音指令，他虽是技术出身，但交起火来也不会手软。

运输船重归寂静。

"现在又剩咱们俩了。"

"你确定吗？他们没有发现我们还活着？"

"我的药水连菲茨比星区的海关官员都能骗过，区区一个侦察班，怎么可能发现端倪？"

"我们接下来去哪儿？"

"当然是找到乔伊了，有了他手上那枚戒指，我就能回到我的母星灿宝，你也能回你的地球了。我在琴槌星的外围流浪，不就是为了这一刻吗？"

"你为什么不自己去找乔伊呢？"

"要是我的小破船能抵抗住大气层的高温，我早就登陆了！我等了十个月，才等来你这艘还算完好、又无主的飞船。"

"好吧，"嘉米从冬眠仓里坐起，又问了一遍自打她睁眼看到帕丝媞开始已问过无数遍的问题，"真的没有其他人活下来吗？我已经冬眠多久了？"

"我登船以后，每个冬眠仓都检查过了，只有你的还算完好，其余的早就失灵了。我能让这艘船转向进入琴槌星的大气已经够厉害了，你还指望我真的无所不能吗？我手上又没有那些巡逻兵拿着的设备，怎么读取这飞船的日志啊！"

"他们交谈的时候，你没有听到些什么吗？你既然能听懂我讲话，他们讲了什么，你也能懂吧！你不是靠心灵感应来理解对方的吗？"

"这个星区的很多种族都是通过心灵感应沟通的，如果刚才我去感应那些巡逻兵，他们就会察觉到我的存在，咱们可就露馅了！"

"真奇妙，你长得明明跟我没什么差别，怎么会是离地球那么遥远的外星人呢？"

"那么你觉得我该长什么样子呢？七只眼睛，五十根触手？"

"关键在于你能这么轻易掌握一门外星语言，还说得这么地道！你完全不像个灿宝星人，分明就是个地球人嘛！"

"你了解灿宝吗？你知道它在星图中的位置吗？不要妄加谈论你不了解的事！"嘉米的话似乎触痛了帕丝媞，她生气的表情也像极了地球上的青春期少女。

嘉米在内心祈祷她原谅，毕竟在这个她从未想过会踏足的异星，她太需要这唯一的伙伴。

"你知道我在想什么吗？"帕丝媞问。

嘉米摇摇头，等候她的回答。

"如果你也是灿宝星人，你就不会用这种眼神看我了，"帕丝媞笑笑，"因为我已原谅了你。"

帕丝媞向嘉米指出自己身体上有哪几处文身：后脊、脚腕、左腹、脖根、指节。嘉米只能看到指节的图案，其余的都被帕丝媞的太空服裹住了。嘉米问她是否每一处都有特别的意义。帕丝媞说是的，每一处都非同儿戏。她回问嘉米有没有纹过任何图案，嘉米下意识地拉了拉衣襟，遮住露出的肚脐，检查一遍小腹是否平坦，然后下了一番决心似的说，她打算文下她俩的友谊。帕丝媞乐开了花，她说："你请求原谅的方式真特别。"

"特别……真是个好词呢。如果不是追求特别，现在的我，会在哪儿呢？"

Chapter 25
只影望月

地上散落着几团卫生纸,纸里包着血,象牙白的地面印染着殴斗的痕迹。

"很多人以为从地球到月面,原有的纠纷可以自然解决,可是狼终究是狼,换个地点,他们就能停止撕咬吗?"李诺用扫描枪在被污染的地砖上做了一个标记。

"这儿的冷气开得很足,让我的肌肉很僵硬。"麦心来到月面已经一周了,眼前的诸事还是令她难以置信。

"又要开启讨厌的一周了,"李诺嘟囔着,想让人们理解他的愤怒,"生活真的已经很难理顺了"。

麦心和李诺继续顺着海关大道走着,壮观的环形山现在看起来过于单调冷峻了。李诺身上几乎没有脂肪,而麦心看上去病恹恹的。路边能遇到很多人,难民、乞丐、走私犯、装卸工和快递员。在等待摆渡车的时候,麦心被一个眼球外凸、枯瘦高大的老头吸引了。他身上很臭,每个动作的幅度都很大。他好像被什么东西折磨着,导致他即使坐在椅子上也抽搐似的前后摇晃、左右扭动。他一会儿表现得很烦躁,一会儿又像是喝多了酒或者磕了什么药,但若要说他已经完全丧失理智倒也不像。他或许只是困乏,要强打起精神,因为他哈气连天。或许真有什么让他不得安宁的事情威胁着他的灵魂,叫他显得有些怪异。现在他终于闭上了那双叫人不安的眼,可能他睡着了?

"他病了,"李诺对麦心说,"这样的病号在月面数以千计。"

"病了……"麦心一时搞不清这个词传递出怎样的讯息,但她能听出问题的严重性。

"我们去活动一下手脚吧。除了没有大海和雨雪,这里真的跟地球一样无聊。"

摆渡车把他们载向临时安置点,还没有获批登舰的民众可以在此地暂住七天，好让他们提交申请、办理手续，以及等待结果。七天之后，只有少数人能够获准进入峡谷，登上那艘史无前例的星际飞船，他们将开启人类的新纪元，而剩下的，只能在月面上等待天灾降临。

李诺和麦心来到远离安置点的旷野中，他们一直背道而行，直到看不到任何人造之物。现在，除了他们身上的宇航服，一切都是天然原始的了。美从中生成，他们都感叹造化魔力无穷。虽然头戴面罩，但是他们都感觉到扑面而来的荒野气息，烙印在基因里的远古记忆让他们血流加快，肾上腺素飙升。麦心哭了，这场恸哭早就该来了。

"你母亲真的不准备来月球吗？"

"她说如果真要避难的话，没有比新加特兰更适宜的地方了。她不想余生被关在铁皮棺材里，在静寂漆黑的宇宙里飘浮，她觉得如果在那种场景里死去，她的灵魂得不到安息，她会找不到回家的路。"

"那么……那个人也是同意的？"

"杨仲思？他对母亲是言听计从的。"

"穴居魁盖特人还在追杀你吗？"

"他们只是恐吓罢了，根本不敢出现在地表的。不过人类里出了奸细，他们才是真正的威胁。"

"这之间有过不快的经历，是吗？"

"不快？你可真会轻描淡写呀！不是你用词轻微，我有过的感受就变得无足轻重了。你被外星恶棍悬吊在自己家里过吗？你被恶心滑湿的触手检查过身体吗？你有过被抽离出意识以为自己已经死了吗？"

"我想不明白，他们为什么单单针对你呢？那些魁盖特人一直散布地球被人类'玷污'的言论，究竟是什么意思呢？"

"我也是最近才搞清楚，虽然谈不上知根知底，但至少逻辑成立，许多谜团都讲得通了。"

"所以你真的是被他们锁定的目标？"

"嗯，魁盖特人不是地球的原生种族，但他们移居地球的时候，人类还没完成从猿类的进化。这些穴居魁盖特人的祖先是一支星际科考队，他们的母星已被星逆秽种摧毁，之前我跟你聊过一点关于星逆秽种的事，还记得吗？"

"你说他们是宇宙里的终极煞星。"

"对，或者干脆就是宇宙的终结者。"

"所以他们为了躲避星逆秽种，迁居到了地球？"

"没错，而且他们在地球始终隐秘行事，不敢暴露科技和文明，生怕被星逆秽种察觉，就这么悄然度日。直到有一天，以太神族和早期人类诞下神裔人族，魁盖特人陷入了恐慌，他们害怕以太神族的基因密钥由此泄露，由此宇宙间的制衡关系被彻底打破，星逆秽种将无人匹敌。魁盖特人开始执行'三步走计划'，第一步他们试图铲除神裔人族，失败了，凭他们的实力根本不是神裔人族的对手；神裔人族退入雾暝之所后，他们又充当起杀手的角色，到处追杀他们认为有可能接触过神裔人族的人类，如今他们仍然在这么干。"

"那第三步是什么？"

"第三步跟以太神族想得如出一辙，毁了地球。"

"他们自个儿呢？"

"你以为他们会跟人类同归于尽？他们是绝顶自立自私的种族，同归于尽这种词汇根本不会出现在他们的意识里。他们准备迁居火星，这是他们能到达的最远行星了，穴居地球的这些年，他们已经丧失跨恒星系旅行的能力了。"

"所以他们追杀你，也是怀疑你接触过神裔人族？仅仅接触神裔人族，就能让以太神族的基因密钥泄露？"

"抛开魁盖特人的残暴无理不说，接触过神裔人族，也的确足够让星逆秽种攻陷以太神族构筑的基因堡垒。但他们并不是怀疑我接触过神裔人族，我想，他们怀疑的是，我直接接触过以太神族！"

"哦？"

"我刚开始做机械师学徒的时候，遇到过一个女人，她说看我修理义肢的样子，让她怀念起两个人。她说他们三个人亲密无间，一个为了救另外两个而死，另一个则为了拯救地球而死，而今只剩她一人。我那时年轻、无知，根本不知道她在说什么，只当是又一个被战争制造出来的疯女人。直到现在，我才明白，她口中那个拯救地球的人，其实不是人类……"

"而是以太神族？"

"没错。"

"你如何确认这一点的?"

"我又遇到了那个女人。是她把我从魁盖特人手里救了出来,也是她让我学会了怎么制造跃迁装置和航天器。"

"她现在在哪儿?"

"我不知道,消失了,再没有见过,关于她,我只知道她的名字。她叫樱离。"

"奇怪的名字。"

"也是个奇怪的人。我能问你一个问题吗?"

"我知道你会问的。"

"当年你为什么离开妈妈?"

"因为杨仲思,你是他女儿。"

"你胡说!"

"我从没后悔陪你度过童年,即便后来知道你并不是我女儿。"李诺觉得自己轻飘飘的,不是因为重力的原因,而是内心沉重的包袱终于卸下。

闻爵望着月亮,他的头盖骨要被撑炸了,某种癌化的身体组织在生生不息地膨胀。他喝了一口咖啡,觉得好受一些,头没有那么胀痛了,可是身体的其他部分依旧虚弱。他做了很多努力的尝试,想纠正错误,但都是无用功。他以为世界在发生剧烈的变化,新的、更鲜活的时代正在替代死气沉沉的旧时代。他曾经深信这种改变正在进行,只是因为自己所处的市镇过于封闭,只是因为自己得到的工作机会见不到什么世面,只是因为改造生存环境需要循序渐进的过程,由此他无法看到明显的更迭痕迹而已。现在都明了了,他用知识武装自己的希望破灭了,他的革命理想和对新生活的展望,都像月亮一样看似伸手可揽,实则不可触及。闻爵呆望着一个过路人,那人梳着长发,打理得很是仔细,他能看透那其中包含的对生命的热爱和眷恋,他的呼吸越发细微,就快睡着了,他悲哀地想到,他也许不会醒来了。

Chapter 26
星际弃儿

"我现在已到中年了吗？这个星球是如何界定人的一生？"时间对于嘉米来说变得意义不明，但是她还无法摆脱时间的束缚，时间依然在一刀又一刀地刺入，穿凿她的灵与肉。人会不会越活越通透呢？还是越老越糊涂？嘉米在荒原里坐了很久，她的宇航服被细细的沙尘覆盖，她成了一尊雕像，在这无花无草的世界，显得怪异。

"那些曾让我求而不得的寻常欢愉，就像一头驱使我在庸常世事中玩命狂奔的恶犬。当别人止步于既定的答案而逐渐麻木时，我还在探寻。这是一个骄傲的说法，却也很悲哀。即便身边的每个人都说着相似的道理，做出类似的归纳，我仍然觉得那并不会是全部真相。"嘉米望不到宇宙的尽头，其实她连这个星球的尽头也望不到，何止这个星球，她所站立的荒原都不知所终。

嘉米无法理解，她是被迫流落于此还是主动出走的，连她自己也弄不清了。

嘉米在异星的荒原上睡着了。

"叫醒她！叫醒她！叫醒她！"

一个急虑的声音在嘉米的脑海里轰响。

"叫醒她？她是谁？是帕丝媞吗？我从来没看过她睡着呢！"嘉米没有看到任何人，教室内空空荡荡，静得可怕。窗外传来喧哗声，似乎是操场上的同学正在打球。

她跑向窗口。

没有操场！外头是一片坟岭，六个披着黑袍、戴着兜帽的人，扛着一口沉甸甸的棺材，正往山顶行进，要将什么人下葬。他们的面庞隐藏在阴影里，看不真切。

刚才还期待着能看到一个同伴的嘉米，突然很害怕那群人发现自己。其中一个黑袍人像是察觉到嘉米的眼神，微微抬起头看向这边。嘉米立马把头缩了回去，可就在那一刹那，嘉米瞥见了那张从阴影里浮现的脸，那是一张没有五官的空脸，却好像能看出微微的笑意。

"一个女人睡着了！叫醒她！叫醒她！叫醒她！"

声音又轰鸣起来。

"她在哪儿？"嘉米试图找到一点线索，"难道在那具黑漆漆的大棺材里？"她不禁这样想，被自己的这个念头吓得心惊肉跳。

嘉米退回自己的课桌，想让咚咚乱跳的心平静下去。

门！去走廊看看！

没有门！原本应该是门的位置，也变成了一面斑驳的白墙。墙上满是顽劣少年留下的脚印！他们为什么要对干净的东西发泄他们的亵渎欲望呢？

现在嘉米认清了现实。这间教室只有冲着坟岭的窗户连通外面的世界！她不由自主地又看向窗外。原来不必趴在窗台，坐在她的课桌前就能透过玻璃看到坟岭。嘉米想起那六个黑袍人正是要往山顶走，如此，过不了多久，他们就会到达与窗口齐平的位置。

他们即将相见。

嘉米冷汗涔涔，怀着惊骇又有些期待的心情，她没办法不注视着窗口，等待黑袍人和那口棺材，重新出现在视野里。

时间仿佛停滞了。墙上挂着名人的画像，他们眼神阴冷，面部僵硬，带着成功者的威仪和不屑。嘉米觉得自己认得他们，可就是念不出名字。

窗户慢慢被从外面拉开了，开的幅度很小。不可能是被风吹开的，因为根本没有一丝风流动。不可能是被人拉开的，因为窗外什么也没有。鬼都没有。

嘉米的注意力完全集中在那道渐渐扩大的缝隙上。

啪的一声，一只枯手通过半开的窗户，勾住了窗棂。那是一只朽烂乌黑的手，它紧紧扒住内侧的窗框，显然想把挂在外头的身体弄进教室。

声音突然炸响。

"叫醒她！叫醒她！叫醒她！你就能得救！"

"叫醒谁？"嘉米觉得自己大吼了一声，她从噩梦中惊醒，喘着粗气，胸脯一起一落。她看到帕丝媞躺在她的身边，荒原的灰色细沙快将她整个身体都埋没了。

帕丝媞略显烦躁地蹬了一下小腿，嘉米发现她竟然是一个极美的生命。噩梦的诡异感觉在这美好的感觉里消退了。一望无垠的荒原取代了那间没有门的、封闭的惨白教室，在进行着什么古怪下葬仪式的无脸怪人，也变成了身旁叫人安心的美丽女人。如果那个恐怖的声音再度响起，嘉米会把帕丝媞叫醒。她会不会也像人类一样，有那么一点起床气？

她会不会给自己一个吻？

帕丝媞的身下压着一只袖珍播放器。嘉米捡起来，打开播放。

"见鬼！点火装置还没修好吗？"

"中控 AI 大面积瘫痪，故障率高达 98.4%，7 号闸门已经被攻陷，来不及了，长官，剩下的时间根本不够发射这么多逃生舱。"

"把能点着火的，先发射出去！"

"是，长官。"操作员刚旋开点火密钥，一股热浪伴随着一声爆炸的巨响，将他从转椅上掀了出去，他的脑袋撞上舰桥舷窗的铆钉密封框，大约因颈骨折断而死。

舰长虽然开启了能量护罩，但是爆炸的冲力太强，他还是受了重伤，七窍都在往外渗血。他强忍剧痛，观察了一下周围，发现舰员已尽数阵亡。他挣扎着爬向操作台，用尽最后的气力，撑起身体，口中念叨着不知是绝命誓词还是什么激发勇气的咒语，摁下了发射按钮。他已气若游丝，再没力气抬眼看一下显示仪有多少逃生舱发射成功。他就像一条滑鱼，沿着操作台的边缘滑下，瘫倒在地。与此同时，一束米白色的光照在他的身上，仿佛神灵降下的圣光，他在这束光的照耀下变得透明轻盈，经络骨骼都清晰可见。他知道自己的生命已达尽头，发狠喊出最后的遗言："星逆秽种，总有一天，你们会遭到报应，我们灿宝星人的仇，一定能报！"他的话音未落，身体已化为灰烬，星海战列舰也随之被炸成碎片。

嘉米举头望向琴槌星的苍穹，悄悄抓住了帕丝媞的手。

Chapter 27
洗刷记忆

嘉米偶尔还是会怀念颂生，只不过间隔的时间越来越长。每当她以为自己已经忘记这个人时，颂生就会像一个站在床前的幽灵，又蹿进她的梦里。她还记得一些信件的内容，但已忘记她跟他讲过怎样的话。她会跟他抱怨人生吗？她对他讲过艳情的话吗？她和他到底有没有交情，彼此间又是否具有某种义务呢？

信还是实实在在记在脑海里的，嘉米这么想。转瞬之间，她又产生了怀疑。实实在在？看起来并不叫人放心。那是颂生写给她的信吗？或者，只是她自己的呓语？

"曾经有一天，我站在巴黎地铁站的入口，因为手头的烟还没抽完，我没法进入地底空间，就好比我还有仇没报，不能去死一样。我的脸因为喝多了咖啡又极度疲惫而痉挛。我觉得痛苦不堪。视线越过马路，我看到几栋宏伟的建筑，但又好像不是，不过是几座简陋的平房罢了。我就这么抽着烟，不知道还能悠闲多久。写作原本是件神圣的事儿，现在变得支离破碎，就像在应付差事，就像在闹着玩。我头疼、怕风、健忘，或许已经青春不在。

"我看到蹲在楼梯角落里的姑娘，像是一只受惊的野猫。她跟我一样，身处一个不熟悉的世界，敌意来自方方面面，我了解这样的人，我们都很弱小、很贪婪、很勤快，我想给她一支烟，可我只剩嘴唇上湿乎乎的这一截。假使她需要，我愿意给她一次握手或者一个拥抱。但是野猫不会满足于此的。'你要找张床休息一下吗？'我问。野猫没有开口，我以为她拒绝了我的好意，当我将要离开时，她狠劲地点了点头。于是我们找到了一间旅社。实际只是冠以旅社之名的日租屋罢了。床看上去脏乎乎的，但是挡不住困倦的人。她没挣扎两下就开始打呼，双手紧紧攥着自己那件比床单还要脏的毛衣。我走到窗边，看不到什么景色，只有一条窄窄的小巷，对面就是另一所公寓大楼的后墙。她昏睡于此的钱本来是我打算用来果腹的,也许她能回报我一点什么?我坐在屋内仅有的一把椅子上,看着她的双脚搓动了一下,觉得她的足弓很诱人,尽管那双破洞的袜子有些煞风景。

"我一度想要离开,又说服自己不要抛下她不管,她的头发遮住了她小半边脸,脸色微红,是因为冷还是喝过酒呢?我非常口渴,但这间屋子里找不到能喝的东西,我还剩下几个钢镚儿,足够买一听啤酒,这么说来,我要把这个月的消遣开销都用光吗?一想到经济来源问题,我又没了闲情逸致。今天我一个字也没写,并不是说我动笔就一定来钱,而是说我没有为生活而奔忙。我们的社会订下了一条铁律,如果你不愿意付出点什么,就休想得到。就像现在,她躺在这里,得到了我提供给她的休息机会,她睡得那么痛快,扫除了疲劳,或许还能因此而换来一份好心情。而我饥肠辘辘,口干舌燥。但是,我可以要求她的回报,等到她醒来的时候,她会同意脱掉那件毛衣,我很确定她里面再没别的衣物了。这就是世间的法则,你付出了,就可以要求回报。没错,是要求,而非必然得到回报。也就是说,这辈子你都在为取得这种资格而奋勇争前,而你能够握在手里的东西,永远没法确定。她就快醒了,她这样的人对时间应当非常敏感,因为她负担不起超时的费用。她应该是从小就战战兢兢玩着投币摇马的姑娘,如果她赖得久了,就会有人要她多付一次的钱,否则就得挨打。临睡之前我告诫过她,只有五个小时的时间供她安睡,我骗了她,因为我得留出三个小时给我自己。"

问题在于,颂生去过巴黎吗?这是他虚构的情节,还是忠实的记录呢?"他告诉我这些又能起到什么作用呢?还是说,他仅仅是像个疯婆子般絮叨,对我并不抱有回应的期许?他说他曾站在巴黎地铁站的入口,究竟是哪一站呢?是否有一种可能,巴黎地铁站只不过是某个东方国度一座小城里的一处地点?那只是为某个地下空间起的荒唐名字而已?他自己也拿不定主意,搞不清状况,他不确定自己看到的是市政厅还是土坯房。他抽烟吗?我记不清了。也许是我教会他抽烟的。天哪!我甚至能清楚地记得,那个叫麦心的女孩抽烟,我却没办法回忆起这个跟自己吃过饭、聊过天、上过床的男人的一丁点细节!"嘉米想给颂生回信,在这未知的星系边缘,在这个异星女人身边。她急于跟地球取得联系,用信纸和笔,用意念,用她渐渐涣散的记忆,她现在是否就像颂生信里的那只野猫?她的需求很单纯,她很羡慕颂生描述的那场酣眠，尽管她不确定那是颂生的夸大其词，还是确有其事。

她跟帕丝媞更加亲密了，她知道了更多有关星逆秽种的可怕之处，但她仍然有大段的空白时光需要消磨，可是她一次也没想起过洛里斯。她把洛里斯忘记了。她当时爱他很深，现在却好似从来没认识过他。

嘉米的头发已经快到臀部了，她觉得自己好像有点瘸，后来又痊愈了。她曾经很想去无人区冒险，当然不是宇宙的无人区，是地球上那些号称纯净天堂的风光胜地。人到底是一种怎样的存在啊！人就意味着污染，意味着破坏，意味着消耗？从何时开始，人成了地球的公敌呢？她来到另一个星球，是否也将祸患带来此处呢？如此说来，人跟星逆秽种没有本质的差别？

嘉米确信自己就快失控了，理智已经无法很好地规划她的思绪，她像条沙地里游荡的蛇，不知该追逐什么，不知该躲避什么。

人总是希望有一个与众不同的结局吧。她觉得自己已经是段传奇，她饱胀的情欲终于干瘪，她会在活着的尽头走向疯癫，会在一个她和她的同类都不知所在的星球被洗刷记忆，成为她无法认知、无法自省的个体，她将再也意识不到她自己。

Chapter 28
牛斗列星哀歌
（四）

　　什么时候我才能觉得轻松一些呢？笨拙的双足机甲在我娴熟的操纵下停止脚步，废旧厂区传来狗吠似的声音，但不会是狗，这里连条僵尸狗都不会出现。我启动舱盖，白气喷出，我从座舱里出来，看到刚刚被我锯成两段的巨兽在厚重的铁皮上留下凹痕和血浆。我摸了摸凹痕，确定这种程度的损伤不会累及电路和动力管，我的手套因而沾了一些带血的碎毛，我索性将之脱下丢弃。雾气越来越重，很快我的防护面罩就将失去作用，毒雾会要了我的命。我不得不返回座舱，冷光白让我觉得自己很孤单，而我也确实很孤单。这个星球巨兽横行，我的职责就是杀掉它们。

　　冰鳗星原本也算是颗工业星球，出产防爆膜和星舰喷口零件，思乐乡孢子的发现让亿星联盟决定终结冰鳗星的工业生产。整个星球的陆地被恢复成森林地貌，工厂变为遗迹，市镇荒无人烟。巨兽也因之出现。这些原本潜藏在地底的可怕生物，现在变得不再惧怕阳光，它们的皮肉如铜墙铁壁，它们的利爪和獠牙可以让碍眼的东西变成碎片，重要的是，它们会威胁到思乐乡孢子的产量。它们极度危险，需要专业人士来处置，改变局势，于是我便来到了这里，债主盈门，债台高筑，我不得不选择这么一个看上去报酬还不赖的活计，实际上我仍旧是被盘剥得最凶的那一个，我的付出和所得根本不成正比。

　　这里没有同类，没有纠纷，也没有爱情，有的只是繁重的工作和规律的生活。我回到住处，手调了一杯咖啡，扯了条毯子缩进沙发里发抖。这是一所半埋在地下的石头房子。里面除了一间起居室可以供我吃喝拉撒，就只剩一间小屋，摆放着我的床和几本书。那些书我已经可以倒背如流了，但是我还是觉得没看够。我大约把维系理智的那一丁点希望都寄托在这近千页纸张里了。我最喜欢《牛斗列星哀歌》，里头最吸引我的不是特级战斗英雄普什列诺娃，不是腹有诗书、历尽万险带领"马尔克斯"号回到免疫星系的哈罗德准将，也不是苦苦支撑在战线前列的老帅，我最爱的人物是希利曼诺夫，我从他身上，看到了自己的一条出路。

  同大部分身穿动力重铠、背着远征对舰、用肩扛炮或者手持热熔束狙击枪的战场老兵不同，虽然希利曼诺夫也有过不少同敌人钢甲相碰、白刃肉搏的英勇事迹，阵线履历中的军功亦非等闲，但他的志向终究不是成为普什列诺娃那样的击坠王，而是进入舰队科学院，担当随舰研究员。正因如此，当刚刚晋升准将的哈罗德提起五百年前那场实验时，希利曼诺夫必定更为敏锐地捕捉到了紧要的讯号。他残耳附近的肌肉紧绷着，断指前端的合金部件抠进掌心，哈罗德说出的每一个字他都不会落下。

  哈罗德说："自亿星联盟成立以来，多半星区因遭到星逆秽种的扫荡而沦陷，各个文明的精锐战力，不同种族的饱学之士，穷极一生想要对付这些恶魔，仍旧束手无策，除了那些遮天蔽日的黑色战舰和诡谲怪异的杀戮机器，还有一团一团的光晕，人们从未见过星逆秽种的真容，更别提抓到一个俘虏了。迄今为止，我们甚至连一具残尸断肢都没寻到。有人说我们在同死灵或者我们内心的怨念作战；有人说高等文明不需要肉身，仅靠纯粹的精神即可存在；有人说他们与我们不在同一次元，我们所看到的具象只是星逆秽种自更高维度投下的暗影；有人说那些血色斑驳如黑色厄运般的巨舰就是星逆秽种的本体；也有人说一切只不过是亿星联盟当权者冷血无情的阴谋诡计，因为要想统治如此庞然的星盟，必须树立一个不可战胜的劲敌。以上种种妄断，没有一条足以让人信服，这反映出一个普遍事实，人们对星逆秽种缺乏基本的认知。

  "这重困局直到一艘监狱船自蝎尾虎星区飞离，才终于让我们见到一丝曙光。尽管被浑圆一体的护甲装置严密包裹，联盟科学院还是确认，我们捕捉到了星逆秽种的活体。联盟征召了星际内能够联络到的全部专家，甚至包括远征在外的随舰研究员，为的就是搞清星逆秽种究竟是怎样一种存在。结局相信大家都已知道，当那层球状装甲被小心地开启，人们只看到一摊透明的黏液转瞬就挥发于无形。大家对密闭观测舱和整个空间科研站都进行了细致的扫描和检测，没有发现任何痕迹，那个活体就此消失，没留下一丁点异样。一个星区血战而得的星逆秽种活体，就这么进入到人们呼吸的空气，或者掉入了我们不能探知的空间。时任舰队科学院首席教授的魏思平教授不甘心失去这个千载难逢的研究对象，当即下令重新锁死球状装甲，尽可能保存样本残留，或许后世有人可加利用。这个球状装甲自此成为学界圣物。

"历史证明魏思平教授明智的判断和果敢的决策意义非凡。五百年前，天才科学家安布龙梭进入联盟学院，他是'姚恩济假说'最狂热的信徒，他从姚博士的理论出发，进一步猜想星逆秽种能够始终处于进化前端的奥秘只有一个——非此即死。安布龙梭指出了我们过往研究的症结所在，那就是我们不可避免地会受到善恶二元论、政治伦理、正义学说的影响，总是试图从价值判断的视角看待星逆秽种。我们称他们是星际间的屠夫、嗜战狂魔、文明之鲨，我们把他们毁灭星球的做法称作战争罪行，认为他们是宇宙中最卑劣的恶徒，是滥用生杀予夺特权的暴君。我们被仇恨禁锢着，被复仇牵引着，以至于我们始终走不出自己设定的棋局。

"安布龙梭说姚恩济差一点就能揭示真相了。姚恩济的观点可以概括为，进化是星逆秽种的终极目的，也是唯一目的。换言之，他们活着，就是为了进化，而非掠夺、谋求强权或者其他政治诉求。姚的疏漏在于，他只强调星逆秽种能动地追求进化这一方面，而忽视了一个更为重要的事实——如若无法获得进化，星逆秽种就会灭亡！也就是说，姚博士将因果弄颠倒了，进化之所以是星逆秽种的终极目标，原因恰恰在于唯有通过进化，方能使星逆秽种存续。若失去进化的过程，星逆秽种就将瓦解崩溃，直至不复存在。安布龙梭阐发完他的理论后，人们第一次知道如何才能使我们的敌人灭亡，那就是阻止他们进化。

"问题接踵而至，该怎么办到这一点呢？安布龙梭说服那些向来顽固的学究，从亿万文明中各挑选出两位志愿者，去完成那场有名的实验。他要让数以亿计的志愿者接触魏思平保存下来的星逆秽种原体残留，起初实验的进展令人沮丧至极，因为这项浩大工程像无底洞般吞噬着亿星同盟的人力物力，却没能呈现多少有意义的成果。人们的怀疑与日俱增，魏思平当年是否成功保留下可堪实验的样本尚还没有定论，安布龙梭的假想更叫人信心不足。不过接触实验仍在进行，直到热汀人与样本完成了接触，实验才算是有了重大突破。热汀人来自免疫星系,且是免疫星系的原住民,其居民没有星际殖民史,也没有与其他星球的族人结合生出后代,基因纯粹。样本在接触热汀人后,突然能被识别,基因图谱很快绘就。经过比对,人们惊讶地发现这份图谱跟热汀人完全一致。一时间矛头全部指向热汀人,那些遭受灭星厄运的幸存者,要求与热汀人彻底清算。

"事态危急,安布龙梭却不相信热汀人就是星逆秽种这种荒唐说辞,他不眠不休地筛查比对,反复校验得到的序列,最终发现潜藏在其中的一个隐性基因热汀人并不具备,他断定这个基因才是解释一切的关键。可是这个基因无法被解码,安布龙梭意识到,直到亿星同盟的文明被一个不落地摧毁,他们也不一定能够找出破解这一基因的法子。恰在此时,陷入疯魔的复仇者已经开始执行他们视作正义的清算计划,热汀人被灭族了。怀着悲愤与自责,安布龙梭要求继续实验,但没人再给予他支持。他自己找来志愿者——同热汀人类似,他们来自免疫星系,没有星际旅行史,基因纯粹。实验结果出乎意料,样本的基因图谱随着接触者的不同而发生了彻底的改变。呈现出的基因图谱同接触者高度一致,除去那个一直存在的隐形基因——它始终存在,安布龙梭称之为'悔基因'。

"由此,安布龙梭推导出这样的结论:其一,星逆秽种的基因信息在族群内部可以进行传递分享,族中任一成员接触过的基因信息,都可以无障碍地传递给其他族员;其二,星逆秽种接触未曾接触过的异种基因后,会呈现出新接触到的种族的基因样态;其三,新接触的基因将触发'悔基因',将源基因吸噬。安布龙梭坚信,这种触发尤为重要,若无新基因接触,星逆秽种会始终处于源基因的桎梏之中,'悔基因'将因得不到'供养'而出现退化型变异。"

Chapter 29
乔伊自述
（四）

这个世界究竟有多少人对我恨之入骨，我无从获悉，也不知道该选用什么法子弄清这个数目，但有一点我是确知的，那就是他们每个人一定都乐见我此刻的境况。

"乔伊是个恶棍！乔伊是个凶徒！乔伊是个罪犯！"下这样的评断并非什么难事，我也可以判处自己死刑，但谁有权力执行呢？执行死刑的合法程序已经崩坏，任何行刑又跟行凶何异？长久以来，我一直在权力铁蹄的践踏下艰难喘息，如今我有机会翻上马背，握住权力的缰绳，难道让我退缩避让？难道我不知道个中凶险？难道我看不到自那马背上跌落的惨状？

疼痛随着记忆一并复苏了。我想起我被拖行在砾石路上，像一头待宰的咩咩直叫的羊羔，体无完肤。那些巨大得叫人费解的熊形生物身上散发出的烘臭的体味让人就快窒息。那一刻，我与亨曼，包括那个让人生厌的戴夫之间，没有任何差别，我们都是懦夫俱乐部的会员，受不住惊吓而但求一死，但命运只回应别人，唯独留下我自己。

"记起什么来没有？"方才一番恶战令狄安娜污迹遍体，却异香馥郁，汗水濡湿她的睫毛，令她的眸子更加闪闪动人。那群在海中神出鬼没的巨虫封锁了整个海岸，狄安娜却杀出重围，带我开辟出一条血路。

"我遇到了倒霉的蹊跷事！先是落入绿皮毛怪的陷阱，那些狡猾的、看起来很脆弱实则万分凶残的生物把我折磨到半死，接着我又被一群大得惊人的熊掳走，像希腊人对待赫克托耳那样被拖行着到了海边，我的两个同伴在途中就遭了毒手，只剩我苦求一死却不得。在那海边，我嘴里被塞上一根喘气的管子，身上被钻了几个血孔，而后便被五花大绑着扔上了一条捕鲸用的大船。船上有熊，也有绿皮毛怪……"

"你指的是巨熊和地精。"狄安娜提醒道。

"好吧，原来他们还有学名……总之那些毛怪看起来只是恶熊手下的奴工，出卖苦力，各自忙着船上的活计。航行到海上，我就被抛进海里，我这才知道我的用途原来是做钓饵。刚才围困咱们的那些恶心的海中蠕虫，大约嗅到了我的鲜血，从不见光的海底一下冒出来，我受此惊吓，一定晕厥了过去，再次醒来，只记得有一股强光把黑漆的海底映得透亮。"

"巨熊一族在雾暝之所颇有势力，很多人称它们是域外之王，北境霸主。那些攻击咱们的巨虫是银灰蜥质虫，性嗜杀虐，但它的虫皮强酸不蚀，利刃不透，是制作防具的绝佳材料。它的腺囊分泌的异香物质，有致幻的效果，向来被好勇尚武的巨熊一族视作沙场搏命的军需品。这东西还是夜巫配制方剂爱用的珍贵原料。自从银灰蜥质虫突破了'沉默守望'建构的防线，复归汪洋，巨熊便将已失去作战能力的战列舰改造为捕猎船，你的确是被它们当成了饵料，虽然不及神裔人族合虫子的胃口，不过你的人族血液也够让银灰蜥质虫兴奋不已了。"

狄安娜怎么会对一切都了如指掌呢？我不能不有所怀疑，我突然觉察到她的言谈与修辞，以及每次微笑和叹息都过于合乎……逻辑，无意义的痴笑和没来由的轻叹从来不会出现在她身上，但在那时候，我没有更多理由加深我的疑虑。

"'反秽裁判所'又是怎么一回事？你还没有告诉我详情。"眼下只剩这一条线索可以依循查探。

"你们人类……"这是狄安娜第一次使用这种略含哀怨的口吻，"有一种难以言明的自怜倾向，认为自己是宇宙之中孤独的漂泊者，没有同类，坚守着脆弱但唯一的文明。你们常用一套自足的理论解释这种难以置信的孤单。你们认为宇宙中存在一次未知的'大筛查'，乐观的人声称你们已经通过了筛查，成为唯一发展到现有文明的智慧种群。悲观的人则指出，筛选尚未到来，那场考验无异于世界末日的那场审判，将会毁灭所有文明的成果，而在筛选降临之前，没有任何文明可以发展到能够进行星际旅行的程度，因而你们的星球没有到访过一位外星来客，也没有收到过任何地外讯息。相比之下，悲观的说辞与事实稍稍沾边，但他们的根本错误在于，他们以为这一沟通的缺席是因为文明进程落后于筛选而导致的技术落后。我就足以成为一只

'黑天鹅'，让这种猜想不攻自破。实际上，即便在雾暝之所，也存在许多建立起文明的种族，除了神裔人族，还有巨熊、夜巫、地精、鬼盗，世界远比你们看到的辽阔、复杂、精细，你们对世界的了解还相当狭隘、粗粝。"

"那'反秽裁判所'呢？"我执着地继续问道。

"'反秽裁判所''星际调查局''亿星同盟'，它们存在的目的是一致的——对付星逆秽种。你看这些盘踞海上的银灰蜥质虫，它们凶残无情，种族庞大，神秘莫测，将所见之物尽皆吞入腹中，而星逆秽种，他们游弋于星河之间，将触及的文明尽数撕碎，他们口中的毒液和火焰，将星际里的生灵荼毒残害，之后这个星球便毁于一旦。如果说银灰蜥质虫是海洋中血肉之躯的噩梦，那么星逆秽种就是宇宙中文明的梦魇。正是由于星逆秽种的存在，太空内的高阶文明才尽最大可能地保持沉默，以防止暴露自己的星际坐标，给自己的星球带来灭顶之灾。你们地球虽然还处于文明早期，但却引起了星逆秽种的兴趣，这着实叫人诧异。按照以往的经验，他们不该关注这么幼稚的文明，通常，你们还要发展很久，直到高阶文明阶段才会让星逆秽种出手毁灭。如果说宇宙存在大筛选，那么筛选的执行者就是星逆秽种。星际调查局责成我前来查明真相，案子现在已经有了眉目。"

我思量着狄安娜讲述的每一句话，如果她所说的尽是谎言，那么这一系列言论无疑都荒谬绝伦，编排这样离奇的情节是对我的嘲弄吗？而如果她所说的属实，那么它包藏着的能量和能够带来的震撼效果，比雷杰明发现"受难人"还要罕有。那就像是一群还在投石掷矛的穴居人遇到了手持光束步枪和磁暴炸弹的星际战士。文明层级之间的差距是难以逾越的，冷兵器文明无论其战法和器械如何臻至完美，都比不上一颗子弹的威力。何况，若真如狄安娜所言，人类文明同高阶文明的差距，远非冷热兵器这种差别程度。上天给予我但求一死的痛楚，原来是为了铺陈我通向伟大的不朽之路？

Chapter 30
乔伊自述
（五）

我们在海上继续前行，途中遇到已经倾覆的巨熊捕猎船的残骸。那些看上去不可战胜的巨熊被银灰蜥质虫屠戮殆尽，而狄安娜又带我自群虫狂潮里轻松脱厄，就算她不是所谓的"星际调查员"，她也是我见过的最了不起的特工。我将疑问搁置一旁，继续倾听狄安娜的讲述。

"星际调查局也好，反秽裁判所也罢，已经拼尽全力监控星逆秽种的动向，然后向可能遇险的星球发出警告，或者消除星球上能够引发星逆秽种来袭的不安全因素。比如，你犯下的非法接触远古科技罪行，就是其中之一。遗憾的是，我们还无力阻抗星逆秽种的进袭，宇宙中唯一能够抵挡星逆秽种吞噬力量的文明，是以太神族。以太神族与星逆秽种经年累月地作战，渐渐由溃败转为抗衡，他们是仅有的遭遇星逆秽种攻击后仍能存活并持续发展的星际种族。他们共享文明的顶端。可是，以太神族跟星逆秽种一样神秘莫测，他们在星海中漫游，母星的位置似乎连星逆秽种都搞不清楚。他们拒绝加入'亿星联盟'，据说还有几个高阶文明得到以太神族的荫庇，成为神族的附庸，但更多的文明依旧危在旦夕。星逆秽种会盯上地球这样的浅陋文明，恐怕也是因为以太神族的缘故。"

"照你的说法，地球还有救？以太神族会出手？站在地球人这一边？"

"目前的情形是，以太神族打算赶在星逆秽种之前，毁灭地球。"

"这又从何说起？"

"具体原因尚不得而知。我在地球的调查已经结束，把你交给反秽裁判所，任务就算彻底完成了。说实话，我从未拘捕过，裁判所也从未审判过，如你这样，来自低阶文明的人。"

我哑然，不知该不该调笑几句，或者我该义正词严地为人类辩护？我们的文明真的那么不值一提？在那些自诩高阶的人士眼中我们真的只如蝼蚁？我们创造了成千上万种残杀方式，我们用战火推进文明的进程，我们把苦心积累的财富焚毁，一次又一次。不过，我们又用成千上万种方式幸免于难，我们为往圣继绝学，为万世开太平。在这种周而复始的震荡里，我们延展想象，上下求索，没有抛却音乐、绘画和雕塑，没有停止上演戏剧、创作诗歌、讲述故事，我们每个人都怀有文学的情思，做着诗意栖息的美梦！这样的我们难道在苍茫宇宙中谋不到一席之地吗？即便是日常的生活，我们也用尽权谋，即便是蝇头微利，我们也竭心用智。这样一群心思周密、生性敏锐的生物，建造起独一无二的文明，在宇宙深处的高阶人士看来，连获得哂笑的资格都不配？我继续沉默着，由于深知人类喜新厌旧、擅长遗忘的特性，我无法为人类辩护，我怕我的辩词在今日被视作对人类的维护，明朝就成了背叛的佐证。鉴于此，我继续沉默着。

不知从何时开始，我习惯了身体的惰性。一旦陷入松软的坐垫，再有个舒服的靠枕，我就压根儿不愿起身。我甚至认真考虑过就这么安然坐着度过余生的可能性。但是，因为手头缺一本书，或者我的喉咙急需一杯白兰地或者爱尔兰咖啡的滋润，我只能中断这一想象，勉为其难地让已经松垮的肉身离开皮料，仿佛剥下臀部的皮般痛苦。

我尝试过雇佣仆人，但很快放弃了。那真是我的好年月，雄心尚存，充满渴望。不像此刻，支撑我前行的只剩残余的旧念和行为的惯性，我已不再如梦方醒，相反，我觉得自己久未成眠。

在飞舰进入太空之前，我被牢牢固定在座椅上，但直到舱体完全淹没在黑暗里，透过舷窗看到漂浮的卫星碎片，我才真正意识到自己处境不妙。

"抵达伽马-717跃迁点之前，主引擎会关闭，我们总共还有四小时五十七秒可以相处，一旦进入'亿星联盟'直辖的星系，你就会被裁判所的看守接管。我们穿过银河边缘的时候，会路过宏芒M93-3号行星堡垒，因为年久失修，现在只能算个检查站，如果你想跟银河系告别，可在那里发送星逆秽种侦测不到的加密信函给地球，通过跃迁点后，你恐怕会跟你的母星失联好一阵子。"

这个女人身上看不出任何外星种族的特征，她美得令人心醉，或许这种出奇的美貌就是她与我不同的地方。这种差异的确是显而易见的，至少我在见她第一眼时,就已察觉,只是那时的我有点鬼迷心窍,也完全意识不到她竟然不是同类。

"这么说我现在是你的囚犯了?"

"你早就是了。"

我只能承认这一点,却被另一个事实震惊到。一小时前我还躺在床上动弹不得,此刻的我却已行动自如,完全不觉身体有何病痛。妙手回春的"医术"比正进行星际远航的飞舰更能让我切身感受到对方文明的优越之处。

"告别银河系。"我喃喃道。这听上去是个诗意盎然的瞬间,充满激动人心的求知欲和漂泊他乡的伤感,足够梭罗写就传世名篇,传递生活的立场,可惜他已辞世三四百年,至今无人替代。

"你们会怎样发落我呢?"我想也许还是问问为好。

"地球并非'亿星联盟司法合作协定'的缔约方,来自非成员星球的你是无权按照地球法律接受指控,承担罪责,而会被适用《反秽特别法》,非法接触远古科技这类犯罪,在这部法典里可是重罪。不过你该庆幸的是,你没生在玉殿星系边陲,或者处在信奉虞神的星球,跟那些地方的法律相比,《反秽特别法》显得仁慈多了。定罪量刑终究是裁判所的职能,我只是负责拘捕你罢了。"

"可是我究竟犯下了怎样的罪行呢?你应当知道,在对自己行为完全缺乏认知的情况下,是很难判定一个人是否有罪的。"

"你可以同你的律师商议辩护策略,看看有没有取得谅解的可能,总之还有一堆酌定的因素需要细细斟酌,我做不了这活儿,我只能告诉你,你提到的这个问题,早已不存在法理障碍,任何议题,与防御星逆秽种这件头等大事相比,都是微不足道的。存亡,是一个道理兴与废的前提。"

狄安娜的话再度令我语塞,但我对她没有丝毫厌恶,相反却萌发出一种奇异的友情。是因为她几番救下我的命吗?不完全是。我明白,她救我是出于她的职责,她要将我拘押到案。我有充足的理由质疑她行动的正当性、合法性,但她说服我放弃这种尝试。我听信她,几乎没有挣扎,仿佛她具备某种慑服人心的魔力,我变得如此顺从,连我自己都不禁惊讶。那些对我恨之入骨的人,又会对身在漆黑太空的寂寞的我,怀有怎样的心情?

我应该担忧这场审判能否做出公正裁决吗?答案我早已明了。作为生物,每个人都要为了自己的存续和福祉不断索取，索取食物，索取衣衫，索取优势，索取关怀，这一切资源都极其有限，而人生又充满动荡和灾祸，误解与仇视，让索取变得异常艰难。这当中全部阻碍，又恰恰来自他者的索取。即便是那些迷醉于奉献与牺牲的人，也仅仅是改换了索取的手段和策略而已。至此我想明白一件事，那就是有多少人对我恨之入骨，取决于我妨碍了多少人的索取。人们往往只对哭声嘹亮的人报以同情，而我早已习惯隐忍。也对同情这种情感充满鄙夷。人无法原谅抢占自己资源的任何人，人只能原谅自己。这条公理不止在地球成立，即便到了茫茫太空，莫不如是。只要记得这条公理，我又何必关心审判是否公正呢？我被指控有罪，至少他们还安插给我一个罪名，一个看似合理的宏大背景，一个花了一番心思形成的叙事，而可怜的K至死都不知道自己犯下何种罪过。我一定在某个层面触犯了他们。他们虽然遥远，远在宇宙深处，号称拥有远比人类高超的文明，可他们也跟人类一样，是不接受被肆意触犯的。理由呢？同样是为了存续和福祉。我有微许的失望，转念间，我又觉得释怀，因为势必如此。我找到了我和他们的共同点，我正飞向另一群贪婪的人。

坚 章

伟大航路

Chapter 1
乔伊自述
（六）

"从太阳系到银河边缘也是一段漫长的旅程，难道就不需要跃迁航行吗？"由于身在太空，我对时间的感知变得迟钝，但我显然仍在老去，而非返老还童。假如狄安娜的话准确无误——我至今也没发现她欺骗我的理由——那么我们在这场短暂的邂逅之后即将面临决别。我涌起一股抵触情绪，甚至是愤怒。她将会把我带入一个全然未知的危险境地，她却转身离开，她让我产生了依赖，又摆出一副事不关己的态度。我很想开口请求她留下，但我意识到这么做实在有些荒唐无理。

"我们走旧航路，银河开拓者海帝·周·金枝留下的，穿越三千秒差距臂，到达银河的边缘，再经过另一个伴邻的小型棒旋星系，就可以抵达跃迁点，从跃迁点就可以直达'亿星联盟'的枢密星系。"狄安娜抛给我一袋液体，示意我喝下。我照做了，因为我确实渴了，也许就快脱水了。几乎就在同时，我体会到一股前所未有的满足感，我达到了高潮。我因此大窘，但当那持续了大约三十秒的快感褪去后，我确定自己没有出现什么不合时宜的异样。我努力想要接上狄安娜的话头，但倦怠占据了我逐渐空白的大脑，我很不情愿地合上了眼皮。

当我再次醒来，我觉得周身舒畅无比，每一根汗毛都能任我掌控，我第一次真切地感觉到，这副肉身，属于我自己。紧接着，一阵慌乱席卷我的血管，未等我开口，狄安娜已经来到我的身边，她说："别担心，你只睡了几个地球秒而已。"

"怎么会？我觉得我做了一个长达上百年的梦。我……我还以为我们就快要分别了……"我痴痴地回答，像个傻瓜。

"真正的深度睡眠，仅需要几秒就足够。那包溶液就是专为你们地球人研制的,你的生理需求完全可以通过饮用它来获得满足,我们毕竟要踏上长途旅行,这东西必不可少。"

"的确妙极了,"我打心底感叹道,现在我总算想起"方才"的话头,"你说的海帝·周·金枝,又是怎样的人物?"

"失败的星系政策的牺牲品,神话时代的传奇,银河系伟大航路的开辟者。宏芒 M93-3 号行星堡垒也是海帝的杰作,那里一度是雄踞同盟主星系的桥头堡,可以傲视整个银河系的边疆。只不过世俗时代的星系治理委员会对开疆拓土并不感兴趣,他们主张保守收缩的防御政策,将银河系这样几乎不存在高阶文明的星系排除在同盟之外,海帝和其他先辈开拓者的功绩被抹杀,家族的爵位被褫夺,荣光被丢进黑洞。谁能想到星逆秽种会盯上你们的星域呢?他们狩猎的范围和围剿的模式,叫人愈加难以捉摸了。"

狄安娜的话中带有不易捕捉的轻蔑,虽然她貌似单纯,看上去有问必答,但她始终对我将要面临的处境避而不谈,试图用一套法律术语让我退缩,从而打消理解程序性问题的念头,那个陌生世界里的司法人员,大约也尤擅此技。狄安娜似乎对这趟差事心怀芥蒂,或许她是一个新人,要经历一桩考验,她正为能否通过测试心烦意乱?又或者,她不满于被派往在她眼中荒凉凋敝的宇宙边境,这里的文明程度低得让她除了恪尽职守,别无兴趣?总之,我能感到在她优雅的身姿和得体的举止背后,潜藏着不屑与冷漠。我虽对她抱有好感,终究只是一时情迷于她的动人外在,美艳绝伦会让你欣然接受很多事情,但你必须时刻对他者的内心有所防范。要知道,他者的内心,才是宇宙中最危险的所在。

一旦抵达所谓的同盟主星系,我就会遭到她的遗弃,我必须早早定下计策,机会就在前方的行星堡垒,我要对那个去处有更多了解才行,于是我问:"我们要去的那处堡垒还有居民长住吗?还是说,仅仅派驻了守军,轮岗戒备?"

"海帝·周·金枝登陆宏芒 M93-3 号时,行星上散落着一些土著部落,不过他们也并非那个星球的原住民,应该同样也是外来的定居者,算是泛通古斯橙额族的某个分支吧。他们的生理结构跟你们人类基本一致,有证据表明他们是一班从星际流放舱里逃亡的重刑犯的后裔,他们的后代渐渐遗忘了自己的哲学和科技,当前的文明程度更是大幅退化,基本与你们所认知的蛮人无异。"

　　为了不使自己的关注点过早暴露，我决定改换话题，说道："既然你们知道以太神族将要毁灭地球，又为什么没人出面阻止呢？仅仅因为地球这颗可怜的行星不是你们'亿星同盟'的成员吗？"

　　"事实上我们无能为力。"第一次，狄安娜语气中的轻快消失了，以凝滞艰涩代之，透露着绝望。"以太神族和星逆秽种的文明层级远高于我们。依照'亿星同盟'官方智库'时空圣殿'的分类方式，宇宙文明被划分为四个阶段，分别是星空级、星系级、星团级、恒星级。每个阶段又详分为萌发、成熟、超越三个时期。按照智库学者的阐释，以太神族和星逆秽种已经迈入星空级的成熟期，仅次于通常又被称作'无限期'的顶阶文明层次。目前为止，还没有发现符合'无限期'描述的文明存在，大多数高阶文明尚停留在星系级的成熟期，少部分达到了超越期，当下只有'亿星同盟'的盟主星球浩纳星成功踏入星空级，但仅仅处在萌发期的发端。所以，无论面对以太神族还是星逆秽种，我们能做的只有极尽可能地回避，否则就将面临灭顶之灾。我们甚至连这两大文明的面貌都描绘不清，以太神族比星逆秽种，还要神秘，我们不可能加以探知。而星逆秽种的形态也是无一定论，何况，但凡直面过这个文明的种族，都已遭到毁灭，我们至今掌握的也不过是星逆秽种庞大星际舰队的影像，至于他们到底是何面目，只能凭借自己的想象了。根据'时空圣殿'的统计，星逆秽种已经差不多毁灭了四千万个高阶文明，但总共找到不足一万人的幸存者，他们或许是'亿星联盟'最宝贵的'资源'，人们期待从他们身上找到阻却星逆秽种的方式。一些'时空圣殿'的古生物学家宣称星逆秽种与一种早已绝迹的三足巨虫同源，但另有一些宇宙种族学专家坚信星逆秽种直立行走，与星际间绝大多数智慧种族的外貌无甚差异。至于那些幸存者的描述就更是千奇百怪，人们只能认出那艘足有四分之三个地球大的战舰和它投下的恐怖阴影。"

　　"说实话，遭遇星逆秽种真的是一种极其玄妙的体验，单听你这番讲述就叫人遐思无限。也许……也许他们是一个多种族混成的共同体？"

　　"不能排除这种可能，尽管有多种理论对此进行过否定。不管怎么说，藏好自己始终是最关键的，这也是'亿星同盟'一切科技的终点和最根本的秘密。"

我不由对此有所期待，但眼下的窘况不容我多想，须得先能脱身，才有深入谋划的可能。

"我们地球处在哪个阶段呢？"我问。

"将要迈入恒星级的成熟期吧，是否够格还有争议。"

"那你提到的宏芒 M93-3 号星球呢？"

"这个星球存在多种文明，如果你指的是那些土著的话，他们比你们人类还要落后，已彻底退步到萌发期的初段。"

"那地球还能存续多久？你们如何确定地球已成为以太神族和星逆秽种共同的目标呢？"

"星逆秽种每前往一处文明，都会在那颗星球所在的恒星系内开辟一个临时跃迁点，我们认为这是他们为了让自己的战舰顺利抵达而采取的保障措施。如今，太阳系的临时跃迁点已经被探测到，就位于木星附近，按照以往的统计测算，大约八十一个地球日后，星逆秽种就会出现在地球周围了。至于以太神族，如果'马尔克斯号'的情报准确的话，他们早已到达地球等候多时了，至少……要比星逆秽种早上一万年。"

Chapter 2
乔伊自述
（七）

我的母亲是位不成功的诗人，尽管她像成功的诗人一样，宣称不应用世俗的度量评价他们的诗作和生活。他们每个人都注定失败，这正是他们纯粹的地方，以及生来的宿命。我母亲后来发了疯，留下一枚戒指和一首诗。诗是这样写的："我的孩子是插在暴虐汪洋中的沉船上的桅杆，是山风落崖的呜咽，是夜兽向天而笑的眉角，是已完成的生命和未完成的死亡。"我不确定这首诗是写给我的，毕竟在她的创作里，任何东西都可能是她的孩子，但她又留下那枚戒指，那是关乎日常生活的物什，是一种非艺术的纪念方式，因而我只好接受这最后的馈赠，并心怀感恩地背下这首诗，或许，它是世上唯一关于我的诗呢！

我知道自己离宏芒M93-3号已经不远了，没错，我就是有这种直觉。或许我该随狄安娜前往"亿星同盟"，因为按照她的说法，整个地球即将化为灰烬，没有一个人能够幸免。成为无边黑暗中的尘埃的确叫人感到害怕。可是，我不愿将我的命运交给一个荒谬绝伦的裁判所，他们无力阻挡灾祸的发生，只能东躲西藏延缓死期的临近，他们坐视一个又一个文明覆灭，那种刀俎交加的绝望大约让尚没遭难的可怜虫失去了行动力，他们的脑子里一定被注入疯狂的思想，就如同受惊的盲兔四处逃窜。他们罗织罪名，将我绑架，对我的同类麻木不仁，对地球将要遭受的厄运不屑一顾，我能奢望这样一群人，会对我施以公正或者些许的同情吗？

"如果你放弃跟地球告别，那我们在宏芒M93-3号上就只做短暂的停留，而后便立马上路。"狄安娜说。

"告别？这是一种仁慈的施舍吗？你们对我的母星无动于衷，却费尽周折要将我带回去审判，你们的政治伦理实在叫人费解。既然我被赋予了告别的权利,那我当然要行使。我觉得我不但要告别,我还要试图让地球人知道,他们将要遭受的灭顶之灾。"我让自己的口吻里充满了指责,狄安娜一定有所察觉,她是一个敏感的人。

"我不建议你这么做。这种尝试只是徒劳,我们已经给地球发送了无数讯息,但你们从未重视过其中一条,也没有做出反应。何况,确知自己的死期又有多少价值呢?你们信奉的一切体系还来不及重构就将被瓦解,你们自圆其说要建立在文明永续之上,加剧垂死的痛楚难道是一种人道吗?"

狄安娜越是表现得如此叫人难以辩驳,我越是下定重返地球的决心。千百次地,我梦见自己的死亡,与我的星球共赴永劫,却是我未曾奢求过的狂想,死在一桩无可违逆的神的旨意一般的境况里,难道不正是全部教义的终极结尾吗?

"一个不断退化中的文明,还能够维持星舰港口的运转吗?"我合理怀疑地问道。

"他们……他们只是雇佣工人,有一队同盟边防军驻扎在那里,他们协助同盟边防军工作。"显然,狄安娜在掩饰什么,我不禁笑道:"橙额族人其实就是你们高贵的'亿星同盟'人的奴隶吧!"

狄安娜像是松了口气般说道:"事实上那队边防军早已叛变了,海帝·周·金枝失势后,'亿星同盟'的前哨据点便失去了盟主星系的后援支持,贸易共促会也将之列入禁运区域,只有一些胆大妄为的星际走私犯还为他们提供物资补给,那些拥兵自重的边防军以据点为中心,纷纷宣告自治,同盟无心也无力征讨,默许至今,已如常态。"

"这么说宏芒M93-3号物资相当匮乏了?"

"宏芒M93-3号现今唯一的价值在于先前建有可以停靠跨星系舰船的泊位,边防军也深知这一点。想要在这险恶的边疆地带维系生存,就得凭一己之力为往来的星舰提供港口,一旦这一价值荒废,即使是走私犯,也不会再犯险与之交易。"

"这么说来,物资会优先用于港口维护和运营?"

"没错。所以港区以外的地域,境况相当糟糕。"

多年的特工经验告诉我这是一个可兹利用的契机。橙额族人自然对奴役他们的同盟边防军心怀不满,策划一场暴动,对我来说不算什么难题。需要慎重考虑的是，在这个陌生行星堡垒上，我没有任何内应，能花在接洽心存异念的人士身上的时间又过于短暂，难以获取成事的信任。若没有足具诱惑力的筹码，想要换得回报无异于痴人说梦。

一个危险计划的雏形已在我的心底生成，但我没机会让它臻至完美了。我喜欢孤注一掷的感觉，留一点缺口交给命运。身无长物才能豁出己身，无此决绝又怎能摆脱限定？

我对狄安娜说："星逆秽种一反常态，兴师动众地进击地球，个中原因，恐怕我已明晓。"

狄安娜盯视着我，又是那种叫人针芒在背的冰冷目光。"你以为我不会分辨什么是虚张声势？我能看出你是不是在撒谎。"

"不，你不能。你只是害怕听到真相，你们对死期的畏惧比之我们愚钝的人类要深沉炽烈得多！我在埃及的发掘的确引起了星逆秽种的注意，这正是你来抓我的原因，不是吗？那件东西太扎眼，远非人类文明所能拥有，星逆秽种捕捉到这种异状，毕竟就连你们'亿星同盟'都已觉察到这样古物的非比寻常。只不过，星逆秽种比你们更懂得这件东西的价值，因为他们已经知道，这件东西属于海帝·周·金枝——你的主星。得到它，就能循路找到海帝的故乡，你们费尽心机隐藏的位置，就会被他们找出。你们才是让他们垂涎已久的美餐，你真以为地球会是星逆秽种的目标？这样一颗落后、贫瘠、连土著居民都厌弃的行星能够引发星逆秽种的兴趣？我想，他们现在正将大批星舰于太阳系集结，整个太阳系能不能装得下这么大规模的舰队都是个问题！依循海帝·周·金枝开辟的航路，他们能直捣'亿星同盟'的中枢，而后分而取之，慢慢餍足他们焦渴的喉咙和辘辘饥肠。"

"只找到海帝的遗物不足以找到旧航路。"狄安娜的话已缺乏底气，这滋长了我的冒险信心，实际上她已在正视这种可能性。

"我接触过那件东西，星逆秽种能通过我追踪那件东西在航路途中留下的痕迹，我到哪儿，他们就会追踪到哪儿。"

"离开地球之前，我已对你进行了彻底的清洁，你身上不可能有与远古科技的接触残留！而且这也与我出发前获知的任务简报的描述不符，这真是一派胡言！"这就是狄安娜愤怒的样子吗？我见识到一种蹩脚的演技，却给人一种信服的真切。这可真妙。

"我知道你想回收海帝的那件遗物,可惜你失败了。你搞不清楚原因,只好先将我押回去复命。你大概从未料到自己已身在这棋局,任人摆布了许久!"

"这只是例行的行动任务而已,星际调查局每年都会经手几百万件类似的案例,我只是按照规程办案,怎么可能出现你口里所称的纰漏?你以为我们会贸然现身吗?对于你们人类来说,我们的存在你们根本无法全面理解。我们打击非法接触远古科技的罪行,目的就是根绝散落在星际间的科技遗存可能给'亿星同盟'带来的潜在的安全威胁,每一个行动都有详尽的预案,每一个预案都经过细致充分的论证和风险评估,若非万无一失,我们怎么可能出动?"

"你们蒙蔽于星逆秽种的凶残,低估了这群杀戮者的谋略,再擅长隐藏的猎物也敌不过狡猾的猎手。"

这一回,狄安娜没有立即回应我,我知道,她没有看透我。

"总之先把你押回主星系再说。"她没再解释什么,自顾自地浏览起星图。她几乎从不做没有明确结果的事,此刻的行为源于她深心的不安。

"你不会冒这种风险的。因为你的一时疏忽,葬送整个星系乃至'亿星同盟',你承担不起这种罪责。"我觉得我的皮肤感触到了她听我讲完这句话而引发的战栗。

"假使你说的是真的,你这么做又有什么目的呢?"狄安娜已经开始滑向我的陷阱。我冲她摇了摇手,说:"这枚戒指,不在你的计划中吧?"

或许这辈子狄安娜都没这么大感不解过,她凝视着我的戒指。"我就明说吧,你接触的是'熵瞳之门',跟这枚戒指又有什么关联?"她开口道。

"你想知道我的目的,不是吗?我的目的很单纯,就是搭上你的船,一路暴露你的行踪,抵达宏芒M93-3号行星堡垒,在那里,我将用这枚戒指,为星逆秽种打开通往毁灭的门。我会给他们指示一个错误的跃迁点,从那里出发,目的地将不是'亿星同盟'主星,而是一个足以让星逆秽种永绝宇宙的黑洞。"

"呵,你以为这种想法我们没有尝试过?跃迁的终端是不可能联结黑洞的。多小的黑洞都不行,更别说能够吞噬星逆秽种级别的了!"狄安娜哂笑道。

"你们的科技的确不能,但以太神族可以。"

"以太神族?"狄安娜似乎意识到了什么,不过她在尽力让自己拒绝想下去。

"你还看不出吗?这都是以太神族的安排,从我落入你手,到进入海帝·周·金枝的航路,再到抵达宏芒M93-3号星,为的就是铲除星逆秽种!"

"这不可能!星逆秽种,怎么会掉入这么拙劣的圈套!"

"没错,这不算什么高明的计策,如果星逆秽种有着统一的意志,自然不会轻易上当。可是,如果他们之中产生了分歧,有些人物厌倦了杀戮,情况就复杂得多了。要知道,文明无论进化到何种层级,恒星级也好,星空级也罢,无论他们能够掌握何种力量,能够让外人感受到多深的恐惧,再坚不可摧的外在都能够在内部瓦解,那种由内而外的异心与分化,那种裂变的冲动,会让即使强盛如星逆秽种这样的文明,也会在令人惊愕的瞬息走向毁灭。'亿星同盟'的兴衰覆亡,难道不也是如此吗?"

狄安娜僵硬地站在那里,好像中了石化魔法一般,她好似点了点头,又好像叹了口气,也许只不过是因为我心中的狂喜,让我眼花了而已,我同时意识到,现下侈谈庆贺还为时过早。

"到达宏芒M93-3号行星堡垒后,我会遵照以太神族的指示完成布局,之后你将这枚戒指带走,而我将留下,见证迄今为止全宇宙最恢宏伟大的毁灭仪式。"

"你不是说戒指会引来星逆秽种吗?为什么要我带着它离开?"

"是不是到此刻为止你还以为我只不过是个肮脏蠢笨的普通地球人?我才是那件古物本身,那件不属于地球的东西!我是以太神族最精美的杰作,他们像上帝创造亚当一样创造了我,一个凭空出现的地球人,一个先知,一个注定被宇宙铭记的存在!他们让我在地球降世,生活,直到六十个地球年后的今天,故意叫我在埃及制造了那场事故,让多疑又饥渴的星逆秽种发现我的与众不同,让他们陈兵太阳系这个落后的星域,再有了内应的配合,计划便得以展开。什么'熵瞳之门'只不过是个诱饵罢了。星逆秽种真正要追踪的那样'东西'是我。以太神族安插在星逆秽种中的反对者设法让他们相信,我的身份是海帝·周·金枝船队的一名船员,是一个流落在地球的宇宙航路开拓者。金字塔内藏有跨星系冬眠舱早已不算什么秘密,我正是在那儿苏醒,急切想要返回母星。以太神族交给我这枚戒指,实际上,它只是开启那个通往毁灭之路跃迁点的钥匙,我才是星逆秽种想要跟随的目标。一旦我将这道门开启,你就尽你所能地带着这枚戒指远离宏芒M93-3,只要在进入黑洞跃迁点的那个瞬间,星逆秽种毫无察觉,就可算是大功告成了。可要是那一刻他们寻获到戒指钥匙,终止跃迁,关闭航路,那可就功亏一篑了!"

我不知道这现编的故事有几分打动狄安娜,我知道哪怕只有几个字能够让她产生动摇,她就不会冒险。

狄安娜背转过身去,走到舷窗跟前,我看不清狄安娜映在玻璃上的脸是怎样的表情。不知过了多久,在我感觉足有几百年,她才悠悠地说道:"星逆秽种……真的要走向终结了吗?"

此刻我真想亲吻我的母亲!

尾声
乔伊之死

看！我在这儿找到了什么？未干的水泥的香甜，一整车厢纵欲过度的脸。列车钻进地底，大地发出饥饿的肠鸣，那些大脑空白、手脚无力的人要被送往哪里？他们说："这个星球诗者没有活路。"

三架"咒火"战机呈箭头队形穿空而过，看不清远方什么东西被炸成了碎片，风往我的住处吹来，早晚我将呼吸到硝烟。我还能平静地躺在这床上多久，空屋使我烦恼，为什么人需要这么多家具，要占据这么多空间呢？我们只吃一点粮食就开始吟诗作画不好吗？如今大把的时光被剥夺了，从一个城市逃亡到另一个城市，从一个避难所转移到另一个避难所，有人告诉我战事早已停息，我们都得救了，不必再继续流浪，可是爆炸声或许听不到了，人与人的斗争真的完结了吗？

我被三个权威专家诊断为精神病，他们摇头叹息，我不知道他们在哀伤什么。我可以承认他们具有怜悯之情，可是我的遭遇并不值得同情。我树敌无数，自大起来像个蠢货，从来不肯接受自己的平庸，对待感情极度虚伪，错过了今生挚爱。我本来无意玩弄权术，更无踏足政界的野心，满脑子诗意的结构和燃烧才情的热忱。但我也承认如果我真的沉溺于文学，我定会是个失败的作家，一如我的母亲，我缺乏成为伟大作家的特质——雷打不动的耐性。

我知道我所处的世界是一个玩笑，是亿星联盟倾尽所有同星逆秽种开的玩笑。我只是被上传到这个虚拟地带里的一个智能单元，被赋予记忆和情感。我甚至已在"万事通"网站上阅读过我的死讯，那是一篇颇具趣味的文章。奇怪的是，我虽然已经不复存在，却没有停止对永生的期盼，我对自己的生命可能被终结仍然满心恐惧。一切都是虚假的，星逆秽种热衷于毁灭世界，亿星联盟就再造了一个同真实世界一模一样的天地供那些破坏狂施暴。我已不幸地死于现实，现在又要面对新的灭亡，我无力超脱，因为在一个注定要被摧毁的世界里，不必祈祷救赎。

我不知是谁撰写了我的死亡故事，我反复读了很多遍，起初我被那些蛮不讲理的论断气得要命，后来我百般尝试阻止自己死去的进程，直到最后，我那滑稽的死状又把我逗乐了。来瞧瞧这篇充满贬损、幸灾乐祸的冒犯之作吧：

乔伊斜靠在两厢巴士的连接处，从未意识到自己会如此老弱。尽管他一生都称不上健硕，总被这样那样的病症缠绕，但他依然坚信自己能拥有一个至少不那么疼痛不适的暮年。显然他对此抱有不切实际的展望，昔日的乐观更像是对现下羸弱不堪的提早逃避，因为今时他已没法继续躲在岁月给予他的微薄奖赏里——他就是个久病不愈的老头儿，一个索然寡趣的流浪汉，他暴露得完全，任人直视但已无人理睬。没有人再畏惧他，诅咒他，痛恨他；与他相识的人只想忘却他，与他陌生的人不想靠近他。他裹在一件透风的棉服里，肩头和袖口的破洞使他的嘴唇冻成紫色，他颤抖着，甚至叼不住一根烟卷。在他一步之内，就能闻到他身上的臭味，没想到他早已腐坏的灵魂直到此刻才散发出朽烂的气息。

车厢内有人在高谈阔论："要是咱们的城里塞满骗子，或者塞满放高利贷的，咱们可就真没救了！可是我们还在招纳这类人来咱们的地盘，现在遍地都是踩单轮和丢火刀的小丑，想要听一首正经的歌，你都找不到去处！人人都争当铤而走险的凶徒，剩余的日子就会提前到头，这话说得真是高明！"

"你说来说去，不过是刚被收走了房子，痛恨银行家罢了，怪只怪战争结束得太早，你的算盘落了空。"他的同伴奚落道。

"是啊，战争没能清算该算的账，反倒把我算破产了！"

其余的乘客默不作声，都处于一种僵硬的昏睡状态，只有一个穿着人造皮夹克的青年在翻看一本脱页的书，但显然他属于难以集中精神在一件事上的人，突然他就哼起了歌，把旁座的女士吓了一跳。

人们宁可沉默，即便交谈，也无关战役、撤退、辎重和谈判，乔伊终于明了，战争真的结束了，他的时代已经彻底走到尽头。

那个批评者擦了擦额头的汗珠，咬下一大块手中的热派，不知道用什么果子制成的劣质酱料涌出他的嘴角。车厢内再无言语，乔伊看到每个人的脸上都写满不在乎，他把头扭向窗外，怀念那个人人自危的年代，脑海中却出现一座钟楼内吱呀怪响的巨大齿轮的圆影，带给他又一波心悸。

他确定许多人注意到他脸上的痛苦，但没有人请他坐下。他的年龄的确称不上老年，他有点刻意回避受到优待，但似乎这种担忧有些多余。

没有东西能摧垮乔伊，他自己才是毁灭者。乔伊挪开捂在心窝的手，让自己站立得自然一些、潇洒一些。他注意到车窗外有一位文员打扮的年轻女子正抱着一袋橘子或者别的什么水果从车旁经过，因为终日伏案工作的缘故，她显得活力不足还有些体脂超标，事实上街道来往着的每一个行人都有那么点委顿，还有着叫人费解的警觉。这场面一度让乔伊怀疑战事是否已真的终结，直到他看到人们正排队领取猎场派发的周末优惠券。他劝自己接受现实——尽管杀戮未止，但他必须让位主角了。

巴士在路口停下，那个女子蹒跚着跟了上来，乔伊看到她的领口被那兜水果压扯着翻向一侧，露出了她一小半胸脯，他觉得她出奇的美，胜过希腊人梦愿里的女神。他抓了一下裤裆，却换来神经的跳痛，他打了一个大寒战，几乎栽倒在车上，他这才想起，他不仅正加速衰老，而且残废。

巴士又开动了，但不久便泊入一处站台。有几个中学生模样的少年跳进车厢，但没有人起身下车。乔伊迟疑了片刻，还是按动了掉去一半绿漆的开门按钮，尾部的滑门开启，乔伊觉得自己跨到车外的时候又扭到了脚踝。巴士闭合车门离开，乔伊望着空无一人的站台，一种被遗弃的感觉像夜里黑色的潮水漫溺心头。他确定战事已化为历史的微尘，因为站台内非但不见荷枪实弹的军警，连一条防爆犬都没有。他不知道自己为何要反复确认战争的进程，或许一场厮杀搅弄着天下大乱是他苟活于世最后的救命稻草。

乔伊孑然立于街头，已不知命运将把他抛弃在何地。就在这时，乔伊发现他的女神正朝他走来。他异常感动，几欲落泪，张开双臂迎候恩典，眼中充盈着他今生未曾有过的虔诚。

那女子眼见乔伊举止古怪，起初还不以为意，直到她发觉这个形容猥琐的男人紧紧盯着自己的领口，她才起了疑。就像吸血鬼嗅到了甜颈的香气，乔伊贪婪地打量着女子，只见那女子猛地抡起手中的袋子，当头便朝乔伊砸去。乔伊的身体僵住了一般，原地晃了两晃，就像泄气的皮囊塌倒在地。他的耳畔响起巨熊的怒喝："不许屈膝，不许斜视！"

那女子使不出太大的力气，袋口的橘子顺势飞了出去。"的确是橘子，我眼还没花。"这成为乔伊脑中闪现的最后一个念头，他再也不会醒来，或许他会做一个长到天荒地老的梦，像沙特尔教堂的迷宫一样混杂着螺旋的眩晕和破碎的渴望，但抵达的终点却叫人大失所望，仅仅见证一场屠杀，脆弱、单调，犹如狮子扑羊般残暴，却以英雄之名。

乔伊，他曾坐拥这个星球最远大、也最无情的野心与权柄，倒在一地橘子中间，以一种荒唐的方式暴尸街头，见证者除了发动袭击的女子，唯有停在电话亭檐角的金丝雀。那女子手忙脚乱，蹲下身子拍打着乔伊，胸口贴在乔伊的手肘上，如果乔伊还有一口气，他会觉得这样的身体接触叫他十分受用。他在死前没有认真考虑一件事，他日夜期待着一场肌肤之亲，远在他残废之前，他实际已经察觉到欲焰的火苗是如此灼魂蚀骨，可是直到残废以后，才有了行动的指针。这场哑剧般的死亡令想要给乔伊著书立传的作家颇感为难，许多年后，它变成一个梦魇时刻袭扰着颂生。

颂生生活的年代，乔伊这个名字已从大多数人的记忆里完全消失。可这个整日浑浑噩噩的历史作家，却偏对恶棍产生了可怜，进而迸发出不可遏制的兴趣。这主要应当归功于他从旧镇古籍所得来的半册《自述》——余下的页数不知是被人撕去，还是自然脱页混入了别的书籍——内中的叙述多半都令颂生觉得不可思议，但有一条神秘的绳线牵引着他，叫他花费大量精力试图翻译它，读懂它，《自述》扉页的署名，正是乔伊。颂生开始着魔一样地追索这个人名背后潜藏的故事。Wide-CIA，雷杰明，反转圣灵计划，埃及考古项目，受难人理论，通感机甲失窃案，月球引力危机，叛盟者通缉令……这些字眼都跟这个名作乔伊的人存在关联，各种线索鹅毛雪似的纷扬于眼前，而当你伸出双手想要抓取其中的分毫，却又一无所获。颂生心中迷乱，理不清当中的千头万绪。

"我心乱如麻，痛苦万状……"颂生读到的第一句如是写道。从潦草的字迹和失控的笔画中，颂生仿佛听到对方落笔时的心跳，他自己则化作乔伊手下的白纸，他看到乔伊瞪着双目，眼神里充满寂寞和绝望，像一艘触礁的巨轮，一点一点缓慢地沉没，在滔天的黑潮里。

楔 子

尽管一路飞驰，詹妮·佩顿从片场赶回家里已是凌晨两点多钟。十月末的葱冈市虽还未到风摧寒叶的时节，但空气中渗透的丝丝凉意，也令詹妮连打几个冷战。她瘦小滑腻的肩头连着细长凸露的锁骨，针织吊衫和丝绵短裙已无法提供给她所需的温暖。当她赤脚踩上通往二层的木板楼梯时，覆着薄蜡的光洁板面使她的脚趾不由地缩蜷。詹妮想回身到起居室启动地热开关，但袭过周身的倦意促使她打消这个念头，詹妮猛一沉头，才自昏睡状态中又打起点精神。

七点半就要再度出门工作，但詹妮还不能就此上床睡觉，她必须卸妆洗澡，做完基本的夜间护理之后，才能钻入渴求已久的被窝。这不仅出于她个人精细的生活习惯，也是为了应付明日的出镜要求。

"再有一年，我就能从早间新闻档撤出身来，回归午后谈话节目的老本行，再挺过这一年……"詹妮默默自勉，以逼迫自己好多挤出些安睡的时间，也好让她酸痛的身体和麻木的灵魂得到歇憩。

窗台传来了一声轻响。詹妮敏感的神经接触到空气中微弱的颤音，跟着紧张起来。她从来不想吓唬自己，可自从她的马尔济斯宠物狗今年夏天莫名其妙地害病死去之后，她便愈加从孤独中体验出恐惧的味道。很多次詹妮以为她的爱犬还跟在脚边，可当她转身想要如从前一般抱起那只黄色小狗时，却总一下扑个空。她总觉得有一双幽怨的眼睛在跟踪注视着自己这些神经质的荒唐举动，一个她看不到的荒芜世界在她的周身环绕。她既讨厌在冷眼之下出丑，又对那无觅踪迹的目光惴惴不安。

此刻，因为方才的一震，詹妮的精神随之抖擞，视线也渐渐清晰起来。在淡青色的壁灯照射下，屋内的陈设一如平常，并没有丝毫不同。

来到二层，转过身是一条走廊，走廊尽头是一扇闭紧的门，门内便是浴室。詹妮感到室内的温度的确很难让人放松，可是二层的地热开关已经坏掉许久，她实在没有再走一趟楼梯的打算。如果再要找出一处不同寻常的话，那就是浴室的吸顶灯不亮了。自打应国家电视台的朋友之邀加入这档深夜脱口秀节目的直播，詹妮就没在灯火通明的时分回过家。从一位去世的叔父那里继承下这套双层大宅，詹妮也曾想将其转手或者出租，用得来的现款在主城区另置一处公寓，即使面积缩水，毕竟热闹许多。只是时值经济萧条时期，面对这种郊外的依山豪宅，一般的购买力实难承受，有钱人也都缩紧银根度日，专挑些低迷项目投机去了。这一带已有好几处独体住宅打出出售招牌，为了促销甚至许诺将进城的汽车燃油费纳入优惠之内，可是已许久无人问津。詹妮倒也接到过两个咨询电话，可从中她听出了不怀好意。她亲自播报过不少单身女子被害案件，也接触过一些现场材料，深知其中的恐怖。谨慎起见，詹妮撤回了中介广告，尽量避免让外人知晓她孤身一人住在此处。上一波金融动荡差点让股市崩盘，詹妮像大多数人一样投资失败，不得已卖掉了原有的住所。幸好叔父这笔遗产到账，还清债务后还剩有这栋大房子。

詹妮没有胆量在黑暗中洗澡，在漆黑的浴缸中浸泡的场景甚至叫她呼吸短促，仿要溺水一般。慌惶卸去讨厌的彩妆，詹妮决定只简单冲洗一下就抓紧上床，于是她敞开浴室的外门，除去衣物，钻进玻璃浴舱，这样走廊上的灯光便可以照入室内。虽然仅够将室内的物什浅淡地擦亮，但总比全然漆黑好上许多。

詹妮拧开淋浴，温热的水流洒落头顶，冒出氤氲的白气，瞬间打湿了她红棕色的秀发，一时之间她感到放松、欣然，并且遗忘了恐惧，但这一切很快就被自己格外锐利的听觉击溃。

"谁？"詹妮睁大双眼，瞳孔缩聚，想在这幽沉的气息间觅得某些陌生的轮廓，可是她什么也没有发现。水雾蒙上浴舱坚实的玻璃罩，詹妮赶忙用手拭除。水流还在她的后脊蹿动，她感到有东西在她的皮肤深层搔挠抓咬，这感觉一半是因为寒冷，一半是因为蔓延的恐慌。可是，除了灰蓝色的芒束和哗哗不绝的水声，仅剩詹妮深心剧增的惶惑。她没有关闭淋浴，双手发抖地开始往发丝间擦涂洗发露，玫瑰香自蒸汽间溢开，芬芳的分子绕着扇形的浴舱环旋。

令詹妮不安的声响再度擂击她的耳膜，水珠不断溅到舱罩上，叫她擦拭不迭。发梢上的洗发露被水冲开，顺着刘海流入眼角，她不得不合眼去揉，另一手加紧清洗头发，疯狂的搓扯已无法叫她生疼，冲净它们是如此困难，詹妮恼怒于使用了太多的洗发露。这种自责加重了她的压力，使她的情绪更加失控。

情急之下，詹妮锐薄的指尖抓破了藏在额角发丝内的一粒小痘，暗红的鲜血细流混杂在水花之中。就在詹妮不经意睁开双眼的一刻，她看到一只近乎透明的、干瘪的、上端如须肢般游动的、脉络交纵的"手"正搭在眼前的玻璃罩外。张圆了嘴唇的詹妮，眼珠定格在下视的角度，眼白突出，却只能从喉咙根部发出咝咝的呻吟。她下意识地伸手，想要擦开渐浓的水雾，但一想到自己将与那只似乎生在虚冥之中的枯手仅隔一层薄薄的玻璃，又猛地抽撤回来，脊背靠向身后，淋浴头在她的眼前拉下一道水帘，接着化成沥沥的一股，直到只剩断线的水滴发出痛苦如心跳的啪嗒声。詹妮的腰抵在突兀的淋浴开关把手上，视线落在走廊深处与楼梯相接的拐角处，在那里，立着一个同样干瘪、透明、躯干如肉芽悬浮在空气中的……"鬼影"！它的面目浑然难辨，唯有一对三角形的"眼睛"发出破碎的、泛红的血光。

"啊——"

迷 局

1

"夜叉一号报告,嫌犯倒下,狙击手确认现场可控。人质安全,重复,人质安全!"

"上帝万有!B队进入现场,一、三位的狙击手撤!'隼影'待命,解除西街三区的一级警戒,巡警注意交通疏导。"弗兰·特瑞担任葱冈市警署第一分局的局长已有十个年头,处理人质劫持这样的突发事件可谓游刃有余。可是,每当一宗罪行结束,压力片刻释然,方才几欲绷爆的神经疲软地松懈下去,维系他躯体紧凑的某种重要的东西随着精神的放松一并消失,灵肉涣散而空乏,这感觉叫他苦不堪言。

迈着沉重而迟缓的步伐返回现场指挥车,弗兰不想再去理会任何事,但局长助理乔纳森一直在焦躁不安中等待着他,而且这位老同事关心的并非人质的安危。

"又出了什么新乱子?"弗兰深舒一口气,习惯性地搓揉着左侧的太阳穴,这令他眼角刀刻般的深纹一会儿变浅,一会儿愈密。

"午休时间出现场很累吧?"乔纳森在寻机切题,这个弗兰怎能看不出。

"角鹰帮又有什么新动作?或者我们又失去了个好线人?不管怎样,尽快说出来吧!再过一年,这些杂碎就都与我无关了,到时候我有的是工夫睡午觉。"弗兰紧贴着靠背挪了挪身子,双手叠搭在发福的肚子上,摆出聆听状。

"詹妮·佩顿,本市财经新闻栏目的女主播,今天上午被发现裸死于家中的浴室,"乔纳斯顿了顿,疑惑于弗兰脸上刹那掠过的震惊,直到他的脸上露出默许的态度,才接着说道,"现场的初步勘查显示住宅没有遭到侵入的痕迹,我们派了新上任的里尔斯探长接手这桩案子。如果有必要,会调个老手过去。"

弗兰沉默的时间出乎乔纳斯的预料,不过他最终开口道:"连谋杀都可能构不上的案子现在也列入你的汇报范围了吗?听着老弟,我想我刚刚才说过一次，有话直说！"

乔纳斯能感到上司脑门上燃烧的愠火，虽然今天弗兰的情绪让自己有些陌生，但他深表理解。对于一个身处黑帮势力活动中心区域的警方头脑，需要应付的远非制止暴力、平复恐怖或者识破欺诈这么简单。恶之花并非他所手植，但早已深入腐朽的城市泥壤，连最隐秘的泉源都有可能受到毒素的侵染。况且，十份被驳回的调动申请早该伤透了弗兰的心——此地还没有一任局长支撑过这么久。

"弗兰老兄，从你当上局长那天我就跟在你身边做下手，这鬼地方我是待够了！看得出你也快到极限了，你猜得没错，这件案子不单纯，现场搜查带来了三份传真副本，发送人很有可能跟T9组织有关。"

弗兰额角的青筋意外地耸动了一下，接着又是异于往常的沉默。他似乎正在脑海中评估其间产生关联的可能性。乔纳斯又感到方寸大乱，他对弗兰的决断太过依赖了。

"内务部的人知道此事吗？"弗兰从沉思之海中浮出水面。

"我们的反跟踪部门还没给出结论，不过，世界刑警组织似乎盯上我们好一段时间了，"乔纳斯将上身倾向弗兰，尽量压低音量道，"会不会有人发觉了？"

弗兰没有理会这个谨慎的问题，径自反问道："那个里尔斯，可靠吗？"

2

里尔斯探长站在宽敞的阳台上，从海洋吹来的换季风穿过海岬上的灯塔、海滨酒店的巨型广告牌、商务中心的悬吊荧屏、工程塔吊交织紧密的钢筋支架、几排正在加装脱硫设施的烟囱和一片簌簌有声的梧桐林，进入里尔斯的鼻腔，到达肺叶的时候，这名新到任的探长感受到了沙滩的热度和绿藻的咸腥。办案精英的美名已化作欢送派对上的旧谈，眼下这桩宅子的主人会给他带来一份前所未有的考验，尽管她已经死了。

里尔斯的搭档约什·贾米森站在一旁，两人的视线几乎平行。"这案子你怎么看？"约什低头掏出烟匣，匣面上的浮雕警徽在偏斜的日光下闪动银光，这是他获得洲际警员射击冠军的奖品。更确切地说，他请银匠将那枚冠军徽章镀接在这只烟匣上。他如此珍视这样物什,因为那是亡妻留下的纪念。

"你是问那三个血字还是那几份传真?"里尔斯转过身去,隔窗望着身着蓝黑制服、手戴白色手套的警员在厅室内往来,有条不紊地拍照取证、检视物品、采集指纹。

"你不认为这之间关系重大?"约什不解地回问,同时意识到这个新搭档有点爱卖关子。

"血字'鬼杀我'和传真的发件人'鬼蛇',这之间我唯一能确信的共同之处就是都有一个'鬼'字。"里尔斯指指约什的烟匣,提醒他现场不许吸烟。

"这里面连个烟屁股都没有,我戒了很久了。"约什用拇指摩擦着五芒星的一角,那一角的光辉仿佛折射出他爱人的音容。

"我们还需要加深了解……"里尔斯有些尴尬地笑笑,对前面的话进一步解释道,"詹妮的死亡时间在凌晨三点左右,九点档的新闻节目要求她八点十分进场,而她的缺席引发了电视台的不满,九点一刻,在有两名公路巡警在场的情况下,詹妮的同事进入到这栋住宅,最先发现尸体的是……E3726号警员切万顿。我们可以想象,詹妮贴坐在浴舱的一角,在阴冷的气息中独自体味死亡,或许她在弥留之际意识到凶手的身份,但因为死神正将她的灵魂剥离肉体而叫她极度恐慌,于是她仅用血指颤抖着写下她认为可以揭发凶手的信息——仅仅三个字——包含了凶手的名字跟自己遇害的事实。这似乎还算是个顺溜的解释,但却存在着一个重大但容易被忽略的疑点——这个句式更像一个祈使句。"里尔斯钟爱复述案情,在思维之流中,他能看到隐秘的暗漩和稍纵即逝的波光。"'杀'这个字用了动词原型。"他补充道。

"你该不会要求一个濒死之人还要留意句法跟时态吧!"约什反驳道。

"没错,正因为这样她不该刻意犯错。两点可以佐证,一是死者用的是连笔,二是'鬼'与'杀我'之间有非常明显的间隔。"里尔斯语速渐快,眼睛观察着约什的反应。

"你是想说詹妮请求'鬼'杀掉她吗?"约什耸起宽阔的肩膀,摊开一双大手,露出一个夸张的吃惊表情。

"正是如此。"里尔斯回答得利落干脆,这时,一名警员快步朝他们走来。

"探长,有人要见见您,是国家反恐调查局的人。"

3

葱冈市西郊有一座废弃已久的直升机机场,尖细的芒草间,隐现一座被拆去半圆穹顶的老式机库。半人高的荒草吞没遍野,断梁残垣像是史前巨兽的嶙峋骨架,一切都在午后强烈的金色阳光中出奇地静谧。基恩·加尔文跪在一座临时搭建的小神龛前,对着他信仰的神主默默祷告。那神尊的形象有点像冥城之主伊西斯(古埃及守护死者的女神,亦为生命与健康之神),还带着伊什塔尔女神(苏美尔文明中自然与丰收女神,名字的意思是"星辰")的神秘气息,不过在基恩的眼中,神只象征着无上的圣洁与不灭的永恒。一名手持G36突击步枪的蒙面士兵在不远处巡逻,他的目光一次次扫过草丛深处,仿佛那里潜伏着什么凶物。

这时一辆满是泥污的"牧马人"吉普车从远处飞快地驶来,尾部扬起沙浪汹涌的尘土。车子停在爬满裂纹的水泥停机坪上,从车子里下来两个西装革履的年轻人。他们来到基恩的身后,有些烦躁地等候这名虔诚的信徒做完祷告,方开口问道:"西斯廷先生叫我们来确认交易万无一失。"

基恩吃力地立直膝盖,声色沙哑地说:"我们无权宣告事情的成败,更不可能遇见空虚的未来,一切都在主的掌握之中,主会给出回答。"

两个年轻人对望一眼,显得大为不满,躁动的性格促使他们逼近了一步。基恩冷言道:"主会荫庇他的奴仆,在命运中如此无助的可怜虫们,只要一心向主,都会得到宽赦的恩荣。告诉西斯廷,不信任主的奴仆也是在亵渎主!"

不知为何,年轻人脚底蹿起一股寒气,脖根痉挛得抽扭,他们大概突然想起面前这个看上去苍老不堪的信徒,杀人的手段有多么残酷无情。

基恩不再多言,从两人之间径直穿过,年轻人感到手背一阵麻凉,跟着传来皮开肉绽的烈痛。当他们惊恐地垂头望去,无数细小的黑色蛹虫已经毫无声息地爬满手背直覆手肘,一道晃眼的伤口划穿皮肤,蛹虫们像被盛宴吸引一般,蜂拥滑入那道血肉的深渊,而脉动的热血又激发它们新的嗜血热情,也为它们提供了丰盈的补养,疯狂的繁殖分裂在所难免,两条性命就在这蛹虫如饕餮般的进食中渐被掏空,化为乌有。

"我的话你该听到了吧?"基恩像是扬起黑色斗篷、挥起锋利镰刀的死神一般，步步逼近吉普车内的司机。

"听……听到了……"司机已吓得小便失禁，浑身止不住地颤抖。

"那就把话带到，并告知西斯廷我的喜恶！"基恩走到车窗前，露出一个僵尸般的微笑。

4

国家反恐调查局成立于两年前，由特勤别动队、信息分析科、警务协调办公室与技术支援小组等几个部门组成，并对一支空降兵特种部队享有直接征调权。随着反恐形势的复杂化，调查局介入的事物也越来越多，权力自然也是日渐膨胀。

"你好。希尔·沃尔夫。"有着棱角鲜明的轮廓和深不可测的眼眸，希尔看上去不苟言笑。他身穿调查局为专员配备的防弹背心，手枪皮套斜挎在肩上，典型的干探装扮，他大概刚从某处现场脱身而来。

"呃，嗨！里尔斯·金。我们……应当见过面的，记得吗？三年前的星际公园爆炸案，我们一起分析过平面图，最后我们几乎同时找出了那枚炸弹！怎么，现在去了反恐局？"里尔斯面容清瘦，目眶深幽，眉宇间倒与希尔有着几分神似，只是多了一头乱发，若他把青色的胡茬儿收拾干净，当是个英俊的男人。

"你的识人能力还真惊人。你不提那案子，恐怕我一辈子也想不起来了。"希尔说着，把目光转投向约什——那个不怒而威却眼含郁色的硬朗汉子，结实的肌肉和斑白的鬓角给人以额外的安全感。

"这位是我的搭档，约什·贾米森。他能在百米之外打掉瓢虫的翅膀。"里尔斯几乎把最后几个字生吞回肚里，因为他看到约什的脸色愈加铁青。

"我不杀虫子，我只杀人。而且，我会介绍自己，只要你闭嘴。"果然，约什对里尔斯的调侃毫不喜欢。

"我想立即进入案情，大家已经认识得差不多了。"希尔松松枪套的皮带，顺手掏出调查局专员的证件亮了一下，以示自己拥有了解内情的权限。

"或许你带来的讯息能帮我们理清头绪，所以请先说出你的怀疑和你来这儿的目的。这么普通的案件需要劳驾调查局专员亲赴现场，我想其中大概有我们还不甚了解的背景。"里尔斯放弃了继续"幽默"的念头，改以探长特有的波澜不惊的口气问道。

"T9组织。我们怀疑这栋宅子的主人与T9组织关系密切。三个月前信息分析科开始全面监听此处的电讯，两天前别动队派我介入行动，我想上头应该已经制定了行动方案，只是目前看来没有机会实施了。"希尔介绍间，一名办案警员跑到阳台门口，做了个敲击表盘的动作，里尔斯专注于希尔的谈话，确保听准每一个词透露出的讯息后，扭头对等候的警员说道："把尸体交给法医吧！"

"你们发现了点什么？"希尔露出公务缠身的急迫状。

"呃，等一下，容我再多问一句，抱歉，"不等希尔拒绝，里尔斯抢道，"据我所知，这栋房子上个月还在福勒·佩顿的名下，此人是詹妮·佩顿的叔父。"

希尔短暂的沉默证实了他确有隐瞒，但不久他便开口说道："告诉你也无妨，我们通过追查福勒·佩顿的身份，发觉他正是前些年失踪的国际刑警组织专员卡夫·格瑞西姆。"希尔双手交叠在胸前，里尔斯明白他的提问该结束了，现在是他给出回答的时间。

5

基恩走在宁谧的山林之间。这一带山麓有一个很别致的景观——业已零落的叶子，层层叠叠铺陈了一地，尽是明黄的色泽；而尚留梢头的残叶，则全是血一般的殷红。要进入这处山林并不容易，最大的障碍是要翻过一处骇人的峭岩。基恩第一次发现这里时，密林深处传来不知来历的虫鸣跟某种幼兽的低吟，夜枭掠过林子尽头的天空，靴边是半没入红泥的白石，也仿佛嘤嘤有声。太阳神只能寻隙射下几束光箭，但天色并不显得晦暗阴郁，反而光色清灵澄澈。基恩发愿保守住这个空明之所，他笃信此境是神主赐予他的静修密域。在这里，它可以虔心同主交流，他在尘间遭受的敌意与不公也尽可以向主倾诉，他的悲伤慢慢平息，孤漠的心感到安宁。只是没有人知道，他的罪过是否真的得到了宽恕。

梭尼教的创立者并非基恩，不过他始终是最狂热的信徒，这门小众的宗教只在一个特定的圈子里传播——愤世嫉俗的有产者构成这个圈子的中坚，主要来自医药领域。对于外界来说，梭尼教趋于神秘而缺乏一般教门的扩张性。梭尼教没有教主，他们信仰的神主是教中唯一的领袖。有人说神主源自前巴比伦时期的古神，这倒与基恩跪拜的偶像在一定程度上相符，也有学者坚称他们实际上信奉伊甸园的弃儿夏娃，有破除原罪及阴性崇拜的教义可以佐证。不过，这些论点和争辩已是昔时旧谈，当下，任何从一般宗教意义上去考察梭尼教的行为都属违禁。自从神秘的基恩·加尔文取代创教圣徒成为神主"最忠诚的仆从"，这个教门就被当局列入邪教名单了。

基恩在冥想中聆听训示。当朝露的金光化作夜半的银霜，基恩默念道："主啊！您用您的黄金白银恩宠卑劣的人类，狂妄的人类却用破铜烂铁昧心回报。您创造的世界正身陷浊淖，恶臭蒸熏，却没有人拯救。您的奴仆已燃起熊熊烈焰，誓将这些凌辱者与受辱者一道熔成灰烬！"

当基恩在世界的一隅诅咒人类时，弗兰局长正站在办公室的窗前仰望穹隆，弯月的清辉洒入窗棂，不知不觉间，一滴湿腻的泪划过弗兰苍白的脸颊。

危 局

1

又到了今与明的临界时分。人们发明日期并非意欲谋划将来，而是单单为了回顾往昔。纪念是对时间的逆反。艾玫尔走在萧索的子夜街头，将一盏盏暗淡的路灯抛在身后，那笔直挺矗的灯柱是这条公路的节点，张目望去，杳杳似也无尽头。

"我在一本书里看过，说如果一条街，丧失街边的标记，人走在途中，就会无缘无故地落寞，直至感觉不到自我的存在。"艾玫儿不是自言自语，走在她身边的里尔斯是个绝佳的听众。他的沉默寡言此刻成为不可多得的禀赋，多说半个字都是对这恬逸漫步的搅扰。但这并非出自里尔斯的本意，他希望自己谈吐风趣，能像那些巧舌如簧的脱口秀明星一样妙语连珠。或许在约什跟希尔面前他还敢尝试一下他的"幽默"，但面对艾玫尔，里尔斯寻不到一丝勇气开动喉舌。他为自己的木讷愚蠢懊恼羞愤，周身的活跃因子分明兴奋得乱撞，却汇不成一句漂亮的答语。"一个只会谈论案情的男人怎样得到女孩的芳心？"里尔斯攥紧手心，直到骨节生疼。

"说起来，这件案子的确有些蹊跷，我几乎可以断定，詹妮一度因为惊吓过度而发生休克，周围寒冷的环境恶化了她的心肺状况，但她之后一定还……奇迹般地转醒过一次，她的眼睛定格在吓坏她的东西上……如果她面前是个活人，我真想看看那个人的面目究竟恐怖成了什么样！"艾玫尔担任市病理学院法医科的首席医师已经三年有余，虽然她比某些实习研究生还要年轻不少，但与她共过事的人无不赞叹她的职业精神与敏锐的洞察力。齐肩的头发于耳畔处内卷，明净的额眉掩映眸间的倦色，细长的睫毛圈出淡淡的阴影，一抹亮彩的唇膏是她清素面庞上难得的闪耀。

里尔斯还在沉默的惯性中奔驰，他近乎费力地张口道："呃……没错……那么你也认为她的确见鬼了？"

艾玫尔睐起双眼作侧目状，轻点着自己的眉头说道："你是不是在走神？"

"没有！绝对没有！"里尔斯双手举在胸前，狠劲地下压。

艾玫尔轻眨一下左眼，微笑道："我想听听大侦探的高见。"

里尔斯困窘地将手抄进风衣口袋，清清嗓子故作镇定地说道："其实目前为止我也是一头雾水，这件案子牵扯的线索太多，反倒容易叫人'误入歧途'，詹妮留下了'鬼杀我'这三个血字，同事们都将'鬼'字指向了一个叫作'鬼蛇'的T9组织成员，当然我也不能绝对排除这种可能。不过，如果你确定詹妮是因惊吓过度而死，或许我的看法能得到更多的支撑。"随着叙述的展开，里尔斯渐渐忘却了紧张，艾玫尔也不觉消退了微笑，她的俏皮总在最恰当的时分隐入她的责任感。

"事实上我认为詹妮的死另有原因。单纯的恐惧并不会让她丢掉性命，真正谋害她的，是她额角一块微小的伤口，在那里，我发现了不同寻常的感染，到底是怎样的感染还需要等病毒培养的结果出来才能定论。"

"是这样……"里尔斯若有所思地点点头。

艾玫尔的眼中掠过一丝狡黠的笑，说道："我还是很想知道詹妮临死前到底看到了什么，或许……或许咱们能用用那台机器，兴许所有迷惑就都解开了。"

里尔斯怔怔地望着艾玫尔，一刻间他为那句"咱们"心跳不已，但当他明白了艾玫尔的深意之后，揭开事实的冲动更令他心醉神迷，他也有些诡异地点了点头。

2

夜更深了，寒风再度扫荡路面，一日之中最冰冷的时分即将降临。差不多在昨日的同一时刻，詹妮惊恐地瞪直双眼死去。过了这低温的极限，黎明女神便朦胧欲苏，预备掀开这漆黑的纱帘了。

弗兰惊讶于时间流淌的速度，计时的沙漏仿佛突破了瓶颈，一下子沉入庞然的底端，静待命运为其翻转。他走出外形犹如碉堡的分局办公楼，感到死者的气息在晚风中流窜，那些将如尘埃般释弹的魂灵进入弗兰此刻的呼吸之中，他心中猛然一阵大痛。

地下停车场不再是白天逼仄拥堵的景象，几辆淘汰下来的现场指挥车将这个沉降入地的空间衬得空旷开阔。随时出警的车辆并不停在此处，弗兰的黑色路虎孤单地停在一片车位中央。

手机震动的嗡嗡声不适时地响起，弗兰看了看液晶屏，不由地四下张望一眼，快步走向他的汽车。对方似乎很没有耐性，未等弗兰打开车门，嗡嗡声就终止了。弗兰坐入驾驶座，按下了回拨键。

"为什么这个时间打来？"

"我知道你还在局里，而且，你应该很孤独。"

"是你们杀了詹妮？"

"当然不是。我们一直合作愉快，不是吗？"

"有话快说！"

"这件事我本不该多说什么，不过我好心提醒你，跟梭尼教做交易，一向代价惨重！"

"你是说梭尼教的人杀了詹妮？"

"我有这么说过吗？我只负责交代任务，不过我好心提醒你注意个人安全。"

"你打来就是为了说这些？"

"当然不是。首先，我对福勒·佩顿先生的死深表遗憾。佩顿先生在组织内一直是忠勇的典范，而且他介绍我们相识。我想这对你我来说都是不小的打击。"

"我也没想到索罗斯会背叛组织，而且还招来了特警，福勒是为了掩护我死的，我很知他的情。幸好样本被及时追了回来。"

"西斯廷先生只希望这中间没有猫腻，索罗斯竟然会把那么重要的东西放在体育场的寄存处。"

"我已经调查过寄存处的存取记录，样本确实是在丢失当天存入的，他应该还来不及跟别人接头。真不知道是什么人想要样本！"

"那东西想要的人恐怕很多……不过还好目前为止还没有流出……不然，梭尼教是不可能开这么大的价钱的！"

"我还有更重要的事要告诉你。你们已经暴露了，'鬼蛇'的几份传真现在落入了新来的里尔斯手里。或许国际刑警组织的人马上就能顺藤摸瓜揪出我来，你们做事太不小心了！"

"詹妮没有及时处理文件，这在组织里可是大忌！"

"别再跟我提你们组织的什么禁忌！"

"可我们现在在同一条船上，这条船可不能沉了！"

"不要试图威胁我，更应该害怕的是你们！倒是你们的进展实在缓慢！梭尼教的人还没有兑现诺言？他们真的能搞到那么多钱？"

"我们跟梭尼教的交易，局长大人最好知道得越少越好，还要我说得更明白吗？梭尼教的人在盯着你。"

"我不管你们在搞什么鬼，我只关心我的份额拿不拿得到！现在我被你们害的身处险境，那笔钱对我来说非常重要！"

"你的焦灼我能理解。让上帝的归上帝，该归你的，就归你……"

"那几份传真怎么办？"

"我们会'招待'里尔斯探长，我知道该怎么做。这件事，我不会让局长大人为难的！"

"我一向欣赏你的周到！记住，这是我们最后的合作！"

3

如此湿冷的天气在一向湿热的葱冈市已经多年未有。忧郁的晨光笼罩在缀满陌生的干瘪果实的矮木上。枯卷的败叶粘连在突兀的枝丫末梢，发出不得排遣的幽怨叹息。一辆改装车飞驰而过，跟着是一辆笛声尖厉的警车。又一阵寒流袭过全市，不放过每个角落。街心公园油漆斑驳的长椅上，里尔斯歪斜着靠在椅背上，嘴唇生紫，眉头发紧，了无生气，一只鸽子在他的靴边啄食。在疲困与寒冷的双重折磨中瑟瑟发抖的艾玫尔蜷成一团，倒在里尔斯的肩头，她的身上裹着里尔斯的风衣，只露出两只睫毛颤抖的微阖的双眼。

一阵短促的铃声惊飞了毫无防备的鸽子，也把艾玫尔从碎镜般的梦境中拖回现实，她浑身僵麻地坐直身子，太阳穴钻出一股锥痛。铃声不依不饶，艾玫尔感到声源似乎来自自己身上，但她从不使用手机。

"呃……艾玫尔……我的电话……"里尔斯也从昏睡中醒来，他感到脖根几乎不能活动，接着，是一股通透的寒意。

"啊……这儿！"艾玫尔这才发现自己仍紧裹着里尔斯的风衣，忙抽手掏出手机递了过去。

"里尔斯！你在做什么？为什么不接电话！你还活着？我已经把你拖进殉职警员名单了！"弗兰局长的咆哮传来，连艾玫尔都听得到。

"呃，局长，很抱歉，有什么情况？"里尔斯狠劲掐着自己的脖筋，好能舒缓强烈的酸痛。

"你现在在哪儿？"弗兰怒气未消。

"第七大道的街心公园。"里尔斯如实以告。

"约什十分钟后就去接你，在那儿等着！哪儿也别去！"不由分说，弗兰挂断了电话。

里尔斯很想故作随意地耸耸肩膀，但他觉得两个肩头仿佛各自扛了一块花岗岩。

"有任务？"艾玫尔已经完全醒来，想到方才自己裹在里尔斯的大衣里熟睡在里尔斯身边，这位感情生活尚属空白的漂亮法医脸颊有些烧红，但在这冰冷的空气里，这隅绯红难以察觉。

"是。约什……就是我的神枪手搭档，他马上会来载我！"紧挨在一起睡过一晚，并没有让里尔斯摆脱木讷，相反，他觉得更加拘谨不安。"……你直接去病理中心吗？"

"也只能这样，这个点应该有实习生在准备实验了，我得先拿回钥匙。昨晚……谢谢你陪我……"艾玫尔也感到莫名其妙的紧张，眼睛不自觉地闪躲起里尔斯来，她还不懂，爱会让人羞赧，"我们很快就能再见的，别忘了我们的计划！"

"很快就能再见……是，记得打给我。"里尔斯重复着艾玫尔的话，突然有股醉意，有番快感。

"大衣还给你。"

"不……"里尔斯连忙推道，"来寒流了，你披着它……"里尔斯用恳请的表情望着艾玫尔，艾玫尔接受了。

"那么，再联络！"

"再联络……"

4

坐在副驾驶座上的里尔斯眼见约什娴熟地拨转着方向盘，左穿右插超过一辆又一辆挡路的车子，心叹这位年近半百的前陆战队员身上真有些孤胆英雄的味道。

"局长对案件有什么新发现，这么急着找我们回去？"里尔斯问道。

"鬼才知道！昨晚上翻来覆去折腾了大半夜，好不容易有点犯困，一个电话又把我拖回这疯了的世界。"看不出如此精壮的约什竟被失眠所困，常靠宿醉换取眠休。

"是这样。"里尔斯本想倒在座位上补补觉，可此时他的脑海中又充盈着各种有用没用的线索，要知道人在思考时，是无法让神经摆脱兴奋的。

"噢不——"约什的大叫惊得里尔斯立马挺直身姿，他侧朝向窗外的脑袋刚刚摆正，一辆尾部比约什的便衣警车引擎盖还高的加长拖车便扑面撞来，在约什那声惊呼的尾音中后车猛钻入前车底部，刺耳的金属倾轧声刺痛耳膜，划破苍穹，整辆警车已然没入拖车之下，露在外面的部分严重挤压变形，底盘与公路相擦喷出两条火舌，而那辆猛然驶入超车道并突然减速的大拖车却在事发后跟着加大油门，约什的沃尔沃被拖着一路狂奔，车尾不断溅出火星。

"公路巡警 E7582 报告，跨海大桥附近发生严重追尾事故，肇事车辆为蓝白色加长集装箱拖车，目前正往下城区沃伦撒比山方向逃逸，人员伤亡状况不明，火速支援！注意，注意，该车还有继续肇事的可能！火速支援！"

这起重大交通事故很快通过警局内网通报至各分局信息台，弗兰一收到这则消息，旋即露出释然的满意笑容。

与此同时，艾玫尔刚刚进入病理中心的研究室，还没来得及设定中央空调的温度，桌上的电话先响了起来。

"嗨！"

"艾玫尔医师吗？"

"是我，您是……"

"希尔·沃尔夫，反恐调查局专员，詹妮·佩顿的案子是否由您负责尸检？"

"啊，您好。詹妮是在我这儿，不过我得等病毒培养的结果出来才能下结论，现在有什么能帮到您的吗？"

"如果方便能否与您面谈？"

"这个……可以，不过只有四十分钟时间……"

"没问题，我已经在您楼下了。"

两人很快碰面了，对方的年轻程度超出了各自预想。艾玫尔看到这个男人的轮廓跟里尔斯如此相像。

"你要来杯咖啡吗？"艾玫尔不觉间舍去了敬称。

"哦不，谢谢。我来是想让你帮我检验一下这个……"说着，希尔从西服口袋中掏出一枚类似口红形状的小圆筒，"我们局里的研究员搞不清楚这里面到底是什么，它似乎是某种相当活跃的病毒，但又好像很有'意识'。"

"不要小觑病毒的自主性，它是完全意义上的物种。"艾玫尔接过小筒，捏在指间打量了一番，仿佛她能透过筒壁，看到内中闪动着黑光的毒物正在分裂繁殖。

希尔看出艾玫尔的迷惑，解释道："这东西是我们的搜查组从詹妮死去的浴室里采集到的，或许它们跟她的死有关。我打听到你跟里尔斯探长熟识，而且对病毒的研究很有见地，所以特意来找你，想请你帮个忙。"

"你认识里尔斯？"艾玫尔不禁问道。

"我现在正要去找他。"

"啊，那请你帮我把他的大衣捎给他吧！"

"这个……我想没问题。如果有结果，请通知我或者里尔斯。"希尔难得地笑笑，将大衣搭在前臂上，以他一贯的雷厉风行，匆匆离开研究室。

只是希尔不知道，从他下车走进病理中心大楼，到在研究室的窗前与艾玫尔交谈，再到搭着里尔斯的大衣走回停车场，这一切，全部都在一只PSG-1狙击步枪瞄准镜的追踪之下，当他正要拉开车门离开此处时，一颗标准7.62毫米的子弹洞穿了他的颅腔。

5

基恩感到实现伟大使命的一刻终于来临了。光会到达它从未普照的地方，他把这称为"日益坍缩的黑暗之缘"。当他亲自驾驶着那辆满载邪恶醉梦的生化卡车，经由盘山公路来到位于葱冈市上风向的威伦山腰时，整座城市正在经历午前大塞车。寒流在汽车排放的废热中寻隙渗透，人们或在狭小暖烘的车厢内昏昏欲睡，或将胳膊搭在摇下的车窗上吸着烟草，尼古丁、焦油混着碳氢化合物的肮脏烟雾刺激着人们的皮肉，这一切在基恩的望远镜下化作罪孽的污流，蚀灼着他的心。山坳处，十几个黑衣人横七竖八地陈尸荒涂，成箱的纸币散落一地。

"愿主保佑，一切为时不晚。"基恩挥挥带着皮手套的右手，卡车上跳出两个头戴防毒面罩的武装分子，他们麻利地旋开卡车拖舱上的闸门，输入一连串密码，触摸屏上出现了确认提示框，其中一名武装分子用无线电问道："大师？"

基恩放下望远镜，走到舱门前，将整个手掌放在触摸屏下的识别板上，接着通过瞳孔照射验证，随着他的一句"启动"，声控开关触发了最后一级安全程式，舱体开始被液压装置缓缓抬升，直至垂直于地面，舱壁被内部支架弹开，一枚银光闪闪的飞弹出现在眼前。

"点火吧！"基恩拍拍手下的肩膀，这对他的追随者来说是从未有关的温柔举动。

"放下枪！双手抱头！照做，马上！"急促的脚步声，腰悬震撼弹的碰撞声，枪械与警服摩擦的沙沙声混在一起从背后传来，显然，是一只飞虎队出现了。

一名武装分子挺起手中的AK-74自动步枪方要转身扫射，定点在他头部的枪口毫不犹豫地飞出数发子弹，顷刻间爆掉了他的脑袋。另一名武装分子偷瞄了基恩一眼，惶惶然放下手中的枪。看不出基恩的脸上是否也会掠过丝毫的惊诧，总之他也将双手微举过头顶，慢慢交叠着放在脑后。三名特警领命上前逮捕两人，可就在他们接近基恩的刹那，基恩的袖口间猛然喷出一股浓黑的烟雾，将五人所在的区域完全遮蔽。对面上头负责监视的狙击手马上报告丢失了目标，而身在近处的突击手由于害怕误伤同伴也不敢轻易开火，但他们一边紧密观察着烟幕之外的地方，一边慢慢逼近。可是随着黑雾散去，仅见地上躺着三名痛苦挣扎的特警队员跟两名武装分子的尸首，基恩·加尔文已经不见踪影。突击手散开队形向前探去，发现另一名武装分子是被打中太阳穴而死，而三名同伴瞪着赤红的双眼似乎极力想要摆脱什么。只是，对面的狙击手和山下的警员都没能识破基恩的魔术，没人知道他遁入何方。

对 局

1

艾玫尔简直无法接受里尔斯的死讯,虽然她每天都在跟逝者打交道,但她从没有这么深切地体会过,一个刚刚还紧靠在一起的人,就这么骤然死去了。她也不知道,自己与死神只是擦身而过。

防化部队紧急介入,将那枚未及发射的飞弹进行了喷雾处理,并由一辆防爆装甲车转移到葱冈市警备区军用基地。艾玫尔作为专家之一应召加入弹头的拆解化验团队,在这里她得知那个让她情难自禁的男人在跟自己分别一个小时后,离开了人世。也就是说,他生命里的最后几个小时是与自己一起度过的,但对于他将要罹遭的厄运,艾玫尔一无所知,无能为力。

"他给你留了张字条。"整条右臂缠着绷带的约什从破夹克里掏出一张皱巴的纸片交给艾玫尔。

"车是你开的不是吗?你们不是一起的吗?"艾玫尔红着眼眶质问着。

"对不起……里尔斯真的太缺乏应急训练了,他的智力应该分一部分在运用身体的技巧方面……"看得出约什是真的很沮丧,只是他的安慰在此刻显得有些刻薄。

"够了,他是你的搭档,他是因为你的不小心死掉的!这就是事实,你亲口告诉我的事实!"艾玫尔不顾诸多专家要员在场,情绪越发失控。

"女士,我要求你收回刚才的话,这件事上我没有任何疏忽,我整个职业生涯都拒绝任何疏忽,你这是在羞辱我!"约什恼怒地摆着手,望着眼前这个一点一点坠入绝望的哀伤女人。

"好吧,你当然不会有错!你们这些自私的家伙!"艾玫尔沉下额头,扫了一眼纸片上的字迹,心中虽然发狠咒骂,但并没有觉得舒服一些。

纸条上面写着:此刻终有勇气说爱你,不管是否太迟,完成我们的计划。
……

分离弹头用了一个下午的时间。在残阳如血的伤怀时分,艾玫尔走在警备区基地的喷气机跑道上,看到四境旷渺,天地合一,一架执夜勤的"猛禽"停在机库门口,两名工程师在无声地察看什么。起初她踌躇着,但当她再一次读起里尔斯的字条时,心中笃定行动。

磁悬浮专线很快将她送回病理中心,路过大楼门前,她看到地面上用荧光白标示的死者轮廓。身为法医这场景她一再经历,却没想到今天就出现在自己的办公楼前。

病理中心进进出出的全是办案警员,早上的命案发生以后艾玫尔已录过笔录,所以没人再想打扰她。艾玫尔没有回已有警卫把守的办公室,而是直奔停尸间。对詹妮·佩顿的进一步尸检因为希尔的死不得不延迟进行,但艾玫尔要先把她要做的做完。

月升高了,在几公里之外的警局附属医院的病房内,白天负伤的三名特警队员正在经受他们有生以来最恐怖的一夜。

2

没错,就是它了。

希尔的死使得病理中心加强了对夜班科室的防卫,保安多被派去看守办公地点,器材库由于本身具备完善的安保系统,此刻门前四下无人。艾玫尔趁机用她的专属密钥打开了仓库的精钢闸门。面对眼前这台形似早期针式打印机的无名机器,艾玫尔咬紧下唇,她要完成里尔斯的遗愿,她要找出也令自己着迷的真相。

这台机器的设计目的跟他们的想法一致,那就是还原现场所见,从而揪出真凶。被害人在生命的最后一刻,眼睛往往会盯着杀人凶手,可是这段映入被害人眼帘的宝贵影像会随着死者一起沉入幽冥,没有办法向寻找真相的人们传达,而这台机器就是用来解开那已带入冥界的秘密的。分析与运算过程是自动完成的。研究人员需要提供的是死者眼球内的视蛋白与视锥细胞,以及第一时间拍摄的死者眼部特写照片,当然分辨率应当极尽可能地提高;再有,就是死者的血型、死亡时间、死亡原因等一系列基本资料,这一切录入完成后,这台机器便进入它独特的高速逻辑运算中。通过死者眼部照片呈现的视线角度、眼肌屈伸度等信息进一步分析所感事物的大致轮廓,模拟出一个死者的眼球模型，通过与之相连的甚为庞大的数据库进行依次对比，就所得结果对生成的草图调节明暗对比、初次着色，再经由对视蛋白的酶性试验和对视锥细胞液的成分比例测定，完成优化处理，最终生成映在死者瞳仁上的最后图像。

"数据库本可以做得更详尽，更完美。"艾玫尔听着内置散热片发出的细密声响，陷入对往事的回忆。

当年，艾玫尔是极力主张开发这台机器的研究员，如果那时的她拥有今天的头衔，还能让她的发言多几分重量。总之，经过激烈的讨论，研发小组倒是得到了一笔还算说得过去的经费。艾玫尔分担了原始设计部分的工作，这台机器凝聚的是她夜以继日的劳动和惩治犯罪的梦想，而且还因此结识了里尔斯。那时候，里尔斯是一名刚出道的探员，正因一桩悬案苦恼不堪。在得知关于这台机器的研发构想后，他找到了艾玫尔。至于为何在那么多的研究人员中选中了她，两个人都归结为缘分。艾玫尔向里尔斯解释这台机器尚处在试制阶段，不但运行极不稳定，而且没有授权他们甚至无法获得试验所需的电力。随着时间的推移，两人都对开发进度失去了耐性，越耗越少的资金和越积越多的抱怨让这项计划几乎进入冬眠。但后来，艾玫尔在里尔斯的鼓励或者说撺掇下，利用自己渐渐提升的学术地位，艰难地完成了后续封测，只是其时已比原定方案迟延了三年。

一声清脆的提示音将艾玫尔拽回现实，她看到一张图样已经打印出来，静静地躺在桌台上，艾玫尔把纸拿了起来。

"我的天！"在艾玫尔的轻呼中，那张纸从她的手中溜开，又落回桌面，而她的眼里充满了与詹妮·佩顿一样的恐慌。

3

一辆老款福特在手刹造成的摩擦音中漂移入位，约什顾不得锁车，一路狂奔进入分局附属医院。七层病房的电梯门打开的同时，约什下了手枪保险。

病房走廊内的白炽灯管忽明忽暗，没有人也没有动静，只有约什交错落地的鞋跟砸出略显凌乱的声响。

突然，有人从一间侧室里猛扑出来，约什大惊之余定神看去，只见一个身缠绷带的病人正俯身贴地、埋头向自己爬来！约什壮胆上前探去，认出那正是给自己打电话求救的特警队友瑞弗。这一刻，他蓬发垢面，满脸血水，双腿抽搐着缠在一起，像一条搁浅的长鱼在滩涂上扭动。

"瑞弗，你怎么了？"约什箭步跨至，想要拉他起来。

"幽灵，幽灵，到处都有，赶不走……杀了我，快，杀了我吧！来了……快……"

瑞弗看到约什，一把扯住他的袖口，死命地哀求道。

"振作，瑞弗！我要你活着，到底怎么回事？"约什不由得向瑞弗爬出的病房望去，他看到另外两名白日里负伤的特警，背对背挤在墙角，双手用力撕扯着头发，目光在清冷的月辉照亮的空气间胡乱扫视，但是约什看不到有任何东西。

"医生呢？"约什把视线转向瑞弗，但他已经昏死过去，不过这或许对他是件好事。

约什隐约感到，分局附院内并不只他的三名同事陷入诡谲的疯境，有一种压迫感正越发清晰。的确，一个阴影就在背后，正要完全覆盖他。约什猛然回神立起，所幸他平举的枪口没有射出子弹。

"艾……艾玫尔，你怎么找到这儿来了？"

"没时间解释了，我查到一些很重要的情况。"

"你怎么知道我在这儿？"

"军方已经介入此事了，警备司令部负责局势分析的VF博士通知我来这儿找你！我想，他也已经发现了那种病毒！"

虽然一头雾水，但约什还是决定先听听艾玫尔所说的"重要的情况"。

"病毒？怎么回事？"

"是这样，我怀疑……"一声凄厉的惨叫从走廊深处传来，但艾玫尔充耳不闻，继续说道，"詹妮和这里的所有人，都感染了一种未知病毒，不——更确切地说被一种微细的纳米虫群噬咬过，这种蛹虫不仅繁殖力惊人，能从纳米级别大小的单虫瞬间繁殖到肉眼可见的庞大群数，从而获得超强的寄生能力，而且极具变异性。你刚才有接触病人，或许你也已被侵入，当然，我……我也不能幸免……"

"你说什么?"

"先等我把话说完!状况还远不仅如此,我相信被这种毒虫感染过的人将成为一种更恐怖的生命体的猎物。这才是他们如此恐惧的原因!似乎这些生命体一直都潜伏在我们身边,但被毒虫咬过的人便像是被打上标记一样,会遭到它们的疯狂围攻!你最好有点心理准备,它们大概就长这样……说实话……我真想让它们吓你一跳!"

艾玫尔将那张先前在病理中心打印出的图像交给约什,图纸上那犹如透明僵尸般的面孔和芽状的细长躯体,的确让约什的身躯掠过一阵惊怖。

"这又是什么?"

"我们暂且叫它'闪灵',我想,它们就快找上我们了……"

4

"我们现在怎么办?"约什带艾玫尔回到车内,不安又难以置信地问道。

"你只需要记住,无论你看到什么,首先要告诫自己,这绝对不是幻觉,剩下的,就是用你的枪和一切你认为管用的手段,打退它们!"艾玫尔将手压在胸口,但没能平抑急促的喘息。

"为什么不叫增援?你确定……我们能'打退'它们?"约什的脑海中不断闪现那张顶在肉芽顶端的狰狞的"脸",他还是认为这一切很荒谬,但似乎也无处可以怀疑。

"对于'打退'它们这件事,我跟你同样一无所知,一个小时前我才接到VF博士的简讯,或许他能知道得多一些!但是目前的状况,多扯入一个人,就是增加一个传染源!看看那些特警的遭遇!记住,射击你看到的一切!机器不会产生幻觉,詹妮的确见鬼了!里尔斯说的没错,她是在求'闪灵'杀掉她!我希望待会儿我们见到那些凶物,不会像詹妮一样吓破胆!"艾玫尔神经紧绷,警惕又有些兴奋地等待所谓"闪灵"的到来。

"哦,我的老天,那是什么?!不——"约什简直不能相信眼前所见,如果没有艾玫尔一再地提醒这并非幻觉,以及方才见过那张图像,他根本不能接受这是现实存在的画面。

"在哪儿?我还看不到!果然,病毒感染后有潜伏期,只有在发作的情况下才能获得看到'闪灵'的超视能力！开车，别犹豫，如果它们钻进来就用枪射它们！"艾玫尔大声命令道。

约什已被眼前的景象吓蒙了，对艾玫尔的话木然照作，被称作"闪灵"的凶物在近前无目的地盘旋冲撞，那透明的僵死面孔在他的眼前晃来闪去，即使迎头撞上，"闪灵"也仅如迸散的万千水珠八方散去，然后瞬间化成一道水幕透车而过，后视镜中俨然已是它复原后的形貌。

"它们是撞不死的，也根本杀不尽！"约什狂吼着，车子在公路上摇摆前行。

"有了！天……是'闪灵'！跟机器绘制的几乎一样！"艾玫尔意识到这声欢呼有些不合时宜。她一把夺过手枪，冲着不知所措的约什喊道："冷静！它们并不是那么具有攻击性，尽量把车开稳！"

"我们去哪？"约什的声音已经开始走调，这对于出生入死多年的他来说还是首次。

"警备区军用基地！"艾玫尔生平第一次射出子弹。

"那儿的人能铲除这些恶魔？"约什甚至不确定自己能否开得了那么远的距离。

"VF博士会有办法的，我想他是唯一确信我们所见的人。"艾玫尔第一枪没有命中目标，而那些"闪灵"只是在不远不近地跟踪，似乎它们也并没有特别有效的方法伤到自己。于是她决定不再主动攻击这些一路紧随的"闪灵"，专等它们扑来之时再做计较。

"难道还会有人怀疑这一切？让他们被这毒虫感染试试！还有，我们到底还有没有救？"约什猛转方向盘，车子驶上立交桥。

"不是每个人都能看到'闪灵'，只有我们这样的受感染者才能看到！在看到它们之前，你不是也不相信詹妮见鬼了吗？VF博士在简讯中提到他似乎已经发现了杀灭这种毒虫的方剂。所以，我们要尽快赶去，如果不想像詹妮一样死去的话！"艾玫尔解释道，同时她越发觉得只要保持警觉，这些悬浮的幽灵也找不出什么机会可乘。

"你竟然自愿受到感染，你怎么做得到！如果你们这些科学怪人想要体验惊奇，至少提醒我别碰那些毒虫！"约什明明看到远处的道路一切正常，可开到近前却猛然出现数只"闪灵"，他踩尽油门从中撞过，仿佛撞过了一道珍珠帘,四散的珠子刹那间消失于寒风呼啸的夜色,接着又现出了原形。

"见过VF博士就都明白了,这也算你害了里尔斯的惩罚!"艾玫尔再度扣动扳机,一朵近乎华丽的水花绽放在眼前,可是,在皮肤产生任何触感之前,一切又归于无形。

"我在那事上没有疏忽!事实上我做得漂亮!你会明白的!"

5

遥遥望去,警备区巡天探照灯将阴霾的夜空映衬得狰狞可怖。车到近处,已可以看到营房前荷枪实弹的陆战队员正集结列队,分批登上装甲运兵车或者武装运输机的后舱。业已登载完毕的士兵着手调试头盔上的夜视仪及自动步枪的激光准星,看起来一次大规模清剿行动即将展开。

"真没想到这里如此清净,竟然没有'闪灵'出没。"艾玫尔下了车子,觉得空气里有种难得的安全的味道。

"说真的,我还有点不习惯。"约什嘴头这么说着,其实心有余悸,他的黑色小车在偌大的营区内显得有些突兀,"你究竟发现了什么?在见到VF博士之前,能不能先告诉我点什么。我会用你喜欢的消息做交换。"

艾玫尔显出不在乎的神情,边走边道:"基恩·加尔文,就是那个梭尼教的魔头,他今天干了什么你该听说了吧!"

"他要发射一枚导弹?"

"你该庆幸自己现在还活着,说实话,你真是够走运的!那枚飞弹里包藏的东西会吓你一跳!"艾玫尔当然还是无法对里尔斯的死释怀。说到这儿,两人已经来到了指挥所的大厅门口,哨兵似乎知道他们要来,微微点头,把他们让了进去。进入节电模式的全息影像投射机散发出幽蓝的光线,厅室内空无一人。

"经过检验,那枚弹头被装入了数亿只长约1.5纳米的微细毒虫,我一眼就认出这虫子跟早上反恐局的希尔送给我的虫体标本完全一致,那标本取自詹妮·佩顿的死亡现场。我马上想起詹妮额角那处细小但很特别的伤口感染,在那里我也找到了虫体,尽管它们已经发生了变异,但是有了新的样本做比较,还是很容易看出它们同源。我重新开始考虑我跟里尔斯讨论过的问题——詹妮究竟看到了什么？是否这种毒虫能使人进入某种恐怖的幻境？我用我的方法得到了那张图，如你所见，詹妮死前确实看到了她写在浴室里的'鬼'，也就是我们也已经见识过的'闪灵'。我推测是这种毒虫吸引了大批'闪灵'的到来，而且只有在被这种毒虫感染的情况下，人们才能获得看到这种'生物'的能力……至于'闪灵'到底是什么，现在还不得而知。"艾玫尔忽然发现VF博士已站在指挥所的门口，她不知道博士已在那里听了多久。

"你说的没错，艾玫尔。我果然没看错你！地穴里的恶魔嗅到了群虫嗜血迷乱的气息，正从长眠中苏醒。即使未受感染之人尚还看不到危险的存在，但人类世界确实已经岌岌可危了。"VF博士一脸胡子，后背微驼，但声音还算洪亮。

"可是我还是不明白为什么受感染的人就能看到'闪灵'，我是指那些恶魔生物，我管它们叫'闪灵'。"艾玫尔稍加解释，如是问道。

"'闪灵'，恰切的名字。其实你刚才也几乎说出了答案，这种独特的视力来源于毒虫感染。'闪灵'自身不会反射肉眼可见光，但是它们自身能够发出一种尚不为人所知的射线，这种射线的波长范围介于X射线与伽马射线之间。你知道，对于人眼来说，可见光仅限于波长在770纳米到390纳米之间的红光到紫光，但对于另外一些生物，比如蜜蜂来说，它们的眼部构造能够识别紫外线等其他光线。而被毒虫感染过的人类，则很快拥有了识别这种新射线的能力，我想大致的原理可类比基因突变，因为你在用那台机器的时候，应该已经发现詹妮的眼球有所改变。"VF博士在指挥官的皮椅上坐下，看上去有些倦意。

"你知道那台机器？你知道我用过它？还有，你怎么知道约什去了警局附院？"艾玫尔一脸疑惑，感觉似乎一切都在面前这个老头儿的掌握之中。

VF博士笑笑，说道："你不觉得这种毒虫似乎并不像是地球生物吗？它与我们所知道的物种相比，只能找到某些相似之处，却无法归类。还有那些'闪灵'，它们吓坏你们的原因，不正是它们看上去如此陌生，完全出离于你们的想象吗？不信你们现在试着描述一些'闪灵'，是不是虽然能回想起它们的面目，却很难准确地形容出来？"

"你也见过'闪灵'了？"艾玫尔觉得有点不可思议。不过约什已把这个白胡子老头儿归入"科学怪人"之列,倒是没觉得多意外,让他惊奇的是:"难道我们看见的是外星生物?你是说它们要来毁灭人类?"

"你还算有点理智!那些陆战队员正是去猎杀'闪灵',要阻止它们并非没有可能。我给他们每人都装备了一只紧急加工过的电子镜片,能够保证它们识别到'闪灵',至于杀掉它们的方法,则要用到磁化装置,在'闪灵'被打散的一瞬间,立即让它们带有磁性,这样就能阻止它们的聚合再生。"VF博士略含傲色地说道,眼睛里射出恐怖的狂热。

"那我们呢?我们这些受害者呢?怎样对付毒虫感染?"约什还没有听到满意的回答,艾玫尔则越发觉得整件事对于VF博士来说,早有预谋。

"只要你体内还能提供毒虫需要的营养,其实也就是你的脂肪,它们就不会攻击你的要害部分,你们都只是通过接触感染,体内粘连了少数毒虫,它们的胃口并不大,繁殖力也还没有到达顶峰,你那发福的肚子足够喂饱它们。至于詹妮,她实在太走运了,一来毒虫选择在她的脑畔寄生,二来她实在太瘦了……"VF博士看了一眼艾玫尔,她的体型与詹妮相仿。艾玫尔刚要说些什么,指挥所内的广播响起,一个浑厚的声音传来:"各分队注意,各分队注意,这是萨特兰将军在向你们下达命令。今晚的任务立即取消,全部人员返回营房!"

VF博士惊惶地站起身来,颤巍巍地奔向门口,脸部因为竭力想要保持镇定而显得僵冷,可是已经有人堵在门前。

"是时候结束了,基恩·加尔文!"两个同样高大的男人迎面走来,前面是弗兰·特瑞局长,而跟在他身后的,竟是"死去"的里尔斯·金。

破　局

1

　　三年前，卡弗·格瑞西姆第一次听到"人择原理""地外文明"这些概念时，根本没有在意它们究竟是何内涵。向他讲授这些的是VF博士，卡弗之所以耐心听完这些他并不感兴趣的东西，是因为博士救了他母亲的性命，为此，他甘愿为博士做任何事。现实比卡弗下定这样的决心要困难百倍。他无从知晓未来的命运有多么难堪忍受，但自从他看到母亲躺在病榻上绝望地望向铝白色的天空时起，他的灵魂就已经不再重要。死亡对他来说意味着决然的孤独，意味着最后一位至亲也将化入惨痛的记忆，意味着他的心灵再也找寻不到任何安慰。况且，卡弗至死都相信他的所为没有违背深心的正义准则，相反，他认为自己完成了一次救赎。

　　VF博士要他脱离国际刑警组织，当然不是正当的辞职，而是"叛逃"。他要卡弗加入T9——一个恶名昭彰的恐怖组织。他称这次卧底行动的授权只能算是半官方的，也就是说，除了VF博士的私人电脑里存有卡弗选择"双面人生"的证据，没有任何线索能证明卡弗的初衷。这意味着，卡弗选择了绝对信任博士。事实上，就算他有过一丝的怀疑，也因为心头涌动的感恩之情而消失。

　　直到一年前，卡弗得知葱冈市第一分局的弗兰·特瑞局长加入了这次卧底行动，他才总算弄明白自己潜伏在这样一个人性沦丧的绝域里的最终目的——得到T9组织掌握的一种"病毒"。按照博士的说法，这"病毒"来自距离银河系还很遥远的地方，它的价值同它的毁灭力一样不可思议。利用它治好卡弗罹患癌症的母亲就是例证。VF博士说他只拥有"病毒"的初等形态，还介绍说这种"病毒"的自我修复能力相当惊人，而且拥有非凡的逻辑与辨识能力，这些都是具备高等智力的基础。VF博士尝试用纳米技术给这些"聪明的病毒"植入专门程度更高的芯片，以使它们对癌细胞有格外敏锐的洞察力。VF博士成功了，谁也不知道卡弗的母亲是第几位受测者，那对卡弗来说已经不值一提，他只看到博士挽救了他垂危的母亲，他在这世上唯一的眷恋。"病毒"轻而易举地完成一次次定点清除，它们贪婪地吞噬着癌变细胞，对其他健康细胞则秋毫无犯。当癌细胞被这群"病毒"扫荡干净之时，它们已经融为患者身体的一部分，自觉担负起新陈代谢的职能。虽然人体的免疫系统尝试清理这些外来者，这些外来者也相当顺从地接受分解改造，可是几乎同时它们又再度凝聚在一起，无论它们已经涣散成什么状态。"病毒"的高等形态掌握在T9组织手里，VF博士要卡弗必须明白，这种危险品在那群丧心病狂的人手里，就等于让他们有能力随时扼住人类发展的咽喉。博士命令卡弗尽快将高等"病毒"样本弄来给他，卡弗有理由相信这是一项义举，因为博士既然选择挽救他的母亲，也就意味着他有心挽救善良的人类。

随着时间的推移，卡弗沉浸在罪恶的核心，见证着欲望如何无垠地滋长，渐渐也变得偏执而狂躁，支撑他的唯有最终的任务目标。整整三年，卡弗获得了信任。

两个月前，死气沉沉的地铁车站，黑黢黢的隧道里传来踉跄的脚步声和一个男人沉重的喘息，更深处，是持续的嘈杂与紧密的步点。几分钟后，一扇门被无声地打开，迅即关上，狭窄的储物室内，肩部受伤的卡弗被弗兰局长搀着勉强坐地。

"我拿到了……我拿到了……"卡弗从怀里掏出一支沾有血污的荧光棒，吃力地递给弗兰。

"你终于可以脱身了！我马上给你办出国手续，剩下的日子你就到东欧隐居。"弗兰一边给卡弗包扎，一边说道。

"我现在还不能暴露……没那么容易……知道吗，T9组织正在谋划一项更大的阴谋，他们已经秘密制成了免疫血清……我想接下来他们会在世界各地散播这种病毒，到时候人们就只能对他们俯首称臣了！"

"这……必须马上把病毒样本交给VF博士，你打算怎么做？"

"不能让T9的人发现我是线人……他们只知道有人盗走了一份病毒样本，但并不确定是谁干的，我伪装得很好，他们想不到是我，不过现在有人追上来了，我身上这处枪伤……能让他们揪出我的身份……所以……弗兰……你必须帮我一个忙……"

弗兰知道卡弗想要什么，但是他黯然拒绝道："这忙我不能帮你！"

"你必须要帮……弗兰，你知道你必须帮我……这恐怕是我们彻底摧毁 T9 组织最好的机会！"

"可是……"

"这由不得你我可是，安排一次行动，马上，杀了我，一并杀了追我的人……然后，把我干的事嫁祸给其中之一……还有，尽快让 VF 博士复制一份样本，时间一定要快，接下来，要受这精神分裂之苦的人，就是你了……一定要搞到他们发动病毒袭击的时间和地点……他们这次一定会倾巢出动，正好给了我们一网打尽的机会。想想吧，我们有可能永绝后患！听……他们已经在附近了……我们是干不过这么多人的，快叫人来……一个不留！"

弗兰无奈地摇摇头，他知道卡弗已经受够了黑暗，他要让一切在最后关头实现意义，重现光明。"为什么你一定要死？"

"你也明白，我是脱不开罪的，当初我答应 VF 博士加入 T9，只是为了还他的人情。"

"我还能找谁代替你？"

"一个你绝对信任的人，当然，他也要绝对信任你！"

"这样的人对我来说只有一个……"

2

三千年前，环绕在巨灵神星系外缘的格厄姆行星爆发了旷日持久的星球争霸战。世代交恶的托雷族与威比族开始了他们长达几十年的血腥决斗。在这万物凋零的岁月中，保守善良的霍芬族四处躲避战祸。虽然他们拥有比其他种族更为高超的现代科技，流传着堪称完美的宇宙哲学，但霍芬族人固守他们的和平主义传统，决意不肯参战。

随着一个个族群聚落遭到无情袭击，霍芬族人意识到他们的流亡生涯又要开始了。是的，他们并不是格厄姆星球的原住民。他们最初生活并创造了非凡文明的星球已经被坍缩的恒星吞噬。迁徙之路的血泪尚未干涸，新的厄难再临族群。又要失去一座家园，对每一个霍芬族人来说，都是无比痛苦又不可回避的。

在长老选定的神圣之日，霍芬族人在各自族长的带领下汇合到一起，重新启动了深藏在隐秘山谷中的"无限计数器"。这台巨型机器犹如族中的图腾,承载着他们过去的繁荣与荣耀,以及那段令人心碎的诀别岁月。在他们的母星遭受毁灭之前,"无限计数器"被制造出来。怀着在无穷宇宙中重获新生的冀望,霍芬族人低吟着颂诗,在肃穆中迎接涅槃般的馈赠——一颗适宜他们移居的和平星球。他们应用最原始的"蛮力检索"原理,将他们开始有意识地观察宇宙以来获得的全部资料加入检索范围,这还不止,样本库仍在持续地膨胀,因为这台机器本身就装有最先进的宇宙"望远镜",每时每刻都在把新探得的信息转录为数据进行分析。他们梦想把视野延伸到无穷,以向那最遥远的神明致以崇敬。格厄姆星球曾是他们找到的星球,但此时此地他们想要的和平已不可得,他们唯有继续寻觅。

　　霍芬人的悲惨命运源自一次偶然。尚武好战的托雷族用他们的野蛮武器将一个霍芬族人打成碎末,可是在他们的大笑中霍芬族人又奇迹般地聚合为一体。托雷族在惊讶之余马上陷入了一个醉人梦境——自己的军队正刀枪不入、无畏地冲锋陷阵。他们开始由暗及明地绑架霍芬人,将抓来的人体作为试验品,试图找到其身体迅速复原的秘密。焦灼的战斗冲动激起托雷族难得的求知欲望,他们最终部分实现了自己肮脏的迷梦。虽然不可能完全植入霍芬族的自愈能力,但原本战场上的致命伤此时已不成问题。只是这一切需要一个罪恶深重的前提——必须有足够的霍芬族人体作"原料供给"。

　　随着有史以来最大规模的星球战争爆发,这种卑鄙的反人道"需求"开始显现出疯狂的迹象。托雷族成立了一支"猎人部队",配备了潜心研发的"捕猎"装备,专门绑架各地的霍芬人。他们先是用磁化步枪击碎霍芬人,使他们暂时丧失身体复原的能力,而后派出重型"收割车",用强大的吸力将溃散的人体残忍地卷入特制的"收纳袋"里。数以万计的霍芬人就这么无辜丧命,成为这场无良战争的牺牲品。

　　饱经苦难的霍芬族人不得不重启"无限计数器"。他们在集会上默唱自己的忧伤之歌,而后一致做出决定——甚至比母星毁灭那次更为决绝——另寻归乡。他们自始至终没法爱上格厄姆星,他们在愤怒的战火中彷徨无助,他们曾经想要逆来顺受,但此刻他们只想尽可能地远离。"无限计数器"开始给出结果,这一次进入他们视野的,是一颗叫地球的行星。

　　在开始新的征程之前,霍芬族人在长老的提议下达成了一项共识——不允许任何族人向外界透漏他们的存在。他们之所以选择地球，正是因为看重那里不仅能够为他们提供进行光合作用的稳定环境，而且这座新的家园中虽然也生活着智慧生物，但他们无法观察到自己。霍芬人将这项共识列为他们世代谨守的传统，要知道，他们唯一看重的就是传统。

霍芬族抵达了地球，几千年过去了，他们依然享受着和平，对这片大地上的人类，他们视而不见，仅有少部分学者默然研究人类文明，而人类也完全没有感知到这一智慧生命的存在。绝大多数霍芬人非常满足，但不安分的因子终究要释放出它的诱人魔力。与外界产生交流的魅惑曾让霍芬族的先知忧思不已，因而才设置那样严苛的封闭传统。但随着惨然历史化为口头传说，没有体会过切肤之痛的霍芬族后代中，开始有人尝试打破禁忌。其中，一个叫艾格拉斯·里瑟的年轻人走得最远——他用人类的语言，完成了一部霍芬族的传奇史，用纸和笔。

3

里尔斯从短暂的昏迷中苏醒过来，即刻映入眼帘的是一张粗线条的熟悉面孔，但是一时间他竟想不起那是谁，他张口想要说些什么，却感觉喉咙发堵，勉强说出几个字，却是声音沙哑："这是……哪儿？"

"你竟然能昏过去，真不知道你怎么过的体测！"约什毫不客气地奚落道。

"啊，伙计，是你……我们都还活着？"里尔斯又看了一眼周围，发觉自己似乎躺在一处密闭的车厢里。

"局长有话对你说。"约什让到一边，他那庞大的身躯本来占据了里尔斯大半个视野，此刻弗兰映入他的眼中。

"我也对你作为警探的体格表示怀疑，不过现在紧缺人手，你最好能管点用！"弗兰面色严峻，不像是在说笑。

"刚才的车祸……"

"沉降底盘救了你，最新的逃生科技，能在追尾撞击发生的刹那将底盘降低，座椅平放，而后在你身上覆一层舱罩。当然这是我安排好的，不然你还是会死得很惨，我刚收到消息，恐怕希尔已经做了你的替死鬼。"

"什么？！谁想杀我？"

"T9组织的人，他们知道你在查詹妮的案子。"

"詹妮真的跟T9有关？"

"她是我们的卧底。"

"那个主持人？"

"詹妮只管传递情报，其余的事我负责。"

"是这样……"

"T9组织正在联络梭尼教的人，他们今天会进行一场交易，我们必须马上查出他们接头的地点！"

"有什么线索？"

"詹妮留下的那几份传真，你还记得内容吗？"

"当然，三份都很简短。一份写着'头儿已经准备动手了'，另一份是'一旦交易失败，我们会清洗那些医生'，最后一份发自昨天，说'让你的手下从皇冠特区撤走'。所以接头地点是'皇冠特区'？"

"这么简单我就不用费心思救你了！这显然只是故弄玄虚，T9组织并不信任梭尼教的人，他们在'皇冠特区'会安排一场交易，但他们不会带东西去的。你和约什马上去追查一个人，人们都叫他VF博士，但是现在看来，基恩·加尔文这个名号更加有名。"

"你是说那个邪教头子？"

"没错，基恩是一个比T9组织更恐怖的人，他在人前一直用VF博士这个假身份，我一度也被他蒙骗！T9发现了一种特殊的病毒，同时握有对抗这种病毒的血清，知道这代表什么吗？他们要通过散播病毒再提供独家解药来垄断全球经济！可是基恩利用我和一个线人搞到了一份病毒样本，他成功地找到了升级这种病毒的方法，使这种病毒无药可救！可是基恩发现这种改造有个缺陷，那就是经过改造的病毒会失去自我复制的能力，也就是说他没办法大量地获得新的病毒。现在他以梭尼教教主的身份同T9组织做交易，要买下T9组织手上的一枚病毒飞弹，我想，接下来他只需要在那枚飞弹里点上几滴他研制的催化剂，这枚飞弹就将变成足以屠杀整个城市人口的凶器了。那时候，连T9的血清也无济于事！"

"我们难道没办法制造抗病毒血清吗？"里尔斯越听越觉得后背凉，原来整个城市乃至全球正处在这么大的危机之中,而艾玫尔对这危险还毫不知情。

"据我所知,只有通过原始的病毒样本才能制作出抗病毒血清,这种病毒的确非常独特,而原始病毒只有T9和基恩手上有,你认为我们能说服哪一边?"

"你什么时候识破了基恩的假身份?"

"很不幸,直到昨天晚上。当我看完你发来的有关詹妮之死的报告并且得到T9组织的暗示后,我突然想到,VF博士就是基恩·加尔文!因为根据你的意见,詹妮死前见到了恐怖的异象,而这正是感染了那种特殊病毒的重要特征。T9组织还不可能对我与詹妮不利,那么握有这种病毒的就只剩VF博士了!而根据T9提供的信息,正是梭尼教的人杀掉了詹妮,而下个目标就是我!显然,VF博士准备杀我灭口了!"

"你的意思是基恩想要毁灭全人类?"

"差不多,至少他觉得地球太过拥挤了……"弗兰面无表情地说完这句话,示意里尔斯开始行动。

4

"这条从来没有归客的旅途连通着无数谜团包裹的维域,如迷画般的梦境,乃是白日里思之未竟情事的自足——地球人如此描绘他们的死亡与潜意识,带着醉人的浪漫气息。将诗作奉为哲学,用他们幼稚但坚定的逻辑对付庞然的未知。他们尽管肉身孱弱,却有着与托雷族一样恐怖的野心。他们的理智难以控制欲望的滋长,但时常萌生的爱怜让他们片刻沉静。当我沉湎于人类创造的精巧文化时,我感到陶然、欣慰,有时又忧伤到不能自已。我愈发感到,这会是一门超越宇宙、伸延向无垠的浩瀚之学,让我在这片陌生的莽原中找到归宿。我自知我所做的学问不朽,决不可亵玩弄巧。我乐于用本星的土著语言记下我此刻的心境——卧薪尝胆,呕心沥血,方成巨著。尔等泛泛之辈,蝇营狗苟之能,可堪解其妙?"艾格拉斯·里瑟如是写道。

他的心中充盈着自信与好奇,对先祖设置的禁忌置若罔闻,他认为将自己种族的存在与他们生活的大地主观地断裂是一种欺骗,为的是弱化种群的主体意识。"我必须尝试颠覆这一切,或许我所能贡献的微不足道,但是我必须先行……我不能忍受永远如'草'一般地活着,我们远比地球人更优雅、聪慧、敏锐,并且虔诚……"艾格拉斯几乎是怀着愤怒在书写,他感到必须让自己在众多迷惘的同胞中浮现出来,他们伟大的宇宙哲学必须得到复兴。

"此刻,我在这里写作,是为了证明我并非'植物性'的存在,霍芬族的历史比我所知的任何文明都更辉煌,然而如今却逐渐衰落,我们已经失去了物质的家园,却还要将自己从精神家园中永远放逐!我们在属于我们的自有的轨道上渐行渐远,霍芬族正成为宇宙的浪客而终至泯灭。地球人的语言在我看来相当简陋,除了比托雷族兽性的咆哮完备一点,简直乏善可陈,但我今天仍要用这语言记录下我们的曾经,只因为我认为虽然地球人也被种种表象所迷惑,但他们不会让自己在黑暗中停留太久!让我们的神圣往昔获得人类的赞颂吧,他们将从我的笔下得知我们经历的苦难、不幸和笃信的真理,只是,或许在我有生之年,基于某些共知的原因,我无法将这部横亘在霍芬族与地球人之间的著作公开,但我相信这里面的每一个字,都将是蛰伏在宇宙洪潮中的细流,总有一天会发出粼粼的光!"艾格拉斯在写下这些语句时,没有意识到这里面的每一个字也会成为潜伏在死角的暗箭,在他生命的末尾给予他的种群新的伤害——霍芬族不得不再度远行。

这部被冠以《霍芬行旅纪》的著作,即使从人类的视角看去,也可谓鸿篇巨制,谁也无法想象这本用词严谨、语意丰富的大部头会出自一位外星青年之手。艾格拉斯将这本书放进太平洋岛国新加特兰的古籍图书馆,期待有朝一日他的作品能够重见天日。艾格拉斯绝想不到这一时刻会如此快速地来临,他的这番费心又怀着热望的"掩埋"无法阻隔基恩·加尔文——也就是世人认识的VF博士——那狂热的求知欲。基恩的勤奋使他整夜整宿地待在无缘上架的典籍书库,他鬼使神差般地一窥此书的全貌,在充分怀疑之后,他认定绝非一个无聊的玩笑。那个时候,他还只是葱冈医院的一名实习医生。造化弄人,他要面对的第一例重症病号,是他母亲。他亲眼看着自己的母亲在主治医师的玩忽职守下,丧失生的希望。他也曾经乞求怜悯,却遭到强横的呵斥,从那以后,基恩的心就被一个念头所笼罩,必须清洗这个丧心病狂的世界,对待他的同类,只能冷血无情。还好上天让他发现了那本神秘的《霍芬行旅纪》,否则他就只能在炽烈的复仇火焰中化为冰冷的灰烬,永远无法实现他的梦。他开始精神恍惚，越发相信超自然力量的存在，同时又为书中记录的传奇事件疯狂着迷。渐渐地，他发掘一些蛛丝马迹，并且经过他那非凡的科学头脑证实，书中所言的霍芬族，此刻就生活在自己周围，而托雷族曾经的所为，激发了他的恶念，他终于发现这世界有样东西恰可以满足他的痴想，那正是霍芬族的躯体！

  为了找到这样一具躯体，基恩更加昼夜无休地工作，除了必要的进食与短暂的睡眠，他的生命全部倾注于他的目的上。他从书中得知霍芬族并不能天然地为人类所见，甚至一般的探测仪器也不能现出他们的原型，所以必须依赖这世间还没有的东西，那就只能要求他的头脑达成符合这一程度的想象。基恩成功的那天没有人为他喝彩庆祝，也没有人对他的世纪发明颁发任何的奖励，因为一切都要在黑暗中进行，直到灭亡的终点才有光束可言。当基恩第一次看到霍芬人时，也是被吓了半死，他长久的脑力劳作几乎摧毁了他的神经，但他很快冷静下来，看着这些寂静无声的外星种族自顾自地在人间获取养分，他感到从未有过的满足。

  "你们以为我们只是些可怜的被观察者吗，你们以为自己可以像上帝一样肆无忌惮地偷窥我们的一切，我们却永远见不到你们的真身？此刻你们只是我大脑中可笑的影像，虽然你们丑陋不堪，但却因我而顿生意义！"基恩颤抖着执笔的右手写下这段话，好似霍芬人艾格拉斯一样满怀醉意。可是出乎基恩意料的是，世界上不止他在做着狂热的迷梦，撒哈拉沙漠深处的一顶帐篷内，正在研制生化武器的T9成员原川秀作，张大了贴在显微镜上的左眼，好似在那微细的天地间发现了宇宙之垠。

5

  "局长绝对是整蛊高手，平白无故给咱们安排场死亡体验。撞车那事你也一无所知？还是只有我一个人蒙在鼓里……"里尔斯舒展筋骨，眼睛也重新焕发出机警敏锐的神采。

  "你的冷笑话总是那么无聊，我只知道从来就没有什么'平白无故'，这次多亏了弗兰局长我们才能逃出生天！你早应该知道我们的对头不择手段，还老谋深算！"约什活动着指节手腕，当他向里尔斯瞪视过去的时候，他很快捕捉到了对方眼神中的犀利，所以他接下去的口吻不自觉地缓和了很多，"说真的，当时我也以为自己完了，局长只是叫我去提那辆车，然后嘱咐我尽快接你走，没想到竟安排了这事儿。话说回来，现在我们得另找辆车行动了，不过怎么找到基恩，你应该有头绪了吧！局长可是这么说的。"在里尔斯昏迷不醒的一小段时间里，约什听取了下一步的任务计划，可对从何处入手调查基恩，约什也给不出太多建议，倒是弗兰口气肯定地告诉他，自己信任这位新来的里尔斯探长，相信当这个此刻瘫倒在地的年轻人醒来的时候，能带来追踪基恩·加尔文的线索，从里尔斯对詹妮之死的分析中，弗兰认定这小子值得赌上一把。

"呃，你问的可真及时，我想基恩的藏身之处，我已经知道大概位置了。看这儿——"里尔斯将手中的PDA偏向约什，说道："这是昨天我叫鉴识科调查的轮胎痕迹报告，范围是詹妮住宅周边大概三公里的区域。昨天咱们都去了现场，那位置相当偏僻，车辆往来并不是太多，尤其案件发生时已是深夜。詹妮是在到家后不久遇害的，而她的住宅没有任何遭侵入的痕迹，房间内也找不到什么与她的死有关的毒害物质，那么我们可以推定詹妮是在其住处附近遭受的袭击。局长也确信她死于某种……病毒。既然如此，就更可以排除在市区内下手的可能，因为这种病毒的毒发时间一定较短，否则将很难控制死者的身亡位置。案犯想让詹妮死在家中，造成一种密室不可能犯罪的假象，将詹妮之死归咎于其自身。不过幸好，我们有艾玫尔……我是说法医小姐，她也基本认同詹妮是死于毒杀，她甚至发现了毒发的创口。由此，想要到这个偏僻之处作案，恐怕总要用到车子。在刚收到的这些痕迹鉴识里，有一例相当特别。瞧，就是它。YR-8型机载燃油，已经淘汰的型号，曾用于'隼改-4'型教练机的试飞，后来因为环保组织对这种燃油的污染率大为不满而被迫停产下线，'隼改'机也因为空军预算不足而停飞，这两款短命的产品加在一起，指向的却是一座长寿的机场。据我所知，这座现在甚至已经没人记得它的名字的机场大概用了九十多年，直到前几年才因故关闭。"

约什不禁惊诧于里尔斯广博的见闻，可他没时间叹服，一心想要展开行动，"那机场在哪儿，我们马上就去！"

"PDA能很快引我们过去，重点在于现在我们没有车……"里尔斯话音未落，已见到约什用臂肘撞碎了一辆家用轿车的车窗。"现在有了！"约什顺手撬开了车门。

两人很快到达了废机场，为了不打草惊蛇，他们把车熄在较远的弃屋后，探身摸向此处为数不多的几幢完整建筑。闸门紧闭却渗出油污的旧机库，裂开处长出细茎长草的停机坪，以及基恩跪拜的那座供奉着不知名神像的神龛，一一闪过视野，但却没有一个人影。

"看，地上有新造成的破碎压痕，一定有重型卡车之类的工具车刚离开！"里尔斯感觉有些不妙。

"还要继续追踪这些痕迹？"

"不可能，车开到公路上我们就没法跟了，得在这儿找出他们的去向！"里尔斯看着锁紧的闸门，问道："你能打开它吗？"

"还好我带了大口径手枪。"约什点点头，从武装袋里掏出火器，朝那锁头就是一枪。

"给！"里尔斯适时地递上一根铁棍，他的手上也握着一根，"没有密钥我们没法启动拉门，这会儿得全靠力气了。"

"这是你说的最中听的一句话了。"约什掂量着手中的铁棍，一步跨前，跟里尔斯干了起来。

终于，两人打开了容一人侧身挤入的开口，约什旋开枪下的灯管，率先冲入，里尔斯也掏出手电，跟着进去。

偌大的空间内，高高的窗口投射进几缕微弱的亮光，不足以擦亮墙体的色泽，中部却是一片惨白，像是停着一具尸体，走近一看才知是一张桌子，除此再无他物，剩下的只有满桌满地的纸页。约什捡起纸页阅读的速度很慢，明显丧失了方才的矫捷，里尔斯却是眼珠飞转，迅速地浏览着眼前的文字、简图、照片及表格，手里的铅笔不时在一张纸页的背面记下内容："VF-初毒虫，优先吞食人体脂肪，拥有短暂潜伏期，杀伤力较小，但仍可致命，合成过程简便"；"VF-1毒虫，短时间吸噬人体细胞液，3秒内可见鬼影，后神经传输能力丧失，可作大规模杀伤武器"；"VF-2毒虫，十分钟寄生时间，鬼影阶段性出现，感染约半小时后死亡"；"VF-2进化型，迅速侵占人体重要器官，替生实验尚不成功"；"VF-3毒虫，'化尸水'，爆发迅猛，可做近攻凶器，状态活跃不稳定"；"VF-X，寄生时间大量延长，意识控制能力暂不明"；"VF-X改良型，组织改造能力缺乏人体实验，犀牛与美洲豹实验成功，猩猩实验进展顺利"；"VF-X进化型，意识控制能力得到初步证实，但逻辑替代法尚未找到"；"必须展开行动，威伦山或许是个好选择，至于日期，我一直信奉一句老话，择日不如撞日……"

"等等，这段话的书写日期是……今天！"里尔斯突然大叫道，"马上让弗兰联络特勤组，基恩去了威伦山，他……他要在那里发射一枚飞弹！填满病毒的……"

约什很快照做了。

"我们怎么办？"

"尽量赶过去，现在关键就看弗兰的临危指挥能力了！"

尽管约什驾艺精湛，但面对此等水泄不通的路况，也只能平增急虑。两人在车里格外一致地爆着粗口，不住地给弗兰打着电话，可是始终联络不上。这时，听筒里传来局长助理乔纳森的声音："是里尔斯吗？局长的手机转接到了我这儿，虽然我不知道具体什么情况，不过局长不是嘱咐你们不要现身吗？"

"我们必须马上知道前方状况，乔纳森，你应该知道我们要阻止什么吧！"

"啊，你是指飞弹恐怖袭击吗？如果是的话，那个事件已经被制止了，不过……"

"不过什么？"

"没能抓住基恩，而且，弗兰局长似乎出了什么状况，我们现在没人能联系上他。"

"什么？你的意思是说局长失踪了？这可不妙……弗兰恐怕有危险，基恩是要杀人灭口！"里尔斯感到一阵恐慌，他突然格外害怕，害怕自己救不了弗兰。

"你说什么，基恩他要……这么说你知道局长的秘密计划？你一定要相信弗兰，他所做的一切都是为了彻底消灭罪恶！"

"我不管局长先前安排了怎样的计划，我当然信任他，但他现在确实很危险。听着，先别去管基恩了，他会自动现身的，当然是以另外的身份，马上调警力寻找弗兰，我也要马上去救他！"火光电石间，里尔斯心生一计，忙道，"乔纳森，要保证没人知道我还活着，听着，是任何人！不过对于约什，则要尽快散出口风，最好的方法就是在媒体前宣布约什并没有殉职，相反，他还掌握了基恩·加尔文的重要罪证，尤其是关于基恩的另一个身份，不过考虑到情况的严重性，约什要求只跟他信赖的弗兰局长面谈此事。就这么说，一定要尽快，兴许这还能救弗兰一命！"

不多时，这则消息就化作电波传向八方，进入到一辆皮卡的收音机接收器，从发射地点逃出来的基恩从广播中得知那个大命的探员竟然要揭露他的身份。"哼哼，这倒也好，让他跟弗兰做伴去死吧！"

基恩拿出卫星电话，快拨键很快接通了他的手下："先不忙做掉弗兰，把他运到河堤三岔口，告诉他想要活命，就乖乖约见那个叫约什的警察，具体怎么做我会再给你指示。"

此时的约什已是全副武装，他感觉自己只有在新婚之夜如此兴奋充实过，体内的每一个细胞都在兀自欢腾，冲入血液撞击着他的每一根血管，让他久已丧失饱胀感的心房重又觉得无比充盈。他就喜欢这种只许胜不许败的挑战，因他一直以来的死敌，正是死亡！他要终结死亡，救下他原本无力救下的生命。约什行动了。

在杀掉希尔的杀手全神贯注地等待他的下一个目标出现的时候，一柄冰冷的匕首从背后绕过他的颈前，切开了他的喉咙。接着，约什亲吻了妻子的遗物，也亲吻了昔日弹无虚发的辉煌。他的鹰眼穿透狙击镜筒，攫取了猎物的灵魂，剩下的，只是扣动几下扳机，让那些空了的躯壳倒下。他成功了，无限释放的压力让他全然不顾，他如此不舍地接近那最终的目标——当他给弗兰松绑的一刻，他知道，自己再也经受不起这种兴奋了，他开始察觉到真实的疲倦，他知道他老了。

毫不知情的 VF 博士已经放弃了引爆一枚弹头的简单想法。他浑身上下攒动着新的狂热，一如托雷族在杀戮时感到的那样。他要做的事跟托雷族如出一辙，那就是猎杀"闪灵"——可怜的霍芬人！刀枪不入的战场神话化作蚀蛀心智的黑暗妖气，将两个相隔数座星系的人种一齐蛊惑。VF 博士彻底癫狂了。在他面对逮捕的一刻，他陷入迷幻的目光扫过弗兰·特瑞、里尔斯·金及约什·贾米森，接着，他又露出他独有的僵冷的微笑，转向惊诧万分的艾玫尔，用一种近乎风裂枯枝的苍老声响对她说道："我的死，会连同我的种族，我的文明，化入尘风，堆做泥埃。记住这句话，它出自艾格拉斯·里瑟之手，你真该认识一下他！"

尾　声

　　松软的落叶铺满通往墓园的小径，午后的暖橙光色里，万物闪动着粼粼的光斑。风开始变得凛冽，在这安息之地，扬起沁着芬芳的尘埃，那空灵的微末正是花儿的骨灰。

　　弗兰·特瑞站在一座新立不久的碑前，望着凿痕明显的刻字，仅仅是抽动了一下额角，心头的痛就裂成吞噬他的血口，将他吞没。他作为警察的职责随着退休欢送会上最后一杯烈酒穿过喉舌而彻底卸下，但他的无悔付出将构成他余下生命的重量，需要他日夜担负。

　　碑文刻着：爱女瑞秋·特瑞长眠于斯（1994—2019）。

　　"真想不到詹妮是您的女儿……"艾玫尔注视着悲痛的弗兰，觉得此刻市民心中的英雄只是一位孤独的老人。当她把目光投向里尔斯时，发现里尔斯也正望向自己，他们两个都知道四目交接意味着什么。当经历过生离死别后，幸存下来的人们彼此爱恋，是多么幸运！

图书在版编目（CIP）数据

玫瑰湖畔 / 张苏楠著. —济南：山东文艺出版社，2021.3
ISBN 978-7-5329-6327-0

Ⅰ．①玫… Ⅱ．①张… Ⅲ．①长篇小说—中国—当代 ②中篇小说—中国—当代 Ⅳ．①I247.5

中国版本图书馆CIP数据核字（2021）第033645号

玫瑰湖畔
MEIGUI HUPAN

张苏楠 著

主管单位	山东出版传媒股份有限公司
出版发行	山东文艺出版社
社　　址	山东省济南市英雄山路189号
邮　　编	250002
网　　址	www.sdwypress.com
读者服务	0531-82098776（总编室）
	0531-82098775（市场营销部）
电子邮箱	sdwy@sdpress.com.cn
印　　刷	山东新华印务有限公司
开　　本	710毫米×1000毫米　1/16
印　　张	25
字　　数	396千
版　　次	2021年3月第1版
印　　次	2021年3月第1次印刷
书　　号	ISBN 978-7-5329-6327-0
定　　价	42.00元

版权专有，侵权必究。如有图书质量问题，请与出版社联系调换。